〔唐〕白居易 著
朱金城 箋校

白居易集箋校

四

上海古籍出版社

白居易集箋校卷第二十二

格詩雜體 凡六十首

和微之詩二十三首 并序

微之又以近作四十三首寄來，命僕繼和，其間瘀絮勅慮四百字、車斜二十篇者流，皆韻劇辭殫，瓌奇怪譎。又題云：奉煩只此一度，乞不見辭。意欲定霸取威，置僕於窮地耳。大凡依次用韻，韻同而意殊；約體爲文，文成而理勝。此足下素所長者，僕何有焉？今足下果用所長，過蒙見窘，然敵則氣作，急則計生，四十二章麾掃並畢，不知大敵以爲如何？夫劚石破山，先觀鑱跡；發矢中的，兼聽絃聲。以足下來章惟求相困，故老僕報語不覺大誇。況曩者唱酬，近來因繼，已十六卷，凡千餘首矣。其爲敵也，當今不見；其爲多也，從古未聞。所謂天下英雄，唯使君與操耳。戲及此者，亦欲三千里外一破愁顔，勿示他人以取笑誚。樂天白。

【箋】

作於大和二年（八二八），五十七歲，長安，刑部侍郎。城按：此二十三首詩汪本編在後集卷二。此卷詩那波本編在卷五二。宋張表臣珊瑚鉤詩話云：「前人作詩，未始和韻。自唐白樂天爲杭州刺史，元微之爲浙東觀察，往來置郵筒，倡和始依韻。而多至千言，少或百數十言，篇章甚富。其自耀云：『曹公謂劉玄德曰：天下英雄，惟使君與操耳。予於微之亦云。』豈詩人豪氣例愛矜誇邪？安知後世士有異論。」城按：表臣所記時地均有誤。陳友琴白居易詩評述彙編云：「白居易與元微之在杭、越兩地唱和，據汪立名所編白香山年譜，乃長慶三年至四年間事，居易年正五十二至五十三。至引用『天下英雄惟使君與操耳』等語，實見於和微之二十三首詩小序中。作此詩序時，居易已在洛，年五十七歲，和詩中有『我年五十七』三章，可以證明。」陳氏所考良是，惟白氏和微之詩二十三首作於長安任刑部侍郎時，並不在洛陽。陳氏亦微誤。又岑仲勉論白氏長慶集源流并評東洋本白集云：「和微之詩二十三首之序云：『微之又以近作四十三首寄來，命僕繼和。……四十二章麾掃並畢，不知大敵以爲如何。……況曩者唱酬，近來因繼已十六卷，凡千餘首矣。』全詩七函五册同。然前云四十三首，後云四十二章，大敵當前，居易未必示弱，則疑任一數目有誤。且今存二十三首，尤與卌三、卌二相差太遠，非白氏自行删汰，即傳本有闕矣。」盧文弨羣書拾補云：「四十二章當依前作二十三章。」考白氏此文並無脱誤，盧、岑兩氏均失考。詩序中所言「車斜二十篇者流」，蓋指白集卷二六和春深二十首而言，元稹春深二十首已佚，劉禹錫集外集卷二同樂天和微之深春二十首題下自注云：「同用家花車斜四韻。」（卞孝萱劉禹錫年譜謂同樂天和微之深春好二十首爲元稹生春二十首和篇，亦誤。）則與和微之詩二十三首合計適爲四十三首之數。白氏大和二年十月十五日作之因繼集重序（卷六九）云：「和晨興一章録在别紙。」此文較和微之二十三首序之時間爲早，和晨興即二十三首中之和晨興因報問龜兒，此一首詩蓋先草成寄與微之，故後成餘四十二章矣。

〔近來因繼已十六卷〕白氏因繼集重序（卷六九）云：「去年微之取予長慶集中詩未對答者五十七首追和之，合一百一十四首寄來，題爲因繼集卷之一。今年予復以近詩五十首寄去。微之不踰月依韻盡和，合一百首，又寄來，題爲因繼集卷之二。卷末批云：『更揀好者寄來。』蓋示餘勇，磨礪以須我耳。予不敢退舍，即日又收拾新作格律詩共五十首寄去，雖不得好，且以供命。……因繼集卷且止於三可也。忽恐足下懶發，不能成就至三，前言戲之者，姑爲巾幗之挑耳。」至白氏集後記則云：「又有元白唱和因繼集共十七卷、劉白唱和集五卷、洛下遊賞宴集十卷。」可知因繼集最後寫定爲十七卷，今不傳。

【校】〔近作四十三首〕「四十三」，馬本、汪本俱誤作「二十三」。盧校云：「當依前作『二十三章』。」亦非。今據宋本、那波本、全詩改正。詳前箋。

〔瘀絜〕「絜」，馬本、汪本、盧校俱作「絜」，非。據宋本、那波本、全詩、何校改正。何校云：「『絮』，黃校作『絜』，無音。三月三十日詩作『絜』。」又「絜」下小注「敕慮」二字，各本俱無，據宋本增。

和晨霞 此後在上都作。

君歌仙氏真，我歌慈氏真。慈氏發真念，念此閻浮人。左命大迦葉，右召桓提因。千萬化菩薩，百億諸鬼神。上自非想頂，下及風水輪。胎卵濕化類，蠢蠢難具陳。弘願在救拔，大悲忘辛勤，無論善不善，豈問冤與親？抉開生盲眼，擺去煩惱塵。燭以智慧日，灑之甘露津。千界一時度，萬法無與鄰。借問晨霞子：何如朝玉宸？

【箋】作於大和二年（八二八），五十七歲，長安，刑部侍郎。何義門云：「蘇氏多用此體。」

【校】〔題〕此下小注，那波本爲大字同題。

〔桓提〕「桓」，宋本作「淵聖御名」。

〔非想〕「想」，全詩作「相」。

〔玉宸〕「玉」，宋本作「王」。

和送劉道士遊天台

聞君夢遊仙，輕舉超世雰。握持尊皇節，統衛吏兵軍。靈旂星月象，天衣龍鳳紋。佩服交帶籙，諷吟蕊珠文。閬宮縹緲間，鈞樂依稀聞。齋心謁西母，暝拜朝東君。烟霏子晉裾，霞爛麻姑裙。倏忽别真侣，悵望隨歸雲。人生同大夢，夢與覺誰分？況此夢中夢，悠哉何足云！假如金闕頂，設使銀河濆。既未出三界，猶應在五蘊。飲噉日月精，茹嚼沆瀣芬。尚是色香味，六塵之所熏。仙中有大仙，首出夢幻羣。慈光一照燭，奥法相絪縕。不知萬齡暮，不見三光曛。一性自了了，萬緣徒紛紛。苦海不能漂，劫火不能焚。此是竺乾教，先生垂典墳。

【箋】

作於大和二年（八二八），五十七歲，長安，刑部侍郎。

〔天台〕天台山。元和郡縣志卷二六：「天台山在（唐興）縣北一十里。」

【校】

〔瞑拜〕「瞑」下全詩注云：「一作『膜』。」

〔大仙〕「大」，馬本、汪本俱訛作「天」，據宋本、那波本、全詩、盧校、何校改正。汪本注云：「一作『大』。」全詩注云：「一作『天』。」俱非。

〔絪緼〕宋本、那波本、汪本俱作「烟煴」。

和櫛沐寄道友

櫛沐事朝謁，中門初動關。盛服去尚早，假寐須臾間。鐘聲發東寺，夜色藏南山。停驂待五漏，人馬同時閑。高星粲金粟，落月沉玉環。出門向關路，坦坦無阻艱，始出里北閈，稍轉市西闤。晨燭照朝服，紫爛復朱殷。由來朝廷士，一入多不還。因循擲白日，積漸凋朱顔。青雲已難致，碧落安能攀？但且知止足，尚可銷憂患。

【箋】

作於大和二年（八二八），五十七歲，長安，刑部侍郎。

【校】

〔鐘聲〕「鐘」，宋本、那波本俱作「鍾」，古字通。

〔向關路〕「關」，宋本、那波本、汪本俱作「闕」。

〔銷憂〕汪本作「弭憂」。

和祝蒼華 蒼華，髮神名。

日居復月諸，環迴照下土。使我玄雲髮，化爲素絲縷。禀質本羸劣，養生仍莽鹵。痛飲困連宵，悲吟飢過午。遂令頭上髮，種種無尺五。根稀比黍苗，梢細同釵股。豈是乏膏沐？非關櫛風雨。最爲悲傷多，心焦衰落苦。餘者能有幾？落者不可數。禿似鵲填河，墮如烏解羽。蒼華何用祝？苦辭亦休吐。匹如剃頭僧，豈要巾冠主？

【箋】

作於大和二年（八二八），五十七歲，長安，刑部侍郎。

【校】

〔匹如〕「匹」，馬本作「正」，非。據宋本、那波本、汪本、全詩、盧校改正。

和我年三首

我年五十七，榮名得幾許？甲乙三道科，蘇杭兩州主。才能本淺薄，心力虛勞苦。可能隨衆人，終老於塵土？

我年五十七，歸去誠已遲。歷官十五政，數若珠纍纍。野苹始賓薦，場苗初縶維。因讀管蕭書，竊慕大有爲。及遭榮遇來，乃覺才力羸。黄紙詔頻草，朱輪車載脂。妻孥及僕使，皆免寒與飢。省躬私自愧，知我者微之。永懷山陰守，未遂嵩陽期。如何坐留滯，頭白江之湄？

我年五十七，榮名得非少。報國竟何如？謀身猶未了。昔嘗速官謗，恩大而懲小。一黜鶴辭軒，七年魚在沼。將枯鱗再躍，經鎩翮重矯。白日上昭昭，青雲高渺渺。平生頗同病，老大宜相曉。紫綬足可榮，白頭不爲夭。夙懷慕箕潁，晚節期松篠。何當闕下來，同拜陳情表？

【箋】

作於大和二年（八二八），五十七歲，長安，刑部侍郎。見陳譜。

〔甲乙三道科〕指貞元十六年進士及第、貞元十九年書判拔萃科登第、元和元年才識兼茂明於體用科入第四等，三次科第。

〔蘇杭兩州主〕指長慶二年除杭州刺史及寶曆元年除蘇州刺史。

【校】

〔題〕第二、三首前，宋本俱有「又」字，那波本俱有「又一首」三字。

〔可能〕「可」，汪本作「何」。全詩注云：「一作『何』。」
〔箕潁〕「潁」，那波本訛作「頴」。

和三月三十日四十韻

送春君何在？君在山陰署。憶我蘇杭時，春遊亦多處。爲君歌往事，豈敢辭勞慮？莫怪言語狂，須知酬答遽。江南臘月半，水凍凝如瘀。寒景尚蒼茫，和風已吹噓。女牆城似竈，雁齒橋如鋸。魚尾上奫淪，草芽生沮洳。律遲太簇管，日緩羲和馭。布澤木龍催，迎春土牛助。雨師習習灑，雲將飄飄翥。四野萬里晴，千山一時曙。杭土麗且康，蘇民富而庶。善惡有懲勸，剛柔無吐茹。兩衙少辭牒，四境稀書疏。俗以勞倈安，政因閑暇著。仙亭日登眺，虎丘時遊預。望仙亭在杭，虎丘寺在蘇。尋幽駐旌軒，選勝迴賓御。舟移溪鳥避，樂作林猿覷。池古莫耶沉，石奇羅刹踞。劍池在蘇州，羅刹石在杭州。水苗泥易耨，畬粟灰難鋤。紫蕨抽出畦，白蓮埋在淤。菱花紅帶黯，濕葉黃含菸。楚辭云：「葉菸色而就黃。」鏡動波颭菱，雪迴風旋絮。手經攀桂馥，齒爲嘗梅楚。坐併船腳歌，行多馬蹄踞。聖賢清濁醉，水陸鮮肥飫。魚膾芥醬調，水葵鹽豉絮勑慮反。雖微五袴詠，幸免兆人詛。但令樂不荒，何必遊無倨？吳苑僕尋罷，越城公尚據。舊遊幾客存？

新宴誰人與去?莫空文舉酒,强下何曾筯。江上易優游,城中多毀譽。分應當自盡,事勿求人恕。我既無子孫,君仍畢婚娶。久爲雲雨别,終擬江湖去。范蠡有扁舟,陶潛有籃轝。兩心苦相憶,兩口遥相語。最恨七年春,春來各一處。

【箋】

作於大和二年(八二八),五十七歲,長安,刑部侍郎。唐宋詩醇卷二四:「和韻奇險,正自章妥句適,寫景歷歷如畫,引人入勝。『但令樂不荒,何必遊無倨』,『分應當自盡,事勿求人恕』,尤見道之語。」

〔水凍凝如瘀〕何義門云:「血瘀。」

〔望仙亭〕當即候仙亭。白氏冷泉亭記(卷四三):「有韓僕射臯作候仙亭。」

〔羅刹石〕咸淳臨安志卷二三:「晏元獻公輿地志:秦始皇東游此山(秦望山),欲度會稽。後唐同光中錢氏於秦望山建上清宫,有巨石二十餘株,自然成行,名曰金洞門。晏公云:近東南有羅刹石,大石崔嵬,横截江濤,商船海舶經此,多爲風浪傾覆,因呼爲羅刹。每歲仲秋既望,必迎潮設祭,樂工鼓舞其上。」

〔水葵鹽豉絮〕何義門云:「絮,廣韻注:和調食也。」

【校】

〔多處〕「處」,宋本、那波本、何校俱作「悆」。盧校:「末韻是『處』字。」何校:「悆,悦也。」

〔豈敢〕「敢」，宋本、那波本、何校俱作「取」。汪本、全詩俱注云：「一作『取』。」

〔水凍〕「水」，宋本、那波本、何校俱作「冰」。

〔遊預〕此下那波本無注。

〔羅刹瑶〕此下那波本無注。注中「蘇」下宋本脱「州」字。

〔濕葉〕「濕」，馬本訛作「温」，據宋本、那波本、汪本、全詩改正。

〔含菸〕此下那波本無注。盧校：「注『菸色』當作『菸邑』。」

〔鹽豉絮〕此下那波本無注。

〔誰人與〕此下馬本、那波本、汪本俱無「去」字小注，據宋本增。全詩「與」注云：「去聲。」

〔自盡〕「盡」，宋本、那波本俱作「畫」。汪本、全詩俱注云：「一作『畫』。」

和寄樂天

賢愚類相交，人情之大率。然自古今來，幾人號膠漆？近聞屈指數，元某與白乙。旁愛及弟兄，中懽避家室。松筠與金石，未足喻堅密。在車如輪轅，在身如肘腋。又如風雲會，天使相召匹。不似勢利交，有名而無實。頃我在杭歲，值君之越日。望愁來儀遲，宴惜流景疾。坐耀黄金帶，酌酡頳玉質。酣歌口不停，狂舞衣相拂。平生賞心事，施展十未一。會笑始啞啞，離嗟乃唧唧。餞筵纔收拾，征棹遽排比。後恨苦緜緜，前歡何卒卒？居人色慘澹，行子心紆鬱。風袂去時揮，雲帆望中失。宿酲和別思，目眩心忽忽。病魂黯然銷，老淚淒其出。别君只如昨，芳歲换六七。俱是官家身，後期難自必。籍田賦云：「難望歲而自必。」

【箋】

作於大和二年（八二八），五十七歲，長安，刑部侍郎。

〔元某與白乙〕指元稹及白居易。

〔頃我在杭歲二句〕會稽掇英總集卷十八唐太守題名記：「元稹，長慶三年八月自同州防禦使授。大和三年九月除尚書左丞。」元稹之越時，居易方任杭州刺史。元集卷五一永福寺石壁法華經記：「予始以長慶二年相先帝無狀譴於同。又明年徙會稽。路出於杭，杭民競相觀睹，刺史白怪問之。皆曰：『非欲觀宰相，蓋欲觀曩所聞之元、白耳。』」

【校】

〔中懽〕「懽」，馬本、汪本、全詩俱作「權」，據宋本、那波本改。全詩注云：「一作『懽』。」城按：懽同歡。

〔召匹〕「召」下全詩注云：「一作『終』。」

〔排比〕「比」，全詩訛作「北」。

〔自必〕此下那波本無小注。

和寄問劉白 時夢得與樂天方舟西上。

正與劉夢得，醉笑大開口。適值此詩來，歡喜君知否？遂令高卷幕，兼遣重添酒。起望會稽雲，東南一迴首。愛君金玉句，舉世誰人有？功用隨日新，資材本天授。吟哦不能散，自午將及酉。遂留夢得眠，匡牀宿東牖。

【箋】

作於大和二年（八二八），五十七歲，長安，刑部侍郎。

〔劉夢得〕劉禹錫。見卷二一除日答夢得同發楚州詩箋。

【校】

〔題〕此下那波本無注。

和新樓北園偶集從孫公度周巡官韓秀才盧秀才范處士小飲鄭侍御判官周劉二從事皆先歸

聞君新樓宴，下對北園花。主人既賢豪，賓客皆才華。初筵日未高，中飲景已斜。天地爲幕席，富貴如泥沙。嵇劉陶阮徒，不足置齒牙。卧甕鄙畢卓，落帽嗤孟嘉。芳草供枕藉，亂鶯助諠譁。醉鄉得道路，狂海無津涯。一歲春又盡，百年期不賒。同醉君勿辭，獨醒古所嗟。銷愁若沃雪，破悶如剖瓜。稱觴起爲壽，此樂無以加。歌聲凝貫珠，舞袖飄亂麻。相公謂四座，今日非自誇。有奴善吹笙，有婢彈琵琶。十指纖若笋，雙鬟黳如鴉。履舄起交雜，杯盤散紛拏。歸去勿擁遏，倒載逃難遮。明日宴東武，後日遊若耶。豈獨相公樂？謳歌千萬家。

【箋】

作於大和二年（八二八），五十七歲，長安，刑部侍郎。

〔孫公度〕元集卷二一有送公度之福建詩，題下自注云：「此後並同州刺史時作。」疑即元集卷十八送孫勝詩中之孫勝。

〔盧秀才〕疑爲外集卷上贈盧績詩中之盧績。

〔鄭侍御〕鄭魴。見本卷和鄭侍御東陽春悶放懷追越遊見寄詩箋。

〔周從事〕周元範。元集卷十五有酬周從事望海亭見寄，卷二二有餘杭周從事以十章見寄詞調清婉難於遍酬聊和詩首篇以荅來貺，兩詩均指元範。並參見卷二〇白氏重酬周判官詩箋。又全詩卷三八五張籍送浙西周判官詩，題下小注云：「一作『送浙東周阮範判官』（城按：「阮」當作「元」，全詩誤）。」詩云：「吴越主人偏愛重，多應不肯放君閑。」可知元範曾爲元稹判官，當在居易刺蘇之後。

〔東武〕東武山。水經注漸江水：「又北逕山陰縣西，西門外百餘步，有怪山，本瑯琊郡之東武縣山也，飛來徙此，壓殺數百家。吴越春秋稱怪山者，東武海中山也，一名自來山，百姓怪之，號曰怪山。亦云：越王無彊爲楚所伐，去瑯琊，止東武，人隨居山下，遠望此山，其形似龜，故亦有龜山之稱也。」元集卷二六酬鄭從事四年九月宴望海亭次用舊韻「一拳墺伏東武小」句自注：「龜山別名。」又嘉泰會稽志卷十八拾遺：「東武亭，世傳龜山自東武飛來也，因以爲名。元微之醉題亭上云：『役役閑人事，紛紛醉簿書。工夫兩衙盡，留滯七年餘。』」

【校】

〔剖瓜〕「剖」，馬本、汪本、全詩俱作「割」，據宋本、那波本、何校改。全詩注云：「一作『剖』。」

和除夜作

君賦此詩夜，窮陰歲之餘。我和此詩日，微和春之初。老知顏狀改，病覺支體虛。頭上毛髮短，口中牙齒疏。一落老病界，難逃生死墟。況此促促世，與君多索居。君在浙江東，榮駕方伯輿。我在魏闕下，謬乘大夫車。妻孥常各飽，奴婢亦盈廬。唯是利人事，比君全不如。我統十郎官，君領百吏胥。我掌四曹局，君管十鄉閭。君爲父母君，大惠在資儲。我爲刀筆吏，小惡乃誅鋤。君提七郡籍，我按三尺書。俱已佩金印，嘗同趨玉除。外寵信非薄，中懷何不攄？恩光未報答，日月空居諸。磊落嘗許君，跼促應笑予。所以自知分，欲先歌歸歟。

【箋】

作於大和三年（八二九），五十八歲，長安，刑部侍郎。陳譜大和二年戊申：「又和除夜詩云：『君提七郡籍，我按三尺書。』蓋微之在越凡七年。」城按：元稹賦此詩在大和二年除夜，則白氏和作必在大和三年春無疑。又其和望曉詩云：「一別春七換」，蓋指長慶三年至大和三年也。陳譜繫此詩於二年，似誤。

和知非

因君知非問，詮較天下事。第一莫若禪，第二無如醉。禪能泯人我，醉可忘榮悴。與君次第言，爲我少留意。儒教重禮法，道家養神氣。重禮足滋彰，養神多避忌。不如學禪定，中有甚深味。曠廓了如空，澄凝勝於睡。屏除默默念，銷盡悠悠思。春無傷春心，秋無感秋淚。坐成真諦樂，如受空王賜。既得脱塵勞，兼應離慚愧。除禪其次醉，此説非無謂。一酌機即忘，三杯性咸遂。逐臣去室婦，降虜敗軍帥。思苦膏火煎，憂深扃鎖秘。須憑百杯沃，莫惜千金費。便似罩中魚，脱飛生兩翅。勸君雖老大，逢酒莫迴避。不然即學禪，兩途同一致。

【箋】

作於大和三年（八二九），五十八歲，長安，刑部侍郎。

【校】

〔學禪定〕「禪」，馬本訛作「神」，據宋本、那波本、汪本、全詩、盧校改正。

〔罩中魚〕「罩」，那波本訛作「軍」。

和望曉

休吟稽山晚，聽詠秦城旦。鳴雞初有聲，宿鳥猶未散。丁丁漏向盡，鼕鼕鼓過半。南山青沉沉，東方白漫漫。街心若流水，城角如斷岸。星河稍隅落，宮闕方輪奐。朝車雷四合，騎火星一貫。赫奕冠蓋盛，熒煌朱紫爛。沙堤亘蟆池，子城東北低下處，舊號蝦蟆池。市路遶龍斷。白日忽照耀，紅塵紛散亂。貴教過客避，榮任行人看。祥烟滿虛空，春色無邊畔。鵷行候晷刻，龍尾登霄漢。臺殿暖宜攀，風光晴可翫。草鋪地茵褥，雲卷天幃幔。鶯雜佩鏘鏘，花饒衣粲粲。何言終日樂，獨起臨風歎。歎我同心人，一別春七換。相望山隔礙，欲去官羈絆。何日到江東？超然似張翰。

【箋】

作於大和三年(八二九),五十八歲,長安,刑部侍郎。

〔龍尾〕龍尾道。見卷十九登龍尾道南望憶廬山舊隱詩箋。

【校】

〔稽山晚〕「晚」,馬本、汪本、全詩俱作「曉」,據宋本、那波本、盧校改。

〔亘蟆池〕「亘」,馬本作「蝦」,據宋本、那波本、汪本、全詩、盧校改。此下那波本無注。注中「低下」下宋本衍「下」字。

〔龍斷〕「龍」,那波本訛作「籠」。

〔花饒〕「饒」,馬本、汪本俱作「遶」,據宋本、那波本、全詩、何校、盧校改。全詩注云:「一作『遶』。」汪本注云:「一作『饒』。」

和李勢女

減一分太短,增一分太長。不朱面若花,不粉肌如霜。色爲天下豔,心乃女中郎。自言重不幸,家破身未亡。人各有一死,此死職所當。忍將先人體,與主爲疣瘡。妾死主意快,從此兩無妨。願信赤心語,速即白刃光。南郡忽感激,却立捨鋒鋩。撫背稱阿姊,歸我如歸鄉。竟以恩信待,豈止猜妬忘?由來机上肉,不足揮干將。南郡死已久，骨枯墓蒼蒼。願於墓上頭，立石鐫此章。勸誡天下婦，不令陰勝陽。

【箋】

作於大和三年（八二九），五十八歲，長安，刑部侍郎。城按：桓温平蜀，以李勢女爲妾，甚有寵。其妻南郡主凶妒，既聞，乃拔刀往李所，因欲斫之。見李在窗梳頭，姿貌端麗。主於是擲刀，前抱之曰：「我見猶憐，何況老奴！」遂善之。見世説新語賢媛劉孝標注引妒記、白氏六帖事類集卷六妒第十二。

【校】

〔阿姊〕「姊」，馬本注云：「與姊同，祖似切。」那波本作「姊」。

〔机上〕「机」，汪本、全詩俱作「几」，字通。

和酬鄭侍御東陽春悶放懷追越遊見寄

君得嘉魚置賓席，樂如南有嘉魚時。勁氣森爽竹竿竦，妍文焕爛芙蓉披。載筆在幕名已重，補袞於朝官尚卑。一緘疏入掩谷永，三都賦成排左思。自言拜辭主人後，離心蕩颺風前旗。東南門館别經歲，春眼悵望秋心悲。已上叙嘉魚。昨日嘉魚來訪我，方駕同出何所之？樂遊原頭春尚早，百舌新語聲椑椑。日趁花忙向南拆，風催柳急從東吹。流年惝怳不饒我，美景鮮妍來爲誰？紅塵三條界阡陌，碧草千里鋪郊畿。餘霞斷時綺幅裂，斜雲展處羅文紕。暮鐘遠近聲互動，暝鳥高下飛追隨。酒酣將歸未能去，悵然迴望天四垂。生何足養嵇著論，途何足泣楊漣洏。胡不花下伴春醉，滿酌緑酒聽黄鸝？嘉魚點頭時一歎，聽我此言不知疲。語終興盡各分散，東西軒騎紛逶迤。此詩勿遣閑人見，見恐與他爲笑資。白首舊寮知我者，憑君一詠向周師。周判官師範，蘇杭舊判官，去範字叶韻。

【箋】

作於大和三年（八二九），五十八歲，長安，刑部侍郎。唐宋詩醇卷二四：「整麗疏宕，七古正則。」

〔鄭侍御〕鄭魴。字嘉魚。長慶、寶曆間爲元稹浙東從事。城按：全唐文卷七四〇有鄭魴禹穴碑銘序云：「唐興二百八祀，寶曆庚午秋九月，予從事於是邦，感上聖遺軌，而學者無述，作禹穴碑。廉察使舊相河南公見而銘之。」同書小傳云：「魴，寶曆時人。」又新書宰相世系表鄭氏北祖房載：「魴，字嘉魚。」當即此人。本卷和新樓北園偶集從孫公度周巡官韓秀才盧秀才范處士小飲鄭侍御判官周劉二從事皆先歸詩、酬鄭侍御多雨春空過詩三十韻（卷二六）、元集卷二六酬鄭從事四年九月宴望海亭次用舊韻詩，均同指一人。

〔憑君一詠向周師〕何義門云：「去『範』字叶韻是公原注，蓋漫戲也。」

〔周判官師範〕即周元範。見卷二〇白氏重酬周判官詩箋。清郭麐靈芬館詩話卷一：「唐人用事用人名，類多割截。……至樂天和酬鄭侍御東陽春悶放懷見寄詩末句云：『憑君一詠向周師』，自注：『周判官師範，蘇、杭舊判官。』」

【校】

〔嘉魚時〕何校：「『時』疑作『詩』。」

〔秋心悲〕此下那波本無注。

〔聲椑椑〕馬本作「新裨裨」，非。據宋本、那波本、汪本、全詩、盧校改正。

〔憹悅〕汪本作「惝怳」。

〔不饒我〕「不」，馬本作「未」，據宋本、那波本、汪本、全詩、盧校改。

〔暮鐘〕「鐘」，宋本、那波本俱作「鍾」，古字通。

〔漣洏〕「洏」，宋本、盧校、何校俱作「而」。

〔周師〕此下那波本無注。

和自勸二首

稀稀疏疏遶籬竹，窄窄狹狹向陽屋。屋中有一曝背翁，委置形骸如土木。日暮半爐麩炭火，夜深一盞紗籠燭。不知有益及民無？二十年來食官禄。就暖移盤箸下食，防寒擁被帷中宿。秋官月俸八九萬，豈徒遣爾身温足？勤操丹筆念黄沙，莫使飢寒囚滯獄。

急景凋年急於水，念此攬衣中夜起。門無宿客共誰言？煖酒挑燈對妻子。身飲數杯妻一盞，餘酌分張與兒女。微酣静坐未能眠，風霰蕭蕭打窗紙。自問有何才與術？入爲丞郎出刺史。争知壽命短復長？豈得營營心不止？請看韋孔與錢崔，半月之間四人死。韋中書、孔京兆、錢尚書、崔華州，十五日間相次而逝。

【箋】

作於大和三年（八二九），五十八歲，長安，刑部侍郎。

〔日暮半爐麩炭火〕老學庵筆記：「謝景魚家有陳無己手簡一編，有十餘帖，皆與酒務官，託買浮炭，其貧可知。浮炭者，謂投之水中而浮。今人謂之桴炭，恐亦投之水中則浮故也。白樂天詩云：『日暮半爐桴炭火』，則其語亦已久矣。」唐音癸籤云：「白樂天詩云：『日暮半爐麩炭火』，麩炭語留傳不一。北夢瑣言：優人安轡新嘲李茂貞燒京闕云：京師但賣浮炭，便足一生。」

〔韋中書〕韋處厚。寶曆二年十二月，文宗即位，拜韋處厚爲中書侍郎、同中書門下平章事。卒於大和二年十二月壬申（二十一日），年五十六。贈司空。見舊書卷一四二、新書卷一五九本傳、舊書卷十七上文宗紀。白氏題道宗上人十韻序（卷二一）云：「普濟寺律大德宗上人法堂中，有故相國鄭司徒、歸尚書、陸刑部、元少尹及今吏部鄭相、中書韋相、錢左丞詩。」又大和三年作祭中書韋相公文（卷六九）云：「長慶初俱爲中書舍人，日尋詣普濟寺宗律師所，同受八戒，各持十齋，繇是香火因緣，漸相親近。及公居相位，走在班行，公府私家，時一相見，佛乘之外，言不及他。誓趨菩提，交相度脱。去年臘月勝業宅中，公云必結佛緣……曾未經旬，公即捐館。」與此詩相證，時間正合。

〔孔京兆〕孔戢。巢父從子，孔戣之弟。大和二年正月自右散騎常侍除京兆尹。大和三年正月丁亥（初六日）卒。見舊書卷十七上文宗紀、舊書卷一五四本傳。

〔錢尚書〕錢徽。舊書卷十七上文宗紀：「（大和三年正月）庚寅（初九日），吏部尚書致仕錢徽卒。」城按：舊書本傳謂卒於大和三年三月，誤。

〔崔華州〕崔植。舊書卷十七上文宗紀：「（大和三年正月）甲辰（二十三日），華州刺史、鎮國軍潼關防禦使崔植卒。」又白氏有崔植一子官迴授姪某制（卷四九）。

【校】

〔身歛〕「身」，馬本、汪本俱作「自」，據宋本、那波本、全詩、何校、盧校改。全詩注云：「一作『自』。」

〔争知〕「知」，馬本訛作「如」，據宋本、那波本、汪本、全詩、盧校改正。

〔人死〕此下那波本無小注。

和雨中花

真宰倒持生殺柄，閑物命長人短命。松枝上鶴蓍下龜，千年不死仍無病。人生不得似龜鶴，少去老來同旦暝。何異花開旦暝間，未落仍遭風雨横。草得經年菜連月，唯花不與多時節。一年三百六十日，花能幾日供攀折！桃李無言難自訴，黄鶯解語憑君説。鶯雖爲説不分明，葉底枝頭謾饒舌。

【箋】

作於大和三年（八二九），五十八歲，長安，刑部侍郎。

〔未落仍遭風雨横〕何義門云：「雨中一點。」

【校】

〔菜連月〕「菜」，汪本作「萊」，注云：「一作『菜』。」全詩注云：「一作『萊』。」

和晨興因報問龜兒

冬旦寒慘澹，雲日無晶輝。當此歲暮感，見君晨興詩。君詩亦多苦，苦在兄遠離。我苦不在遠，纏縣肝與脾。西院病孀婦，後牀孤姪兒。黄昏一慟後，夜半一起時。病眼兩行血，衰鬢萬莖絲。咽絶五藏脈，消滲百骸脂。雙目失一目，四肢斷兩肢。不如溘然盡，安用半活爲？誰謂荼蘗苦？荼蘗甘如飴。誰謂湯火熱？湯火冷如澌。前時君寄詩，憂念問阿龜。喉燥聲氣窒，經年無報辭。及覩晨興句，未吟先涕垂。因兹漣漣際，一吐心中悲。茫茫四海間，此苦唯君知。去我四千里，使我告訴誰？仰頭向青天，但見雁南飛。憑雁寄一語，爲我達微之。弦絶有續膠，樹斬可接枝，唯我中腸斷，應無連得期！

【箋】

作於大和二年（八二八），五十七歲，長安，刑部侍郎。

〔龜兒〕白行簡之子。見白氏弄龜羅（卷七）、聞龜兒詠詩（卷十七）、見小姪龜兒詠燈詩并臘娘製衣因寄行簡（卷二四）等詩。

〔西院病孀婦以下二十二句〕岑仲勉論白氏長慶集源流并評東洋本白集云：「行簡『寶曆二年冬病卒』，附見舊書一六六居易傳，故詩言孤姪、斷肢。居易寶曆二年八月三十方辭蘇州，而詩謂經年無報，合此以推，知斷爲大和二年無疑矣。」

【校】

〔病眼〕「眼」，馬本訛作「眠」，據宋本、那波本、汪本、全詩、盧校改正。

〔兩行血〕「血」，馬本作「淚」，據宋本、那波本、汪本、全詩、盧校改。全詩注云：「一作『淚』。」

〔衰鬢〕「衰」，宋本、那波本俱作「悲」。全詩注云：「一作『悲』。」

〔消滲〕馬本、汪本、全詩俱作「瘦消」，據宋本、那波本、盧校改。汪本、全詩俱注云：「一作『消滲』。」

〔溘然盡〕「盡」，馬本、汪本、全詩俱作「逝」，據宋本、那波本改。全詩注云：「一作『盡』。」

〔漣漣〕馬本、全詩俱作「漣洳」，據宋本、那波本、汪本、盧校改。全詩「洳」下注云：「一作『漣』。」

〔去我〕馬本倒作「我去」，據宋本、那波本、汪本、全詩乙轉。

〔連得期〕何校：「『期』一作『時』。」

和朝迴與王鍊師遊南山下

藹藹春景餘，峩峩夏雲初。蹀蹀退朝騎，飄飄隨風裾。晨從四丞相，入拜白玉除。暮與一道士，出尋青谿居。吏隱本齊致，朝野孰云殊。道在有中適，機忘無外虞。但愧煙霄上，鸞鳳爲吾徒。又慚雲水間，鷗鶴不我疏。坐傾數杯酒，卧枕一卷書。興酣頭兀兀，睡覺心于于。以此送日月，問師爲何如？

【箋】

約作於大和二年（八二八）至大和三年（八二九），長安，刑部侍郎。

〔南山〕終南山。太平寰宇記卷二五雍州：「終南山在（萬年）縣南五十里。」

【校】

〔題〕「朝迴」下馬本脱「與」字，據宋本、那波本、汪本、全詩增。

〔雲水〕「水」，馬本、全詩俱作「林」，據宋本、那波本、汪本、盧校改。全詩注云：「一作『水』。」

和嘗新酒

空腹嘗新酒，偶成卯時醉。醉來擁褐裘，直至齋時睡。静酣不語笑，真寢無夢寐。殆欲忘形骸，詎知屬天地。醒餘和未散，起坐澹無事。舉臂一欠伸，引琴彈秋思。

【箋】

約作於大和二年（八二八）至大和三年（八二九），長安，刑部侍郎。

〔秋思〕白氏池上篇序（卷六九）云：「先是潁川陳孝山與釀法酒，味甚佳。博陵崔晦叔與琴，韻甚清。蜀客姜發授秋思，聲甚淡。弘農楊貞一與青石三，方長平滑，可以坐卧。大和三年夏，樂天始得請爲太子賓客，分秩於洛下，息躬於池上。……每至池風春，池月秋，水香蓮開之旦，露清鶴唳之夕，拂楊石，舉陳酒，援崔琴，彈姜秋思，頹然自適，不知其他。」

【校】

〔静酣〕「静」，汪本、全詩俱作「睡」。

〔醒餘〕「醒」，馬本、全詩俱作「醒」，據宋本、那波本、汪本改。

和順之琴者

陰陰花院月，耿耿蘭房燭。中有弄琴人，聲貌俱如玉。清泠石泉引，瀹泞風松曲，遂使君子心，不愛凡絲竹。

【箋】

作於大和三年（八二九），五十八歲，長安，刑部侍郎。

〔順之〕庾敬休。見卷十夢與李七庾三十二同訪元九詩箋。白氏又有庾順之以紫霞綺遠贈以詩答之（卷十四）詩。

【校】

〔瀹泞〕馬本、全詩俱作「雅瀹」，非。據宋本、那波本、汪本、盧校改。全詩注云：「一作『瀹泞』。」

〔風松〕何校：「『風松』一作『松風』。」

感舊寫真

李放寫我真，寫來二十載。莫問真何如？畫亦銷光彩。朱顔與玄鬢，日夜改復改。無嗟貌遽非，且喜身猶在。

【箋】作於大和三年（八二九），五十八歲，長安，刑部侍郎。城按：此詩汪本編在後集卷二。〔李放〕見卷六自題寫真詩箋。城按：自題寫真詩作於元和五年，至大和三年適爲二十年。故詩云：「李放寫我真，寫來二十載。」

授太子賓客歸洛

自此後東都作。

南省去拂衣，東都來掩扉。病將老齊至，心與身同歸。白首外緣少，紅塵前事非。懷哉紫芝叟，千載心相依。

【箋】作於大和三年（八二九），五十八歲，洛陽，太子賓客分司。城按：居易百日長告假滿，自刑部侍郎除太子賓客分司，在大和三年三月末，有病免後喜除賓客詩（卷二七）。此詩汪本編在後集卷二。

秋池二首

身閑無所爲，心閑無所思。況當故園夜，復此新秋池。岸闇鳥棲後，橋明月出時。菱風香散漫，桂露光參差。静境多獨得，幽懷竟誰知？悠然心中語，自問來何遲？

朝衣薄且健，晚簟清仍滑。社近燕影稀，雨餘蟬聲歇。閑中得詩境，此境幽難説。露荷珠自傾，風竹玉相戛。誰能一同宿？共翫新秋月。暑退早涼歸，池邊好時節。

【箋】

作於大和三年（八二九），五十八歲，洛陽，太子賓客分司。城按：此詩汪本編在後集卷二。

【校】

〔題〕第二首前，宋本有「又」字，那波本有「又一首」三字。

〔早涼〕馬本倒作「涼早」，據宋本、那波本、汪本、全詩乙轉。

中隱

大隱住朝市，小隱入丘樊。丘樊太冷落，朝市太囂諠。不如作中隱，隱在留司官。似出復似處，非忙亦非閑。不勞心與力，又免飢與寒。終歲無公事，隨月有俸錢。君若好登臨，城南有秋山。君若愛遊蕩，城東有春園。君若欲一醉，時出赴賓筵。洛中多君子，可以恣歡言。君若欲高臥，但自深掩關。亦無車馬客，造次到門前。人生處一世，其道難兩全。賤即苦凍餒，貴則多憂患。唯此中隱士，致身吉且安。窮通與豐約，正在四者間。

【箋】

作於大和三年（八二九），五十八歲，洛陽，太子賓客分司。城按：此詩汪本編在後集卷二。

唐宋詩醇卷二五：「胸中無罣礙，乃得此空明洒脱之境。」

問秋光

殷卿領北鎮，崔尹開南幕。外事信爲榮，中懷未必樂。何如不才者？兀兀無所作。不引窗下琴，即舉池上酌。淡交唯對水，老伴無如鶴。自適頗從容，旁觀誠濩落。身心轉恬泰，烟景彌淡泊。迴首語秋光，東來應不錯。

【箋】

作於大和三年（八二九），五十八歲，洛陽，太子賓客分司。城按：此詩汪本編在後集卷二。

〔殷卿〕何義門云：「殷疑是殷侑。」城按：殷侑自衛尉卿檢校工部尚書充滄齊德節度使在大和三年七月。見舊書卷十七上文宗紀。證以白氏此詩，何説是也。又舊書卷一六五本傳云：「大和四年，加檢校工部尚書、滄齊德觀察使。」所記時間有誤。

〔崔尹〕崔護。舊書卷十七上文宗紀：「（大和三年六月）丁酉，以京兆尹崔護爲御史大夫、嶺南節度使。」

引　泉

一爲止足限，二爲衰疾牽。邴罷不因事，陶歸非待年。歸來嵩洛下，閉户何翛然？静掃林下地，閑疏池畔泉。伊流狹似帶，洛石大如拳。誰教明月下，爲我聲濺濺？竟夕舟中坐，有時橋上眠。何用施屏障，水竹繞牀前。

【箋】作於大和三年（八二九），五十八歲，洛陽，太子賓客分司。城按：此詩汪本編在後集卷二。

【校】〔衰疾〕何校：「『疾』一作『病』。」

知足吟 和崔十八未貧作。

不種一壠田，倉中有餘粟。不採一枝桑，箱中有餘服。官閑離憂責，身泰無羈束。中人百户税，賓客一年禄。樽中不乏酒，籬下仍多菊。是物皆有餘，非心無所欲。吟君未貧作，因歌知足曲。自問此時心，不足何時足？

【箋】作於大和三年（八二九），五十八歲，洛陽，太子賓客分司。城按：此詩汪本編在後集卷二。

〔崔十八〕崔玄亮。見卷五常樂里閑居偶題十六韻兼寄劉十五公輿王十一起吕二炅吕四穎崔十八玄亮元九稹劉三十二敦質張十五仲元（方）時爲校書郎詩箋。並參見崔十八新池（本卷）、聞崔十八宿予新昌弊宅時予亦宿崔家依仁新亭一宵偶同兩興暗合因而成詠聊以寫懷（卷二二）、答崔十八見寄（卷二七）、同崔十八寄元浙東王陝州（卷二七）、答崔十八（卷二七）、臨都驛送崔十八(卷二七)、雨中訪崔十八(外集卷上)、同崔十八宿龍門兼寄令狐尚書馮常侍(外集卷中)等詩。

〔未貧〕未貧詩。城按:玄亮未貧詩今已佚。

【校】

〔一枝桑〕「枝」,馬本、全詩、何校俱作「株」,據宋本、那波本、汪本、盧校改。全詩注云:「一作『枝』。」

酬集賢劉郎中對月見寄兼懷元浙東

月在洛陽天,天高净如水。下有白頭人,攬衣中夜起。思遠鏡亭上,光深書殿裏。眇然三處心,相去各千里。

【箋】

作於大和三年(八二九),五十八歲,洛陽,太子賓客分司。城按:此詩汪本編在後集卷二,亦見會稽掇英總集卷十二。劉集外二有月夜憶樂天兼寄微之詩,與白詩俱作於三年夏秋間,時元稹尚未聞内召之命。

〔集賢劉郎中〕劉禹錫。寶曆二年罷和州刺史。大和元年除主客郎中分司東都。二年春以主客郎中充集賢學士。三年遷禮部郎中、集賢學士。見錢大昕十駕齋養新録卷六考證。城按:

歐陽棐集古録目卷五唐令狐楚先廟碑條云：「禮部郎中、集賢院學士劉禹錫撰並書。」又云：「碑以大和三年立。」據此，白氏作此詩時，禹錫當已遷禮部郎中、集賢學士。

〔元浙東〕元稹。舊書一六六本傳：「（長慶三年）改授越州刺史、兼御史大夫、浙東觀察使。」會稽掇英總集卷十八唐太守題名記：「元稹，長慶三年八月，自同州防禦使授。大和三年九月除尚書左丞。」白氏又有同崔十八寄元浙東王陝州詩（卷二七）。

〔鏡亭〕鏡湖南亭。

〔書殿〕指集賢殿。

太湖石

遠望老嵯峩，近觀怪嶔崟。纔高八九尺，勢若千萬尋。嵌空華陽洞，重疊匡山岑。邈矣仙掌迥，呀然劍門深。形質冠今古，氣色通晴陰。未秋已瑟瑟，欲雨先沉沉。天姿信爲異，時用非所任。磨刀不如礪，擣帛不如砧。何乃主人意，重之如萬金？豈伊造物者，獨能知我心。

【箋】作於大和三年（八二九），五十八歲，洛陽，太子賓客分司。城按：此詩汪本編在後集卷二。

〔太湖石〕吴郡志卷二九：「太湖石出洞庭西山，以生水中者爲貴。石在水中歲久，爲波濤所衝撞，皆成嵌空，石面鱗鱗作靨，名彈窩，亦水痕也。没人縋下鑿取，極不易得。石性温潤奇巧，扣之鏗然如鐘磬，自唐以來貴之。其在山者名旱石，亦奇巧，枯而不潤，不甚貴重。白居易品牛僧孺家諸石，以太湖石爲甲。」白氏太湖石記（外集卷下）云：「石有族聚，太湖爲甲，羅浮、天竺之徒次焉。」

〔華陽洞〕在長安永崇里華陽觀。白氏春題華陽觀詩（卷十三）云：「帝子吹簫逐鳳凰，空留仙洞號華陽。落花何處堪惆悵，頭白宫人掃影堂。」

【校】

〔千萬尋〕何校：「『尋』從蘭雪作『文』。」

〔匡山〕「匡」，馬本作「屏」，據宋本、那波本、汪本、英華、全詩、盧校改。全詩注云：「一作『屏』。」

〔仙掌迥〕「迥」，那波本訛作「迴」。

偶作二首

擾擾貪生人，幾何不夭閼？遑遑愛名人，幾何能貴達？伊余信多幸，拖紫垂白髮。身爲三品官，年已五十八。筋骸雖早衰，尚未苦羸惙。資産雖不豐，亦不甚貧竭。登山力猶在，遇酒興時發。無事日月長，不羈天地闊。安身有處所，適意無時節。解帶松下風，抱琴池上月。人間所重者，相印將軍鉞。謀慮繫安危，威權主生殺。焦心一身苦，炙手旁人熱。未必方寸間，得如吾快活。

日出起盥櫛，振衣入道場。寂然無他念，但對一爐香。日高始就食，食亦非膏粱。精粗隨所有，亦足飽充腸。日午脱巾簪，燕息窗下牀。清風颯然至，卧可致羲皇。日西引杖屨，散步遊林塘。或飲茶一盞，或吟詩一章。日入多不食，有時唯命觴。何以送閑夜？一曲秋霓裳。一日分五時，作息率有常。自喜老後健，不嫌閑中忙。是非一以貫，身世交相忘。若問此何許？此是無何鄉。

【箋】

作於大和三年（八二九），五十八歲，洛陽，太子賓客分司。城按：此詩汪本編在後集卷二。吴處厚青箱雜記云：「樂天賦性曠達，其詩曰：『無事日月長，不羈天地闊。』此曠達者之詞也。孟郊賦性褊隘，其詩曰：『出門即有礙，誰謂天地寬。』此褊隘者之詞也。然則天地又何嘗礙郊，孟郊自礙耳。」

【校】

〔題〕第二首前，宋本有「又」字，那波本有「又一首」三字。

葺池上舊亭

池月夜淒涼，池風曉蕭颯。欲入池上冬，先葺池中閣。向暖窗户開，迎寒簾幕合。苔封舊瓦木，水照新朱蠟。軟火深土爐，香醪小瓷榼。中有獨宿翁，一燈對一榻。

【箋】作於大和三年（八二九），五十八歲，洛陽，太子賓客分司。城按：此詩汪本編在後集卷二一。

【校】〔池中閣〕汪本作「園中閣」，全詩作「池上閣」。

崔十八新池

愛君新小池，池色無人知。見底月明夜，無波風定時。忽看不似水，一泊稀琉璃。

【箋】作於大和三年（八二九），五十八歲，洛陽，太子賓客分司。城按：此詩汪本編在後集卷二一。

〔崔十八〕崔玄亮。見本卷知足吟詩箋。城按：白氏唐故虢州刺史贈禮部尚書崔公墓誌銘（卷七〇）云：「俄改湖州刺史，……入爲秘書少監，改曹州刺史兼御史中丞，謝病不就。」則此詩當作於大和三年秋前玄亮自秘書少監改官告病歸洛期間。

【校】

〔一泊稀〕那波本作「一派寒」。

玩止水

動者樂流水，静者樂止水。利物不如流，鑒形不如止。淒清早霜降，淅瀝微風起。中面紅葉開，四隅緑萍委。廣狹八九丈，灣環有涯涘。淺深三四尺，洞徹無表裏。净分鶴翹足，澄見魚掉尾。迎眸洗眼塵，隔胸蕩心滓。定將禪不別，明與誠相似。清能律貪夫，淡可交君子。豈唯空狎玩，亦取相倫擬。欲識静者心，心源只如此。

【箋】

作於大和三年（八二九），五十八歲，洛陽，太子賓客分司。城按：此詩汪本編在後集卷二。唐宋詩醇卷二五：「見理透，體物精，晉人無此分寸，宋人無此灑脱。」

聞崔十八宿予新昌弊宅時予亦宿崔家依仁新亭一宵偶同兩興暗合因而成詠聊以寫懷

陋巷掩弊廬，高居敞華屋。新昌七株松，依仁萬莖竹。松前月臺白，竹下風池緑。君向我齋眠，我在君亭宿。平生有微尚，彼此多幽獨。何必本主人，兩心聊自足。

【箋】

作於大和四年（八三〇），五十九歲，洛陽，太子賓客分司。城按：此詩汪本編在後集卷二。

〔崔十八〕崔玄亮。見本卷知足吟詩箋。城按：新書卷一六四本傳：「大和四年繇太常少卿改諫議大夫。」則白氏作此詩時，玄亮當在長安官太常少卿也。

〔新昌弊宅〕白居易宅，在長安朱雀門街東第五街新昌坊。見卷二和答詩十首序箋。

〔依仁新亭〕在洛陽長夏門之東第五街永通坊崔玄亮宅。白氏有崔十八新池詩，蓋其宅有水竹之勝。城按：永通坊本曰依仁，後改此名。元河南志云：「本曰依仁。按韋述記，此坊東出外城之永通門，其後門塞，又改坊名。唐虢州刺史崔玄亮宅，失其處所。」

【校】

〔七株松〕「七」，汪本作「十」，非。何校：「『七』字黄校無改。觀二十一卷中新雪第二篇云：

『唯憶夜深新雪後，新昌臺上七株松。』『七』爲是。」城按：何校是也。

〔本主人〕「本」，馬本訛作「求」，據宋本、那波本、汪本、全詩、盧校改正。全詩注云：「一作『求』。」亦非。

日長

日長晝加飧，夜短朝餘睡。春來寢食間，雖老猶有味。林塘得芳景，園曲生幽致。愛水多棹舟，惜花不掃地。幸無眼下病，且向樽前醉。身外何足言，人間本無事。

【箋】作於大和四年（八三〇），五十九歲，洛陽，太子賓客分司。城按：此詩汪本編在後集卷二。

【校】〔棹舟〕「棹」，全詩作「櫂」。城按：櫂爲棹之或字。

三月三十日作

今朝三月盡，寂寞春事畢。黄鳥漸無聲，朱櫻新結實。臨風獨長歎，此歎意非一。

半百過九年，豔陽殘一日。隨年減歡笑，逐日添衰疾。且遣花下歌，送此杯中物。

【箋】作於大和四年（八三〇），五十九歲，洛陽，太子賓客分司。見陳譜及汪譜。城按：此詩汪本編在後集卷二。

慵不能

架上非無書，眼慵不能看。匣中亦有琴，手慵不能彈。腰慵不能帶，頭慵不能冠。午後恣情寢，午時隨事飱。一飱終日飽，一寢至夜安。飢寒亦閑事，況乃不飢寒！

【箋】作於大和四年（八三〇），五十九歲，洛陽，太子賓客分司。城按：此詩汪本編在後集卷二。

晨　興

宿鳥動前林，晨光上東屋。銅爐添早香，紗籠滅殘燭。頭醒風稍愈，眼飽睡初足。起坐兀無思，叩齒三十六。何以解宿齋？一杯雲母粥。

【箋】

作於大和四年（八三〇），五十九歲，洛陽，太子賓客分司。城按：此詩汪本編在後集卷二。

朝　課

平甃白石渠，静掃青苔院。池上好風來，新荷大如扇。小亭中何有？素琴對黄卷。蕊珠諷數篇，秋思彈一遍。從容朝課畢，方與客相見。

【箋】

作於大和四年（八三〇），五十九歲，洛陽，太子賓客分司。城按：此詩汪本編在後集卷二。

天竺寺七葉堂避暑

鬱鬱復鬱鬱，伏熱何時畢？行入七葉堂，煩暑隨步失。簷雨稍霏微，窗風正蕭瑟。清宵一覺睡，可以銷百疾。

【箋】作於長慶三年（八二三），五十二歲，杭州，杭州刺史。城按：此詩汪本編在後集卷二。〔天竺寺七葉堂〕天竺寺有七葉堂，見咸淳臨安志卷八。何義門云：「杜佑別墅有樹每朵七葉。羅隱有『夏窗七葉連陰暗』之句，此堂其亦以樹得名耶？」汪立名云：「按咸淳臨安志，下天竺寺有七葉堂，載公此詩，是亦杭州作，編者誤入洛下詩耳。然集中前後倒置者甚多，未能盡正也。」

香山寺石樓潭夜浴

炎光晝方熾，暑氣宵彌毒。搖扇風甚微，褰裳汗霢霂。起向月中行，來就潭上浴。平石爲浴牀，窪石爲浴斛。綃巾薄露頂，草屨輕乘足。清涼詠而歸，歸上石樓宿。

【箋】作於大和四年（八三〇），五十九歲，洛陽，太子賓客分司。城按：此詩汪本編在後集卷二。〔香山寺〕龍門十寺之一，後魏時所建。在洛陽南三十里香山。見乾隆河南府志卷十一及卷七十五。白氏修香山寺記（卷六八）云：「洛都四郊山水之勝，龍門首焉。龍門十寺觀遊之勝，香山首焉。」

〔石樓潭〕白氏修香山寺記（卷六八）：「關塞之氣色，龍潭之景象，香山之泉石，石樓之風月，與往來者耳目一時而新。」白氏又有遊平泉宴浥澗宿香山石樓贈座客詩（卷三六）。

【校】

〔月中〕「中」，汪本、全詩俱作「下」。

〔潭上〕「上」，馬本、汪本、全詩俱作「中」，據宋本、那波本改。何校：「『潭中』黄校作『潭上』。『月中』無改。」全詩注云：「一作『上』。」

嗟髮落

朝亦嗟髮落，暮亦嗟髮落。落盡誠可嗟，盡來亦不惡。既不勞洗沐，又不煩梳掠。最宜濕暑天，頭輕無髻縛。脱置垢巾幘，解去塵纓絡。銀瓶貯寒泉，當頂傾一勺。有如醍醐灌，坐受清涼樂。因悟自在僧，亦資於剃削。

【箋】

作於大和四年（八三〇），五十九歲，洛陽，太子賓客分司。城按：此詩汪本編在後集卷二。何義門云：「項子遷：『常因束帶熱，每憶剃頭涼。』不知白公先已道來。」

【校】

〔煩梳掠〕「煩」，馬本、汪本俱作「勞」，據宋本、那波本、全詩改。

安穩眠

家雖日漸貧，猶未苦飢凍。身雖日漸老，幸無急病痛。眼逢鬧處合，心向閑時用。既得安穩眠，亦無顛倒夢。

【箋】

作於大和四年（八三〇），五十九歲，洛陽，太子賓客分司。城按：此詩汪本編在後集卷二。

池上夜境

晴空星月落池塘，澄鮮净緑表裏光。露簟清瑩迎夜滑，風襟蕭灑先秋涼。無人驚處野禽下，新睡覺時幽草香。但問塵埃能去否？濯纓何必向滄浪。

【箋】

作於大和四年（八三〇），五十九歲，洛陽，太子賓客分司。城按：此詩汪本編在後集卷二。

〔無人驚處野禽下〕何義門云：「佳句。」

書紳

仕有職役勞，農有畎畝勤。優哉分司叟，心力無苦辛。歲晚頭又白，自問何欣欣。新酒始開甕，舊穀猶滿囷。吾嘗靜自思，往往夜達晨。何以送吾老？何以安吾貧？歲計莫如穀，飽則不干人。日計莫如醉，醉則兼忘身。誠知有道理，未敢勸交親。恐爲人所哂，聊自書諸紳。

【箋】

作於大和四年（八三〇），五十九歲，洛陽，太子賓客分司。城按：此詩汪本編在後集卷二。

【校】

〔開甕〕「甕」，宋本、那波本俱作「瓮」，字同。

秋遊平泉贈韋處士閑禪師

秋景引閑步，山遊不知疲。杖藜捨輿馬，十里與僧期。昔嘗憂六十，四體不支持。今來已及此，猶未苦衰羸。予往年有詩云：「三十氣太壯，胸中多是非。六十年太老，四體不支持。」今故云。心興遇境發，身力因行知。尋雲到起處，愛泉聽滴時。南村韋處士，西寺閑禪師。山頭與澗底，聞健且相隨。

【箋】

作於大和四年（八三〇），五十九歲，洛陽，太子賓客分司。見汪譜。城按：此詩汪本編在後集卷二。

〔平泉〕在洛陽城南三十里，有李德裕平泉莊。明統志卷二九河南府：「平泉在府城南，泉上有橋，乃唐李德裕舊莊，中多怪石，醒酒石尤奇，德裕有記及詩。」清統志河南府：「平泉在澠池縣東南三十里，源出平地，東南流入洛。」白氏有遊平泉贈晦叔（卷二七）、題平泉薛家雪堆莊（卷二八）、醉遊平泉（卷三二）、題贈平泉韋徵君拾遺（卷三二）、遊平泉宴浥澗宿香山石樓贈座客（卷三六）等詩。

〔韋處士〕平泉處士韋楚。白氏薦伊闕山平泉處士韋楚文（卷六八）云：「況家傳簪組，兄在班行，而楚獨棲山卧雲，鍊氣絶粒，滋味不接於口，塵埃不染其心，二十餘年。」又有池上贈韋山人（卷二八）、題贈平泉韋徵君拾遺（卷三二）、龍門送別皇甫澤州赴任韋山人南遊（卷三二）等詩，均指楚也。又劇談録卷下云：「（李相國德裕）平泉莊去洛城三十里，……莊東南隅即徵士韋楚老拾遺別墅。楚老風韻高致，雅好山水。相國居廊廟日，以白衣累擢諫署，後歸平泉，造門訪之，楚老避于山谷。相國題詩云：『昔日徵黃詔，余慚在鳳池。今來招隱士，恨不見瓊枝。』」樊川集卷三有洛中監察病假送韋楚老拾遺歸朝詩。唐語林卷七云：「韋楚老，李宗閔之門生，與杜牧同年生，情好相得。」唐才子傳卷六謂「楚老，長慶四年中書舍人李宗閔下進士，仕終國子祭酒」，疑係另一人。蓋白氏薦韋楚文作於大和六年，距長慶末並無二十餘年也。俟考。

〔閑禪師〕僧清閑。東都奉國寺僧神照弟子。白氏唐東都奉國寺禪德大師照公塔銘并序（卷七一）：「粤以開成三年冬十二月示滅於奉國寺禪院，……明年，傳教主院上首弟子沙門清閑糺門徒，合財施，與服勤弟子志行等營度襄事，卜兆於寶應寺荷澤祖師塔東若干步，窆而塔焉。」修香山寺記（卷六八）：「因請悲智僧清閑主張之。」白氏又有贈清閑上人（卷二七）、題天竺南院贈閑元旻清四上人（卷三〇）、喜照密閑實四上人見過（卷三一）、答閑上人來問因何風疾（卷三五）、夏日與閑禪師林下避暑（卷三六）等詩，均係酬清閑之作。

〔聞健〕何義門云：「『聞』猶趁也。今雍、豫語尚爾。新本才調集王建三臺詩：『聞身強健且爲。』」

【校】

〔衰羸〕此下那波本無注。馬本注中「胸中」作「四十」，「太壯」作「大壯」，據宋本、汪本、全詩改。

遊坊口懸泉偶題石上　時爲河南尹。

濟源山水好，老尹知之久。常日聽人言，今秋入吾手。孔山刀劍立，沁水龍蛇走。危磴上懸泉，澄灣轉坊口。虚明見深底，净緑無纖垢。仙棹浪悠揚，塵纓風抖擻。巖寒松柏短，石古莓苔厚。錦座纓高低，翠屏張左右。雖無安石妓，不乏文舉酒。談笑逐身來，管絃隨事有。時逢杖錫客，或值垂綸叟。相與澹忘歸，自辰將及酉。公門欲返駕，溪路猶迴首。早晚重來遊，心期罷官後。

【箋】

作於大和五年（八三一），六十歲，濟源，河南尹。城按：此詩汪本編在後集卷二、唐宋詩醇卷二五：「中幅刻畫山水景致，頗近選體，起結香山本色。」

〔坊口〕在濟源縣東三十里，即古秦渠也。秦時以枋木爲門，以備蓄洩，故名枋口。亦作「方口」，韓愈盤谷子詩「平沙緑浪榜方口」是也。見清統志懷慶府二。

〔老尹知之久〕何義門云：「此句正爲結句罷官伏脈。」

〔孔山〕在濟源縣東北二十五里。上有數峯，峯皆玲瓏，遠近洞見。山上石穴洞開，穴内石上有車轍牛跡自然成者，非人工所能也。山泉下注沁水。見清統志懷慶府一。

〔沁水〕在濟源縣北。見清統志懷慶府一。

【校】

〔題〕「坊口」，何校：「『坊』疑作『枋』，石刻『枋』。」城按：何校非，見前箋。又題下小注，那波本爲大字同題。

〔抖擻〕宋本、那波本、全詩俱作「斗藪」。何校：「石本作『抖擻』。」城按：抖擻同斗藪，亦作斗擻。

〔纓高低〕何校：「『纓』字疑有訛，『疊』字從黄校，石本『疊』。」城按：何説是，「纓」字義難通。那波本作「映」，亦較「纓」字爲長。

對火玩雪

平生所心愛，愛火兼憐雪。火是臘天春，雪爲陰夜月。鵝毛紛正墮，獸炭敲初折。盈尺白鹽寒，滿爐紅玉熱。稍宜杯酌動，漸引笙歌發。但識歡來由，不知醉時節。銀盤堆柳絮，羅袖摶瓊屑。共愁明日銷，便作經年别。

【箋】

作於大和五年（八三一），六十歲，洛陽，河南尹。城按：此詩汪本編在後集卷二。

六年寒食洛下宴遊贈馮李二少尹

豐年寒食節，美景洛陽城。三尹皆强健，七日盡晴明。東郊蹋青草，南園攀紫荆。風坼海榴豔，露墜木蘭英。假開春未老，宴合日屢傾。珠翠混花影，管絃藏水聲。佳會不易得，良辰亦難并。聽吟歌暫輟，看舞杯徐行。米價賤如土，酒味濃於餳。此時不盡醉，但恐負平生。殷勤二曹長，各捧一銀觥。

【箋】

作於大和六年（八三二），六十一歲，洛陽，河南尹。見汪譜。城按：此詩汪本編在後集卷二。

〔馮少尹〕河南少尹馮定。定乃馮宿之弟，寶曆二年出爲鄧州刺史。尋除國子司業，河南少尹大和九年八月，爲太常少卿。見舊唐書卷一六八馮宿傳。白氏認春戲呈馮少尹李郎中陳主簿詩（卷二五）中之「馮少尹」，當同爲一人。

〔珠翠混花影〕何義門云：「雙關。」

〔殷勤二曹長二句〕何義門云：「極平淡不可及。」

【校】

〔七日〕「七」，那波本作「一」。

〔宴合〕「合」，英華作「洽」。全詩注云：「一作『洽』。」
〔濃於錫〕「錫」，馬本注云：「徐盈切。」
〔銀觥〕「觥」，英華作「瓶」，非。

苦熱中寄舒員外

何堪日衰病，復此時炎燠。厭對俗杯盤，倦聽凡絲竹。藤牀鋪晚雪，角枕截寒玉。安得清瘦人，新秋夜同宿？非君固不可，何夕枉高躅？

【箋】

作於大和六年（八三二），六十一歲，洛陽，河南尹。城按：此詩汪本編在後集卷二。

〔舒員外〕舒元輿。大和五年八月自刑部員外郎改授著作郎分司東都。見舊書卷一六九、新書卷一七九本傳。參見舒員外遊香山寺數日不歸兼辱尺書大誇勝事時正值坐衙慮囚之際走筆題長句以贈之（本卷）、履信池櫻桃島上醉後走筆送別舒員外兼寄宗正李卿考功崔郎中（卷二九）、普提寺上方晚望香山寺寄舒員外（卷三〇）、酬舒三員外見贈長句（卷三一）等詩。

【校】

〔題〕何校：「蘭雪無『中』字。」

閑夕

一聲早蟬發，數點新螢度。蘭釭耿無烟，筠簟清有露。未歸後房寢，且下前軒步。斜月入低廊，涼風滿高樹。放懷常自適，遇境多成趣。何法使之然？心中無細故。

【箋】

作於大和六年（八三二），六十一歲，洛陽，河南尹。城按：此詩汪本編在後集卷二。

【校】

〔題〕宋本、那波本俱作「閑多」，疑誤。

〔早蟬〕「蟬」，汪本訛作「蟾」。

〔蘭釭〕「釭」，馬本訛作「缸」，據宋本、那波本、汪本、全詩改正。

寄情

灼灼早春梅，東南枝最早。持來玩未足，花向手中老。芳香銷掌握，悵望生懷抱。豈無後開花？念此先開好。

【箋】作於大和六年（八三二），六十一歲，洛陽，河南尹。城按：此詩汪本編在後集卷二。

舒員外遊香山寺數日不歸兼辱尺書大誇勝事時正值坐衙慮囚之際走筆題長句以贈之

香山石樓倚天開，翠屏壁立波環迴。黄菊繁時好客到，碧雲合處佳人來。謂遣英、蒨二妓與舒君同遊。酡顔一笑夭桃綻，清吟數聲寒玉哀。軒騎逶遲棹容與，留連三日不能迴。白頭老尹府中坐，早衙纔退暮衙催。庭前階上何所有，纍囚成貫案成堆。豈無池塘長秋草，亦有絲竹生塵埃。今日清光昨夜月，竟無人來勸一杯。

【箋】作於大和六年（八三二），六十一歲，洛陽，河南尹。城按：此詩汪本編在後集卷二。

〔舒員外〕舒元輿。見本卷苦熱中寄舒員外詩箋。

〔香山寺〕見本卷香山寺石樓潭夜浴詩箋。

〔石樓〕見本卷香山寺石樓潭夜浴詩箋。

【校】

〔佳人來〕此下那波本無注。注中「遺英蒨」，馬本誤作「遺英舊」，據宋本、汪本、全詩改正。

早冬遊王屋自靈都抵陽臺上方望天壇偶吟成章寄温谷周尊師中書李相公

霜降山水清，王屋十月時。石泉碧漾漾，巖樹紅離離。朝爲靈都遊，暮有陽臺期。飄然世塵外，鸞鶴如可追。忽念公程盡，復慚身力衰。天壇在天半，欲上心遲遲。嘗聞此遊者，隱客與損之。各抱貴仙骨，俱非泥垢姿。二人相顧言，彼此稱男兒。若不爲松喬，即須作皐夔。今果如其語，光彩雙葳蕤。一人佩金印，一人翳玉芝。我來高其事，詠歎偶成詩。爲君題石上，欲使故山知。

【箋】

作於大和六年（八三二），六十一歲，王屋，河南尹。城按：此詩汪本編在後集卷二。白氏又有濟源上枉舒員外兩篇因酬六韻（外集卷中），亦爲同時之作。

〔中書李相公〕李宗閔。字損之。貞元二十一年進士。大和三年八月，拜吏部侍郎、同中書門下平章事。累轉中書侍郎、集賢大學士。大和七年六月罷知政事，檢校禮部尚書、同平章事、興元尹、山南西道節度使。見舊書卷一七六本傳及新書卷六三宰相表下。白氏又有寄李相公詩（卷三二）亦係酬宗閔之作。城按：此詩云：「嘗聞此遊者，隱客與損之。各抱貴仙骨，俱非泥垢姿。」則宗閔亦嘗隱居王屋山。

〔王屋〕王屋山。元和郡縣志卷五：「王屋山在（王屋）縣北十五里，周迴一百三十里，高三十里。」清統志懷慶府一：「王屋山在濟源縣西八十里，與山西平陽府垣曲縣接境，山有三重，其狀如屋，故名。」

〔靈都〕靈都觀。太平寰宇記卷五河南府：「靈都觀在（王屋）縣東三十里。」兩京城坊考卷四：「宏道觀道士蔡瑋撰玉真公主受道靈壇降應記云：『公主又居王屋山靈都觀。』」

〔陽臺〕王屋山陽臺宮。唐開元二年道士司馬承禎建。明都穆遊王屋山記：「陽臺宮在王屋山南麓八仙洞上，爲唐司馬子微修仙之所。」

〔天壇〕天壇山，即王屋山絶頂，相傳爲軒轅祈天之所，故名。見清統志懷慶府一。

【校】

〔題〕英華作「早冬遊至王屋自靈都抵陽臺上方望天壇偶成一章寄温谷周尊師中書李相公」。

〔漾漾〕英華作「深深」。

〔世塵〕英華作「塵世」。

〔損之〕英華訛作「楨之」，誤，見前箋。

吴宫辭

淡紅花帔淺檀蛾，睡臉初開似剪波。坐對珠籠閑理曲，琵琶鸚鵡語相和。

【箋】約作於寶曆二年（八二六），五十五歲，蘇州，蘇州刺史。城按：此詩見於那波本卷五二及卷五四，前後重複。汪本編在後集卷七。

白居易集箋校卷第二十三

律詩　凡一百首

元微之除浙東觀察使喜得杭越鄰州先贈長句　十七

首並與微之和答。

稽山鏡水歡遊地，犀帶金章榮貴身。官職比君雖校小，封疆與我且爲鄰。郡樓對玩千峯月，江界平分兩岸春。杭越風光詩酒主，相看更合是何人？

【箋】作於長慶三年（八二三），五十二歲，杭州，杭州刺史。城按：此詩汪本編在後集卷六。此卷詩那波本編在卷五三。元集卷二二有酬樂天喜鄰郡詩。見汪譜。

〔元微之〕元稹。見卷二和答詩序箋。舊書卷一六六本傳：「（長慶三年），改授越州刺史兼御史大夫、浙東觀察使。」會稽掇英總集卷十八唐太守題名記：「元稹，長慶三年八月，自同州防禦使授。大和三年九月，除尚書左丞。」城按：元稹長慶二年六月罷相出爲同州刺史，乃由於裴度與稹之嫌隙，構於于方一獄，其事皆李逢吉之黨爲之。舊書李德裕傳：「時德裕與李紳、元稹俱在翰林，以學識才名相類，情頗款密，而（李）逢吉之黨深惡之，……裴度自太原復輔政，是月李逢吉亦自襄陽入朝，乃密賂纖人構成于方獄。六月，元稹、裴度俱罷相。」

〔稽山〕會稽山。嘉泰會稽志卷九：「會稽山在（會稽）縣東南一十二里。」

〔鏡水〕鏡湖。元和郡縣志卷二六：「鏡湖，後漢永和五年太守馬臻創立。鏡湖在會稽、山陰兩縣界，築塘蓄水，水高丈餘，田又高海丈餘。若水少則洩湖灌田，如水多則閉湖洩田中水入海，所以無凶年。隄塘周迴三百一十里，都溉田九千頃。」嘉泰會稽志卷一〇：「鏡湖在（會稽）縣東二里，故南湖也。一名長湖。又名大湖。」

【校】

〔題〕英華作「元微之新除浙東觀察喜得相隣」，「相」下注云：「一作『杭』。」那波本題下無注。

〔犀帶〕「帶」，英華、全詩、汪本俱注云：「一作『角』。」

〔對玩千峯月〕「玩」，英華作「望」，注云：「一作『玩』。」此五字汪本、全詩俱注云：「一作『對望千山月』。」

〔是何人〕「是」，英華、全詩、汪本俱作「與」。

席上答微之

我住浙江西，君去浙江東。勿言一水隔，便與千里同。富貴無人勸君酒，今宵爲我盡盃中。

【箋】作於長慶三年（八二三），五十二歲，杭州，杭州刺史。見陳譜。城按：此詩汪本編在後集卷一。

答微之上船後留別

燭下樽前一分手，舟中岸上兩迴頭。歸來虛白堂中夢，合眼先應到越州。

【箋】作於長慶三年（八二三），五十二歲，杭州，杭州刺史。城按：此詩汪本編在後集卷六。

〔虛白堂〕見卷二〇虛白堂詩箋。

【校】

〔樽前〕「樽」，汪本、全詩俱作「尊」。城按：尊乃樽之本字。

答微之泊西陵驛見寄

煙波盡處一點白，應是西陵古驛臺。知在臺邊望不見，暮潮空送渡船迴。

【箋】

作於長慶三年（八二三），五十二歲，杭州，杭州刺史。城按：此詩汪本編在後集卷六。元集卷二二有別後西陵晚眺詩。

〔西陵驛〕越絶書卷八越絶外傳記地傳第十云：「浙江南路西城者，范蠡敦兵城也，其陵固可守，故謂之『固陵』。」水經注漸江水：「范蠡築城於浙江之濱，言可以固守，謂之『固陵』，今之西陵也。」乾隆浙江通志卷四四引寶慶會稽續志云：「西陵在蕭山縣西十二里，吴越武肅王以陵非吉語，遂改曰西興。」宋長白柳亭詩話卷十四：「蕭山有西陵驛，即水經注『固陵城』也。晉時改爲西陵，謝惠連西陵阻風詩可證。至唐亦仍其名。樂天答微之西陵驛見寄詩：『烟波盡處一點白，應是西陵古驛臺。』明指錢塘隔岸處也。」

【校】

〔題〕萬首無「驛」字。汪本無「泊」字。全詩注云：「一無『泊』字。」

答微之誇越州州宅

賀上人迴得報書，大誇州宅似仙居。厭看馮翊風沙久，喜見蘭亭煙景初。日出旌旗生氣色，月明樓閣在空虛。知君暗數江南郡，除却餘杭盡不如。

【箋】

作於長慶三年（八二三），五十二歲，杭州，杭州刺史。按：此詩汪本編在後集卷六。元集卷二二有以州宅夸於樂天詩。見陳譜。唐宋詩醇卷二五：「中二聯叙越州風景，微之所誇也。結句戲以折之，樂天自誇也。」

〔越州〕見卷五〇尚書工部侍郎集賢殿學士丁公著可檢校左散騎常侍越州刺史浙東觀察使制箋。

〔大誇州宅似仙居〕嘉泰會稽志卷九引刁景純望海亭記云：「府據卧龍山爲形勝，……龍之腹，府宅也。龍之口，府東門也。龍之尾，西園也。龍之脊，望海亭也。先是越勾踐創飛翼樓，……至唐人以樓地爲望海亭。其後亭閣崢嶸，踵起相望，與其山川暎帶，號稱仙居。」

〔厭看馮翊風沙久〕何義門云：「第三謂同州，妙在先伏抑揚。」

〔蘭亭〕太平寰宇記卷九六越州：「蘭亭在（山陰）縣西南二十七里。」嘉泰會稽志卷十：「蘭渚在（山陰）縣西南二十五里。舊經云：山陰縣西蘭渚有亭，王右軍所置，曲水賦詩，作序於此。」方輿勝覽卷六紹興府：「蘭亭在山陰縣二十五里天章寺。有曲水。」

【校】

〔題〕會稽掇英總集作「答微之誇州宅」。

微之重誇州居其落句有西州羅刹之謔因嘲茲石聊以寄懷

君問西州城下事，醉中疊紙爲君書。嵌空石面標羅刹，壓捺潮頭敵子胥。神鬼曾鞭猶不動，波濤雖打欲何如？誰知太守心相似，抵滯堅頑兩有餘。

【箋】

作於長慶三年（八二三），五十二歲，杭州，杭州刺史。城按：此詩汪本編在後集卷六。元集卷二二有重誇州宅旦暮景色兼酬前篇末句詩。何義門云：「中聯一虛一實，一賓一主，落句好。」

〔嵌空石面標羅刹〕咸淳臨安志卷二三：「晏元獻公輿地志：秦始皇東游登此山（秦望山），

欲度會稽。後唐同光中錢氏於秦望山建上清宫，有巨石二十餘株，自然成行，名曰金洞門。晏公云：近東南有羅刹石，大石崔嵬，横截江濤，商船海舶經此，多爲風浪傾覆，因呼爲羅刹。每歲仲秋既望，必迎潮設祭，樂工鼓舞其上。李建勳詩曰：『何年遺禹鑿，半里大江中。』白居易詩：『嵌空石面標羅刹，壓捺潮頭敵子胥。』後改名鎮江石。五代開平中爲潮沙漲没。」

【校】

〔城下事〕「城」，馬本訛作「域」，據宋本、那波本、汪本、全詩、盧校改正。

張十八員外以新詩二十五首見寄郡樓月下吟玩通夕因題卷後封寄微之

秦城南省清秋夜，江郡東樓明月時。去我三千六百里，得君二十五篇詩。陽春曲調高難和，淡水交情老始知。坐到天明吟未足，重封轉寄與微之。

【箋】

作於長慶三年（八二三），五十二歲，杭州，杭州刺史。城按：此詩汪本編在後集卷六。並見會稽掇英總集卷十二。元集卷二二有酬樂天吟張員外詩見寄因思上京每與居敬兄升平里詠張新詩。

〔張十八員外〕張籍。見卷十九喜張十八博士除水部員外郎詩箋。並參見逢張十八員外籍詩。

酬微之

微之題云：「郡務稍簡，因得整集舊詩，并連綴删削，封章諫草，繁委箱笥，僅踰百軸，偶成自歎。兼寄樂天。」

滿袠填箱唱和詩，少年爲戲老成悲。聲聲麗曲敲寒玉，句句妍辭綴色絲。吟玩獨當明月夜，傷嗟同是白頭時。由來才命相磨折，天遣無兒欲怨誰？微之句云：「天遣兩家無嗣子，欲將文字付誰人？」故以此答之。

【箋】

作於長慶三年（八二三），五十二歲，杭州，杭州刺史。城按：此詩汪本編在後集卷六。元集卷二二有郡務稍簡因得整比舊詩并連綴焚削封章繁委箧笥僅逾百軸偶成自歎因寄樂天詩。

【校】

〔題〕此下那波本無注。馬本注中「箱笥」作「籍笥」，「自歎」作「自歡」，據宋本、汪本、全詩改。何校：「『箱』，黄校作『箔』。」

〔滿袠〕「袠」，馬本作「箧」，據宋本、那波本、汪本、全詩、盧校改。全詩注云：「一作『箧』。」

〔怨誰〕此下那波本無注。注中「答之」，宋本、汪本俱作「舉之」。

餘思未盡加爲六韻重寄微之

海内聲華併在身，篋中文字絶無倫。美微之也。遥知獨對封章草，忽憶同爲獻納臣。走筆往來盈卷軸，予與微之前後寄和詩數百篇，近代無如此多有也。除官遞互掌絲綸。予除中書舍人，微之撰制詞；微之除翰林學士，予撰制詞。制從長慶辭高古，微之長慶初知制誥，文格高古，始變俗體，繼者効之也。詩到元和體變新。衆稱元白爲千字律詩，或號元和格。各有文姬才稚齒，蔡邕無兒，有女琰，字文姬。俱無通子繼餘塵。陶潛小兒名通子。琴書何必求王粲？與女猶勝與外人。

【箋】

作於長慶三年（八二三），五十二歲，杭州，杭州刺史。城按：此詩汪本編在後集卷六。

〔予除中書舍人四句注〕元集卷四五有白居易授主客郎中知制誥制，除中書舍人制已佚。白氏有元稹除中書舍人翰林學士賜紫金魚袋制（卷五〇）。

〔微之長慶初知制誥四句注〕元集卷四〇制誥序云：「元和十五年，余始以祠部郎中知制誥，初約束不暇及。後累月，輒以古道干丞相，丞相信然之。又明年召入禁林，專掌内命。上好文，一日從容議及此。上曰：『通事舍人不知書，便其宜，宣贊之外無不可。』自是司言之臣，皆得追用古道，不從中覆。然而余所宣行者，文不能自足其意，率皆淺近，無以變例，追而序之，蓋所以表明天子之復古，而張後來者之趣尚耳。」今白集中書制誥有「舊體」、「新體」之分，「新體」即微之主張、白氏從同所草擬之復古改良公文也。

【校】

〔題〕汪本作「微之整集舊詩及文筆爲百軸以七言長句寄樂天樂天次韻酬之餘思未盡加爲六韻」。全詩題下小注同汪本。

〔無倫〕那波本此下無注，後同。

〔絲綸〕注中「微之撰制」下宋本無「詞」字。

〔餘塵〕此下小注「小兒」，宋本作「小男」。

答微之詠懷見寄

閣中同直前春事，船裏相逢昨日情。分袂二年勞夢寐，並牀三宿話平生。紫微北畔辭宫闕，滄海西頭對郡城。聚散窮通何足道？醉來一曲放歌行。

【箋】

作於長慶三年（八二三），五十二歲，杭州，杭州刺史。城按：此詩汪本編在後集卷六。並見會稽掇英總集卷十二。元集卷二三有寄樂天詩。

酬微之誇鏡湖

我嗟身老歲方徂，君更官高興轉孤。軍門郡閣曾閑否？禹穴耶溪得到無？酒盞省陪波卷白，骰盆思共彩呼盧。一泓鏡水誰能羨？自有胸中萬頃湖。微之詩云：「孫園虎寺隨宜看，不必遥遥羨鏡湖。」故以此戲言答之。

【箋】

作於長慶三年（八二三），五十二歲，杭州，杭州刺史。城按：此詩汪本編在後集卷六。元集卷二二有戲贈樂天復言及重酬樂天兩詩。

〔鏡湖〕見本卷元微之除浙東觀察使喜得杭越鄰州先贈長句詩箋。

〔禹穴〕嘉泰會稽志卷九：「宛委山即禹穴，號陽明洞天。」又云：「宛委山在（會稽）縣東南一十五里。」

〔耶溪〕若耶溪。傳爲西施採蓮、歐冶鑄劍之所。嘉泰會稽志卷十：「若耶溪在（會稽）縣南二十五里，北流與鏡湖合。」

〔酒盞省陪波卷白〕見卷十三代書詩一百韻寄微之詩箋。

【校】

〔骰盆〕「盆」，馬本、全詩俱作「盤」，據宋本、那波本、汪本、盧校改。

〔萬頃湖〕此下那波本無注。

雪中即事答微之

連夜江雲黄慘澹，平明山雪白糢糊。銀河沙漲三千里，梅嶺花排一萬株。北市風生飄散麪，東樓日出照凝酥。誰家高士關門户？何處行人失道途？舞鶴庭前毛稍定，擣衣碪上練新鋪。戲團稚女呵紅手，愁坐衰翁對白鬚。壓瘴一州除疾苦，呈豐萬井盡歡娱。潤含玉德懷君子，寒助霜威憶大夫。莫道烟波一水隔，何妨氣候兩鄉殊。越中地暖多成雨，還有瑶臺瓊樹無？

【箋】

作於長慶三年（八二三），五十二歲，杭州，杭州刺史。城按：此詩汪本編在後集卷六。元集卷二二有酬樂天雪中見寄詩。

【校】

〔題〕「答微之」，宋本、那波本、何校俱作「寄微之」。全詩「答」下注云：「一作『寄』。」

〔對白鬚〕「對」，何校作「將」，注云：「馮本及蘭雪作『對』。」

〔兩鄉〕「鄉」，馬本訛作「相」，據宋本、那波本、汪本、全詩、盧校改正。

醉封詩筒寄微之

一生休戚與窮通，處處相隨事事同。未死又鄰滄海郡，無兒俱作白頭翁。展眉只仰三杯後，代面唯憑五字中。爲向兩州郵吏道，莫辭來去遞詩筒。

【箋】

作於長慶三年（八二三），五十二歲，杭州，杭州刺史。見陳譜。城按：此詩汪本編在後集卷六。唐音癸籤卷二十九：「詩筒始元、白。白官杭州，元官越州。每和詩，入筒中遞之。白有詩云：『爲向兩州郵吏道，莫辭來去遞詩筒。』」

【校】

〔兩州〕「州」，宋本、那波本、馬本俱訛作「川」，據汪本、全詩、盧校改正。

除夜寄微之

鬢毛不覺白毿毿，一事無成百不堪。共惜盛時辭闕下，同嗟除夜在江南。家山泉石尋常憶，世路風波子細諳。老校於君合先退，明年半百又加三。

【箋】作於長慶三年（八二三），五十二歲，杭州，杭州刺史。城按：此詩汪本編在後集卷六。見陳譜及汪譜。全詩卷四二三有元稹除夜酬樂天詩。

【校】〔白毿毿〕此下馬本注云：「蘇含切。」

蘇州李中丞以元日郡齋感懷詩寄微之及予輒依來篇七言八韻走筆奉答兼呈微之

白首餘杭白太守，落拓抛名來已久。一辭渭北故園春，再把江南新歲酒。杯前笑歌徒勉强，鏡裏形容漸衰朽。領郡慚當潦倒年，鄰州喜得平生友。長洲草接松江岸，曲水花連鏡湖口。老去還能痛飲無？春來曾作閑遊否？憑鶯傳語報李六，倩雁將書與元九。莫嗟一日日催人，且貴一年年入手。

【箋】

作於長慶四年（八二四），五十三歲，杭州，杭州刺史。城按：此詩汪本編在後集卷一。又見會稽掇英總集卷二。

〔蘇州李中丞〕蘇州刺史李諒。郎官考卷十三度支郎中據姑蘇志卷二，謂諒長慶四年自泗州刺史徙任蘇州刺史。城按：白氏李諒授壽州刺史薛公幹授泗州刺史制（卷五〇）云：「吾前命諒爲泗守，未即路，會壽守植卒，因改諒守壽，命公幹守泗。……諒可壽州刺史，公幹可泗州刺史。」據此，諒蓋長慶二年自壽州徙任蘇州，姑蘇志及郎官考謂自泗州移任，俱誤。全詩卷四六三李諒蘇州元日郡齋感懷寄越州元相公杭州白舍人詩原注云：「時長慶四年也。」又白氏初到郡齋寄錢湖州李蘇州（卷二〇）、錢湖州以箬下酒李蘇州以五骰酒相次寄到無因同飲聊詠所懷（卷二〇）兩詩均作於長慶二年十月以後，則此時李諒已移任蘇州刺史，郎官考謂係長慶四年移任，亦誤。又白氏重答汝州李六使君見和憶吴中舊遊五首詩（卷二五）「何況蘇州勝汝州」句原注云：「李前刺蘇，故有是句。」則諒自蘇州移汝州約在寶曆初，與居易爲前後任。錢大昕十駕齋養新録卷二〇云：「唐長慶四年李諒爲蘇州刺史，元日郡齋感懷寄越州元相公杭州白舍人詩有『首開三百六旬算，新知四十九年非。當官補拙猶勤慮，游宦量才已息機』之句。白樂天答詩云：『領郡慚當潦倒年，鄰州喜得平生友。』又云：『憑鶯傳語報李六，倩雁將書寄元九。莫歎一日日催人，且喜一年年入手。』諒字復言，嘗官中丞。白樂天以是年罷杭州，以太子左庶子分司東都。明年改元寶曆，三月除守蘇州，當即與李交代也。」錢氏所考良是，然未詳諒長慶二年即已刺蘇。白氏又有見李蘇州示男阿武詩自感成詠詩（卷二〇）。

〔再把江南新歲酒〕居易於長慶二年冬十月到杭州，此詩云：「再把江南新歲酒」，曰「再把」，必已越三年而至四年之春矣。

〔憑鶯傳語報李六〕此「李六」即李諒，白氏重答汝州李六使君見和憶吴中舊遊五首詩（卷二五）可參證。

【校】

〔落拓〕「拓」，馬本、汪本、全詩俱作「魄」，據宋本、那波本、會稽掇英總集改。全詩注云：「一作『拓』。」

〔平生〕「生」，馬本訛作「安」，據宋本、那波本、汪本、全詩、會稽掇英總集、盧校改正。

早春西湖閑遊悵然興懷憶與微之同賞因思在越官重事殷鏡湖之遊或恐未暇偶成十八韻寄微之

上馬復呼賓，湖邊景氣新。管絃三數事，騎從十餘人。立換登山屐，行攜漉酒巾。

逢花看當妓，遇草坐爲茵。西日籠黄柳，東風蕩白蘋。小橋裝雁齒，輕浪甃魚鱗。畫舫牽徐轉，銀船酌慢巡。野情遺世累，醉態任天真。彼此年將老，平生分最親。高天從所願，遠地得爲鄰。雲樹分三驛，煙波限一津。翻嗟寸步隔，却厭尺書頻。浙右稱雄鎮，山陰委重臣。貴垂長紫綬，榮駕大朱輪。出動刀槍隊，歸生道路塵。雁驚弓易散，鷗怕鼓難馴。百吏瞻相面，千夫捧擁身。自然閑興少，應負鏡湖春。

【箋】

作於長慶四年（八二四），五十三歲，杭州，杭州刺史。城按：此詩汪本編在後集卷六。又見會稽掇英總集卷十二。元集卷十三有酬樂天早春閑遊西湖頗多野趣恨不得與微之同賞因思在越官重事殷鏡湖之游或恐未暇因成十八韻見寄樂天前篇到時適會予亦宴鏡湖南亭因述目前所睹以成酬答末章亦示暇誠則勢使之然亦欲粗爲恬養之贈耳詩。

〔西湖〕見卷二〇錢塘湖春行詩箋。

〔鏡湖〕見本卷元微之除浙東觀察使喜得杭越鄰州先贈長句詩箋。

答微之見寄 時在郡樓對雪。

可憐風景浙東西，先數餘杭次會稽。禹廟未勝天竺寺，錢湖不羨若耶溪。擺塵野鶴春毛暖，拍水沙鷗濕翅低。更對雪樓君愛否？紅欄碧甃點銀泥。

【箋】

作於長慶四年（八二四），五十三歲，杭州，杭州刺史。城按：此詩汪本編在後集卷六。元集卷二二有寄樂天詩。唐宋詩醇卷二五：「腹聯先將雪意寫透，結句點出好景如畫。」

〔禹廟〕嘉泰會稽志卷六：「禹廟在（會稽）縣東南一十二里。」

〔天竺寺〕見卷十二畫竹歌詩箋。

〔錢湖〕錢塘湖。見卷二〇錢塘湖春行詩箋。

〔若耶溪〕見本卷酬微之誇鏡湖詩箋。

【校】

〔若耶〕「耶」，汪本作「邪」，字同。

祭社宵興燈前偶作

城頭傳鼓角，燈下整衣冠。夜鏡藏鬚白，秋泉漱齒寒。欲將閑送老，須著病辭官。更待年終後，支持歸計看。

【箋】作於長慶三年（八二三），五十二歲，杭州，杭州刺史。城按：此詩汪本編在後集卷五。

閑卧

盡日前軒卧，神閑境亦空。有山當枕上，無事到心中。簾卷侵床日，屏遮入座風。望春春未到，應在海門東。

【箋】作於長慶三年（八二三），五十二歲，杭州，杭州刺史。城按：此詩汪本編在後集卷五。〔有山當枕上二句〕翁方綱石洲詩話：「白公之妙，亦在無意，此其似陶處也。即如宋人詩：『有時俗物不稱意，無數好山俱上心。』稱爲佳句。而白公則云：『有山當枕上，無事到心中。』更爲自然。」

新春江次

浦乾潮未應，堤濕凍初銷。粉片粧梅朵，金絲刷柳條。鴨頭新綠水，雁齒小紅橋。莫怪珂聲碎，春來五馬驕。

【箋】作於長慶四年（八二四），五十三歲，杭州，杭州刺史。城按：此詩汪本編在後集卷五。何義門云：「太整、太露、太直便味短矣。」

春題湖上

湖上春來似畫圖，亂峯圍繞水平鋪。松排山面千重翠，月點波心一顆珠。碧毯線頭抽早稻，青羅裙帶展新蒲。未能抛得杭州去，一半勾留是此湖。

【箋】作於長慶四年（八二四），五十三歲，杭州，杭州刺史。城按：此詩汪本編在後集卷五。唐宋詩醇卷二五：「『畫圖』二字是詩眼，下五句皆實寫畫圖中景，以不舍意作結，而曰『一半勾留』，言外有餘情。」

早春憶微之

昏昏老與病相和，感物思君歎復歌。聲早雞先知夜短，色濃柳最占春多。沙頭雨染班班草，水面風驅瑟瑟波。可道眼前光景惡，其如難見故人何！

【箋】作於長慶四年（八二四），五十三歲，杭州，杭州刺史。城按：此詩汪本編在後集卷六。元集卷二二有和樂天早春見寄詩。

失鶴

失爲庭前雪，飛因海上風。九霄應得侶，三夜不歸籠。聲斷碧雲外，影沉明月中。郡齋從此後，誰伴白頭翁？

【箋】作於長慶四年（八二四），五十三歲，杭州，杭州刺史。城按：此詩汪本編在後集卷五。汪譜繫於長慶三年，非是。何義門云：「起句極工，又復無迹。馮丈不取此等詩，知白公者淺矣。」

【校】〔海上〕「海」，英華作「草」。

自感

宴遊寢食漸無味，杯酒管絃徒繞身。賓客歡娛僮僕飽，始知官職爲他人。

【箋】作於長慶四年（八二四），五十三歲，杭州，杭州刺史。城按：此詩汪本編在後集卷五。

【校】〔題〕此下全詩注云：「一作『自歎』。」

得湖州崔十八使君書喜與杭越鄰郡因成長句代賀兼寄微之

三郡何因此結緣？貞元科第忝同年。故情歡喜開書後，舊事思量在眼前。越國封疆吞碧海，杭城樓閣入青煙。吴興卑小君應屈，爲是蓬萊最後仙。貞元初同登科，崔君名最在後，當時崔自詠云：「人間不會雲間事，應笑蓬萊最後仙。」

【箋】作於長慶四年（八二四），五十三歲，杭州，杭州刺史。城按：此詩汪本編在後集卷六。又見會稽掇英總集卷十二。何義門云：「第四句前後關鎖，最後用封禪書中語。」唐宋詩醇卷二五：「逐句相承，篇法綿密，却滅盡針綫之迹，由其律熟而氣厚也。」汪立名云：「紀事：崔玄亮刺湖州時，白公刺杭，元微之以觀察刺越，有唱和詩，號三州唱和集。」

〔湖州崔十八使君〕湖州刺史崔玄亮。嘉泰吳興志卷十四：「崔玄亮，長慶三年十一月二十二日自刑部郎中拜。」又據會稽掇英總集卷十八唐太守題名記及嘉泰會稽志，元稹於長慶三年八月除浙東，十月上任，則知崔上湖州在元上越州之後。並參見崔湖州贈紅石琴薦煥如錦文無以答之以詩酬謝（卷二一）、晚春寄微之并崔湖州（本卷）、夜泛陽塢入明月灣即事寄崔湖州（卷二四）、郡中閑獨寄微之及崔湖州（卷二四）、夜聞賈常州崔湖州茶山境會想羨歡宴因寄此詩（卷二四）、仲夏齋居偶題八韻寄微之及崔湖州（卷二四）等詩。

〔貞元科第忝同年〕白居易、元稹、崔玄亮三人，貞元十九年同以拔萃科登第。見元集卷十六酬哥舒大少府寄同年科第詩注。

〔爲是蓬萊最後仙〕此詩原注云：「貞元初同登科，崔君名最在後。當時崔自詠云：『人間不會雲間事，應笑蓬萊最後仙。』」城按：唐詩紀事卷三九崔玄亮條：「玄亮與元微之、白樂天皆貞元初同年生也。玄亮名最後，自詠云：『人間不會雲間意，應笑蓬萊最後仙。』」即據白氏詩注。又徐松登科記考卷十四貞元十六年下載進士十九人，崔玄亮名在榜末，并引白氏此詩爲證（城按：此詩所指非貞元十六年），居易亦是年舉進士，則知「同登科」爲貞元十九年，并非貞元之初，非傳刻之訛，即係白氏偶誤記耳。又登科記考貞元十一年下進士二十七人亦載有崔玄亮名，并引舊書本傳云：「玄亮字晦叔，山東磁州人。貞元十一年登進士第。」徐氏此條複出，乃承襲舊傳之誤。

【校】

〔最後仙〕此下那波本無注。

同諸客攜酒早看櫻桃花

曉報櫻桃發，春攜酒客過。綠錫粘盞杓，紅雪壓枝柯。天色晴明少，人生事故多。停杯替花語，不醉擬如何？

【箋】

作於長慶四年（八二四），五十三歲，杭州，杭州刺史。城按：此詩汪本編在後集卷五。

【校】

〔綠錫〕此下馬本注云：「徐盈切。」

柳　絮

三月盡時頭白日，與春老別更依依。憑鶯爲向楊花道，絆惹春風莫放歸。

【箋】

作於長慶四年(八二四),五十三歲,杭州,杭州刺史。城按:此詩汪本編在後集卷五。

早飲湖州酒寄崔使君

一榼扶頭酒,泓澄瀉玉壺。十分蘸甲酌,瀲灩滿銀盂。捧出光華動,嘗看氣味殊。手中稀琥珀,舌上冷醍醐。瓶裏有時盡,江邊無處沽。不知崔太守,更有寄來無?

【箋】

作於長慶四年(八二四),五十三歲,杭州,杭州刺史。城按:此詩汪本編在後集卷五。

〔崔使君〕湖州刺史崔玄亮。見本卷得湖州崔十八使君書喜與杭越鄰郡因成長句代賀兼寄微之詩箋。

〔蘸甲〕劉禹錫和樂天以鏡換酒詩云:「把取菱花百鍊鏡,換他竹葉十分杯。嚬眉厭老終難去,蘸甲須歡便到來。妍醜太分迷忌諱,松喬俱傲絶嫌猜。校量功力相千萬,好去從空白玉臺。」可知蘸甲爲唐人習用語。

【校】

〔光華〕馬本倒作「華光」,據宋本、那波本、汪本、全詩、盧校乙轉。

病中書事

三載卧山城，閑知節物情。鶯多過春語，蟬不待秋鳴。氣嗽因寒發，風痰欲雨生。病身無所用，唯解卜陰晴。

【箋】

作於長慶四年（八二四），五十三歲，杭州，杭州刺史。城按：此詩汪本編在後集卷五。

與微之唱和來去常以竹筒貯詩陳協律美而成篇因以此答

揀得琅玕截作筒，緘題章句寫心胸。隨風每喜飛如鳥，渡水常憂化作龍。粉節堅如太守信，霜筠冷稱大夫容。煩君讚詠心知愧，魚目驪珠同一封。

【箋】

作於長慶四年（八二四），五十三歲，杭州，杭州刺史。城按：此詩汪本編在後集卷五。

〔粉節堅如太守信〕指杭州。

〔霜筠冷稱大夫容〕指越州。

【校】

〔截作筒〕「作」，那波本、馬本作「竹」，汪本作「短」，俱非。據宋本、那波本、盧校改正。全詩注云：「一作『短』。」亦非。

醉戲諸妓

席上爭飛使君酒，歌中多唱舍人詩。不知明日休官後，逐我東山去是誰？

【箋】

作於長慶四年（八二四），五十三歲，杭州，杭州刺史。城按：此詩汪本編在後集卷五。

北院

北院人稀到，東窗地最偏。竹煙行竈上，石壁卧房前。性拙身多暇，心慵事少緣。還如病居士，唯置一牀眠。

【箋】

作於長慶四年（八二四），五十三歲，杭州，杭州刺史。城按：此詩汪本編在後集卷五。

酬周協律

五十錢塘守，應爲送老官。濫蒙辭客愛，猶作近臣看。鑿落愁須飲，琵琶悶遣彈。白頭雖强醉，不似少年歡。

【箋】

作於長慶四年（八二四），五十三歲，杭州，杭州刺史。城按：此詩汪本編在後集卷五。

〔周協律〕周元範。見卷二〇閑夜咏懷因招周協律劉薛二秀才詩箋。並參見夜招周協律兼答所贈（卷二〇）、齊雲樓晚望偶題十韻兼呈馮侍御周殷二協律（卷二四）、寄答周協律（卷二五）等詩。

【校】

〔錢塘〕宋本、汪本、全詩俱作「錢唐」。城按：「錢唐」亦作「錢塘」。

題石山人

騰騰兀兀在人間，貴賤賢愚盡往還。羶膩筵中唯飲酒，歌鐘會處獨思山。存神不許三尸住，混俗無妨兩鬢班。除却餘杭白太守，何人更解愛君閑？

【箋】作於長慶四年（八二四），五十三歲，杭州，杭州刺史。城按：此詩汪本編在後集卷五。

【校】〔題〕馬本作「石上人」，非。據宋本、那波本、汪本、全詩、盧校改正。

詩解

新篇日日成，不是愛聲名。舊句時時改，無妨悦性情。但令長守郡，不覺却歸城。祇擬江湖上，吟哦過一生。

【箋】作於長慶四年（八二四），五十三歲，杭州，杭州刺史。城按：此詩汪本編在後集卷五。隨園詩話：「周元公云：白香山詩似平易，間觀所存遺稿，塗改甚多，竟有終篇不留一字者。余讀公詩云：『舊句時時改，無妨悦性情。』然則元公之言信矣。」

【校】

〔不覺〕「覺」，宋本、那波本、汪本、全詩、盧校俱作「覔」。全詩注云：「一作『覔』。」

潮

早潮纔落晚潮來，一月周流六十迴。不獨光陰朝復暮，杭州老去被潮催。

【箋】

作於長慶四年（八二四），五十三歲，杭州，杭州刺史。城按：此詩汪本編在後集卷五。何義門云：「六十回句，前人有辨其不然者。」考顧炎武日知録云：「白樂天詩：『早潮纔落晚潮來，一月周流六十回。』白自是北人，未諳潮候。今杭州之潮，每月朔日，以子午二時到，每日遲三刻有餘，至望日則子潮降而爲午，午潮降而爲夜子，以後半月復然。（原註：西興江岸有候潮碑。）故大月之潮，一月五十八回；小月則五十六回，無六十回也。」

聞歌妓唱嚴郎中詩因以絶句寄之 嚴前爲郡守。

已留舊政布中和，又付新詞與豔歌。但是人家有遺愛，就中蘇小感恩多。

【箋】

作於長慶四年(八二四),五十三歲,杭州,杭州刺史。城按:此詩汪本編在後集卷五。

〔嚴郎中〕嚴休復。見卷十九馮閣老處見與嚴郎中酬和詩因戲贈絶句詩箋。並參見嚴十八郎中在郡日改制東南樓因名清輝未立標牓徵歸郎署予既到郡性愛樓居宴遊其間頗有幽致聊成十韻兼戲寄嚴(卷八)、酬嚴十八郎中見示(卷十九)、湖上醉中代諸妓寄嚴郎中(卷二〇)等詩。

【校】

〔題〕萬首作「聞歌妓唱嚴郎中詩」。又題下那波本無注。

柘枝妓

平鋪一合錦筵開,連擊三聲畫鼓催。紅蠟燭移桃葉起,紫羅衫動柘枝來。帶垂鈿胯花腰重,帽轉金鈴雪面迴。看即曲終留不住,雲飄雨送向陽臺。

【箋】

作於長慶四年(八二四),五十三歲,杭州,杭州刺史。城按:此詩汪本編在後集卷五。劉集外二有和樂天柘枝詩。

〔柘枝〕柘枝舞,與胡騰舞同屬於健舞曲,同出於西域石國。崔令欽教坊記云:「垂手羅、回波樂、蘭陵王、春鶯囀、半社渠、借席、烏夜啼之屬謂之軟舞。阿遼、柘枝、黄麞、拂林、大渭州、達摩之屬謂之健舞。」段安節樂府雜録舞工云：「健舞曲有稜大、阿連、柘枝、劍器、胡旋、胡騰。軟舞曲有涼州、綠腰、蘇合香、屈柘、團圓旋、甘州等。」向達唐代長安與西域文明云：「柘枝舞舞人衣五色羅衫，胡帽銀帶，唐人詩中多言之：張祜觀杭州柘枝詩：『紅罨畫衫纏腕出。』周員外席上觀柘枝詩：『金絲蹙霧紅衫薄，銀蔓垂花紫帶長。』又觀楊瑗柘枝詩：『促疊蠻鼉引柘枝，卷簷虚帽帶交垂。紫羅衫宛蹲身處，紅錦靴柔踏節時。』白居易柘枝詞：『繡帽珠稠綴，香衫袖窄裁。』又柘枝妓詩：『紅蠟燭移桃葉起，紫羅衫動柘枝來。帶垂鈿胯花腰重，帽轉金鈴雪面迴。』窄袖纏腕與胡騰舞同；用長帶，着紅錦靴；『卷簷虚帽』，亦即劉言史詩中之『織成蕃帽虚頂尖』。此俱胡服也。就唐人詩考之，柘枝舞大約以鼓聲爲節，起舞鼓聲以三擊爲度，故白居易柘枝妓詩云：『平鋪一合錦筵開，連擊三聲畫鼓催。』張祜觀杭州柘枝詩：『舞停歌罷鼓連催，軟骨仙娥暫起來。』又劉禹錫和樂天柘枝詩亦云：『鼓催殘拍腰身軟，汗透羅衣雨點花。』皆可見柘枝舞以鼓聲爲節奏之概。柘枝舞至曲終，例須半袒其衣，故沈亞之柘枝舞賦云：『差重錦之華衣，俟終歌而薄袒。』薛能柘枝詞之『急破催摇曳，羅衫半脱肩』，即指此也。柘枝舞又重目部表情，此與胡騰不同。劉禹錫觀舞柘枝云：『曲盡回身去，曾波猶注人。』沈亞之柘枝舞賦云：『鶩遊思之情杳兮，注光波於穠睇。』盧肇湖南觀雙柘枝舞賦云：『善睞睢盱，偃師之招周妓；輕軀動盪，蔡姬之譽桓公。』大約俱指舞人之流波送眄而言也。柘枝舞舞人帽上施金鈴，舞時抃轉有聲。至其來時藏於二蓮花中，花坼而後見，爲胡騰、胡旋諸舞所未有，此事除樂苑外，不見各家紀載（樂書即襲樂苑之文），不識何故。唐、宋兩代柘枝舞之不同，陳暘樂書已言之。唐代柘枝舞大約有一人單舞與二人對舞之別；二人對舞則曰雙柘枝。張祜周員外席上觀柘枝詩亦作周員外出雙舞柘枝妓，是以詩有『小娥雙換舞衣裳』之句。盧肇賦亦是觀雙柘枝舞，樂苑（據御覽引）亦云柘枝舞『對舞中雅妙者也』。是雙人對舞應名雙柘枝舞，其流傳之盛當有過於單舞。宋代柘枝舞爲樂府十小兒隊之一，屬於隊舞。據史浩鄮峯真隱漫録，大曲中之柘枝舞凡用五人，舞人有竹竿子、有花心；其口號致詞，入隊起舞吹唱遣隊，與其他大曲無異，疑唐代之柘枝舞尚無如是之繁複與整齊也。」向氏釋證綦詳，又有柘枝舞小考一文載在同書，可參閲。

〔平鋪一合錦筵開〕任半塘唐戲弄六設備：「所謂『筵』，最可注意！白居易柘枝詩：『平鋪一合錦筵開』，又青氈帳二十韻：『側置低歌座，平鋪小舞筵。』『平鋪』，表示其有相當闊大之面積；『一合』，表示其四面有勾闌之類圍合；『開』，謂揭幕。筵之高度如何及樂隊位置何在，可參攷敦煌壁畫（文物參考資料二卷四期陰法魯從敦煌壁畫論唐代的音樂和舞蹈一文内插圖）。惟曰『筵』者，既高出地面若干，又有一定範圍，必確成一臺，並非平地之施茵氈而已。」

【校】

〔金鈴〕「鈴」，全詩注云：「一作『鈿』。」

急樂世辭

正抽碧線繡紅羅，忽聽黄鶯斂翠蛾。秋思冬愁春悵望，大都不稱意時多。

【箋】

作於長慶四年（八二四），五十三歲，杭州，杭州刺史。城按：此詩汪本編在後集卷五。

〔急樂世〕樂府詩集卷八〇：「樂世一曰緑腰。琵琶録曰：緑腰即録要也。貞元中樂工進曲，德宗令録出要者，因以爲名。後語訛爲緑腰。新唐書曰：涼州、胡渭、録要，雜曲是也。樂府雜録曰：緑腰，軟舞曲也。康崑崙嘗於琵琶彈一曲，即新翻羽調緑腰也。樂苑曰：樂世，羽調曲，又有急樂也。」參見卷十二琵琶引及卷三五樂世詩箋。

【校】

〔題〕樂府詩集作「急世樂」，誤。汪本注云：「一作『急世樂』。」全詩注云：「樂府詩集作『急世樂』。」俱非，參見卷三五樂世詩箋。

〔稱意〕樂府作「得意」。「稱」，全詩注云：「一作『得』。」

天竺寺送堅上人歸廬山

錫杖登高寺，香爐憶舊峯。偶來舟不繫，忽去鳥無蹤。豈要留離偈，寧勞動别容。與師俱是夢，夢裏暫相逢。

【箋】作於長慶四年（八二四），五十三歲，杭州，杭州刺史。城按：此詩汪本編在後集卷五。何義門云：「不作惜别語，是送贈一定之法。」石洲詩話：「白公天竺詩，本皇甫孝常秋夕寄懷契上人詩，而出以連珠體，自令人不覺。此等處，皆足見古人之脱化。」

〔天竺寺〕咸淳臨安志卷八〇：「下竺靈山教寺，在錢唐縣西一十七里。隋開皇十五年僧真觀法師與道安禪師建，號南天竺。唐永泰中賜今額。」城按：杭州天竺寺有三：上天竺寺創自石晉天福間，中天竺寺創自宋太平興國元年，下天竺寺創自隋開皇中。上中二寺皆唐以後所建，其始亦無「天竺寺」之名。唐之天竺寺乃今之下天竺也。

〔堅上人〕廬山東林寺僧士堅。白氏草堂記（卷四三）云：「四月九日，與河南元集虚、范陽張允中、南陽張深之，東西二林長老湊、朗、滿、晦、堅等凡二十有二人具齋施茶果以落之，因爲草堂記。」遊大林寺序（卷四三）云：「余與河南元集虚、范陽張允中、南陽張深之、廣平宋郁、安定梁必復、范陽張特、東林寺沙門法演、智滿、士堅、利辨、道深、道建、神照、雲皐、恩慈、寂然凡十七人……。」

〔廬山〕見卷一潯陽三題詩箋。

〔香爐〕香爐峯。見卷七題潯陽樓詩箋。

【校】

〔錫杖〕「錫」，何校從黄校作「拄」。

除官赴闕留贈微之

去年十月半，君來過浙東。今年五月盡，我發向關中。兩鄉默默心相别，一水盈盈路不通。從此津人應省事，寂寥無復遞詩筒。

【箋】

作於長慶四年（八二四），五十三歲，杭州，杭州刺史。見汪譜。城按：此詩汪本編在後集卷一。

〔去年十月半〕據會稽掇英總集唐太守題名記及嘉泰會稽志，元稹長慶三年八月除浙東，十月上任。

【校】

〔關中〕「關」，宋本作「閞」，那波本作「闕」，俱誤。

留題郡齋

吟山歌水嘲風月，便是三年官滿時。春爲醉眠多閉閣，秋因晴望暫褰帷。更無一事移風俗，唯化州民解詠詩。

【箋】作於長慶四年（八二四），五十三歲，杭州，杭州刺史。城按：此詩汪本編在後集卷五。元集卷二三有代郡齋神答樂天詩。

别州民

耆老遮歸路，壺漿滿别筵。甘棠無一樹，那得淚潸然？稅重多貧户，農飢足旱田。唯留一湖水，與汝救凶年。今春增築錢唐湖堤，貯水以防天旱，故云。

【箋】作於長慶四年（八二四），五十三歲，杭州，杭州刺史。城按：此詩汪本編在後集卷五。元集卷十五有代杭民答樂天詩。

〔唯留一湖水二句〕指白居易在杭州刺史任上所從事之水利建設。白氏錢塘湖石記（卷六八）詳載當時修築堤防、蓄積湖水、放水溉田等措施，可與此詩相參證。

【校】

〔凶年〕此下那波本無注。

留題天竺靈隱兩寺

在郡六百日，入山十二迴。宿因月桂落，醉爲海榴開。天竺嘗有月中桂子落，靈隱多海石榴花也。黄紙除書到，青宫詔命催。僧徒多悵望，賓從亦徘徊。寺暗煙埋竹，林香雨落梅。别橋憐白石，辭洞戀青苔。石橋在天竺，明洞在靈隱。漸出松間路，猶飛馬上杯。誰教冷泉水，送我下山來？

【箋】

作於長慶四年（八二四），五十三歲，杭州，杭州刺史。城按：此詩汪本編在後集卷五。

〔天竺寺〕見本卷天竺寺送堅上人歸廬山詩箋。

〔靈隱寺〕見卷二〇題靈隱寺紅辛夷花戲酬光上人詩箋。

〔宿因月桂落〕咸淳臨安志卷二三：「僧遵式月桂峯詩序云：『相傳月中桂子嘗墜此峯，生成大樹，其華白，其實丹。』一説：天聖中，天降靈實於此山，狀如珠璣，識者曰：此月中桂子也。宋之問詩：『桂子月中落。』白居易詩曰：『宿因月桂落。』」城按：月中桂子落之傳説，殊荒誕無稽，然亦出之於詩人之想像耳。

〔醉爲海榴開〕咸淳臨安志云：「靈隱舊亦多海石榴，樂天亦有詩云：『宿因月桂落，醉爲海榴開。』」

〔冷泉〕白氏冷泉亭記（卷四三）：「東南山水，餘杭郡爲最；就郡言，靈隱寺爲尤；由寺觀，冷泉亭爲甲。亭在山下水中央、寺西南隅，高不倍尋，廣不累丈，而撮奇得要，地搜勝概，物無遁形。春之日，吾愛其草薰薰，木欣欣，可以導和納粹，暢人血氣。夏之夜，吾愛其泉渟渟，風泠泠，可以蠲煩析醒，起人心情。山樹爲蓋，巖石爲屏，雲從棟生，水與階平。坐而玩之者，可濯足於牀下；卧而狎之者，可垂釣於枕上。矧又潺湲潔澈，粹冷柔滑，若俗士，若道人，眼耳之塵，心舌之垢，不待盥滌，見輒除去，潛利陰益，可勝言哉！斯所以最餘杭而甲靈隱也。杭自郡城抵四封，叢山複湖，易爲形勝。先是領郡者有相里君造作虛白亭，有韓僕射皐作候仙亭，有裴庶子棠棣作觀風亭，有盧給事元輔作見山亭，及右司郎中河南元藇最後作此亭。於是五亭相望，如指之列，可謂佳境殫矣，能事畢矣。後來者雖有敏心巧目，無所加焉。故吾繼之，述而不作。長慶三年八月十三日記。」

【校】

〔海榴開〕此下那波本無注。

〔青苔〕此下那波本無注。

西湖留别

征途行色慘風煙，祖帳離聲咽管絃。翠黛不須留五馬，皇恩只許住三年。緑藤陰下鋪歌席，紅藕花中泊妓船。處處迴頭盡堪戀，就中難别是湖邊。

【箋】

作於長慶四年（八二四），五十三歲，杭州，杭州刺史。城按：此詩汪本編在後集卷五。

〔西湖〕見卷二〇錢塘湖春行詩箋。

重寄别微之

憑仗江波寄一辭，不須惆悵報微之。猶勝往歲峽中别，灩澦堆邊招手時。

【箋】

作於長慶四年（八二四），五十三歲，杭州，杭州刺史。城按：此詩汪本編在後集卷六。元集卷二二有酬樂天重寄别詩。

〔猶勝往歲峽中别二句〕白氏十年三月三十日别微之於澧上十四年三月十一日夜遇微之於

峽中停舟夷陵三宿而別言不盡者以詩終之因賦七言十七韻以贈且欲寄所遇之地與相見之時爲他年會話張本也詩（卷十七）云：「夷陵峽口明月夜，此處逢君是偶然。一別五年方見面，相攜三宿未迴船。」三遊洞序（卷四三）云：「平淮西之明年冬，予自江州司馬授忠州刺史，微之自通州司馬授虢州長史。又明年春，各祗命之郡，與知退偕行。三月十日，參會於夷陵。」

重題別東樓

東樓勝事我偏知，氣象多隨昏旦移。湖卷衣裳白重疊，山張屏障緑參差。海仙樓塔晴方出，江女笙簫夜始吹。春雨星攢尋蟹火，秋風霞颭弄濤旗。餘杭風俗：每寒食雨後夜涼，家家持燭尋蟹，動盈萬人。每歲八月迎濤，弄水者悉舉旗幟焉。宴宜雲髻新梳後，曲愛霓裳未拍時。太守三年嘲不盡，郡齋空作百篇詩。

【箋】

作於長慶四年（八二四），五十三歲，杭州，杭州刺史。城按：此詩汪本編在後集卷五。元集卷二二有和樂天重題別東樓詩。

〔東樓〕見卷八初領郡政衙退登東樓作詩箋。

〔霓裳〕見卷十二長恨歌詩箋。

【校】

〔弄濤旗〕此下那波本無注。

別周軍事

主人頭白官仍冷，去後憐君是底人？試謁會稽元相去，不妨相見却殷勤。

【箋】

作於長慶四年（八二四），五十三歲，杭州，杭州刺史。城按：此詩汪本編在後集卷五。

〔周軍事〕周元範。城按：居易罷杭州後，元範曾往越州依元稹。後居易刺蘇，元範復爲從事。居易罷郡，元範復往越州元稹幕中。「周軍事」疑當作「周從事」。見卷二二和新樓北園偶集從孫公度周巡官韓秀才盧秀才范處士小飲鄭侍御判官周劉二從事皆先歸詩箋。又按：本卷九日思杭州舊遊寄周判官及諸客詩云：「風景不隨宮相去，歡娛應逐使君新。」則居易罷郡後，元範似仍在杭州，未去越州。俟考。

看常州柘枝贈賈使君

莫惜新衣舞柘枝，也從塵污汗霑垂。料君即却歸朝去，不見銀泥衫故時。

【箋】作於長慶四年（八二四），五十三歲，杭州至洛陽途中，太子左庶子。城按：此詩汪本編在後集卷六。

〔常州〕見卷八郡齋暇日辱常州陳郎中使君早春晚坐水西館書事詩十六韻見寄亦以十六韻酬之詩箋。

〔柘枝〕見本卷柘枝妓詩箋。

〔賈使君〕賈餗。字子美。長慶四年爲張又新所構，出爲常州刺史。見舊書卷一六九本傳。白氏醉後走筆酬劉五主簿長句之贈兼簡張大賈二十四先輩昆季詩（卷十二）中之「賈二十四」，戲和賈常州醉中二絶句（卷二四）、夜聞賈常州崔湖州茶山境會想羡歡宴因寄此詩（卷二四）兩詩中之「賈常州」，赴蘇州至常州答賈舍人（卷二四）、自到郡齋僅經旬日方專公務未及宴遊偷閑走筆題二十四韻兼寄常州賈舍人湖州崔郎中仍呈吴中諸客（卷二四）兩詩中之「賈舍人」，均指賈餗。

【校】

〔題〕此下汪本注云：「按此下自杭州歸洛詩。」

汴河路有感

三十年前路，孤舟重往還。繞身新眷屬，舉目舊鄉關。事去唯留水，人非但見山。啼襟與愁鬢，此日兩成班！

【箋】

作於長慶四年（八二四），五十三歲，杭州至洛陽途中，太子左庶子。見汪譜。城按：此詩汪本編在後集卷六。

〔三十年前路〕汪立名云：「按長慶二年，公以中書舍人除杭州刺史謝表云：『汴路未通，取襄陽路赴任，水陸七千餘里。』然則汴河路猶屬貞元末未應制策以前所經，故曰三十年前路也。」

埇橋舊業

別業埇城北，抛來二十春。改移新逕路，變換舊村鄰。有税田疇薄，無官弟姪貧。田園何用問，强半屬他人。

【箋】

作於長慶四年（八二四），五十三歲，杭州至洛陽途中，太子左庶子。城按：此詩汪本編在後集卷六。

〔埇橋〕在宿州符離縣。元和郡縣志卷九：「宿州苻離縣也（城按：後多誤作符，元和志作苻，是）。元和四年，以其地南臨汴河，有埇橋，爲舳艫之會，運漕所歷，防虞是資。又以蘄縣北屬徐州，疆界闊遠，有詔割苻離、蘄縣及泗州之虹縣置宿州，取古宿國爲名也。」清統志鳳陽府二：「埇橋在宿州北二十里，一名符離橋，亦名永濟橋。跨汴水。」城按：白氏自新鄭移家符離約在建中三年父任徐州別駕時，詩云：「拋來二十春」，蓋指貞元二十年自符離移家下邽也。

茅城驛

汴河無景思，秋日又淒淒。地薄桑麻瘦，村貧屋舍低。早苗多間草，濁水半和泥。最是蕭條處，茅城驛向西。

【箋】作於長慶四年（八二四），五十三歲，杭州至洛陽途中，太子左庶子。見汪譜。城按：此詩汪本編在後集卷六。

【校】〔早苗〕何校：「『早』疑作『旱』。」

河陰夜泊憶微之

憶君我正泊行舟，望我君應上郡樓。萬里月明同此夜，黄河東面海西頭。

【箋】作於長慶四年（八二四），五十三歲，杭州至洛陽途中，太子左庶子。見汪譜。城按：此詩汪本編在後集卷六。

杭州迴舫

自別錢唐山水後，不多飲酒懶吟詩。欲將此意憑迴棹，與報西湖風月知。

【箋】作於長慶四年（八二四），五十三歲，杭州至洛陽途中，太子左庶子。見汪譜。城按：此詩汪本編在後集卷六。

【校】

〔錢唐〕那波本、全詩俱作「錢塘」。

〔與報〕全詩作「報與」。

途中題山泉

決決涌巖穴，濺濺出洞門。向東應入海，從此不歸源。似葉飄辭樹，如雲斷别根。吾身亦如此，何日返鄉園？

【箋】作於長慶四年（八二四），五十三歲，杭州至洛陽途中，太子左庶子。城按：此詩汪本編在後集卷六。

【校】〔巖穴〕「巖」，宋本訛作「嚴」。

欲到東洛得楊使君書因以此報

向公心切向財疏，淮上休官洛下居。三郡政能從獨步，十年生計復何如？使君灘上久分手，别駕渡頭先得書。且喜平安又相見，其餘外事盡空虚。

作於長慶四年（八二四），五十三歲，杭州至洛陽途中，太子左庶子。城按：此詩汪本編在後集卷六。

【箋】

〔楊使君〕楊歸厚。歷典萬、唐、壽、鄭、虢五州。劉集外十祭虢州楊庶子文云：「維大和六年月日，蘇州刺史劉禹錫……敬祭於故虢州楊公之靈：……五剖竹符，皆有聲績。南湘潛化，巴人啞啞。比陽布和，戰地盡闢。壽春武斷，姦吏奪魄。滎波砥平，士庶同適。朝典陟明，俾臨本州。」歸厚蓋以大和六年終於虢州任所。又劉集卷八管城新驛記云：「大和二年閏三月滎陽守歸厚上言。」又同卷鄭州刺史東廳壁記云：「今年鄭州刺史楊君作東廳，……大和四年某月日記。」劉集外一有春日書懷寄東洛白二十二楊八二庶子詩。白氏酬楊八詩（本卷）云：「君以曠懷宜靜境，我因蹇步稱閑官。」又贈楊使君詩（本卷）云：「曾嗟放逐同巴峽，且喜歸還會洛陽。」此詩則云：「向公心切向財疎，淮上休官洛下居。三郡政能從獨步，十年生計復何如？」則知歸厚爲鄭州刺史在大和初，長慶四年已歷萬、唐、壽三州，此時以東都留守判官、檢校太子右庶子（見全文卷六九三李虞仲授楊歸厚太子右庶子制），則自壽州刺史罷歸也。並參見卷十一初到忠州登東樓寄萬州楊八使君詩箋。

〔使君灘上久分手〕元和十四年居易爲忠州刺史時，歸厚爲萬州刺史。使君灘指巴蜀，見卷十七十年三月三十日別微之於灃上十四年三月十一日夜遇微之於峽中停舟夷陵三宿而別言不盡者以詩終之因賦七言十七韻以贈且欲寄所遇之地與相見之時爲他年會話張本也詩箋。

洛下寓居

秋館清涼日，書因解悶看。夜窗幽獨處，琴不爲人彈。遊宴慵多廢，趨朝老漸難。禪僧教斷酒，道士勸休官。渭曲莊猶在，錢唐俸尚殘，如能便歸去，亦不至飢寒。

【箋】

作於長慶四年（八二四），五十三歲，洛陽，太子左庶子分司。見汪譜。

〔秋館清涼日四句〕何義門云：「扇對起。」

【校】

〔錢唐〕那波本作「錢塘」。

味道

叩齒晨興秋院静，焚香宴坐晚窗深。七篇真誥論仙事，一卷壇經説佛心。此日盡知前境妄，多生曾被外塵侵。自嫌習性猶殘處，愛詠閑詩好聽琴。

【箋】作於長慶四年（八二四），五十三歲，洛陽，太子左庶子分司。〔自嫌習性猶殘處〕「殘」字作「留」解。曹松晨起詩：「林殘數枝月，髮冷一梳風。」見敦煌變文字義通釋第四篇。

【校】〔壇經〕「壇」，馬本、汪本、全詩俱訛作「檀」。城按：壇經即法寶壇經。今從宋本、那波本、盧校改正。

好聽琴

本性好絲桐，塵機聞即空。一聲來耳裏，萬事離心中。清暢堪銷疾，恬和好養蒙。尤宜聽三樂，安慰白頭翁。

【箋】作於長慶四年（八二四），五十三歲，洛陽，太子左庶子分司。城按：此詩汪本編在後集卷六。

【校】〔題〕英華作「好彈琴」。全詩「聽」下注云：「一作『彈』。」

〔好絲桐〕「好」，英華作「愛」。汪本、全詩俱注云：「一作『愛』。」

愛詠詩

辭章諷詠成千首，心行歸依向一乘。坐倚繩牀閑自念，前生應是一詩僧。

【箋】作於長慶四年（八二四），五十三歲，洛陽，太子左庶子分司。城按：此詩汪本編在後集卷六。

酬皇甫庶子見寄

掌綸不稱君應笑，典郡無能我自知。别詔忽驚新命出，同寮偶與夙心期。春坊瀟灑優閑地，秋鬢蒼浪老大時。獨占二疏應未可，龍樓見擬覔分司。

【箋】作於長慶四年（八二四），五十三歲，洛陽，太子左庶子分司。城按：此詩汪本編在後集卷六。〔皇甫庶子〕皇甫鏞。見卷八林下閑步寄皇甫庶子詩箋。並參見本卷贈皇甫庶子、與皇甫庶子同遊城東等詩。

【校】

〔君應笑〕「君」，全詩作「吾」，誤。

卧疾

閑官卧疾絶經過，居處蕭條近洛河。水北水南秋月夜，管絃聲少杵聲多。

【箋】

作於長慶四年（八二四），五十三歲，洛陽，太子左庶子分司。城按：此詩汪本編在後集卷六。

遠師

東宮白庶子，南寺遠禪師。何處遥相見？心無一事時。

【箋】

作於長慶四年（八二四），五十三歲，洛陽，太子左庶子分司。城按：此詩汪本編在後集卷六。

〔遠師〕廬山東林寺僧。本卷問遠師詩：「笑問東林老，詩應不破齋。」又有對小潭寄遠上人詩（卷二八），當同指一人。

問遠師

葷羶停夜食，吟詠散秋懷。笑問東林老，詩應不破齋？

【箋】

作於長慶四年（八二四），五十三歲，洛陽，太子左庶子分司。城按：此詩汪本編在後集卷六。

〔遠師〕見本卷問遠師詩箋。

小院酒醒

酒醒閑獨步，小院夜深涼。一領新秋簟，三間明月廊。未收殘盞杓，初換熟衣裳。好是幽眠處，松陰六尺牀。

【箋】

作於長慶四年（八二四），五十三歲，洛陽，太子左庶子分司。城按：此詩汪本編在後集卷六。

〔熟衣裳〕暖衣也。白氏西風詩（卷二八）云：「新霽乘輕屐，初涼換熟衣。」感秋詠意詩（卷三五）云：「炎涼遷次速如飛，又脱生衣著熟衣。」

【校】

〔熟衣裳〕「熟」，馬本、汪本、全詩俱誤作「熱」，據宋本、那波本、盧校改正。見前箋。

贈侯三郎中

老愛東都好寄身，足泉多竹少埃塵。年豐最喜唯貧客，秋冷先知是瘦人。幸有琴書堪作伴，苦無田宅可爲鄰。洛中縱未長居得，且與蘇田遊過春。

【箋】

作於長慶四年（八二四），五十三歲，洛陽，太子左庶子分司。城按：此詩汪本編在後集卷六。唐宋詩醇卷二五：「善以文言道俗情，本色語倍覺雅馴。」

〔侯三郎中〕岑仲勉唐人行第録云：「白氏集五八贈侯三郎中，分司東都時作，未注名，集中亦少唱和之什，以時代考之，或得爲勳中侯繼，然尚缺其他佐證也。」城按：因話録卷五：「王并州璠，自河南尹拜右丞（城按：稗海本丞下有相字，衍），除目纔到，少尹侯繼有宴，以書邀。」王璠寶曆二年八月代王起爲河南尹。復自河南尹拜尚書右丞在大和二年十月，見舊書卷一六九本傳及卷十七上文宗紀。則侯繼或自司勳郎中遷河南少尹，與此詩之時間亦合。

〔老愛東都好寄身〕何義門云：「東都恐未若廬山也。」

〔且與蘇田遊過春〕何義門云：「蘇田未詳，疑作『田蘇』。」

求分司東都寄牛相公十韻

忽忽心如夢，星星鬢似絲。縱貧長有酒，雖老未抛詩。儉薄身都慣，疏頑性頗宜。飯粗飡亦飽，被暖起常遲。萬里歸何得，三年伴是誰？華亭鶴不去，天竺石相隨。余罷杭州，得華亭鶴、天竺石同載而歸。王尹貰將馬，田家賣與池。開門閑坐日，遶水獨行時。懶慢交遊許，衰羸相府知。官寮幸無事，可惜不分司。

【箋】

作於長慶四年（八二四），五十三歲，洛陽，太子左庶子分司。城按：此詩汪本編在後集卷六。〔牛相公〕牛僧孺。長慶二年正月拜户部侍郎。三年三月以本官同平章事。見舊書卷一七二、新書卷一七四本傳。參見白氏和答詩序（卷二）箋及酬牛相公宫城早秋寓言見示兼呈夢得（卷三〇）、洛下送牛相公出鎮淮南（卷三一）、宿香山寺酬廣陵牛相公見寄（卷三三）、偶於維陽牛相公處覓得箏箏未到先寄詩來走筆戲答（卷三三）、同夢得酬牛相公初到洛中小飲見贈（卷三三）、題牛相公歸仁里宅新成小灘（卷三六）、初致仕後戲酬留守牛相公（卷三七）、酬寄牛相公同宿話舊勸酒見贈（卷三七）等詩。

〔華亭鶴不去二句〕白氏洛下卜居詩（卷八）云：「三年典郡歸，所得非金帛。天竺石兩片，華亭鶴一隻。」又有劉蘇州以華亭一鶴遠寄以詩謝之詩（卷三一）。

〔王尹〕河南尹王起。見本卷河南王尹初到以詩代書先問之詩箋。

〔田家賣與池〕居易自洛陽田姓購得履道坊故散騎常侍楊憑宅第。見本卷履道新居二十韻詩箋。

【校】

〔飯粗〕「飯」，宋本、那波本、汪本俱作「飰」。

〔相隨〕此下那波本無注。

〔開門〕何校：「『開』疑作『閉』。」

〔官寮〕「官」，何校：「『官』疑作『宮』。」城按：何校是。

酬楊八

君以曠懷宜静境，我因蹇步稱閑官。閉門足病非高士，勞作雲心鶴眼看。

【箋】

作於長慶四年（八二四），五十三歲，洛陽，太子左庶子分司。城按：此詩汪本編在後集卷六。

〔楊八〕楊歸厚。全文卷六九三李虞仲授楊歸厚太子右庶子制：「前東都留守判官、朝議郎、檢校太子右庶子、兼侍御史、上柱國、賜緋魚袋楊歸厚，……可守太子右庶子分司東都，散官勳賜如故。」城按：李虞仲以兵部郎中知制誥在寶曆元年，見舊書卷一六三本傳及卷十七敬宗紀，則歸厚長慶四年猶以東都留守判官檢校太子右庶子也。參見本卷欲到東洛得楊使君書因以此報詩箋。

履道新居二十韻

履道坊西角，官河曲北頭。林園四鄰好，風景一家秋。門閉深沉樹，池通淺沮秋夜反溝。拔青松直上，鋪碧水平流。籬菊黄金合，窗筠緑玉稠。疑連紫陽洞，似到白蘋洲。僧至多同宿，賓來輒少留。豈無詩引興？兼有酒銷憂。移榻臨平岸，攜茶上小舟。果穿聞鳥啄，萍破見魚遊。地與塵相遠，人將境共幽。汎潭菱點鏡，沉浦月生鈎。廚曉烟孤起，庭寒雨半收。老飢初愛粥，瘦冷早披裘。洛下招新隱，秦中忘舊遊。辭章留鳳閣，班藉寄龍樓，病惬官曹静，閑慚俸禄優。琴書中有得，衣食外何求？濟世才無取，謀身智不周。應須共心語，萬事一時休。

【箋】

作於長慶四年（八二四），五十三歲，洛陽，太子左庶子分司。見陳譜及汪譜。城按：此詩汪本編在後集卷六。唐宋詩醇卷二五：「竟體穩洽，『拔青松直上』一聯，鍊句尤挺健。」

〔履道坊西角〕履道坊在洛陽長夏門之東第四街。舊書卷一六六白居易傳：「居易罷杭州，歸雒陽，于履道里得故散騎常侍楊憑宅，竹木池館，有林泉之致。爲池上篇曰：東都風土水木之勝在東南偏，東南之勝在履道里，里之勝在西北隅西閈北垣第一第，即白氏叟樂天退老之地。地方十七畝，屋室三之一，水五之一，竹九之一，而島樹橋道間之。」新書卷一一九白居易傳云：「後履道卒爲佛寺，東都、江州人爲立祠焉。」河南邵氏聞見後録卷二五：「大字寺園，唐白樂天園也。樂天云『吾有第在履道坊，五畝之宅，十畝之園，有水一池，有竹千竿』者是也。今張氏得其半爲會隱園，水竹尚甲洛陽。但以其圖考之，則凡曰某堂有某水，某亭有某木，至今猶在，而曰堂曰亭者，無復彷彿矣。豈因于天理者可久，而成于人力者不足恃也。寺中樂天石刻尚多。」陳譜長慶四年甲辰：「公宅地方十七畝，……至後唐爲普明禪院，有秦王從榮所施大字經藏及寫公集寘藏中，洛人但曰大字寺。其園張氏得其半爲會隱園，水竹尚在。寺中有公石刻甚多，見宋敏求河南志、李格非洛陽名園記。」兩京城坊考卷五：「按居易宅在履道西門，宅西牆下臨伊水渠，渠又周其宅之北。宅去集賢裴度宅最近，故居易和劉汝州詩注云：『履道、集賢兩宅相去一百三十步。』」參見白氏歸履道宅（卷二七）、履道春居（二五）、答王尚書問履道池舊橋（卷二七）、履道池上作（卷二八）、履道居（卷二八）、履道西門（卷三六）等詩。

〔官河〕指伊水渠。

【校】

〔廚曉〕何校：「『曉』，蘭雪作『晚』。」

〔愛粥〕「愛」，馬本作「暖」，據宋本、那波本、汪本、全詩改。

九日思杭州舊遊寄周判官及諸客

忽憶郡南山頂上，昔時同醉是今辰。笙歌委曲聲延耳，金翠動摇光照身。風景不隨宮相去，歡娱應逐使君新。江山賓客皆如舊，唯是當筵换主人。

【箋】

作於長慶四年（八二四），五十三歲，洛陽，太子左庶子分司。城按：此詩汪本編在後集卷六。

〔周判官〕周元範。見卷二〇重酬周判官詩箋。

〔風景不隨宮相去〕查慎行白香山詩評：「先生以庶子分司，故得自稱宮相。」

秋晚

煙景澹濛濛，池邊微有風。覺寒蛩近壁，知暝鶴歸籠。長貌隨年改，衰情與物同。夜來霜厚薄，梨葉半低紅。

【箋】作於長慶四年（八二四），五十三歲，洛陽，太子左庶子分司。城按：此詩汪本編在後集卷六。

【校】〔蛩近壁〕「蛩」，馬本作「螢」，非。據宋本、汪本、全詩、盧校改正。那波本作「蛩」。

分司

散帙留司殊有味，最宜病拙不才身。行香拜表爲公事，碧洛青嵩當主人。已出閑遊多到夜，却歸慵卧又經旬。錢唐五馬留三匹，還擬騎遊攪擾春。

【箋】作於長慶四年（八二四），五十三歲，洛陽，太子左庶子分司。見陳譜。城按：此詩汪本編在後集卷六。何義門云：「五六透出有味二字，尤佳在下句，結變。」

【校】

〔錢唐〕那波本作「錢塘」。城按：「錢唐」亦作「錢塘」。

河南王尹初到以詩代書先問之

別來王閣老，三歲似須臾。鬢上班多少，杯前興有無。官從分緊慢，情莫問榮枯。許入朱門否？籃輿一病夫。

【箋】

作於長慶四年（八二四），五十三歲，洛陽，太子左庶子分司。城按：此詩汪本編在後集卷六。

〔河南王尹〕河南尹王起。起，長慶四年九月代令狐楚爲河南尹。見舊書卷十七上敬宗紀。本卷又有題新居呈王尹兼簡府中三掾詩。城按：居易與王起貞元末同爲校書郎，見白氏常樂里偶題十六韻兼寄劉十五公輿王十一起等時爲校書郎詩（卷五）。

【校】

〔題〕馬本「王」下脱「尹」字，據宋本、那波本、汪本、全詩補。「王尹」下全詩注云：「一作『王僕射』。」非。

池西亭

朱欄映晚樹，金魄落秋池。還似錢唐夜，西樓月出時。

【箋】作於長慶四年（八二四），五十三歲，洛陽，太子左庶子分司。城按：此詩汪本編在後集卷六。

【校】〔錢唐〕那波本作「錢塘」。

臨池閑卧

小竹圍庭匝，平池與砌連。閑多臨水坐，老愛向陽眠。營役抛身外，幽奇送枕前。誰家卧牀脚，解繫釣魚船？

【箋】作於長慶四年（八二四），五十三歲，洛陽，太子左庶子分司。城按：此詩汪本編在後集卷六。

吾廬

吾廬不獨貯妻兒，自覺年侵身力衰。眼下營求容足地，心中準擬掛冠時。新昌小院松當户，履道幽居竹遶池。莫道兩都空有宅，林泉風月是家資。

【箋】

作於長慶四年（八二四），五十三歲，洛陽，太子左庶子分司。城按：此詩汪本編在後集卷六。

〔新昌〕長安新昌坊。見卷二一和答詩序箋。

〔履道〕洛陽履道坊。見本卷履道新居二十韻詩箋。

【校】

〔準擬〕「準」，宋本、那波本俱作「准」。城按：「準」即「准」之或字。

題新居寄宣州崔相公　所居南鄰即崔家池。

門庭有水巷無塵，好稱閑官作主人。冷似雀羅雖少客，寬於蝸舍足容身。疏通竹徑將迎月，掃掠莎臺欲待春。濟世料君歸未得，南園北曲謾爲鄰。

【箋】

作於長慶四年（八二四），五十三歲，洛陽，太子左庶子分司。城按：此詩汪本編在後集卷六。

〔宣州崔相公〕崔羣。元和十二年七月，拜中書侍郎、同中書門下平章事。穆宗即位，徵拜吏部侍郎。俄拜御史大夫。未幾檢校兵部尚書充武寧軍節度使。左遷秘書監分司東都。改華州刺史。歷宣歙池觀察使。徵拜兵部尚書。見舊書卷一五九、新書卷一六五本傳。吴廷燮唐方鎮年表據舊傳繫羣長慶三年莅宣歙任，並無確據，然以白詩相證，時間亦嫌過早。據白氏華城西北雉堞最高崔相公首創樓臺錢左丞繼種花果合爲勝境題在雅篇歲暮獨遊悵然成詠詩（卷二五），則知錢徽初除華州刺史係繼崔羣之後任。又據白氏長慶二年冬所作初到郡齋寄錢湖州李蘇州（卷二〇）、錢湖州以箬下酒李蘇州以五酘酒相次寄到無因同飲聊詠所懷（卷二〇）兩詩，錢徽長慶二年末猶未離湖州。考嘉泰吴興志卷十四，崔玄亮長慶三年十一月二十二日自刑部郎中拜，當爲錢徽之後任。則錢徽離湖州任必在長慶三年之末。新書卷一七七錢徽傳云：「轉湖州，……還遷工部侍郎（城按：嘉泰吴興志卷十四謂遷工部郎中，疑非是），出爲華州刺史。」舊書卷一六八錢徽傳亦云：「徽明年遷華州刺史、潼關防禦、鎮國軍等使。」舊傳所云「明年」，即長慶四年，繼崔羣華州刺史任，而崔羣赴宣歙任亦在是年。劉集外八歷陽書事七十韻序云：「長慶四年八月，予自夔州轉歷陽，浮岷山，觀洞庭，歷夏口，涉潯陽而東，友人崔敦詩罷丞相，鎮宛陵，緘書來抵曰，……」所記與白氏此詩時間相近，亦可互爲參證。又崔羣離宣歙任在大和元年正月，舊書卷十七上文宗紀：

「(大和元年春正月),以前户部侍郎于敖爲宣歙觀察使,代崔羣。以崔羣爲兵部尚書。」並參見白氏除忠州寄謝崔相公(卷十七),花前有感兼呈崔相公劉郎中(卷二五)等詩及祭崔相公文(卷七〇)。

〔所居南鄰即崔家池〕崔羣宅在履道坊白宅之南。陳譜長慶四年甲辰:「其南鄰即崔家池。」唐兩京城坊考卷五:「按白居易與劉夢得偶到敦詩宅感而題壁詩云:『履道淒涼新第宅』,蓋其宅在白宅之南。故居易聞樂感鄰詩注云:『東鄰王大理去冬云亡,南鄰崔尚書今秋薨逝。』又祭崔尚書文云:『雒城東隅,履道西偏。修篁迴舍,流水潺湲。與公居第,門巷相連。』」城按:徐氏所引「祭崔尚書文」當作「祭崔相公文」。

【校】

〔題〕此下那波本無注。

〔竹徑〕「竹」,馬本、汪本俱作「行」,據宋本、那波本、全詩改。何校:「『竹』字從黄校。」

憶杭州梅花因叙舊遊寄蕭協律

三年閑悶在餘杭,曾爲梅花醉幾場?伍相廟邊繁似雪,孤山園裏麗如粧。蹋隨遊騎心長惜,折贈佳人手亦香。賞自初開直至落,歡因小飲便成狂。薛劉相次埋新隴，沈謝雙飛出故鄉。薛、劉二客，謝、沈二妓，皆當時歌酒之侶。歌伴酒徒零散盡，唯殘頭白老蕭郎。

【箋】

作於寶曆元年（八二五），五十四歲，洛陽，太子左庶子分司。城按：此詩汪本編在後集卷六。咸淳臨安志卷五八云：「白文公去郡後有憶杭州梅花詩。孤山之梅，自唐以來已著稱。」明高鶚見聞搜玉卷四云：「孤山梅花雖以和靖得名，然白樂天寄蕭協律詩云：『三年閑悶在餘杭，……』則自唐已賞鑒矣。」

〔蕭協律〕蕭悦。見卷十二畫竹歌詩箋。并參見醉後狂言贈蕭殷二協律（卷十二）、歲假内命酒贈周判官蕭協律（卷二〇）等詩。

〔伍相廟〕在杭州吴山。咸淳臨安志卷七一：「忠清廟在吴山，神伍氏，名員。……史記云：吴人憐之，爲立祠於江上，因命曰胥山。唐元和十年刺史盧元輔修，並作胥山銘。唐景福二年封惠廣侯。國朝載在祀典。」

〔薛劉相次埋新隴〕薛景文及劉方輿。薛景文卒於長慶四年。見卷二〇閑夜咏懷因招周協律劉薛二秀才及與諸客攜酒尋去年梅花有感詩箋。

〔沈謝雙飛出故鄉〕沈、謝指沈平及謝好。白氏霓裳羽衣歌（卷二一）云：「移領錢塘第二年，始有心情問絲竹。玲瓏箜篌謝好箏，陳寵觱篥沈平笙。清絃脆管纖纖手，教得霓裳一曲成。」

【校】

〔故鄉〕此下那波本無注。

病中辱張常侍題集賢院詩因以繼和

天祿閣門開，甘泉侍從迴。圖書皆帝籍，寮友盡仙才。騎省通中掖，龍樓隔上臺。猶憐病宮相，詩寄洛陽來。

【箋】

作於寶曆元年（八二五），五十四歲，洛陽，太子左庶子分司。城按：此詩汪本編在後集卷六。

〔張常侍〕張正甫。舊書卷一六二張正甫傳：「由尚書右丞爲同州刺史，入拜左散騎常侍、集賢殿學士判院事，轉工部尚書。（大和）五年，檢校兵部尚書、太子詹事。……」舊書文宗紀上：「（大和元年）正月己亥，以右散騎常侍、集賢殿學士判院事張正甫爲工部尚書。」與白氏此詩時間正合。又卷二五奉使塗中戲贈張常侍詩中之「張常侍」亦爲張正甫，與以後各卷中之另一「張常侍」（張仲方）非同一人。

早春晚歸

晚歸騎馬過天津，沙白橋紅反照新。草色連延多隙地，鼓聲閑緩少忙人。還如南國饒溝水，不似西京足路塵。金谷風光依舊在，無人管領石家春。

【箋】

作於寶曆元年（八二五），五十四歲，洛陽，太子左庶子分司。城按：此詩汪本編在後集卷六。

〔晚歸騎馬過天津〕何義門云：「晚歸起。」

〔草色連延多隙地〕何義門云：「早春。」

〔鼓聲閑緩少忙人〕何義門云：「晚歸。」

〔無人管領石家春〕何義門云：「春字結。」

贈楊使君

曾嗟放逐同巴峽，且喜歸還會洛陽。時命到來須作用，功名未立莫思量。銀銜叱撥欺風雪，金屑琵琶費酒漿。更待城東桃李發，共君沉醉兩三場。

【箋】作於寶曆元年（八二五），五十四歲，洛陽，太子左庶子分司。城按：此詩汪本編在後集卷六。〔楊使君〕楊歸厚。見本卷欲到東洛得楊使君書因以此報詩箋。〔曾嗟放逐同巴峽〕居易元和十四年爲忠州刺史時，歸厚爲萬州刺史，故云。

贈皇甫庶子

何因散地共徘徊？人道君才我不才。騎少馬蹄生易蹶，用稀印鎖澀難開。妻知年老添衣絮，婢報天寒撥酒醅。更愧小胥諮拜表，單衫衝雪夜深來。

【箋】作於寶曆元年（八二五），五十四歲，洛陽，太子左庶子分司。城按：此詩汪本編在後集卷六。〔皇甫庶子〕皇甫鏞。見卷八林下閑步寄皇甫庶子詩箋。並參見本卷酬皇甫庶子見寄、與皇甫庶子同遊城東等詩。

池上竹下作

穿籬遶舍碧逶迤，十畝閑居半是池。食飽窗間新睡後，脚輕林下獨行時。水能性淡爲吾友，竹解心虚即我師。何必悠悠人世上，勞心費目覓親知？

【箋】

作於寶曆元年（八二五），五十四歲，洛陽，太子左庶子分司。城按：此詩汪本編在後集卷六。

【校】

〔人世〕那波本倒作「世人」。

〔親知〕「親」，馬本作「天」，非。據宋本、那波本、汪本、全詩、盧校改正。

閑出覓春戲贈諸郎官

年來數出覓風光，亦不全閑亦不忙。放鞚體安騎穩馬，隔袍身暖照晴陽。迎春日日添詩思，送老時時放酒狂。除却髭鬚白一色，其餘未伏少年郎。

【箋】

作於寶曆元年（八二五），五十四歲，洛陽，太子左庶子分司。城按：此詩汪本編在後集卷六。

別春爐

煖閣春初入，温爐興稍闌。晚風猶冷在，夜火且留看。獨宿相依久，多情欲别難。誰能共天語，長遣四時寒？

【箋】

作於寶曆元年（八二五），五十四歲，洛陽，太子左庶子分司。城按：此詩汪本編在後集卷六。

〔夜火且留看〕何義門云：「韻脚活。」

〔長遣四時寒〕何義門云：「落句無理。」

泛小艑二首

水一塘，艑一隻。艑頭漾漾知風起，艑背蕭蕭聞雨滴。醉卧船中欲醒時，忽疑身是江南客。船緩進，水平流。一莖竹篙剔船尾，兩幅青幕覆船頭。亞竹亂藤多照岸，如從鳳口向湖州。

【箋】作於寶曆元年（八二五），五十四歲，洛陽，太子左庶子分司。城按：此詩汪本編在後集卷三。

【校】

〔船緩進〕「船」，宋本作「舡」。

〔剔船尾〕「船」，宋本作「舡」。

夢行簡

天氣妍和水色鮮，閑吟獨步小橋邊。池塘草緑無佳句，虛卧春窗夢阿憐。

【箋】作於寶曆元年（八二五），五十四歲，洛陽，太子左庶子分司。城按：此詩汪本編在後集卷六。唐宋詩醇卷二五：「習用語，妙於點化。」

〔行簡〕白居易三弟行簡。見卷七對酒示行簡詩箋。

〔阿憐〕行簡小名。唐詩紀事：「行簡小字阿憐。」白氏湖亭與行簡宿詩（卷十七）云：「水檻虛涼風月好，夜深唯共阿憐來。」

【校】

〔阿憐〕各本俱作「憐」，全詩注云：「一作『連』。」何校：「宋刻、蘭雪皆作『憐』，黄校無改。」查校謂「憐」當作「連」，疑非是。此雖借用謝惠連之典實，未必實指也。

題新居呈王尹兼簡府中三掾

弊宅須重葺，貧家乏羨財。橋憑川守造，樹倩府寮栽。朱板新猶濕，紅英暖漸開。仍期更攜酒，倚檻看花來。

【箋】

作於寶曆元年（八二五），五十四歲，洛陽，太子左庶子分司。城按：此詩汪本編在後集卷六。

〔王尹〕河南尹王起。見本卷河南王尹初到以詩代書先問之詩箋。

〔川守〕三川守。指河南尹。

雲和

非琴非瑟亦非箏，撥柱推絃調未成。欲散白頭千萬恨，只銷紅袖兩三聲。

【箋】作於寶曆元年（八二五），五十四歲，洛陽，太子左庶子分司。城按：此詩汪本編在後集卷六。

春老

欲隨年少强遊春，自覺風光不屬身。歌舞屏風花障上，幾時曾畫白頭人？

【箋】作於寶曆元年（八二五），五十四歲，洛陽，太子左庶子分司。城按：此詩汪本編在後集卷六。

【校】〔强遊春〕「强」，萬首作「雜」。

春雪過皇甫家

晚來籃轝雪中迴，喜遇君家門正開。唯要主人青眼待，琴詩談笑自將來。

【箋】作於寶曆元年（八二五），五十四歲，洛陽，太子左庶子分司。城按：此詩汪本編在後集卷六。

〔皇甫家〕皇甫鏞宅。在洛陽長夏門之東第二街宣教坊。白氏唐銀青光禄大夫太子少保安定皇甫公墓誌銘（卷七〇）：「以開成元年七月十日寢疾薨于東都宣教里第。」

【校】

〔晚來〕「來」，盧校疑「乘」。

崔侍御以孩子三日示其所生詩見示因以二絶和之

洞房門上掛桑弧，香水盆中浴鳳鶵。還似初生三日魄，嫦娥滿月即成珠。

愛惜肯將同寶玉，喜歡應勝得王侯。弄璋詩句多才思，愁殺無兒老鄧攸。

【箋】

作於寶曆元年（八二五），五十四歲，洛陽，太子左庶子分司。城按：此詩汪本編在後集卷六。

〔崔侍御〕名未詳。花房英樹謂指崔韶，非是。城按：據元稹駱口驛詩注，韶雖曾官侍御，惟居易長慶二年七月除杭州刺史時，崔韶已逝，見白氏商山路有感詩序（卷二〇）。此詩中之「崔侍御」當係另一人。

【校】

〔題〕「因以二絶和之」六字，宋本爲側注。汪本及全詩「絶」下有「句」字。

〔嫦娥〕「嫦」，宋本、那波本俱作「常」。何校從黄校作「姮」。

〔王侯〕「王」，萬首作「公」。

與皇甫庶子同遊城東

閑遊何必多徒侶？相勸時時舉一杯。博望苑中無職役，建春門外足池臺。緑油剪葉蒲新長，紅蠟粘枝杏欲開。白馬朱衣兩宫相，可憐天氣出城來。

【箋】

作於寶曆元年（八二五），五十四歲，洛陽，太子左庶子分司。城按：此詩汪本編在後集卷六。

〔皇甫庶子〕皇甫鏞。見卷八林下閑步寄皇甫庶子詩箋。並參見本卷酬皇甫庶子見寄、贈皇甫庶子詩箋。

〔博望苑〕漢博望苑遺址。唐時在長安朱雀門街西之第四街金城坊。三輔黄圖卷四：「博望苑，武帝立子據爲太子，爲太子開博望苑以通賓客。漢書曰：武帝年二十九乃得太子，甚喜。太子冠，爲立博望苑，使之通賓客，從其所好。又云：博望苑在長安城南，杜門外五里有遺址。」長安志卷十二長安縣：「漢博望苑在縣北五里。」

〔建春門〕唐東都外郭城門。兩京城坊考卷五：「東面三門：北曰上東門，中曰建春門，南曰永通門。」城按：建春門，隋曰建陽門，唐初改此名。

洛城東花下作

記得舊詩章，花多數洛陽。舊詩云：「洛陽城東面，今來花似雪。」又云：「更待城東桃李發。」又云：「花滿洛陽城。」及逢枝似雪，已是鬢成霜。向後光陰促，從前事意忙。無因重年少，何計駐時芳？欲送愁離面，須傾酒入腸。白頭無藉在，醉倒亦何妨！

【箋】作於寶曆元年（八二五），五十四歲，洛陽，太子左庶子分司。城按：此詩汪本編在後集卷六。見汪譜。

【校】〔洛陽〕此下那波本無注。

晚春寄微之并崔湖州

洛陽陌上少交親，履道城邊欲暮春。崔在吳興元在越，出門騎馬覓何人？

【箋】作於寶曆元年（八二五），五十四歲，洛陽，太子左庶子分司。見陳譜。城按：此詩汪本編在後集卷六。

〔崔湖州〕崔玄亮。見卷二一崔湖州贈紅石琴薦煥如錦文無以答之以詩酬謝詩箋。並參見卷二四夜泛陽塢入明月灣即事寄崔湖州、夜聞賈常州崔湖州茶山境會想羨歡宴因寄此詩、仲夏齋居偶題八韻寄微之及崔湖州等詩。

城東閑行因題尉遲司業水閣

閑遶洛陽城，無人知姓名。病乘籃轝出，老著茜衫行。處處花相引，時時酒一傾。借君溪閣上，醉詠兩三聲。

【箋】作於寶曆元年（八二五），五十四歲，洛陽，太子左庶子分司。城按：此詩汪本編在後集卷六。

〔尉遲司業〕尉遲汾。白氏答尉遲少監水閣重宴詩（卷二五）云：「人情依舊歲華新，今日重招往日賓。雞黍重迴千里駕，林園暗換四年春。水軒平寫琉璃鏡，草岸斜鋪翡翠茵。聞道經營費心力，忍教成後屬他人。」寶曆元年至大和二年重宴，故云「林園暗換四年春」。至大和三年所作之答尉遲少尹問所須詩（卷二七）云：「乍到頻勞問所須，所須非玉亦非珠。愛君水閣宜閑詠，每有詩成許去無！」蓋此年尉遲司業已自少監遷河南少尹，可知白氏詩中之「尉遲司業」、「尉遲少監」、「尉遲少尹」係同一人。城按：全文卷七二一小傳謂汾官太常博士，祠部員外郎。輯有汾贈太傅杜佑謚議。全詩卷八八七有尉遲汾府尹王侍郎准制拜嶽因狀嵩高靈勝寄呈三十韻詩。舊書卷一七一張仲方傳：「吉甫卒，入爲度支郎中。時太常定吉甫謚爲『恭懿』，博士尉遲汾請爲『敬憲』。仲方駁議曰，……」唐會要卷八〇云：「初，太常博士柳應規謚（杜）佑『忠簡』，博士尉遲汾又議曰，……請謚爲『安簡』。」李吉甫卒於元和九年，杜佑卒於元和七年，則汾官太常博士當在此前後，其爲祠部員外郎必在太常博士之後。郎官考卷二二祠部員外郎中有汾名，並引石刻尉遲汾府尹王侍郎准制拜嶽因狀嵩高靈勝寄呈三十韻詩結銜爲「朝散大夫守衛尉少卿尉遲汾，河南登封，大和三年」。考此石雖刻於大和三年，詩則作於大和三年前，蓋河南尹王播於大和二年十月入爲尚書右丞，見舊書卷一六九王播傳。又據白氏大和三年所作答尉遲少尹問所須詩推測，汾或於是年自衛尉少卿遷河南少尹。又劉集卷二四尉遲郎中見示自南遷牽復卻至洛城東舊居之作因以和之詩中之「尉遲郎中」疑亦同一人。俟考。

【校】

〔茜衫〕「茜」，馬本注云：「倉見切，染紅草。」

寄皇甫七

孟夏愛吾廬，陶潛語不虛。花樽飄落酒，風案展開書。鄰女偷新果，家僮漉小魚。不知皇甫七，池上興何如？

【箋】

作於寶曆元年（八二五），五十四歲，洛陽，太子左庶子分司。城按：此詩汪本編在後集卷六。

〔皇甫七〕皇甫湜。字持正，睦州新安人。擢進士第，爲陸渾尉，仕至工部郎中。見新書卷一七六本傳。並參見白氏訪皇甫七（本卷）、哭皇甫七郎中（卷一八）等詩。

【校】

〔孟夏〕何校：「黄校本云：『孟』宋刻作『盡。』」

〔漉小魚〕「漉」，馬本注云：「盧谷切。」

〔何如〕宋本、那波本俱倒作「如何」。

訪皇甫七

上馬行數里，逢花傾一杯。更無停泊處，還是覓君來。

【箋】

作於寶曆元年（八二五），五十四歲，洛陽，太子左庶子分司。城按：此詩汪本編在後集卷六。

〔皇甫七〕見本卷寄皇甫七詩箋。

白居易集箋校卷第二十四

律詩　凡一百首

除蘇州刺史别洛城東花

亂雪千花落，新絲兩鬢生。老除吴郡守，春别洛陽城。江上今重去，城東更一行。别花何用伴，勸酒有殘鶯。

【箋】

作於寶曆元年（八二五），五十四歲，洛陽，蘇州刺史。見陳譜及汪譜。陳譜寶曆元年乙巳：「三月四日除蘇州刺史，二十九日發東都，有别洛城東花詩。」白氏蘇州刺史謝上表（卷六八）：「伏奉三月四日恩制授臣使持節蘇州諸軍事、守蘇州刺史，臣以其月二十九日發東都，今月五日到州，當日上任訖。」城按：此卷詩汪本編在後集卷七，那波本編在卷五四。

奉和汴州令狐相公二十二韻

客有東征者，夷門一落帆。二年方得到，五日未爲淹。相府領鎮隔年，居易方到。既到，陪奉遊宴，凡經五日。在浚旌重葺，遊梁館更添。心因好善樂，貌爲禮賢謙。俗阜知敦勸，民安見察廉。仁風扇平聲道路，陰雨膏去聲閭閻。文律操將柄，兵機釣得鈐。碧幢油葉葉，紅旆火襜襜。景象春加麗，威容曉助嚴。槍森赤豹尾，纛吒黑龍髯。門靜塵初斂，城昏日半銜。選幽開後院，占勝坐前簷。平展絲頭毯，高褰錦額簾。雷搥柘枝鼓，雪擺胡騰衫。髮滑歌釵墜，粧光舞汗霑。迴燈花簇簇，過酒玉纖纖。饌盛盤心殢，醅濃醆底粘。陸珍熊掌爛，海味蟹螯鹹。福履千夫祝，形儀四座瞻。羊公長在峴，傳說莫歸巖。蓋祝者詩意也。眷愛人人遍，風情事事兼。猶嫌客不醉，同賦夜厭厭。

【箋】

作於寶曆元年（八二五），五十四歲，洛陽至蘇州途中，蘇州刺史。見陳譜。城按：劉集外一有和汴州令狐相公到鎮改月偶書所懷二十二韻詩，作於和州，亦和令狐之作。令狐原作未見，劉、白和作皆用一韻，必原詩如是。唐人和韻不必次韻也。居易與楚之交誼遜於禹錫，故此詩詞意較劉詩稍泛，然其中亦可見唐時節鎮之規制。

〔汴州〕唐武德四年置，屬河南道。爲汴宋節度使治所。見元和郡縣志卷七。

〔令狐相公〕令狐楚。字殼士，進士登第。元和十四年拜中書侍郎、同中書門下平章事。敬宗即位，檢校禮部尚書、汴州刺史、宣武軍節度使、汴宋亳觀察等使。見舊書卷一七二、新書卷一六六本傳。城按：令狐楚自元和十五年罷相屢貶，長慶初以賓客分司東都。時李逢吉作相，極力援楚，以李紳在禁密，沮之，未能擅柄。敬宗即位，逢吉逐李紳，尋用楚爲河南尹。授宣武軍節度在長慶四年九月，舊書卷十七上敬宗紀：「（長慶四年九月）庚戌，以河南尹令狐楚檢校禮部尚書、汴州刺史、宣武軍節度使、宋汴亳觀察等使。」參見宣武令狐相公以詩寄贈傳播吴中聊用短章用伸酬謝（卷二四）、早春同劉郎中寄宣武令狐相公（卷二五）等詩。又按：令狐楚未嘗官中書令，而此詩稱令狐令公，頗不得其解，疑傳刻有誤。及見馮浩玉谿生詩詳注卷一天平公座中呈令狐令公詩注云：「按舊書志，中書有中書令，唐之宰相曰同中書，固以此也。令狐雖未實進中書令，而香山集中亦稱令狐令公矣。」其惑益深。後覽岑仲勉唐史餘瀋卷四李温詩注條辨正馮注之誤云：「余按唐階，中書令雖亞於僕射，但因中書令是真宰相，故中唐以前使相帶中令者極罕見，楚無赫赫功，此詩涉上『令』字而訛相公爲令公耳。……後檢玉谿生詩詳注一云：……考中書省又有中書侍郎，同中書豈能遽稱令公？」若香山詩集（汪本）二八早春同劉郎中寄宣武令狐相公等兩首，二九令狐相公拜尚書後等三首，三一和令狐相公寄劉郎中等兩首，三二早春醉吟寄太原令狐相公一首，均作相公，不作令公，集中著令公不姓者乃裴度，馮實誤證。」據此則「令狐令公」當作「令狐相公」，王鳴盛蛾術編卷七七及張采田玉谿生年譜會箋均未能是正馮注之誤。據文苑英華及劉禹錫和詩改正。又按：唐史餘瀋所引汪本香山詩集卷數亦誤，蓋各詩俱編在汪本後集也。

〔二年方得到二句〕令狐楚充宣武節度使在長慶四年九月，至寶曆元年，故云二年。何義門云：「無注不見結句之妙。」

〔平展絲頭毯二句〕任半塘唐戲弄六設備：「至於戲臺之設備……普通均有地衣。……臺上演員出入應有門。白居易奉和汴州令狐令公：『平展絲頭毯，高寨（城按：『寨』爲『褰』之訛字）錦額簾。』一上一下，已攝出舞臺全面輪廓，尤值注意！所謂『錦額簾』，應即門簾，其有門可知。」

【校】

〔題〕「令狐相公」，各本俱誤作「令狐令公」。英華作「令狐相公」。據英華及劉禹錫和作改正。又題下英華、全詩、汪本俱注云：「同用淹字。」

〔未爲淹〕此下小注英華無「既到」二字。那波本無注。

〔扇道路〕「扇」下那波本無注。宋本注云：「平。」據增。

〔膏閶閤〕「膏」下那波本無注。宋本注云：「去。」據增。

〔葉葉〕英華作「業業」，注云：「集作『葉葉』。」汪本、全詩俱注云：「一作『業業』。」

〔轟吒〕「吒」，馬本注云：「丑亞切。」
〔絲頭毯〕「毯」，馬本注云：「吐敢切。」
〔胡騰衫〕「胡」，英華、汪本俱注云：「音鶻。」全詩注云：「音鶻，一作『鶻』。」
〔四座瞻〕「座」，英華注云：「集作『海』。」汪本、全詩俱注云：「一作『海』。」
〔歸巖〕此下那波本無注。又小注汪本作「蓋祝者之詞意也」，全詩作「蓋祝者詞意也」。

船夜援琴

鳥棲魚不動，月照夜江深。身外都無事，舟中只有琴。七絃爲益友，兩耳是知音。心静即聲淡，其間無古今。

【箋】

作於寶曆元年（八二五），五十四歲，洛陽至蘇州途中，蘇州刺史。
〔月照夜江深〕何義門云：「『深』字妙，然不如『日氣射江深』也。」

答劉和州禹錫

换印雖頻命未通，歷陽湖上又秋風。不教才展休明代，爲罰詩争造化功。我亦思歸田舍下，君應厭卧郡齋中。好相收拾爲閑伴，年齒官班約略同。

【箋】

作於寶曆元年（八二五），五十四歲，蘇州，蘇州刺史。城按：陳譜謂此詩作於洛陽赴蘇州途中，非是。詩云：「歷陽湖上又秋風」，則當作於寶曆元年秋至蘇州後。劉集外一有白舍人見酬拙詩因以寄謝詩。

〔劉和州〕劉禹錫。劉禹錫歷陽書事七十韻序云：「長慶四年八月，予自夔州轉歷陽。」城按：和州即歷陽郡，唐屬淮南道，見新書地理志。禹錫罷和州刺史在寶曆二年。參見本卷酬劉和州戲贈、重答劉和州等詩。

〔歷陽湖〕即麻湖。輿地紀勝卷四八和州：「濂湖在歷陽縣西三十里，爲郡巨浸，東西闊三十里，南北一十里。元和郡縣志云：歷湖在縣西三十里。又引淮南子云：歷陽之都，一夕爲湖。古歷字作麻，今誤爲麻，今謂之麻湖者謬也。晉地理志淮南郡阜陵縣下注云：漢明帝時淪爲麻湖。象之竊謂晉志之注有牴牾處。蓋淮南子即淮南王安所作，劉安以漢武元狩元年坐罪國除，使歷陽之湖至東漢永平之時始陷，則淮南子生於西漢，其著書也不應預指東漢時事，蓋巢湖、歷湖自是兩處。歷湖屬歷陽，巢湖巢縣，兩縣之分，自是分曉。淮南子所指歷陽之湖，意者即今之濂湖也。東漢史謂永平十一年巢湖出金，非始陷也。二湖之陷俱非明帝年間事，惟晉志合二湖以爲一，故亂而無統，不可以不辨。」搜神記云：「歷陽之郡，一夕淪入地中而爲水澤，今麻湖是也。」

【校】

〔題〕「禹錫」二字宋本爲小注，那波本無。

渡淮

淮水東南闊，無風渡亦難。孤烟生乍直，遠樹望多圓。春浪棹聲急，夕陽帆影殘。清流宜映月，今夜重吟看。

【箋】

作於寶曆元年（八二五），五十四歲，洛陽至蘇州途中，蘇州刺史。紀昀删正方虚谷瀛奎律髓川泉類：「白居易渡淮云：『淮水東南地，無風渡亦難。孤烟生乍直，遠樹望多團。春浪棹聲急，夕陽帆影殘。清流宜映月，今夜重吟看。』末用何水部語。三四尖新。三句本右丞『大漠孤烟直』句，猶是恒語。四句乃是刻意造出。此種偶一爲之不妨，若專意爲此，則墜入竟陵、公安鬼趣。」城按：「三四尖新」四字乃方回瀛奎律髓原評，「三句」二字以下爲紀昀評語。實則白氏此詩已開晚唐風氣，而氣格仍渾駿。

【校】

〔望多圓〕「圓」，何校從黄校作「團」。

〔清流〕「清」，汪本作「濤」。

赴蘇州至常州答賈舍人

杭城隔歲轉蘇臺，還擁前時五馬迴。厭見簿書先眼合，喜逢杯酒暫眉開。未酬恩寵年空去，欲立功名命不來。一別承明三領郡，甘從人道是粗才。

【箋】

作於寶曆元年（八二五），五十四歲，洛陽至蘇州途中，蘇州刺史。

〔賈舍人〕賈餗。字子美。長慶初，以本官知制誥。遷庫部郎中充職。四年，出爲常州刺史。見舊書卷一六九本傳。城按：唐人知制誥亦得稱爲舍人。參見看常州柘枝贈賈使君（卷二三）及本卷目到郡齋僅經旬日方專公務未及宴遊偷閑走筆題二十四韻兼寄常州賈舍人湖州崔郎中仍呈吳中諸客、戲和賈常州醉中絶句、夜聞賈常州崔湖州茶山境會想羨歡宴因寄此詩等詩。

〔蘇臺〕姑蘇臺。在吳縣西南三十里橫山西北麓姑蘇山上。一名姑胥，一名姑餘。吳王闔閭及夫差所建。見吳郡志卷八。

去歲罷杭州今春領吴郡慚無善政聊寫鄙懷兼寄三相公

爲問三丞相，如何秉國鈞？那將最劇郡，付與苦慵人。豈有吟詩客，堪爲持節臣？不才空飽煖，無惠及飢貧。昨卧南城月，今行北境春。鉛刀磨欲盡，銀印换何頻？杭老遮車轍，吴童掃路塵。虚迎復虚送，慚見兩州民。

【箋】

作於寶曆元年（八二五），五十四歲，蘇州，蘇州刺史。

〔三相公〕指李程、竇易直、裴度三人。城按：長慶四年五月乙卯，吏部侍郎李程、户部侍郎判度支竇易直並同中書門下平章事。六月丙申，裴度同平章事。見新書卷六三宰相表下。

宣武令狐相公以詩寄贈傳播吴中聊用短章用伸酬謝

新詩傳詠忽紛紛，楚老吴娃耳徧聞。盡解呼爲好才子，不知官是上將軍。辭人命薄多無位，戰將功高少有文。謝朓篇章韓信鉞，一生雙得不如君。

【箋】

作於寶曆元年(八二五),五十四歲,蘇州,蘇州刺史。

〔宣武令狐相公〕宣武軍節度使令狐楚。見本卷奉和汴州令狐相公二十二韻詩。城按:宣武軍節度使治所在河南道汴州。唐會要卷七八:「汴宋潁亳節度使,建中三年二月二日名其軍曰宣武。」宣武之名蓋始於此。

【校】

〔官是〕「是」,英華、汪本、全詩俱注云:「一作『在』。」

〔上將軍〕「上」,英華作「大」,注云:「集作『上』。」

〔謝朓〕「朓」,宋本、那波本、馬本俱訛作「眺」,據汪本、全詩改正。城按:文選謝玄暉新亭渚別范零陵詩李善注:「蕭子顯齊書曰:謝朓,字玄暉。」胡氏考異云:「何校『眺』改『朓』,陳云注『眺』並當作『朓』,各本皆譌。」

自詠

形容瘦薄詩情苦,豈是人間有相人?只合一生眠白屋,何因三度擁朱輪?金章未佩雖非貴,銀榼常攜亦不貧。唯是無兒頭早白,被天磨折恰平均。

【箋】作於寶曆元年（八二五），五十四歲，蘇州，蘇州刺史。劉集外一有蘇州白舍人寄新詩有歎早白無兒之句因以贈之詩。

吟前篇因寄微之

君顔貴茂不清羸，君句雄華不苦悲。何事遣君還似我，髭鬚早白亦無兒？

【箋】作於寶曆元年（八二五），五十四歲，蘇州，蘇州刺史。

紫薇花

紫薇花對紫微翁，名目雖同貌不同。獨占芳菲當夏景，不將顔色託春風。潯陽官舍雙高樹，興善僧庭一大叢。何似蘇州安置處，花堂欄下月明中。

【箋】作於寶曆元年（八二五），五十四歲，蘇州，蘇州刺史。

〔潯陽〕見卷一潯陽三題詩箋。

〔興善僧庭一大叢〕指長安興善寺之紫薇花。城按：元稹宅在長安靖安坊，東與靖安坊興善寺爲鄰。白氏代書詩一百韻寄微之詩（卷十三）云：「樹依興善老，草旁靖安衰。」

【校】

〔紫微翁〕「微」，那波本、汪本俱誤作「薇」。城按：唐開元間改中書省爲紫微省，取象於紫微垣。居易曾官中書舍人，故自稱紫微翁。

自到郡齋僅經旬日方專公務未及宴遊偷閑走筆題二十四韻兼寄常州賈舍人湖州崔郎中仍呈吳中諸客

渭北離鄉客，江南守土臣。涉途初改月，入境已經旬。甲郡標天下，環封極海濱。版圖十萬户，兵籍五千人。自顧才能少，何堪寵命頻！冒榮慚印綬，虚奬負絲綸。除蘇州制云：「藏於己爲道義，施於物爲政能。在公形骨鯁之志，闔境有袴襦之樂。」候病須通脈，防流要塞津。救煩無若静，補拙莫如勤。削使科條簡，攤令賦役均。以兹爲報効，安敢不躬親？襦袴提於手，韋弦佩在紳。敢辭稱俗吏，且願活疲民。常常州。未徵黄霸，湖湖州。猶借寇恂。愧無鐺脚政，河北三郡相鄰，皆有善政，時爲鐺脚刺史。見唐書。徒忝犬牙鄰。制詔詩黄絹，美賈常州也。詩篇占白蘋。美崔吴興也。銅符抛不得，自謂也。瓊樹見無因。警寐鐘傳夜，催衙鼓報晨。唯知對胥吏，未暇接親賓。色變雲迎夏，聲殘鳥過春。麥風非逐扇，梅雨異隨輪。武寺山如故，武丘寺也。王樓月自新。郡内東南樓名也。池塘閑長草，絲竹廢生塵。暑遺燒神酎，晴教曬舞茵。待還公事了，亦擬樂吾身。

【箋】

作於寶曆元年（八二五），五十四歲，蘇州，蘇州刺史。見汪譜。唐宋詩醇卷二五：「中幅極盡理煩治劇之略，蓋到郡經旬，而規模已定矣。一結即先憂後樂意，乃知居易實具經世之才，而當時未竟其用爲可惜也。分司以後，時不可爲，不得已托詩酒以自娱耳。『救煩無若静，補拙莫如勤』十字，凡爲守令者，當録置座右。」

〔常州賈舍人〕賈餗。見本卷赴蘇州至常州答賈舍人詩箋。並參見看常州柘枝贈賈使君（卷二三）及本卷戲和賈常州醉中絶句、夜聞賈常州崔湖州茶山境會想羨歡宴因寄此詩等詩。

〔湖州崔郎中〕湖州刺史崔玄亮。白氏唐故虢州刺史贈禮部尚書崔公墓誌銘（卷七〇）：「徵拜刑部郎中，謝病不就，俄改湖州刺史。」嘉泰吴興志卷十四：「崔玄亮，長慶三年十一月二十二日自刑部郎中拜，遷秘書少監分司東都。」參見崔湖州贈紅石琴薦焕如錦文無以答之以詩贈謝（卷二一）、晚春寄微之并崔湖州（卷二三）及本卷夜泛陽塢入明月灣即事寄崔湖州、郡中閑獨寄微之及崔湖州、夜聞賈常州崔湖州茶山境會想羨歡宴因寄此詩、仲夏齋居偶題八韻寄微之及崔湖州等詩。

〔兵籍五千人〕唐代刺史沿舊制帶持節軍事，安、史亂後又多帶本州團練使，州有戍兵。劉禹錫早夏郡中書事詩云：「將吏儼成列，簿書紛來縈。」韋應物爲蘇州刺史，其軍中冬燕詩云：「茲邦實大藩，伐鼓軍樂陳。是時冬服成，戎士氣益振。」

〔白蘋〕湖州白蘋洲。白氏白蘋洲五亭記（卷七一）云：「湖州城東南二百步，抵雪溪，連汀洲。洲一名白蘋，梁吴興守柳惲於此賦詩云：『汀洲採白蘋』，因以爲名也。」

【校】

〔絲綸〕此下那波本無注，後同。

〔鐺脚政〕此下小注，何義門云：「『河北』二十字疑非本注。」城按：何校是。又注中「見唐書」三字，汪本誤作「見漢書」。考唐薛大鼎貞觀時爲滄州刺史，時與瀛州刺史賈敦頤、曹州刺史鄭德本俱有美政，河北稱爲「鐺脚刺史」。見舊唐書卷一八五上薛大鼎傳。

〔制詔〕「詔」，汪本、全詩俱作「誥」，全詩注云：「一作『詔』。」

〔梅雨〕「雨」，全詩訛作「兩」。

題籠鶴

經旬不飲酒，踰月未聞歌。豈是風情少？其如塵事多。虎丘慚客問，娃館妬人過。莫笑籠中鶴，相看去幾何？

【箋】

作於寶曆元年（八二五），五十四歲，蘇州，蘇州刺史。

〔娃館〕即館娃宫。見本卷登閶門閑望詩箋。

【校】

〔虎丘〕何校：「『虎』亦作『武』。」城按：「虎」避唐諱改爲「武」。

答客問杭州

爲我踟躕停酒盞，與君約略説杭州。山名天竺堆青黛，湖號錢唐寫緑油。大屋簷多裝雁齒，小航船亦畫龍頭。所嗟水路無三百，官繫何因得再遊？

【箋】

作於寶曆元年（八二五），五十四歲，蘇州，蘇州刺史。

【校】

〔航船〕「航」，宋本作「舡」。

〔畫龍頭〕「畫」，馬本訛作「盡」，據宋本、那波本、汪本、全詩、查校、盧校改正。

登閶門閑望

閶門四望鬱蒼蒼，始覺州雄土俗强。十萬夫家供課税，五千子弟守封疆。闔閭城碧鋪秋草，烏鵲橋紅帶夕陽。處處樓前飄管吹，家家門外泊舟航。雲埋虎寺山藏色，月耀娃宫水放光。曾賞錢唐嫌茂苑，今來未敢苦誇張。

【箋】

作於寶曆元年（八二五），五十四歲，蘇州，蘇州刺史。

〔閶門〕蘇州西面之城門。又號破楚門。吴郡志卷三：「閶門：文選注：吴王闔閭立閶門，象天閶闔門。」

〔闔閭城〕陸廣微吴地記：「闔閭城，周敬王六年伍子胥築。……西閶、胥二門，南盤、蛇二門，東婁、匠二門，北齊、平二門。」

〔烏鵲橋〕在蘇州樂橋之東南葑門内。吴郡志卷十七：「烏鵲橋在提刑司之南。舊傳古有烏鵲館，橋因其館得名。」明統志卷八蘇州府：「烏鵲橋在府城東南隅。」

〔虎寺〕虎丘寺。見本卷題東武丘寺六韻詩箋。

〔娃宮〕館娃宮。吴郡志卷八：「館娃宮：吴越春秋、吴地記皆云闔閭城西有山號硯石山，山在吴縣西三十里，上有館娃宮。又方言曰：吴有館娃宮，今靈巖寺即其地也。山有琴臺、西施洞、硯池、翫花池，山前有採香徑，皆宮之故跡。」輿地紀勝卷五平江府：「館娃宮在吴縣西二十里硯石山上，揚雄方言謂吴人呼美女爲娃，蓋以西施得名。」何義門云：「虎娃借對。」

〔茂苑〕指蘇州。吴郡圖經續記卷下：「長洲苑，吴故苑名，在郡界。……吴都賦亦云：帶朝夕之濬池，佩長洲之茂苑。」城按：何義門云：「茂苑二字，公詩中已誤用。茂苑自出越絶書，王厚齋語不可信。」閻若璩潛邱劄記卷三：「按：王伯厚嘗仕吴郡，見長洲宰扁其圃曰『茂苑』，蓋取吴都賦中語。伯厚告之曰：長洲非此地也。吴王濞都廣陵，漢郡國志：廣陵郡東陽縣有長洲澤，吴王濞太倉在此。東陽今盱眙縣。此地長洲名縣始於唐武后時。余謂是已，但未及所以名長洲者爲何？案萬歲通天元年析吴縣置長洲，蓋取越絶書、吴越春秋『走犬長洲』以名，非枚乘所説『長洲之苑』者。又漢王莽傳：臨淮瓜田儀等爲盜賊，依阻會稽長洲，亦指在蘇州者言，非東陽縣也。果屬東陽，不得冠以會稽。元和志：苑在長洲縣西南七十里，吴王闔廬遊獵處，又一長洲苑矣。」

【校】

〔嫌茂苑〕「嫌」，馬本、汪本俱作「兼」，非。據宋本、那波本、全詩、盧校改正。汪本注云：「一作『嫌』。」全詩注云：「一作『兼』。」

代諸妓贈送周判官

妓筵今夜別姑蘇，客棹明朝向鏡湖。莫汎扁舟尋范蠡，且隨五馬覓羅敷。蘭亭月破能迴否，娃館秋涼却到無？好與使君爲老伴，歸來休染白髭鬚。

【箋】

作於寶曆元年（八二五），五十四歲，蘇州，蘇州刺史。

〔周判官〕周元範。見卷二〇重酬周判官詩箋。并參見歲假内命酒贈周判官蕭協律（卷二〇）、九日宴集醉題郡樓兼呈周殷二判官（卷二一）、日漸長贈周殷二判官（卷二一）、九日思杭州舊遊寄周判官及諸客（卷二三）、三月二十八日贈周判官（卷二四）、望亭驛酬别周判官（卷二四）等詩。

〔鏡湖〕見卷二三早春西湖閑遊悵然興懷憶與微之同賞因思在越官重事殷鏡湖之遊或恐未暇偶成十八韻寄微之詩箋。

〔蘭亭〕見卷二三答微之誇越州州宅詩箋。

秋寄微之十二韻

娃館松江北，稽城浙水東。屈君爲長吏，伴我作衰翁。旌旆知非遠，烟雲望不通。忙多對酒榼，興少閱詩筒。此在杭州，兩浙唱和詩贈答，於筒中遞來往。淡白秋來日，疏涼雨後風。餘霞數片綺，新月一張弓。影滿衰桐樹，香凋晚蕙叢。飢啼春穀鳥，寒怨絡絲蟲。覽鏡頭雖白，聽歌耳未聾。老愁從自遣，醉笑與誰同？清旦方堆案，黄昏始退公。可憐朝暮景，銷在兩衙中。

【箋】

作於寶曆元年（八二五），五十四歲，蘇州，蘇州刺史。城按：此詩又見會稽掇英總集卷十二。

〔娃館〕見本卷登閶門閑望詩箋。

〔松江〕吴郡志卷十八：「松江在郡南四十五里，禹貢三江之一也。……今按：松江南與太湖接，吴江縣在江瀆，垂虹跨其上，天下絶景也。」

【校】

〔詩筒〕此下那波本無注。馬本注作「此在杭州兩浙留和詩贈答於筒中遞往來」，據宋本改。汪本「遞來往」作「往來者」。「此」，全詩、會稽掇英、何校俱作「比」。

〔影滿〕「滿」，何校據黄校作「漏」。

〔春穀〕「春」，各本俱誤作「春」，據何校、盧校改正。

〔自遣〕「自」，馬本、汪本、全詩俱作「此」，據宋本、那波本、何校、盧校改。

池上早秋

荷芰緑參差，新秋水滿池。早涼生北檻，殘照下東籬。露飽蟬聲懶，風乾柳意衰。過潘二十歲，何必更愁悲？

【箋】

作於寶曆元年（八二五），五十四歲，蘇州，蘇州刺史。汪立名云：「按姑蘇志：北池又名後池，在木蘭堂後，韋、白有詩。池中有塢，上有白公手植槐。」

〔荷芰緑參差〕吳旦生歷代詩話卷五〇：「芰，菱也，言荷與菱兩物也。杜牧之晚晴賦：『忽引舟深灣，覩八九之紅芰。』是誤以芰爲荷。東坡詩『緑芰紅蓮畫舸浮』，乃分别言之。按：酉陽雜俎云：四角三角曰芰，兩角曰菱。」何義門云：「放翁云：芰是菱，非芰荷。白詩自指二物。」

郡西亭偶詠

常愛西亭面北林，公私塵事不能侵。共閑作伴無如鶴，與老相宜只有琴。莫遣是非分作界，須教吏隱合爲心。可憐此道人皆見，但要修行功用深。

【箋】

作於寶曆元年（八二五），五十四歲，蘇州，蘇州刺史。

〔西亭〕在蘇州刺史治所內。吳郡志卷六：「西亭，唐有之，今西齋是其處。」明統志卷八蘇州府：「西亭一名西齋，唐建。」參見卷二一題西亭詩。

【校】

〔相宜〕「宜」，那波本作「隨」。

故衫

闇淡緋衫稱老身，半披半曳出朱門。袖中吳郡新詩本，襟上杭州舊酒痕。殘色過梅看向盡，故香因洗嗅猶存。曾經爛熳三年著，欲棄空箱似少恩。

【箋】

作於寶曆元年（八二五），五十四歲，蘇州，蘇州刺史。唐宋詩醇卷二五：「所詠止一衫，而衫之色香襟袖，衫之時地歲月，歷歷清出；並著衫之人身分性情，亦曲曲傳出，却又渾成熨貼，無一點安排痕迹，亦絶不假一字纖巧雕琢，此香山擅長處，李商隱輩豈能辨此。」又方世舉蘭叢詩話（清詩話續編本）：「感懷詩必有點眼處，然有點眼不覺者。如白香山故衫七律，點眼在『吴郡』、『杭州』兩地名。故衫本不足以作詩，作故衫詩，非古人裘敝履穿之意，蓋慨身世耳。斥外以來，已遷忠州，苟邀眷顧，可以召還。乃忠州不已，又轉杭州，杭州不已，又轉蘇州，是則衫爲故物，而人亦故物矣。如此推求，乃得詩之神理。」

郡中夜聽李山人彈三樂

風琴秋拂匣，月户夜開關。榮啓先生樂，姑蘇太守閑。傳聲千古後，得意一時間。却怪鍾期耳，唯聽水與山。

作於寶曆元年（八二五），五十四歲，蘇州，蘇州刺史。

〔三樂〕曲調名。白氏好聽琴詩（卷二三）云：「尤宜聽三樂，安慰白頭翁。」

東城桂三首 并序

蘇之東城，古吴都城也。今爲樵牧之場。有桂一株，生乎城下，惜其不得地，因賦三絕句以唁之。

子墮本從天竺寺，根盤今在闔閭城。當時應逐南風落，落向人間取次生。舊説杭州天竺寺，每歲秋中，有月桂子墮。

霜雪壓多雖不死，荆榛長疾欲相埋。長憂落在樵人手，賣作蘇州一束柴。

遥知天上桂華孤，試問嫦娥更要無？月宫幸有閑田地，何不中央種兩株？

【箋】

作於寶曆元年（八二五），五十四歲，蘇州，蘇州刺史。見汪譜。吴郡志卷三〇云：「桂本嶺南木，吴地不常有之，唐時尚有植者。白樂天謂：『蘇之東城，古吴都城也，今爲樵牧之場，有桂一株，生乎城下，惜其不得地，因賦三絕句以唁之。』近世乃以木犀爲巖桂，詩人或指以爲桂，非是。」毛奇齡西河文集詩話二云：「唐樂人歌桂華曲，亦法曲之一。其詞係白樂天所作。樂天每有詩云：『桂花詞意苦丁寧。』謂其曲韻怨切，動能感人，初不知其詞如何。及考其詞，甚俚鄙。如云：『月中幸有閑田地，何不中央種兩株？』是底語？先子嘗論樂，謂此詩本詠吴城桂三首之一。前二首但傷名材多棄地耳。此一首則有風朝廷應用賢意。觀此，則月中二句正是佳語。且恍然悟風人之旨，即唐樂府猶然，今人昧此矣。樂天聽唱桂華曲落句云：『此是世間腸斷曲，莫教不得意人聽。』按：樂天時爲蘇州守，所云不得意人，正指外調不見用，故云然。然則先生所論，概可據耳。」

何義門云：「東城桂三首，自比。」

〔子墮本從天竺寺二句〕何義門云：「『子墮』句謂先以舍人出守杭州，『根盤』言由此長落簿領中也。」

〔賣作蘇州一束柴〕查慎行白香山詩評云：「太淺則近俚。」

〔遥知天上桂華孤四句〕樂府詩集卷八〇：「桂華曲，白居易蘇州所作。蘇之東城，古吴都城也，今爲樵牧場，有桂一株，生於城下，惜其不得地，而作曲，音韻怨切，聽輒動人。故其詩云：『桂華詞苦意丁寧，唱到嫦娥醉便醒。此是世間腸斷曲，莫教不得意人聽。』又聽都子歌云：『都子新歌有性靈，一聲格轉已堪聽。更聽唱到嫦娥字，猶有樊家舊典刑。』」劉師培左盦集卷八讀全唐詩書後云：「薛濤十離詩，據唐摭言以爲元微之幕客薛書記作，則此非濤詩。……又如白居易東城桂第三首與古樂府同，不得列入白詩也。」

【校】

〔題〕此下汪本注云：「樂府解題作『桂華曲』。」全詩注云：「一作『桂華曲』。」城按：樂府詩集録此詩第二首，題作「桂華曲」。

〔今爲樵牧之場〕「樵牧之」三字，宋本、那波本俱倒作「之樵牧」。唐歌詩此句作「今謂之樵牧場」。

〔霜雪〕「雪」，萬首作「霰」。汪本、全詩俱注云：「一作『雪霰』。」

〔遥知〕樂府作「可憐」。全詩注云：「一作『可憐』。」

〔嫦娥〕宋本、那波本俱作「常娥」。何校「嫦」從黄校作「姮」。

聞行簡恩賜章服喜成長句寄之

吾年五十加朝散，爾亦今年賜服章。齒髮恰同知命歲，官銜俱是客曹郎。予與行簡俱年五十始著緋，皆是主客郎官。榮傳錦帳花聯萼，彩動綾袍雁趁行。緋多以雁銜瑞莎爲之也。大抵著緋宜老大，莫嫌秋鬢數莖霜。

【箋】

作於寶曆元年（八二五），五十四歲，蘇州，蘇州刺史。

〔行簡〕白行簡。見卷七對酒示行簡詩箋。

〔吾年五十加朝散〕白氏初著緋戲贈元九詩（卷十九）云：「那知垂白日，始是着緋年。」又有酬元郎中同制加朝散大夫書懷見贈詩（卷十九），均作於長慶元年五十歲加朝散大夫階官時。

〔榮傳錦帳花聯萼二句〕何義門云：「五六雙關恰好。」城按：程大昌演繁露卷十五云：「白樂天聞白行簡服緋有詩：『榮傳錦帳花聯萼，彩動綾袍雁趁行。』注云：『緋多以雁銜瑞莎爲之。』則知唐章服以綾且用織花者，與今制不同。」

【校】

〔朝散〕汪本誤作「朝服」。

〔客曹郎〕此下那波本無注。注中「主客郎官」，宋本訛作「主客都官」。城按：白行簡曾官主客、膳部郎中，未嘗爲都官郎中，見舊書卷一六六本傳、白氏醉吟先生墓誌銘。又「郎官」，全詩作「郎中」，非。

〔趁行〕此下那波本無注。

唤笙歌

露墜萎花槿，風吹敗葉荷。老心歡樂少，秋眼感傷多。芳歲今如此，衰翁可奈何！猶應不如醉，試遣唤笙歌。

【箋】

作於寶曆元年（八二五），五十四歲，蘇州，蘇州刺史。

對酒吟

一抛學士筆，三佩使君符。未換銀青綬，唯添雪白鬚。公門衙退掩，妓席客來鋪。履舄從相近，謳吟任所須。金銜嘶五馬，鈿帶舞雙姝。不得當年有，猶勝到老無。合聲歌漢月，齊手拍吴歈，今夜還先醉，應煩紅袖扶。

【箋】作於寶曆元年（八二五），五十四歲，蘇州，蘇州刺史。見汪譜。

〔齊手拍吴歈〕吴郡志卷二：「吴歈，吴人歌也。」

偶飲

三盞醺醺四體融，妓亭簷下夕陽中。千聲方響敲相續，一曲雲和戛未終。今日心情如往日，秋風氣味似春風。唯憎小吏樽前報，道去衙時水五筒。

【箋】作於寶曆元年（八二五），五十四歲，蘇州，蘇州刺史。

【校】

〔妓亭〕「亭」，何校、盧校俱作「停」。

〔雲和〕「雲」，馬本、全詩俱訛作「纔」，據宋本、那波本、汪本、盧校改正。

早發赴洞庭舟中作

閶門曙色欲蒼蒼，星月高低宿水光。棹舉影搖燈燭動，舟移聲拽管絃長。漸看海樹紅生日，遥見包山白帶霜。出郭已行十五里，唯銷一曲慢霓裳。

【箋】

作於寶曆元年（八二五），五十四歲，蘇州，蘇州刺史。陳譜寶曆元年乙巳：「有赴洞庭及揀貢橘詩，蓋以貢橘爲名遊太湖也。或者唐守臣修貢，皆當躬親，如湖、常貢茶故事邪？」

〔洞庭〕洞庭山。

〔閶門〕見本卷登閶門閑望詩箋。

〔包山〕即洞庭山。在吴縣西一百三十里太湖中，亦名林屋山。見吴郡志卷十五。

〔霓裳〕見卷十二長恨歌詩箋。

【校】

〔閶門〕馬本作「闔閭」，非。據宋本、那波本、汪本、盧校改正。

〔唯銷一曲慢霓裳〕何校：「錢牧翁洞庭揀橘詩作『一曲霓裳鋪未了』，『鋪』與『銷』未詳孰是？蘭雪作『鋪』。」

宿湖中

水天向晚碧沉沉，樹影霞光重疊深。浸月冷波千頃練，苞霜新橘萬株金。幸無案牘何妨醉，縱有笙歌不廢吟。十隻畫船何處宿？洞庭山脚太湖心。

【箋】

作於寶曆元年（八二五），五十四歲，蘇州，蘇州刺史。

〔洞庭山〕見本卷早發洞庭舟中作詩箋。

〔太湖〕見本卷泛太湖書事寄微之詩箋。

揀貢橘書情

洞庭貢橘揀宜精，太守勤王請自行。珠顆形容隨日長，瓊漿氣味得霜成。登山敢惜駑駘力，望闕難伸螻蟻情。疏賤無由親跪獻，願憑朱實表丹誠。

【箋】

作於寶曆元年（八二五），五十四歲，蘇州，蘇州刺史。見陳譜。全唐詩卷四六三有張彤奉和白太守揀橘及周元範和白太守揀貢橘二詩。

〔洞庭貢橘〕新書地理志：「蘇州吴郡：土貢，柑橘。」吴郡志卷十八：「緑橘出洞庭東、西山，比常橘特大，未霜深緑色，臍間一點先黄，味已全可噉，故名緑橘。又有平橘，比緑橘差小，純黄方可噉。故品稍下。」

夜泛陽塢入明月灣即事寄崔湖州

湖山處處好淹留，最愛東灣北塢頭。掩映橘林千點火，泓澄潭水一盆油。龍頭畫舸銜明月，鵲脚紅旗蘸碧流。爲報茶山崔太守，與君各是一家遊。嘗羨吴興每春茶山之遊，洎入太湖，羨意減矣。故云。

【箋】

作於寶曆元年（八二五），五十四歲，蘇州，蘇州刺史。

〔明月灣〕吴郡志卷十八：「明月灣在太湖洞庭山下。」明統志卷八蘇州府：「明月灣在太湖石公山西南，舊傳吴王嘗玩月於此。」

〔崔湖州〕湖州刺史崔玄亮。見本卷自到郡齋僅經旬日方專公務未及宴遊偷閑走筆題二十四韻兼寄常州賈舍人湖州崔郎中仍呈吴中諸客詩箋。

〔茶山〕見本卷夜聞賈常州崔湖州茶山境會想羨歡宴因寄此詩詩箋。

【校】

〔一家遊〕此下那波本無注。

泛太湖書事寄微之

煙渚雲帆處處通，飄然舟似入虚空。玉盃淺酌巡初匝，金管徐吹曲未終。黄夾纈林寒有葉，碧琉璃水净無風。避旗飛鷺翩翻白，驚鼓跳魚拔刺紅。澗雪壓多松偃蹇，巖泉滴久石玲瓏。書爲故事留湖上，所見勝景，多記在湖中石上。吟作新詩寄浙東。軍府威容從道盛，江山氣色定知同。報君一事君應羨，五宿澄波皓月中。

【箋】

作於寶曆元年（八二五），五十四歲，蘇州，蘇州刺史。城按：此詩又見會稽掇英總集卷十二。

〔太湖〕元和郡縣志卷二五：「太湖在（吴）縣西南五十里。禹貢謂之震澤。周禮謂之具區。湖中有山名洞庭山。」吴郡志卷十八：「太湖在吴縣西，即古具區、震澤五湖之處。越絶書云：太湖周回三萬六千頃，禹貢之震澤。爾雅云：吴越之間巨區，其湖周回五百里，襟帶吴興、毗陵諸縣界，東南水都也。」

〔黄夾纈林寒有葉〕楊慎藝林伐山卷五云：「『黄夾纈林寒有葉』，白居易詩也，集中不收。夾纈，錦之别名。黄夾纈林句甚工，杜詩所謂『霜凋碧樹作錦樹』，同意。」城按：此即白氏泛太湖書事寄微之詩句，楊氏蓋失檢。

【校】

〔翩翻〕英華倒作「翻翩」。

〔拔剌〕汪本、全詩、會稽掇英俱作「撥剌」。

〔湖上〕此下那波本無注。

題新館

曾爲白社羈遊子，今作朱門醉飽身。十萬户州尤覺貴，二千石禄敢言貧。重裘每念單衣士，兼味常思旅食人。新館寒來多少客，欲迴歌酒煖風塵。

【箋】

作於寶曆元年（八二五），五十四歲，蘇州，蘇州刺史。

〔白社〕指洛陽。水經注：「洛陽城東有馬市，北則白社故里也。昔孫子荆會董威輦于白社，謂此矣。以同載爲榮，故有威輦圖。」元河南志卷二：「（白社）里在建春門東。」查慎行得樹樓雜鈔卷一：「按：白社，洛中地名。晉書：董京，字威輦，初至洛陽，被髮行吟，常宿白社中。時乞于市，得殘碎繒絮，結以自覆。孫楚時爲著作郎，數就社中與語，勸之仕，京以詩答之，遂遁去云云。王維詩云：『自從歸白社，不復到青門。』正用其事。後人指白樂天香山社爲白社者，訛也。」城按：白氏長安送柳大東歸詩云：「白社羈遊伴，青門遠別離。」蓋用維詩意。

〔十萬户州尤覺貴〕吴郡志卷一云：「自後領縣浸減，又多兵亂，户口亦耗。惟唐天寶元年，户止七萬，口至六十三萬皆有奇。然長慶集以爲十萬户，此後來增衍也。」

西樓喜雪命宴

宿雲黄慘澹，曉雪白飄飖。散麴遮槐市，堆花壓柳橋。四郊鋪縞素，萬室甃瓊瑶。銀榼攜桑落，金爐上麗譙。光迎舞妓動，寒近醉人銷。歌樂雖盈耳，慚無五袴謡。

【箋】

作於寶曆元年（八二五），五十四歲，蘇州，蘇州刺史。

〔西樓〕吴郡志卷六：「西樓在郡治子城西門之上。唐舊名西樓，後更爲觀風樓，今復舊。」明統志卷八蘇州府：「觀風樓在府治西門城上。」

【校】

〔光迎〕「迎」，英華作「凝」。

〔雖盈耳〕「雖」，英華作「惟」。

新栽梅

池邊新種七株梅，欲到花時點檢來。莫怕長洲桃李妬，今年好爲使君開。

【箋】

作於寶曆元年（八二五），五十四歲，蘇州，蘇州刺史。

〔長洲〕長洲苑。元和郡縣志卷二五：「長洲縣本萬歲通天元年析吴縣置，取長洲苑爲名。苑在縣西南七十里。」參見本卷登閶門閑望詩箋。

酬劉和州戲贈

錢唐山水接蘇臺，兩地褰帷愧不才。政事素無爭學得？風情舊有且將來。雙蛾解珮啼相送，五馬鳴珂笑却迴。不似劉郎無景行，長抛春恨在天台。

【箋】

作於寶曆元年（八二五），五十四歲，蘇州，蘇州刺史。

〔劉和州〕和州刺史劉禹錫。見本卷答劉和州詩箋。

【校】

〔雙蛾〕何校：「『蛾』，黄校作『娥』。」

戲和賈常州醉中二絶句

聞道毗陵詩酒興，近來積漸學姑蘇。罨頭新令從偷去，刮骨清吟得似無？

越調管吹留客曲，吴吟詩送煖寒盃。娃宫無限風流事，好遣孫心暫學來。

【箋】

作於寶曆元年（八二五），五十四歲，蘇州，蘇州刺史。

〔賈常州〕常州刺史賈餗。字子美。長慶四年爲張又新所搆，出爲常州刺史。見舊書卷一六九本傳。並參見看常州柘枝贈賈使君（卷二三）及本卷自到郡齋僅經旬日方專公務未及宴遊偷閑走筆題二十四韻兼寄常州賈舍人湖州崔郎中仍呈吳中諸客、赴蘇州至常州答賈舍人、夜聞賈常州崔湖州茶山境會想羨歡宴因寄此詩等詩。

〔聞道毗陵詩酒興二句〕咸淳毗陵志卷七：「賈餗，字子美，河南人。美文辭，開敏有斷。累遷考功郎、知制誥，拜常州刺史。舊制：兩省官出使，得朱衣吏前導，因用之。白居易有戲和醉中二絶云：『聞道毗陵詩酒興，近來積漸學蘇州。』」

〔孫心〕恭順謙遜之心也。禮記緇衣：「故君民者，子以愛之，則民親之。信以結之，則民不倍。恭以涖之，則民有孫心。」鄭玄注：「涖，臨也。孫，順也。」

歲暮寄微之三首

微之別久能無歎？知退書稀豈免愁？甲子百年過半後，光陰一歲欲終頭。池冰曉合膠船底，樓雪晴銷露瓦溝。自覺歡情隨日減，蘇州心不及杭州。

白頭歲暮苦相思，除却悲吟無可爲。枕上從妨一夜睡，燈前讀盡十年詩。讀前後唱和詩。龍鍾校正騎驢日，顦顇通江司馬時。通州、江州。若並如今是全活，紆朱拖紫且開眉。

榮進雖頻退亦頻，與君才命不調勻。若不九重中掌事，即須千里外拋身。紫垣南北廳曾對，滄海東西郡又鄰。唯欠結廬嵩洛下，一時歸去作閑人。

【箋】

作於寶曆元年（八二五），五十四歲，蘇州，蘇州刺史。

〔知退〕白居易弟行簡，字知退。見舊書卷一六六本傳。白氏三遊洞序（卷四三）云：「平淮西之明年冬，予自江州司馬授忠州刺史，微之自通州司馬授虢州長史。又明年春，各祗命之郡，與知退偕行。」又祭弟文（卷六九）云：「維大和二年歲次戊申十二月壬子朔三十日辛巳，二十二哥居易以清酌庶羞之奠致祭于郎中二十三郎知退之靈。」

【校】

〔題〕第二首及第三首次序，馬本、汪本、全詩俱互倒，據宋本、那波本改。

〔十年詩〕此下那波本無注。下同。

歲日家宴戲示弟姪等兼呈張侍御二十八丈殷判官二十三兄

弟妹妻孥小姪甥，嬌癡弄我助歡情。歲盞後推藍尾酒，春盤先勸膠去牙餳。形骸潦倒雖堪歎，骨肉團圓亦可榮。猶有詩張少年處，笑呼張丈喚殷兄。

【箋】

作於寶曆二年（八二六），五十五歲，蘇州，蘇州刺史。見陳譜及汪譜。

〔張侍御二十八丈〕岑仲勉唐人行第録：「按此人名不詳，當是白氏之蘇州郡佐。」城按：岑氏之説是。「張侍御二十八丈」即張彤。全詩卷四六三有張彤奉和白太守揀橘詩一首，並謂彤係「長慶時人」，時代正合，當即此人。

〔殷判官二十三兄〕殷堯藩。見卷二一九日宴集醉題郡樓兼呈周殷二判官詩箋。並參見日漸長贈周殷二判官詩（卷二二）。

〔歲盞後推藍尾酒二句〕葉夢得石林燕語卷八：「白樂天詩：『三杯藍尾酒，一楪膠牙餳。』唐人言藍尾多不同，藍字多作啉，云出於侯白酒律，謂酒巡匝末坐者，連飲三杯爲藍尾。蓋末坐遠，酒行到常遲，故連飲以慰之，以啉爲貪婪之意。或謂啉爲燷，如鐵入火，貴出其色，此尤無稽，則唐人自不能曉此意。」葉氏蓋謂「藍尾」爲貪婪之意，贊同其説者如胡仔苕溪漁隱叢話前集卷二一云：「又啉云者，貪也。謂處於座末，得酒最晚，腹癢於酒，既得酒巡匝，更貪婪之，故曰啉尾。啉字從口，是明貪婪之意。此説近之。」莊季裕鷄肋編卷中云：「白樂天詩云：『歲盞後推藍尾酒，辛盤先勸膠牙餳。』又云：『三杯藍尾酒，一楪膠牙餳。』而東坡亦云：『藍尾忽驚新火後，遨頭要及浣花前。』皆用藍字。余嘗見唐小説載有翁姥共食一餅，忽有客至，云使秀才婪尾，於是二人所啖甚微，末乃授客，其得獨多，故用貪婪之字。如歲盞屠蘇酒，自小飲至大，老人最後，所餘爲多，則亦有貪婪之意。以餳膠牙俗，亦於歲旦嚼琥珀餳，以驗齒之堅脱，故或用較字。然二者又施之寒食，豈唐世與今異乎？」洪邁容齋四筆九卷則駁葉氏之説云：「葉氏之説如此，予謂不然。白公三杯之句，只爲酒之巡數耳，安有連飲者哉！侯白滑稽之語見於啓顔録。唐藝文志，白有啓顔録十卷、雜語五卷，不聞有酒律之書也。蘇鶚演義亦引其説。」然於「藍尾」二字亦無確解。另一説釋「藍尾」爲「最後飲酒」之意，如吴聿觀林詩話云：「婪尾酒出佛圖澄傳。婪尾者，最後飲酒也。」呂祖謙詩律武庫後集云：「太平廣記虎部：申屠龍曰：婪尾酒，最後飲也。元日飲酒，自少至長，蓋祝壽之意。年最高者飲藍尾杯。衆勸三杯，喜其壽之高也。藍尾猶吴越人稱臨尾，蓋臨尾也。白樂天詩備矣。」宋長白柳亭詩話卷十四亦云：「唐人行酒，以最後杯爲婪尾。」蓋就白詩而論，似以後説較長。又郎瑛七修類稿云：「藍，澱也。説文云：澱，滓滓也。滓滓者，渾濁也。據此，則藍尾酒乃酒之濁脚，如盡壺酒之類，故有尾字之義。知此，則樂天『三盃藍尾酒，一楪膠牙餳』、『歲盞後推藍尾酒，春盤先勸膠牙餳』，則少藴所謂酒巡匝末，俱通矣。」其説亦頗牽强費解。至於「膠牙」者，容齋四筆九卷亦引荆楚歲時記云：「膠牙者，取其堅固如膠也。」吴旦生歷代詩話卷五〇云：「膠牙者，蓋使其牢固不動，此爲正旦故實。」

【校】

〔膠牙餳〕「膠」下馬本、那波本、汪本俱無「去」字注，據宋本增。全詩注云：「去聲。」又「餳」

下馬本注云：「徐盈切。」

〔潦倒〕「潦」，宋本、那波本、何校俱作「老」。

正月三日閑行

黄鸝巷口鶯欲語，烏鵲河頭冰欲銷。黄鸝，坊名，烏鵲，河名。緑浪東西南北水，紅欄三百九十橋。蘇之官橋大數。鴛鴦蕩漾雙雙翅，楊柳交加萬萬條。借問春風來早晚，只從前日到今朝。

【箋】

作於寶曆二年（八二六），五十五歲，蘇州，蘇州刺史。見陳譜。

〔黄鸝巷〕吴郡圖經續記卷上：「圖經，坊市之名各三十，蓋傳之遠矣。如曳練坊者，或傳孔子登泰山，東望吴閶門歎曰：『吴門有白馬如練。』因是立名。黄鸝市之名見白公詩，所謂『黄鸝巷口鶯欲語，烏鵲橋頭冰未消』是也。」城按：黄鸝坊在長洲縣，見吴地記。

〔烏鵲河〕據吴郡圖經續記所引，「烏鵲河」又作「烏鵲橋」，見本卷登閶門閑望詩箋。

〔紅欄三百九十橋〕吴郡志卷十七：「唐白居易詩曰：『紅欄三百九十橋』，本朝楊備詩亦云：『畫橋四百』，則吴門橋梁之盛，自昔固然。今圖籍所載者三百五十九橋。」吴郡圖經續記卷中：「吴郡昔多橋梁，自白樂天詩嘗云『紅欄三百九十橋』矣，其名已載圖經。逮今增建者益多，皆疊石甃甓，工奇緻密，不復用紅欄矣。」明統志卷八蘇州府：「三百九十橋，此乃城內官橋大數也。」城按：「紅欄三百九十橋」句中之「十」字作平聲讀。查慎行白香山詩評謂「不知所出」，蓋放翁先已言之，老學庵筆記云：「故都里巷間人，言利之小者，曰：八文十二，謂十爲諶。蓋語急，故以平聲呼之。白傅詩曰：『緑浪東西南北路，紅欄三百九十橋。』……則詩亦以十爲諶矣。」放翁後，各家詩話如王漁洋帶經堂詩話、郭麐靈芬館詩話論及此者頗夥，内容多雷同。

【校】

〔冰欲銷〕此下那波本無注。下同。

〔九十橋〕此下小注「大數」，馬本作「之數」，非。據宋本、汪本、全詩改正。

夜歸

逐勝移朝宴，留歡放晚衙。賓寮多謝客，騎從半吴娃。到處銷春景，歸時及月華。城陰一道直，燭焰兩行斜。東吹先催柳，南霜不殺花。皋橋夜沽酒，燈火是誰家？

【箋】作於寶曆二年(八二六),五十五歲,蘇州,蘇州刺史。

〔皋橋〕吴郡志卷十七:「皋橋在吴縣西北閶門内。漢議郎皋伯通居此橋側,因名之。」方輿勝覽卷二平江府:「皋橋在閶門内,漢皋伯鸞居此。」城按:劉禹錫泰娘歌云:「泰娘家本閶門西,門前緑水環金隄。有時妝成好天氣,走上皋橋折花戲。」亦指此。

自歎

豈獨年相迫,兼爲病所侵。春來痰氣動,老去嗽聲深。眼暗猶操筆,頭班未掛簪。因循過日月,真是俗人心。

【箋】作於寶曆二年(八二六),五十五歲,蘇州,蘇州刺史。

郡中閑獨寄微之及崔湖州

少年賓旅非吾輩,晚歲簪纓束我身。酒散更無同宿客,詩成長作獨吟人。蘋洲會面知何日？鏡水離心又一春。兩處也應相憶在，官高年長少情親。

【箋】

作於寶曆二年（八二六），五十五歲，蘇州，蘇州刺史。城按：此詩見會稽掇英總集卷十二。

〔崔湖州〕湖州刺史崔玄亮。見卷二一崔湖州贈紅石琴薦煥如錦文無以答之以詩酬謝詩箋。並參見晚春寄微之并崔湖州（卷二三）及本卷夜泛陽塢入明月灣即事寄崔湖州、夜聞賈常州崔湖州茶山境會想羨歡宴因寄此詩、仲夏齋居偶題八韻寄微之及崔湖州等詩。

【校】

〔兩處〕「處」，汪本作「地」。

〔也應〕「應」，何校據黄校作「亦」。

小舫

小舫一艘新造了，輕裝梁柱庳安蓬。深坊静岸遊應遍，淺水低橋去盡通。黄柳影籠隨棹月，白蘋香起打頭風。慢牽欲傍櫻桃泊，借問誰家花最紅？

【箋】

作於寶曆二年（八二六），五十五歲，蘇州，蘇州刺史。

馬墜强出贈同座

足傷遭馬墜，腰重倩人擡。秪合窗間卧，何因花下來？坐依桃葉妓，行呷地黄盃。强出非他意，東風落盡梅。

【箋】

作於寶曆二年（八二六），五十五歲，蘇州，蘇州刺史。城按：此詩云：「强出非他意，東風落盡梅。」本卷夜聞賈常州崔湖州茶山境會想羡歡宴因寄此詩云：「自歎花時北窗下，蒲黄酒對病眠人。」病中多雨逢寒食云：「三旬卧度鶯花月，一半春銷風雨天。」故墜馬必在是年二月間。

〔桃葉妓〕桃葉，即陳結之。卷三十五對酒有懷寄李十九郎中詩「往年江外抛桃葉」句下自注云：「結之也。」又同卷感舊石上字詩云：「太湖石上鐫三字，十五年前陳結之。」此詩作於開成四年，上溯寶曆二年，時間正合。

【校】

〔坐依〕「依」下宋本、汪本俱注云：「烏皆反。」

夜聞賈常州崔湖州茶山境會想羡歡宴因寄此詩

遥聞境會茶山夜，珠翠歌鐘俱遶身。盤下中分兩州界，燈前合音閤作一家春。青娥遞舞應爭妙，紫笋齊嘗各鬭新。自歎花時北窗下，蒲黄酒對病眠人。時馬墜損腰，正勸蒲黄酒。

【箋】

作於寶曆二年（八二六），五十五歲，蘇州，蘇州刺史。

〔賈常州〕常州刺史賈餗。見本卷戲和賈常州醉中二絶句詩箋。

〔崔湖州〕湖州刺史崔玄亮。見卷二一崔湖州贈紅石琴薦焕如錦文無以答之以詩酬謝詩箋。並參見本卷郡中閑獨寄微之及崔湖州等詩。

〔茶山〕即顧渚山，在湖州長興縣。方輿勝覽卷四安吉州：「茶山在長興縣西，産紫笋茶。」同治湖州府志卷十九：「顧渚山在（長興）縣西北四十七里，高一百八十丈，周十二里，即茶山。……今崖谷林薄之中多産茶茗，以充歲貢。」白氏夜泛陽塢入明月灣即事寄崔湖州詩原注云：「嘗羡吴興每春茶山之遊。洎入太湖，羡意減矣，故云。」杜牧亦有茶山詩。

〔盤下中分兩州界二句〕咸淳毘陵志卷二七：「垂脚、啄木二嶺在（宜興）縣南。唐遇春貢，湖、常二守會境上。白樂天詩云：『盤下中分兩州界，燈前各作一家春。』又同書卷十五云：「啄木嶺在（宜興）縣東南七十里，唐湖、常二守貢茶相會之地。」嘉泰吳興志卷四云：「啄木嶺在（長興）縣北五十里。」又同書卷十八云：「陸羽茶經曰：浙西以湖州上，常州次。湖州生長興縣顧渚山中，常州義興縣生君山懸脚嶺北峯下。……每造茶時，兩州刺史親至其處。故白居易詩云。」

〔紫筍齊嘗各鬬新〕明李日華恬致堂詩話卷四云：「唐時顧渚山有明月峽金沙泉出紫筍茶，毗陵、吳興二太守就泉上造茶，大張宴會。」

【校】

〔歌鐘〕「鐘」，宋本、那波本俱作「鍾」，古字通。

〔合作〕「合」下那波、全詩俱無注。

〔病眠人〕此下那波本無注。

酬微之開拆新樓初畢相報末聯見戲之作

海山鬱鬱石稜稜，新豁高居正好登。南臨贍部三千界，東對蓬宮十二層。報我樓成秋望月，把君詩讀夜迴燈。無妨却有他心眼，粧點亭臺即不能。

【箋】作於寶曆二年（八二六），五十五歲，蘇州，蘇州刺史。

〔南臨瞻部三千界〕何義門云：「頂得豁字高字出。」又云：「此聯於越州極精，然意味却在三聯也。」

病中多雨逢寒食

水國多陰常懶出，老夫饒病愛閑眠。三旬卧度鶯花月，一半春銷風雨天。薄暮何人吹觱篥？新晴幾處縛鞦韆？綵繩芳樹長如舊，唯是年年換少年。

【箋】作於寶曆二年（八二六），五十五歲，蘇州，蘇州刺史。唐宋詩醇卷二五：「頸聯何其藴藉，宋人『年年不帶看花眼，不是愁中即病中』之句，便覺徑直少味。」

清明夜

好風朧月清明夜，碧砌紅軒刺史家。獨遶迴廊行復歇，遥聽絃管暗看花。

【箋】

作於寶曆二年（八二六），五十五歲，蘇州，蘇州刺史。

蘇州柳

金谷園中黄嫋娜，曲江亭畔碧婆娑。老來處處遊行徧，不似蘇州柳最多。絮撲白頭條拂面，使君無計奈春何！婆娑一作毵娑。

【箋】

作於寶曆二年（八二六），五十五歲，蘇州，蘇州刺史。吴郡志卷三〇云：「柳以垂者爲貴，吴下士大夫家有得鳳州種者，其半拂地，復堆如尺，石湖、綺川兩旁亦有之。樂天蘇州柳云云。」

【校】

〔遊行〕馬本作「行應」，據宋本、那波本、汪本、全詩、唐歌詩改。全詩注云：「一作『行應』。」

〔婆娑〕那波本作「毿娑」。何校從蘭雪作「毿娑」。全詩「婆」下注云：「一作『毵』。」

三月二十八日贈周判官

一春惆悵殘三日，醉問周郎憶得無？柳絮送人鶯勸酒，去年今日别東都。

【箋】 作於寶曆二年（八二六），五十五歲，蘇州，蘇州刺史。〔周判官〕周元範。見卷二〇重酬周判官詩箋。并參見本卷代諸妓贈送周判官詩箋。

偶作

紅杏初生葉，青梅已綴枝。闌珊花落後，寂寞酒醒時。坐悶低眉久，行慵舉足遲。少年君莫怪，頭白自應知。

【箋】 作於寶曆二年（八二六），五十五歲，蘇州，蘇州刺史。

重答劉和州

來篇云：「蘇州刺史例能詩，西掖今來替左司。」又云：「若共吴王鬭百草，不如唯是欠西施。」

分無佳麗敵西施，敢有文章替左司？隨分笙歌聊自樂，等閑篇詠被人知。花邊妓引尋香徑，月下僧留宿劍池。可惜當時好風景，吴王應不解吟詩。採香徑在館娃宮。

【箋】

作於寶曆二年（八二六），五十五歲，蘇州，蘇州刺史。唐宋詩醇卷二五：「不敢替左司，但可傲睨吴王，即蘇軾云『識字劣能欺項籍』也。」又劉集外一白舍人曹長寄新詩有遊宴之盛因以戲酬詩云：「蘇州刺史例能詩，西掖今來替左司。……若共吴王鬬百草，不如應是欠西施。」

〔劉和州〕和州刺史劉禹錫。見本卷答劉和州詩箋。

〔西掖〕唐中書省在門下省之西，故稱西掖。居易自中書舍人除蘇州刺史，故禹錫詩謂「西掖今來替左司」。

〔敢有文章替左司〕左司，韋應物也。貞元四年，由尚書左司郎中出爲蘇州刺史。（沈作喆韋刺史傳誤作貞元二年。）見文史第五輯傅璇琮韋應物繫年考證。又白氏吴郡詩石記（卷六八）云：「貞元初，韋應物爲蘇州牧，房孺復爲杭州牧，皆豪人也。」城按：王阮亭不喜白詩，其戲仿元遺山論詩絶句三十五首有句云：「獨愧文章替左司」，蓋亦不能知白詩之佳處。實則白詩較之韋氏，殊無愧色，且有過之。故翁方綱石洲詩話辨之云：「白詩所云『敢有文章替左司』，是因守蘇州而云爾，豈其關涉詩品耶！白公之爲廣大教化主，實其詩合賦比興之全體，合風雅頌之諸體，他家所不能奄有也。」所論甚是。

〔劍池〕在蘇州虎丘山。吴郡志卷十六：「劍池，吴王闔廬葬其下，以扁諸、魚腸等劍各三千殉焉。故以劍名池。」

【校】

〔題〕此下那波本無注。注中「今來」，各本俱誤作「吟來」，何校據黃校作「今來」，是，據改。又「不如」，馬本誤作「不知」，據宋本、汪本、全詩、盧校改正。〔解吟詩〕此上二句，宋本誤刻爲小注。又此下那波本無注。何校：「側注從黃校移腹聯下。」

奉送三兄

少年曾管二千兵，晝聽笙歌夜斫營。自反丘園頭盡白，每逢旗鼓眼猶明。杭州暮醉連牀卧，吴郡春遊並馬行。自愧阿連官職慢，只教兄作使君兄。

【箋】

作於寶曆二年(八二六)，五十五歲，蘇州，蘇州刺史。

城上夜宴

留春不住登城望，惜夜相將秉燭遊。風月萬家河兩岸，笙歌一曲郡西樓。詩聽越客吟何苦，酒被吴娃勸不休。從道人生都是夢，夢中歡笑亦勝愁。

【箋】

作於寶曆二年（八二六），五十五歲，蘇州，蘇州刺史。

〔笙歌一曲郡西樓〕郡西樓即觀風樓。明統志卷八蘇州府：「觀風樓在府治西門城上。」白居易詩：『風月萬家河兩岸，笙歌一曲郡西樓。』白氏又有西樓喜雪命宴詩（卷二四）。

重題小舫贈周從事兼戲微之

細篷青篾織魚鱗，小眼紅窗襯麴塵。闊狹纔容從事座，高低恰稱使君身。舞筵須揀腰輕女，仙棹難勝骨重人。不似鏡湖廉使出，高檣大艑鬧驚春。

【箋】

作於寶曆二年（八二六），五十五歲，蘇州，蘇州刺史。城按：此詩見會稽掇英總集卷十二。

〔周從事〕周元範。見卷二二和新樓北園偶集從孫公度周巡官韓秀才盧秀才范處士小飲鄭侍御判官周劉二從事皆先歸詩箋。並參見本卷酬别周從事詩。

【校】

〔細篷〕「篷」原作「蓬」，各本均誤，今改正。全詩亦誤作「蓬」。

〔大艑〕「艑」，馬本注云：「音『匾』。」

吴櫻桃

含桃最説出東吴，香色鮮穠氣味殊。洽恰舉頭千萬顆，婆娑拂面兩三株。烏偷飛處銜將火，人摘争時蹋破珠。可惜風吹兼雨打，明朝後日即應無！

【箋】

作於寶曆二年（八二六），五十五歲，蘇州，蘇州刺史。

〔洽恰舉頭千萬顆〕「洽恰」同「狎恰」，即茂密之意。韓愈華山女詩：「聽衆狎恰排浮萍。」方崧卿韓集舉正云：「『狎恰』，唐人語。」見敦煌變文字義通釋第五篇釋情貌。

春盡勸客酒

林下春將盡，池邊日半斜。櫻桃落砌顆，夜合隔簾花。嘗酒留閑客，行茶使小娃。殘盃勸不飲，留醉向誰家？

【箋】

作於寶曆二年（八二六），五十五歲，蘇州，蘇州刺史。

仲夏齋居偶題八韻寄微之及崔湖州

腥血與葷蔬，停來一月餘。肌膚雖瘦損，方寸任清虛。體適通宵坐，頭慵隔日梳。眼前無俗物，身外即僧居。水榭風來遠，松廊雨過初。褰簾放巢燕，投食施池魚。久别閑遊伴，頻勞問疾書。不知湖與越，吏隱興何如？

【箋】

作於寶曆二年（八二六），五十五歲，蘇州，蘇州刺史。城按：此詩見會稽掇英總集卷二。

〔崔湖州〕湖州刺史崔玄亮。見本卷自到郡齋僅經旬日方專公務未及宴遊偷閑走筆題二十四韻兼寄常州賈舍人湖州崔郎中仍呈吴中諸客詩箋。

【校】

〔體適〕「適」，宋本、那波本俱作「道」，疑非。

官宅

紅紫共紛紛，祗承老使君。移舟木蘭棹，行酒石榴裙。水色窗窗見，花香院院聞。戀他官舍住，雙鬢白如雲。

【箋】

作於寶曆二年（八二六），五十五歲，蘇州，蘇州刺史。

六月三日夜聞蟬

荷香清露墜，柳動好風生。微月初三夜，新蟬第一聲。乍聞愁北客，静聽憶東京。我有竹林宅，别來蟬再鳴。不知池上月，誰撥小船行？

【箋】

作於寶曆二年（八二六），五十五歲，蘇州，蘇州刺史。唐宋詩醇卷二五：「一片空明，詩境至此，才許當一『清』字，直是天分高絶，鈍根人何從學步？」

〔微月初三夜二句〕老學庵筆記：「白樂天云：『微月初三夜，新蟬第一聲。』晏元獻云：『緑樹新蟬第一聲。』王荆公云：『去年今日青松路，憶似聞蟬第一聲。』三用而愈工，信詩之無窮也。」詩人玉屑：「唐人句法清新者，白居易聞蟬：『微月初三夜，新蟬第一聲。』」

蓮石

青石一兩片，白蓮三四枝。寄將東洛去，心與物相隨。石倚風前樹，蓮栽月下池。遥知安置處，預想發榮時。領郡來何遠？還鄉去已遲。莫言千里别，歲晚有心期。

【箋】作於寶曆二年（八二六），五十五歲，蘇州，蘇州刺史。

眼病二首

散亂空中千片雪，蒙籠物上一重紗。縱逢晴景如看霧，不是春天亦見花。已上四句，皆病眼中所見者。僧説客塵來眼界，醫言風眩在肝家。兩頭治療何曾瘥？藥力微茫佛力賒。

眼藏損傷來已久，病根牢固去應難。醫師盡勸先停酒，道侶多教早罷官。案上謾鋪龍樹論，盒中虛撚决明丸。人間方藥應無益，争得金篦試刮看。

【箋】

作於寶曆二年（八二六），五十五歲，蘇州，蘇州刺史。見汪譜。

【校】

〔題〕第二首前宋本有「又」字，那波本有「又一首」三字。

〔見花〕此下那波本無注。

〔眼藏〕「藏」，那波本作「臓」，古字通。

〔盒中〕「盒」，宋本、那波本、何校、盧校俱作「合」，古字通。

題東武丘寺六韻

香刹看非遠，祇園入始深。龍蟠松矯矯，玉立竹森森。怪石千僧坐，靈池一劍沉。海當亭兩面，山在寺中心。酒熟憑花勸，詩成倩鳥吟。寄言軒冕客，此地好抽簪。

【箋】

作於寶曆二年（八二六），五十五歲，蘇州，蘇州刺史。見汪譜。劉集外八有發蘇州後登武丘寺望海樓詩。

〔東武丘寺〕吴郡志卷三二：「雲巖寺，即虎丘山寺，晉司徒王珣及弟司空王珉之别業也。咸和二年捨以爲寺。即劍池而分東西，今合爲一。寺之勝聞天下，四方遊客過吴者，未有不訪焉。」城按：唐諱虎，虎改爲武。吴郡志謂東西兩寺自劍池分，亦未必然。清顧禄桐橋倚櫂録卷三云：「按續圖經云：寺舊在（虎丘）山下，唐會昌間毁，後人乃建山上。或謂晉咸和二年王珣與弟珉以別墅捨建，即劍池分東西二寺，會昌毁後合爲一。顧敏恒曰：李翱來南録：登虎丘，窺劍池，夜宿望海樓。又云：將遊報恩寺，水涸不果。是唐時東西二寺相去甚遠，中有大溪間之，必舟楫而後能至。謂即劍池分東西二寺，似未然也。即味白傅二詩，景色亦絶不相蒙。其賦西寺云：『舟船轉雲島』，而張祜詩云：『輕棹駐回流』，則是西寺舊在水鄉，滄桑實易，邱壑亦與今不同矣。」

【校】

〔東武丘寺〕「武」，英華作「虎」，注云：「一作『武』。」汪本、全詩俱注云：「一作『虎』。」城按：此係避唐諱而改。

〔酒熟〕「熟」，全詩注云：「一作『熱』。」

夜遊西武丘寺八韻

不厭西丘寺，閑來即一過。舟船轉雲島，樓閣出烟蘿。路入青松影，門臨白月波。魚跳驚秉燭，猿覷怪鳴珂。摇曳雙紅旆，娉婷十翠娥。容、滿、蟬、態等十妓從遊也。香花助羅綺，鍾梵避笙歌。領郡時將久，遊山數幾何？一年十二度，非少亦非多。

【箋】

作於寶曆二年（八二六），五十五歲，蘇州，蘇州刺史。見汪譜。城按：宋龔明之中吴紀聞卷一：「白樂天爲郡時，嘗攜容、滿、蟬、態等十妓夜遊西武丘寺，嘗賦紀遊詩，其末云：『領郡時將久，遊山數幾何？一年十二度，非少亦非多。』可見當時郡政多暇，而吏議甚寬，使在今日，必以罪去矣。」由此亦可覘知唐、宋兩代社會風氣之異。

〔西武丘寺〕見本卷題東武丘寺六韻詩箋。

〔容滿蟬態等十妓從遊也注〕白氏霓裳羽衣歌（卷二一）云：「李娟張態君莫嫌，亦擬隨宜且教取。」花前歎（卷二一）云：「花前置酒誰相勸？容坐唱歌滿起舞。」城按：吴郡志卷十一云：「居易爲郡時，多燕遊，嘗攜蟬、滿、容、點、茶十妓夜遊西虎丘山，又賦紀遊詩云：『領郡時將久，遊山數幾何？一年十二度，非少亦非多。』」錢熙祚吴郡志校勘記云：「『嘗攜蟬、滿、容、點、茶十妓』，此句費解。文粹『點』作『態』，『茶』作『等』。」錢氏蓋未考見白氏詩原注。據此，亦足以勘正吴郡志及吴都文粹所載之誤。

【校】

〔西武丘寺〕「武」，汪本、全詩俱注云：「一作『虎』。」

〔翠娥〕此下那波本無注。

詠　懷

蘇杭自昔稱名郡，牧守當今當好官。兩地江山蹋得遍，五年風月詠將殘。幾時酒盞曾抛却？何處花枝不把看？白髮滿頭歸得也，詩情酒興漸闌珊。將殘一作來殘。

【箋】

作於寶曆二年（八二六），五十五歲，蘇州，蘇州刺史。

【校】

〔當好官〕「當」，何校據黄校作「是」。

〔將殘〕「將」，何校據黄校作「來」。汪本、全詩俱注云：「一作『來』。」

〔闌珊〕此下那波本無注。宋本同馬本。

重　詠

日覺雙眸暗，年驚兩鬢蒼。病應無處避，老更不宜忙。徇俗心情少，休官道理長。今秋歸去定，何必重思量？

【箋】

作於寶曆二年（八二六），五十五歲，蘇州，蘇州刺史。

百日假滿

心中久有歸田計，身上都無濟世才。長告初從百日滿，故鄉元約一年迴。馬辭轅下頭高舉，鶴出籠中翅大開。但拂衣行莫迴顧，的無官職趁人來。

【箋】

作於寶曆二年（八二六），五十五歲，蘇州，蘇州刺史。見陳譜及汪譜。陳譜寶曆二年丙午：「有百日假滿詩，蓋欲移病歸洛故也。」城按：白氏百日長告約始於是年五月下旬，至九月初假滿。何義門云：「氣殊不平。」

〔長告〕即長期病假。唐會要卷八二休假條：「元和元年八月，御史臺奏：職事官假滿百日，即合停解。……從之。」

九日寄微之

眼暗頭風事事妨，遶籬新菊爲誰黄？閑遊日久心慵倦，痛飲年深肺損傷。吴郡兩迴逢九月，越州四度見重陽。怕飛盃酒多分數，厭聽笙歌舊曲章。蟋蟀聲寒初過雨，茱萸色淺未經霜。去秋共數登高會，又被今年減一場。

【箋】作於寶曆二年（八二六），五十五歲，蘇州，蘇州刺史。城按：此詩又見會稽掇英總集卷二。

題報恩寺

好是清涼地，都無繫絆身。晚晴宜野寺，秋景屬閑人。净石堪敷坐，寒泉可濯巾。自慚容鬢上，猶帶郡庭塵。

【箋】

作於寶曆二年（八二六），五十五歲，蘇州，蘇州刺史。

〔報恩寺〕蘇州支硎山報恩寺。吴郡志卷三二：「觀音禪院在報恩山，亦曰支硎山寺，即古報恩寺基也。」城按：蘇州虎丘寺亦名報恩寺，桐橋倚櫂録卷三云：「虎丘山寺在虎丘山阜，唐避諱，改名武丘報恩寺。」吴郡志卷三一所載另一報恩寺，在長洲縣西北，乃吴先主母吴夫人捨宅所建。兩寺均非白氏詩中之「報恩寺」。何義門亦云：「寺在支硎之麓。」其説是也。劉禹錫題報恩寺詩云：「雲外支硎寺，名聲敵虎丘。石文留馬跡，峯勢聳牛頭。泉眼潛通海，松門預帶秋。遲迴好風景，王謝昔曾遊。」即係指支硎而言。吴郡志卷三二引元豐六年龍谿曾旼記云：「寶曆以後，州刺史白居易、劉禹錫亦有報恩寺詩。……今山下楞伽院有石刻，言院即報恩遺址。原田中有報恩惠敏律師塔碑，言建塔于寺之西南隅，當八隅泉池之上，中峯蘭若之下，碑望楞伽，正在東北，而記所謂石室者，亦在楞伽，人猶謂之支遁庵。自庵前西向登山，可數百步，林中一徑，入中峯院。自徑前南行，其登彌高，又數百步，乃至天峯北，僧院共依一山，而道周有石，盤薄平廣，泉流其上，清泚可愛。居易詩云：『凈石堪敷坐，清泉可濯巾。』其謂是也。」又英華卷八六三有釋皎然蘇州支硎山報恩寺大和尚碑。

晚起

卧聽鼕鼕衙鼓聲，起遲睡足長心情。華簪脱後頭雖白，堆案抛來眼校明。閑上籃轝乘興出，醉迴花舫信風行。明朝更濯塵纓去，聞道松江水最清。

【箋】

作於寶曆二年（八二六），五十五歲，蘇州，蘇州刺史。

〔松江〕見本卷秋寄微之十二韻詩箋。

自思益寺次楞伽寺作

朝從思益峯遊後，晚到楞伽寺歇時。照水姿容雖已老，上山筋力未全衰。行逢禪客多相問，坐倚魚舟一自思。猶去懸車十五載，休官非早亦非遲。

【箋】

作於寶曆二年（八二六），五十五歲，蘇州，蘇州刺史。

〔思益寺〕吴地記：「岝㠊山在吴縣西十二里，吴王僚葬此山中。有寺號思益，梁天監二年置。」清統志蘇州府三：「思益寺在吴縣獅山。……府志：元季毁，明宣德間重建。」

〔楞伽寺〕吴郡志卷三二：「寶積寺在横山下，亦名楞伽寺。」

〔照水姿容雖已老二句〕苕溪漁隱叢話前集二一：「樂天次楞伽寺詩云：『照水姿容雖已老，

上山筋力未全衰。』陳子高病起詩云：『照水姿容非復我，上樓腰脚不如人。』時稱爲佳句，殊不知乃體樂天詩也。」

松江亭攜樂觀漁宴宿

震澤平蕪岸，松江落葉波。在官常夢想，爲客始經過。水面排罾網，船頭簇綺羅。朝盤鱠紅鯉，夜燭舞青娥。雁斷知風急，潮平見月多。繁絲與促管，不解和漁歌。

【箋】

作於寶曆二年（八二六），五十五歲，蘇州，蘇州刺史。見汪譜。

〔松江亭〕清統志蘇州府二：「松江亭在吴江縣東吴淞江口。唐白居易有松江亭攜樂觀漁詩。」

〔震澤〕即太湖。見本卷泛太湖書事寄微之詩箋。

【校】

〔松江〕「松」，英華、汪本、全詩俱注云：「一作『吴』。」

〔潮平見月多〕「潮」，英華作「湖」。全詩注云：「一作『湖』。」「見」，英華作「得」。全詩注云

「一作『得』。」此句汪本注云：「一作『湖平得月多』。」

〔繁絲〕「絲」，英華作「絃」。汪本注云：「一作『絃』。」

宿靈巖寺上院

高高白月上青林，客去僧歸獨夜深。葷血屏除唯對酒，歌鐘放散只留琴。更無俗物當人眼，但有泉聲洗我心。最愛曉亭東望好，太湖烟水緑沉沉。

【箋】

作於寶曆二年（八二六），五十五歲，蘇州，蘇州刺史。

〔靈巖寺〕見卷二一題靈巖寺詩。

〔但有泉聲洗我心〕何義門云：「當日靈巖有泉。」

〔太湖〕見本卷泛太湖書事寄微之詩箋。

【校】

〔歌鐘〕「鐘」，汪本作「鍾」，古字通。

酬别周從事二首

腰痛拜迎人客倦，眼昏勾押簿書難。辭官歸去緣衰病，莫作陶潛范蠡看。

洛下田園久抛擲，吴中歌酒莫留連。嵩陽雲樹伊川月，已挍歸遲四五年。

【箋】

作於寶曆二年（八二六），五十五歲，蘇州，蘇州刺史。

〔周從事〕周元範。見卷二二和新樓北園偶集從孫公度周巡官韓秀才盧秀才范處士小飲鄭侍御判官周劉二從事皆先歸詩箋。並參見本卷重題小舫贈周從事兼戲微之詩。

武丘寺路

去年重開寺路，桃李蓮荷約種數千株。

自開山寺路，水陸往來頻。銀勒牽驕馬，花船載麗人。芰荷生欲遍，桃李種仍新。好住湖堤上，長留一道春。

【箋】

作於寶曆二年（八二六），五十五歲，蘇州，蘇州刺史。

〔武丘寺〕見本卷題東武丘寺六韻詩箋。

〔銀勒牽驕馬二句〕何義門云：「定翁云：至今不改，二語真虎丘圖也。」

【校】

〔題〕此下那波本無注。注中「數千株」，馬本作「二千株」，據宋本、汪本、全詩改。

齊雲樓晚望偶題十韻兼呈馮侍御周殷二協律　樓在蘇州。

遼倒宦情盡，蕭條芳歲闌。欲辭南國去，重上北城看。複疊江山壯，平鋪井邑寬。人稠過楊府，坊鬧半長安。插霧峯頭没，穿霞日脚殘。水光紅漾漾，樹色緑漫漫。約略留遺愛，殷勤念舊歡。病抛官職易，老别友朋難。九月全無熱，西風亦未寒。齊雲樓北面，半日凭欄干。

【箋】

作於寶曆二年（八二六），五十五歲，蘇州，蘇州刺史。見陳譜。

〔齊雲樓〕吴郡志卷六：「齊雲樓在郡治後子城上，紹興十四年郡守王唤重建。」吴郡圖經續記卷上：「齊雲樓者，蓋今之飛雲閣也。」明統志卷八蘇州府：「齊雲樓在府治後子城上，唐曹恭王建。」白氏吴中好風景詩(卷二一)云:「改號齊雲樓,重開武丘路。」憶舊遊詩(卷二一)云:「長洲苑緑柳萬樹,齊雲樓春酒一杯。」又外集卷上有和柳公權登齊雲樓詩,均可參看。

〔馮侍御〕本卷有夢蘇州水閣寄馮侍御詩。當同係一人。

〔周殷二協律〕周元範及殷堯藩。見卷二〇閑夜咏懷因招周協律劉薛二秀才及卷十二醉後狂言酬贈蕭殷二協律詩箋。

【校】

〔題〕此下那波本無注。

〔宦情〕馬本作「官僚」,非。據宋本、那波本、汪本、全詩、盧校改正。

河亭晴望 九月八日。

風轉雲頭斂,烟銷水面開。晴虹橋影出,秋雁櫓聲來。郡静官初罷,鄉遥信未迴。明朝是重九,誰勸菊花盃?

【箋】

作於寶曆二年(八二六),五十五歲,蘇州,蘇州刺史。陳譜寶曆二年丙午:「齊雲樓晚望詩云:『欲辭南國去,重上北城看。九月全無熱,西風亦未寒。』河亭晚望詩:『郡静官初罷,鄉遥信未回。明朝是重九，誰勸菊花盃？』是九月猶在郡。公之去蘇，蓋在秋冬之交。」城按：居易百日長告假滿在是年秋間，據此詩云：「郡静官初罷」，又本卷寶曆二年八月三十日夜夢後作詩云：「塵纓忽解誠堪喜，世網重來未可知。」則罷官必在八月底、九月初。又白氏答劉禹錫白太守行詩（卷二一）云：「今年去郡日，稻花白霏霏。」東南各省早稻立秋熟，晚稻立冬熟，詩中所指當是晚稻之花，可知居易離蘇約在九月底或十月初。唐宋詩醇卷二五：「氣味近老杜。」

【校】

〔題〕那波本此下無注。何校：「黄云：『校本去九月八日四字。』」

留别微之

干時久與本心違，悟道深知前事非。猶厭勞形辭郡印，那將趁伴著朝衣？五千言裏教知足，三百篇中勸式微。少室雲邊伊水畔，比君校老合先歸。

【箋】

作於寶曆二年（八二六），五十五歲，蘇州，蘇州刺史。城按：中華書局本張籍詩集卷四據四庫本補録此詩，失考。

〔三百篇中勸式微〕何義門云：「『式微』竟代『歸』字用。」

〔少室〕少室山。見卷三三早春題少室東巖詩箋。
〔伊水〕元和郡縣志卷五：「伊水在（河南）縣東南十八里。」

【校】

〔干時〕宋本訛作「于時」。
〔那將〕「將」，全詩注云：「一作『能』。」

自喜

自喜天教我少緣，家徒行計兩翩翩。身兼妻子都三口，鶴與琴書共一船。僮僕減來無冗食，資糧算外有餘錢。攜將貯作丘中費，猶免飢寒得數年。

【箋】

作於寶曆二年（八二六），五十五歲，蘇州，蘇州刺史。

武丘寺路宴留別諸妓

銀泥裙映錦障泥，畫舸停橈馬簇蹄。清管曲終鸚鵡語，紅旗影動駮䮽嘶。漸銷醉色朱顔淺，欲語離情翠黛低。莫忘使君吟詠處，女墳湖北虎丘西。駭𩣺一作潑汗。

【箋】

作於寶曆二年（八二六），五十五歲，蘇州，蘇州刺史。城按：此詩才調集、英華俱誤作張籍蘇州江岸留別樂天詩，「駭𩣺」作「薄寒」，「女墳」作「汝墳」。各本張籍集中均不載此詩（中華書局本張籍詩集卷四據全詩、四庫本補入此詩，失考）。文苑英華辨證卷九有考辨，其説良是。全詩卷三八五載此詩，亦沿才調集、英華之誤。

〔武丘寺〕見本卷題東武丘寺六韻詩箋。

〔駭𩣺〕唐音癸籤卷二〇云：「廣韻，駭𩣺，蕃大馬也。音薄寒。亦有直作薄寒者。」

〔女墳湖〕吴郡志卷十八：「女墳湖在吴縣西北，昔吴王葬女處。」白氏送劉郎中赴任蘇州詩（外集卷上）云：「花船棹入女湖春。」城按：文苑英華辨證卷九誤作「虎丘寺真娘墓」。唐音癸籤卷十六云：「白樂天詩：『女墳湖北武丘西』，文苑英華辨證云：『女墳，真娘墓也。』此非是。皮、陸女墳湖詩自注：『吴王葬女之所。』按吴越春秋：『闔閭葬女閶門西郭，舞白鶴市中，令萬人隨觀。』即其事也。」

【校】

〔駭𩣺〕「駭」，馬本注云：「蒲撥切。」「𩣺」，馬本注云：「河干切，蕃中馬。」汪本「𩣺」下注云：「一作『駭馯』，又作『發汗』。」全詩注云：「一作『潑汗』。」

〔虎丘西〕此下宋本注云：「一作『潑汗』。」那波本無注。又「虎」，全詩作「武」，注云：「一作『虎』。」

江上對酒二首

酒助疏頑性，琴資緩慢情。有慵將送老，無智可勞生。忽忽忘機坐，倀倀任運行。家鄉安處是，那獨在神京？

久貯滄浪意，初辭桎梏身。昏昏常帶酒，默默不應人。坐穩便箕踞，眠多愛欠伸。客來存禮數，始著白綸巾。

【箋】

作於寶曆二年（八二六），五十五歲，蘇州，蘇州刺史。

【校】

〔題〕第二首前宋本有「又」字，那波本有「又一首」三字。

〔應人〕「應」，馬本訛作「膺」，據宋本、那波本、汪本、全詩改正。

望亭驛酬別周判官

何事出長洲，連宵飲不休？醒應難作別，歡漸少於愁。燈火穿村市，笙歌上驛樓。何言五十里，已不屬蘇州。

【箋】

作於寶曆二年（八二六），五十五歲，蘇州，蘇州至洛陽途中。見汪譜。

〔望亭驛〕吴郡圖經續記卷下：「望亭在吴縣西境，吴先主所立，謂之御亭。隋開皇九年置爲驛。唐常州刺史李襲譽改今名。劉禹錫詩：『懷人吴御亭』，謂此也。」

〔周判官〕周元範。見本卷代諸妓贈送周判官詩箋。

見小姪龜兒詠燈詩并臘娘製衣因寄行簡

已知臘子能裁服，復報龜兒解詠燈。巧婦才人常薄命，莫教男女苦多能。

【箋】

作於寶曆二年（八二六），五十五歲，蘇州，蘇州刺史。

〔龜兒〕白行簡之子。白氏弄龜羅詩（卷七）云：「有姪始六歲，字之爲阿龜。」聞龜兒詠詩（卷十七）云：「憐渠已解詠詩章，摇膝支頤學二郎。莫學二郎吟太苦，纔年四十鬢如霜。」和晨興因報龜兒（卷二二）云：「前時君寄詩，憂念問阿龜。」祭弟文（卷六九）云：「龜兒頗有文性，吾每自教詩書，三二年間，必堪應舉。」

【校】

〔詠燈〕「燈」，汪本誤作「詩」。

酒筵上答張居士

但要前塵滅，無妨外相同。雖過酒肆上，不離道場中。絃管聲非實，花鈿色是空。何人知此義？唯有浄名翁。

【箋】

作於寶曆二年（八二六），五十五歲，蘇州，蘇州刺史。

【校】

〔前塵〕「塵」，馬本作「程」，非。據宋本、那波本、汪本、全詩、盧校改正。全詩注云：「一作『程』。」亦非。

鸚鵡

隴西鸚鵡到江東，養得經年觜漸紅。常恐思歸先剪翅，每因餧食暫開籠。人憐巧語情雖重，鳥憶高飛意不同。應似朱門歌舞妓，深藏牢閉後房中。

【箋】

作於寶曆二年（八二六），五十五歲，蘇州，蘇州刺史。何義門云：「夢得有和篇。」城按：即劉集外一和樂天鸚鵡詩。此詩似只是偶見人家所養鸚鵡而詠之，然詞意之間仍有託諷，與本卷題籠鶴詩旨均同。

【校】

〔經年〕「經」，馬本訛作「今」，據宋本、那波本、汪本、全詩、盧校改正。

〔暫開〕「暫」，馬本訛作「漸」，據宋本、那波本、汪本、全詩、盧校改正。

〔後房〕「後」，英華作「在」。

聽琵琶妓彈略略

腕軟撥頭輕，新教略略成。四絃千遍語，一曲萬重情。法向師邊得，能從意上生。莫欺江外手，別是一家聲。

【箋】

作於寶曆二年（八二六），五十五歲，蘇州，蘇州刺史。

〔法向師邊得二句〕何義門云：「何事不爾。」

【校】

〔題〕汪本「琵琶」下脱「妓」字。

寫新詩寄微之偶題卷後

寫了吟看滿卷愁，淺紅牋紙小銀鈎。未容寄與微之去，已被人傳到越州。

【箋】

作於寶曆二年（八二六），五十五歲，蘇州，蘇州刺史。

寶曆二年八月三十日夜夢後作

塵纓忽解誠堪喜，世網重來未可知。莫忘全吴館中夢，嶺南泥雨步行時。

【箋】

作於寶曆二年（八二六），五十五歲，蘇州，蘇州刺史。

〔全吴館〕吴地有館八所：全吴、通波、龍門、臨頓、升羽、烏鵲、江風、夷亭。見吴地記。

與夢得同登棲靈塔

半月悠悠在廣陵，何樓何塔不同登。共憐筋力猶堪在，上到棲靈第九層。

【箋】

作於寶曆二年（八二六），五十五歲，蘇州至洛陽途中。劉集外一有同樂天登棲靈寺塔詩。

〔夢得〕劉禹錫。見卷二一除日答夢得同發楚州詩箋。

〔棲靈塔〕在揚州大明寺。塔焚於唐會昌時。李白秋日登揚州西靈塔詩王琦注引太平廣記云：「揚州西靈塔，中國之尤峻特者。唐武宗未拆寺之前一年，天火焚塔俱盡，白雨如瀉，旁有草堂，一無所損。」城按：西靈塔即棲靈塔。贊寧宋高僧傳卷十九唐揚州西靈塔寺懷信傳云：「會昌三年癸亥歲，武宗爲趙歸真排毀釋門，將欲堙滅教法。……後數日，天火焚塔俱盡。」又按：近人孫蔚民揚州大明寺考（揚州師院學報第十七期）謂棲靈塔在揚州大明寺，棲靈寺即大明寺之別名。

【校】

〔題〕汪本「靈」上脱「棲」字。全詩題下注云：「一無『棲』字。」非。

夢蘇州水閣寄馮侍御

揚州驛裏夢蘇州，夢到花橋水閣頭。覺後不知馮侍御，此中昨夜共誰遊？

【箋】

作於寶曆二年（八二六），五十五歲，蘇州，蘇州至洛陽途中。

〔花橋水閣〕吴郡志卷十七：樂橋之東北有花橋。清統志蘇州府二：「花橋在元和縣治東北。」汪立名云：「吴郡志：戴顒宅：北禪寺，唐司勳郎中陸洿嘗居之，有花橋水閣。」城按：今本吴郡志卷九云：「北禪院：晉戴顒舊宅，後爲唐司勳陸郎中宅。」未載花橋水閣，與汪氏所引有異。唐宋詩醇卷二五蓋轉引汪本。

〔馮侍御〕本卷有齊雲樓晚望偶題十韻兼呈馮侍御周殷二協律詩，當同係一人。

【校】

〔揚州〕「揚」，宋本作「楊」。

〔馮侍御〕此下全詩注云：「一作『御史』。」

喜罷郡

五年兩郡亦堪嗟，偷出遊山走看花。自此光陰爲己有，從前日月屬官家。樽前免被催迎使，枕上休聞報坐衙。睡到午時歡到夜，迴看官職是泥沙。

【箋】作於寶曆二年（八二六），五十五歲，蘇州至洛陽途中。删正方虚谷瀛奎律髓卷六：「方回云：久困仕宦，方知此詩之妙，樂天真樂天哉！」

答次休上人　來篇云：聞有餘霞千萬首，何方一句乞閑人。

姓白使君無麗句，名休座主有新文。禪心不合生分别，莫愛餘霞嫌碧雲。

【箋】作於寶曆二年（八二六），五十五歲，蘇州，蘇州刺史。

【校】〔題〕此下那波本無注。注中「聞」字，馬本訛作「門」，據宋本、汪本、全詩改正。

白居易集箋校卷第二十五

律詩 凡一百首

感悟妄緣題如上人壁

自從爲騃童，直至作衰翁。所好隨年異，爲忙終日同。弄沙成佛塔，鏘玉謁王宫。彼此皆兒戲，須臾即色空。有營非了義，無著是真宗。兼恐勤修道，猶應在妄中。

【箋】作於寶曆二年（八二六），五十五歲，蘇州，蘇州刺史。城按：此詩汪本編在後集卷八。此卷詩那波本編在卷五五。

〔如上人〕洛陽聖善寺僧如信。長慶四年二月十三日，卒。寶曆元年，遷葬於奉先寺。請蘇州刺史白居易爲記。見白氏如信大師功德幢記（卷六八）。

【校】

〔一百首〕當作「九十九首」，宋本、那波本、馬本俱誤。

思子臺有感二首　凡題思子臺者，皆罪江充，予觀禍胎不獨在此，偶以二絶辨之。

曾家機上聞投杼，尹氏園中見掇蜂。但以恩情生隙罅，何人不解作江充？
闇生魑魅蠱生蟲，何異讒生疑阻中？但使武皇心似燭，江充不敢作江充。

【箋】

作於寶曆二年（八二六），五十五歲，蘇州，蘇州刺史。城按：此詩汪本編在後集卷八。何義門云：「二篇疑漳王之事而作，非也。此爲文宗莊恪太子永事作。」考漳王卒於大和八年，太子永卒於開成三年，與此詩編次之時間均不合，疑非所指。

〔思子臺〕漢書卷六三戾太子傳：「上作思子宮，爲歸來望思之臺於湖。」顔師古注：「臺在今湖城縣之西、閿鄉之東，基址猶存。」元和郡縣志卷六：「思子宮故城在（閿鄉）縣東北二十五里，漢武帝爲戾太子所築也。」清統志陝州一：「思子宮在閿鄉縣舊城東北。」

【校】

〔題〕此下那波本無注。注中「二絶」下汪本、全詩、盧校俱有「句」字。

賦得邊城角

邊角兩三枝，霜天隴上兒。望鄉相並立，向月一時吹。戰馬頭皆舉，征人手盡垂。嗚嗚三奏罷，城上展旌旗。

【箋】

作於寶曆二年（八二六），五十五歲，蘇州，蘇州刺史。城按：此詩汪本編在後集卷八。

憶洛中所居

忽憶東都宅，春來事宛然。雪銷行徑裏，水上卧房前。厭緑栽黄竹，嫌紅種白蓮。醉教鶯送酒，閑遣鶴看船。幸是林園主，慚爲食禄牽。宦情薄似紙，鄉思急於弦。豈合姑蘇守，歸休更待年。

【箋】作於寶曆二年(八二六),五十五歲,蘇州,蘇州刺史。城按:此詩汪本編在後集卷八。

【校】〔東都宅〕指洛陽履道坊宅。

〔急於弦〕「於」,馬本作「如」,據宋本、那波本、汪本、全詩、盧校改。

想歸田園

戀他朝市求何事?想取丘園樂此身。千首惡詩吟過日,一壺好酒醉銷春。歸鄉年亦非全老,罷郡家仍未苦貧。快活不知如我者,人間能有幾多人?

【箋】作於寶曆二年(八二六),五十五歲,蘇州,蘇州刺史。城按:此詩汪本編在後集卷八。

琴茶

兀兀寄形羣動内,陶陶任性一生間。自抛官後春多醉,不讀書來老更閑。琴裏知聞唯淥水，茶中故舊是蒙山。窮通行止長相伴，誰道吾今無往還？

【箋】

作於寶曆二年（八二六），五十五歲，蘇州，蘇州刺史。城按：此詩汪本編在後集卷八。

〔茶中故舊是蒙山〕指蒙頂茶。見卷十九新昌新居書事四十韻因寄元郎中張博士詩箋。

贈楚州郭使君

淮水東南第一州，山圍雉堞月當樓。黄金印綬懸腰底，白雪歌詩落筆頭。笑看兒童騎竹馬，醉攜賓客上仙舟。當家美事堆身上，何啻林宗與細侯？

【箋】

作於寶曆二年（八二六），五十五歲，蘇州至洛陽途中。城按：此詩汪本編在後集卷八。

〔楚州郭使君〕楚州刺史郭行餘。舊書卷一六九郭行餘傳：「大和初，累官至楚州刺史。」城按：據白氏此詩，則寶曆間郭已守楚州，舊傳所記有誤。又劉集外一有罷郡歸洛途次山陽留辭郭中丞使君詩，其中之郭中丞使君亦即郭行餘。白氏又有和郭使君題枸杞詩。又全文卷七二九郭行餘小傳云：「元和時第進士，累擢京兆少尹，大和初遷楚州刺史。」所謂「大和初」亦係承舊傳之誤。

和郭使君題枸杞

山陽太守政嚴明，吏静人安無犬驚。不知靈藥根成狗，怪得時聞吠夜聲！

【箋】

作於寶曆二年（八二六），五十五歲，蘇州至洛陽途中。城按：此詩汪本編在後集卷八。劉集外一有楚州開元寺北院枸杞臨井繁茂可觀羣賢賦詩因以繼和詩云：「僧房藥樹依寒井，井有香泉樹有靈。翠黛葉生籠石甃，殷紅子熟照銅瓶。枝繁本是仙人杖，根老新成瑞犬形。上品功能甘露味，遠知一勺可延齡。」劉詩「犬」字，結一廬本誤作「木」字，今證白詩，四部叢刊影印崇蘭室本及英華作「犬」是。又蘇軾和陶詩云：「苓龜亦晨吸，杞狗或夜吠。耘樵得甘芳，齕齧謝炮製。」可爲此詩注脚。

〔郭使君〕楚州刺史郭行餘。見本卷贈楚州郭使君詩箋。

【校】

〔題〕英華作「枸杞寄郭使君」。全詩注云：「一作『枸杞寄郭使君』。」萬首作「和郭使枸杞」。

〔山陽〕「陽」，英華訛作「陰」。汪本、全詩俱注云：「一作『陰』。」亦非。

〔吏静〕「吏」，汪本、全詩俱注云：「一作『夜』。」

〔人安〕「人」，英華作「民」。

初到洛下閑遊

漢庭重少身宜退，洛下閑居迹可逃。趁伴入朝應老醜，尋春放醉尚粗豪。詩攜綵紙新裝卷，酒典緋花舊賜袍。曾在東方千騎上，至今躞蹀馬頭高。

【箋】作於大和元年（八二七），五十六歲，洛陽。城按：此詩汪本編在後集卷八。陳譜大和元年丁未：「初到洛陽，有閑遊詩。」查慎行白香山詩評云：「『尋春放醉尚粗豪』後半俱從粗豪二字中設想。」

【校】〔題〕「洛下」，馬本作「洛陽」。全詩「下」下注云：「一作『陽』。」據宋本、那波本、汪本改。

醉贈劉二十八使君

爲我引杯添酒飲，與君把筯擊盤歌。詩稱國手徒爲爾，命壓人頭不奈何。舉眼風光長寂寞，滿朝官職獨蹉跎。亦知合被才名折，二十三年折太多。

【箋】

作於寶曆二年（八二六），五十五歲，蘇州至洛陽途中。此詩汪本編在後集卷八。劉集外一有酬樂天揚州初逢席上見贈詩。城按：居易自蘇州行抵揚州約在十一月間，停留半月，其與夢得同登棲靈塔詩（卷二四）云「半月悠悠在廣陵」可證。劉、白在揚州並非初次相見，禹錫永貞元年九月外貶前，是否與居易相識，雖未可遽定，但元和十年春自朗州召回長安，必有與元稹、白居易晤面之可能，今劉集外一有翰林白二十二學士見寄詩一百篇因以答貺詩，約作於元和二年至六年間，可知兩人在元和初已有往還。又白氏大和五年冬所作初見劉二十八郎中有感詩（外集卷上），在醉贈劉二十八使君詩之後，題中亦稱「初見」，可知「初逢」、「初見」均係久別初逢之意，並非初次相見。參見拙作白居易年譜寶曆二年箋證。

〔劉二十八使君〕劉禹錫。時方罷和州刺史任赴洛陽。見卷二四答劉和州詩箋。並參見酬劉和州戲贈（卷二四）、重答劉和州（卷二四）、聞新蟬贈劉二十八（卷二六）、夢劉二十八因詩問之（卷三〇）等詩。

〔詩稱國手徒爲爾二句〕樂史李翰林別集序云：「嗚呼！以翰林之才名，遇玄宗之知見，而乃飄零如是。宋中丞薦於聖真云：『一命不霑，四海稱屈。』得非命與！白居易贈劉禹錫詩云：『詩稱國手徒爲爾，命壓人頭不奈何。』斯言不虛矣。」苕溪漁隱叢話前集二一：「洪駒父詩話云：世傳樂天詩云：『文詩蓋世徒爲爾，命壓人頭不奈何。』予見李侍郎家收得樂天墨跡詩草，乃病壓人頭。」

〔二十三年〕劉詩亦謂「二十三年棄置身」，彼此皆言「二十三年」，當有實據。惟禹錫永貞元年貶官，永貞一年，元和十五年，長慶四年，寶曆二年，合計實止二十二年。揚州初逢在寶曆二年歲杪，豈大和元年預計入耶？

【校】

〔獨蹉跎〕「獨」，馬本作「莫」，據宋本、那波本、汪本、全詩改正。

太湖石

煙翠三秋色，波濤萬古痕。削成青玉片，截斷碧雲根。風氣通巖穴，苔文護洞門。三峯具體小，應是華山孫。

【箋】

作於大和元年（八二七），五十六歲，洛陽。城按：此詩汪本編在後集卷八。唐宋詩醇卷二五：「律法渾成，腹聯刻畫絶警，結句陡健有力。」

〔太湖石〕見卷二二太湖石詩箋。並參見奉和思黯相公以李蘇州所寄太湖石奇狀絶倫因題二十韻見示兼呈夢得（卷三四）、楊六尚書留太湖石在洛下借置庭中因對舉盃寄贈絶句（卷三六）等詩。

過敷水

垂鞭欲渡羅敷水，處分鳴騶且緩驅。秦氏雙蛾久冥寞，蘇臺五馬尚踟蹰。村童店女仰頭笑，今日使君真是愚。

【箋】

作於大和元年（八二七），五十六歲，洛陽至長安途中，秘書監。城按：此詩汪本編在後集卷八。

〔敷水〕即羅敷水。清統志同州府：「敷水在華陰縣西。……縣志：敷水在縣西二十五里，源出大敷谷，即羅敷谷，以别於小敷谷也。」城按：清統志所引縣志蓋出於水經注。白氏羅敷水詩（卷三二）：「野店東頭落花處，一條流水號羅敷。」

【校】

〔冥寞〕「寞」，汪本、全詩俱作「漠」。

南院

林院無情緒，經春不一開。楊花飛作穗，榆莢落成堆。壯氣從中減，流年逐後催。只應如過客，病去老迎來。

【箋】作於大和元年（八二七），五十六歲，長安，秘書監。城按：此詩汪本編在後集卷八。

【校】〔壯氣〕「氣」，宋本、那波本俱作「志」。全詩注云：「一作『志』。」

閑 詠

步月憐清景，眠松愛緑陰。早年詩思苦，晚歲道情深。夜學禪多坐，秋牽興暫吟。悠然兩事外，無處更留心。

【箋】作於大和元年（八二七），五十六歲，長安，秘書監。城按：此詩汪本編在後集卷八。

初授秘監并賜金紫閑吟小酌偶寫所懷

紫袍新秘監，白首舊書生。鬢雪人間壽，腰金世上榮。子孫無可念，産業不能營。酒引眼前興，詩留身後名。閑傾三數酌，醉詠十餘聲。便是羲皇代，先從心太平。

【箋】

作於大和元年（八二七），五十六歲，長安，秘書監。見陳譜及汪譜。陳譜大和元年丁未：「三月，召爲秘書監，有初除賜金紫詩。舊譜云秘丞，大誤。」白氏祭弟文（卷六九）：「維大和二年歲次戊申十二月壬子朔三十日辛巳，二十二哥居易以清酌庶羞之奠致祭于郎中二十三郎知退之靈……去年春授秘書監賜紫。」舊書卷十七上文宗紀：「（大和元年三月）戊寅，以前蘇州刺史白居易爲秘書監，仍賜金紫。」城按：此詩汪本編在後集卷八。

【校】

〔題〕「并賜」，馬本、汪本、全詩俱作「拜賜」，非。據宋本、那波本改正。

新昌閑居招楊郎中兄弟

紗巾角枕病眠翁，忙少閑多誰與同？但有雙松當砌下，更無一事到心中。金章紫綬看如夢，皂蓋朱輪別似空，暑月貧家何所有？客來唯贈北窗風。

【箋】

作於大和元年（八二七），五十六歲，長安，秘書監。城按：此詩汪本編在後集卷八。

〔新昌〕長安新昌坊白居易宅。見卷十九題新昌所居詩箋。並參見新昌新居書事四十韻因寄元郎中張博士（卷十九）、聞崔十八宿予新昌弊宅時予亦宿崔家依仁新亭一宵偶同兩興暗合因而成詠聊以寫懷（卷二二）等詩。

〔楊郎中兄弟〕楊汝士兄弟。舊書卷一七六楊汝士傳：「長慶元年爲右補闕，坐弟殷士貢舉覆落，貶開江令。入爲户部員外，再遷職方郎中。大和三年七月以本官知制誥。」則大和元年汝士已官職方郎中。又見郎官考卷六司封員外郎，并參見和楊郎中賀楊僕射致仕後楊侍郎門生合宴席上作（卷二五）、玩迎春花贈楊郎中（卷二五）、自題新昌居止因招楊郎中小飲（卷二六）等詩。

〔但有雙松當砌下〕白氏聞崔十八宿予新昌弊宅時予亦宿崔家依仁新亭一宵偶同兩興暗合因而成詠聊以寫懷（卷二二）云：「新昌七株松，依仁萬莖竹。松前月臺白，竹下風池緑。」

〔金章紫綬看如夢〕「金章紫綬」蓋唐人賜金紫之典語。見卷二輕肥詩箋。

秘省後廳

槐花雨潤新秋地，桐葉風翻欲夜天。盡日後廳無一事，白頭老監枕書眠。

【箋】作於大和元年（八二七），五十六歲，長安，秘書監。見陳譜。城按：此詩汪本編在後集卷八。

【校】〔枕書〕「書」，萬首作「枕」，非。

松齋偶興

置心思慮外，滅跡是非間。約俸爲生計，隨官换往還。耳煩聞曉角，眼醒見秋山。賴此松簷下，朝迴半日閑。

【箋】作於大和元年（八二七），五十六歲，長安，秘書監。城按：此詩汪本編在後集卷八。

【校】〔滅跡〕「滅」，馬本訛作「減」，據宋本、那波本、汪本、全詩、盧校改正。

〔曉角〕「角」，英華作「鼓」。汪本、全詩俱注云：「一作『鼓』。」何校：「『鼓』字從黄校。」

和楊郎中賀楊僕射致仕後楊侍郎門生合宴席上作

業重關西繼大名，恩深闕下遂高情。祥鱣降伴趨庭鯉，賀燕飛和出谷鶯。范蠡舟中無子弟，疏家席上欠門生。可憐玉樹連桃李，從古無如此會榮。

【箋】

作於大和元年（八二七），五十六歲，長安，秘書監。城按：此詩汪本編在後集卷八。何義門云：「五六即用『昔日蘭亭無豔質，此時金谷有高人』句法。」

〔楊郎中〕楊汝士。見本卷新昌閑居招楊郎中兄弟詩箋。

〔楊僕射〕楊於陵。舊書卷一六四楊於陵傳：「寶曆二年，授檢校右僕射兼太子太傅。旋以左僕射致仕，詔給全俸，懇讓不受。」舊書卷十七上文宗紀：「（大和元年）四月壬辰朔，癸巳，以太子少傅楊於陵守右僕射致仕，俸料全給。」唐摭言卷三：「寶曆年中，楊嗣復相公具慶下繼放兩榜。時先僕射自東洛入覲，嗣復率生徒迎於潼關。既而大宴於新昌里第，僕射與所執坐於正寢，公領諸生翼坐於兩序。時元、白俱在，皆賦詩於席上。唯刑部楊汝士侍郎詩後成，元、白覽之失色。詩曰：『隔坐應須賜御屏，盡將仙翰入高冥。文章舊價留鸞掖，桃李新陰在鯉庭。再歲生徒陳賀宴，一時良史盡傳馨。當年疏傳雖云盛，詎有茲筵醉醁醽！』汝士其日大醉，歸謂子弟曰：我今日壓倒元、白。」城按：據白氏此詩，楊汝士大和初官郎中，非刑侍，摭言所記官稱不合。又據白氏元稹墓誌銘（卷七〇）及舊書卷一六六元稹傳，大和三年九月，自浙東觀察使入爲尚書左丞。則大和元年稹方居越，安得與嗣復之宴？故唐摭言此條所記有誤。詳見岑仲勉跋唐摭言考證。汪立名白香山詩集後集卷八、甌北詩話卷四引全唐詩話亦係承摭言之誤。

〔楊侍郎〕楊嗣復。於陵子。爲牛黨中要人之一。與牛僧孺、李宗閔皆權德輿貢舉門生，情義相得，進退取捨多與之同。長慶四年，僧孺作相，欲薦拔大用，又以楊於陵爲東都留守，乃令嗣復權知禮部侍郎。主寶曆元、二年貢舉。文宗即位，拜户部侍郎。見舊書卷一七六本傳、登科記考卷二〇。又新書卷一七四楊嗣復傳：「嗣復領貢舉時，於陵自洛入朝，乃率門生出迎，置酒第中。於陵坐堂上，嗣復與諸生坐兩序。始於陵在考功，擢浙東觀察使李師稷及第，時亦在焉。人謂楊氏上下門生，世以爲美。」可與白氏此詩及唐摭言互相參證。城按：李文公集卷十四楊於陵墓誌云：「又一年，改太常卿。又一年，改東都留守。……既三年，方將告休，會以疾而罷。……疾平，還檢校左僕射兼太子少傅……遂西至京師。」舊書卷十七上文宗紀：「（寶曆二年十一月）癸巳，以前東都留守楊於陵爲太子少傅。」於陵至京蓋在寶曆末或大和初，與白氏作此詩之時間亦相合。

【校】

〔舟中〕「舟」，英華注云：「一作『船』。」

松下琴贈客

松寂風初定，琴清夜欲闌。偶因羣動息，試撥一聲看。寡鶴當徽怨，秋泉應指寒。慚君此傾聽，本不爲君彈。

【箋】作於大和元年（八二七），五十六歲，長安，秘書監。城按：此詩汪本編在後集卷八。

【校】〔寡鶴〕何校：「『寡』，黄校作『寮』。」

秋齋

晨起秋齋冷，蕭條稱病容。清風兩窗竹，白露一庭松。阮籍謀身拙，嵇康向事慵。生涯别有處，浩氣在心胸。

【箋】作於大和元年（八二七），五十六歲，長安，秘書監。城按：此詩汪本編在後集卷八。

塗山寺獨遊

野徑行無伴，僧房宿有期。塗山來去熟，唯是馬蹄知。

【箋】作於大和元年（八二七），五十六歲，長安，秘書監。城按：此詩汪本編在後集卷八。〔塗山寺〕在長安城南。宋張禮遊城南記云：「渡潏水而南，上原觀乾湫，憩塗山寺，望翠微百塔。」又云：「續注曰：塗山寺在皇甫村神禾原之東南。」城按：明人多誤此爲蜀中之塗山寺，曹學佺蜀中名勝記卷十七重慶府：「白樂天塗山寺獨遊詩云：『野徑行無伴，僧房宿有期。塗山來去熟，唯是馬蹄知。』則今之覺林寺矣。」又四川通志卷三九輿地寺觀：「覺林寺在（巴）縣東五里，即塗山寺。白居易詩云。」以時間考之，均非是。

登觀音臺望城

百千家似圍碁局，十二街如種菜畦。遥認微微入朝火，一條星宿五門西。

【箋】作於大和元年（八二七），五十六歲，長安，秘書監。城按：此詩汪本編在後集卷八。

〔觀音臺〕在終南山。宋張禮遊城南記云：「南五臺者：曰觀音，曰靈應，曰文殊，曰普賢，曰現身，皆山峯卓立，故名五臺。圓光寺，王建集爲靈應臺寺，陸長源辨疑志爲慧光寺，韓偓集爲神光寺，今謂之圓光寺。」

【校】

〔題〕「望」，萬首作「賢」。汪本、全詩俱注云：「一作『賢』。」

〔百千家〕「家」，萬首作「冢」，非。

登靈應臺北望

臨高始見人寰小，對遠方知色界空。迴首却歸朝市去，一稊米落太倉中。

【箋】

作於大和元年（八二七），五十六歲，長安，秘書監。城按：此詩汪本編在後集卷八。

〔靈應臺〕長安志卷十一萬年縣：「靈應臺并下院共九處，去縣六十里，并在終南山。陸長源辨疑志曰：長安城南四十里，有靈母谷，俗呼爲炭谷。入谷五里有惠炬寺（城按：遊城南記作惠光寺），寺南澗水緣崖側一十八里至峯，謂靈應臺。臺上置塔，塔中觀世音菩薩鐵像，像是六軍散將安太清鑄造。」并參見本卷前一首登觀音臺望城詩箋。

【校】

〔題〕汪本「靈應臺」作「寶應臺」，全詩「靈」下注云：「一作『寶』。」俱誤。參見前箋。

酬裴相公題興化小池見招長句

爲愛小塘招散客，不嫌老監與新詩。山公倒載無妨學，范蠡扁舟未要追。蓬斷偶飄桃李徑，鷗驚誤拂鳳凰池。敢辭課拙酬高韻，一勺争禁萬頃陂。

【箋】

作於大和元年（八二七），五十六歲，長安，秘書監。見汪譜。城按：此詩汪本編在後集卷八。

〔裴相公〕裴度。元和十二年，拜中書侍郎、同平章事。十三年，以平淮、蔡有功，加封晉國公。寶曆二年二月，守司空、同中書門下平章事。敬宗遇害，度與中貴人密謀，誅劉克明等，迎江王立爲天子，以功加門下侍郎、集賢殿大學士、太清宫使，餘如故。見舊書卷一七〇裴度傳及新書卷六三宰相表下。並參見白氏和張十八秘書謝裴相公寄馬（卷十九）、答裴相公乞鶴（本卷）、宿裴相公興化池亭（卷二六）、送鶴與裴相臨别贈詩（卷二六）、酬裴相公見寄二絶（卷二七）、和裴相公傍水閑行絶句（外集卷中）。

〔興化小池〕裴度興化坊第小池，在長安朱雀門街西第一街。見兩京城坊考卷四。並參見宿裴相公興化池亭詩（卷二六）。

〔蓬斷偶飄桃李徑二句〕查慎行白香山詩評云：「二句意思曲折，亦從鍊句得之。」

【校】

〔山公〕馬本誤作「山翁」，據宋本、那波本、汪本、全詩、盧校改正。全詩「公」下注云：「一作『翁』。」亦非。

閑行

五十年來思慮熟，忙人應未勝閑人。林園傲逸真成貴，衣食單疏不是貧。專掌圖書無過地，遍尋山水自由身。儻年七十猶强健，尚得閑行十五春。

【箋】

作於大和元年（八二七），五十六歲，長安，秘書監。見汪譜。城按：汪本此詩編在後集卷八。

閑出

兀兀出門何處去？新昌街晚樹陰斜。馬蹄知意緣行熟，不向楊家即庾家。

【箋】作於大和元年（八二七），五十六歲，長安，秘書監。見汪譜。城按：此詩汪本編在後集卷八。〔楊家〕楊汝士及楊虞卿家。在長安朱雀門街東第五街靖恭坊。見宿楊家（卷十三）、楊家南亭（卷二六）等詩。〔庾家〕庾敬休宅。在長安朱雀門街東第三街昭國坊。見兩京城坊考卷三。唐國史補卷上：「王維畫品妙絶，于山水平遠尤工。今昭國坊庾敬休屋壁有之。人有畫奏樂圖，維熟視而笑，或問其故。維曰：『此是霓裳羽衣曲第三疊第一拍。』好事者集樂工驗之，一無差謬。」程鴻詔唐兩京城坊攷校補記引唐畫斷云：「庾右丞宅有壁，王維圖山水兼題記，亦當時之妙。」

與僧智如夜話

懶鈍尤知命，幽棲漸得朋。門閑無謁客，室静有禪僧。爐向初冬火，籠停半夜燈。憂勞緣智巧，自喜百無能。

【箋】作於大和元年（八二七），五十六歲，長安，秘書監。城按：此詩汪本編在後集卷八。〔智如〕繼如信主持東都聖善寺之僧人。白氏如信大師功德幢記（卷六八）：「同學大德繼居本院者曰智如。」又東都大德長聖善寺鉢塔院主智如和尚茶毗幢記(卷六九):「大師姓吉,號智如,絳郡正平人。……大和八年十二月二十三日終於本院,報年八十六,僧夏六十五。」

【校】

〔門閑無謁客二句〕那波本作「閉門無謁客靜室有禪僧」。

憶廬山舊隱及洛下新居

形骸僶俛班行內,骨肉勾留俸禄中。無奈攀緣隨手長,亦知恩愛到頭空。草堂久閉廬山下,竹院新拋洛水東。自是未能歸去得,世間誰要白鬚翁?

【箋】

作於大和元年(八二七),五十六歲,長安,秘書監。見汪譜。城按:此詩汪本編在後集卷八。

〔廬山〕見卷一潯陽三題詩箋。

【校】

〔白鬚翁〕「鬚」,那波本作「頭」。

晚寒

急景流如箭，淒風利似刀。暝催雞翅斂，寒束樹枝高。縮水濃和酒，加綿厚絮袍。可憐冬計畢，煖卧醉陶陶。

【箋】作於大和元年（八二七），五十六歲，長安，秘書監。城按：此詩汪本編在後集卷八。何義門云：「起連逼出暝寒有萬鈞力。」

【校】〔題〕「晚」，汪本作「暝」。全詩注云：「『晚』一作『暝』。」

偶眠

放盃書桉上，枕臂火爐前。老愛尋思事，慵多取次眠。妻教卸烏帽，婢與展青氈。便是屏風樣，何勞畫古賢？

【箋】作於大和元年（八二七），五十六歲，長安，秘書監。城按：此詩汪本編在後集卷八。汪立名云：「按詩話總龜云：元、白詞多比圖畫，如重屏圖自唐迄今傳焉。乃樂天醉眠詩能盡人物態，非筆端有口未易到也。詩家以畫爲無聲詩，誠哉是言。」城按：詩話總龜此則蓋出於李頎古今詩話。

【校】

〔題〕此下汪本注云：「一作『醉眠』。」全詩注云：「『偶』一作『醉』。」

〔思事〕「事」，汪本作「睡」。全詩注云：「一作『睡』。」

〔慵多〕汪本注云：「一本作『慵便』。」全詩「多」下注云：「一作『便』。」

華城西北雉堞最高崔相公首創樓臺錢左丞繼種花果合爲勝境題在雅篇歲暮獨遊悵然成詠 時華州未除刺史。

高居稱君子，瀟灑四無鄰。丞相棟梁久，使君桃李新。凝情看麗句，駐步想清塵。況是寒天客，樓空無主人。

【箋】

作於大和元年（八二七），五十六歲，長安至洛陽途中，秘書監。城按：此詩汪本編在後集卷八。

〔崔相公〕。崔羣。見卷二三題新居寄宣州崔相公詩箋。參見花前有感兼呈崔相公劉郎中（本卷）詩及祭崔相公文（卷七〇）。

〔錢左丞〕錢徽。長慶末爲華州刺史。文宗即位徽拜尚書左丞。大和元年十二月，復授華州刺史。二年秋，以疾辭位。見舊書卷一六八本傳、卷十七上文宗紀。參見題道宗上人十韻（卷二一）、喜錢左丞再除華州以詩伸賀（本卷）等詩。城按：此詩自注云：「時華州未除刺史。」則必作於錢徽再除華州之前。又按：徽初爲華州在長慶四年，見卷二三題新居寄宣州崔相公詩箋。時間與舊傳合。

【校】

〔題〕「獨」下馬本脱「遊」字，據宋本、那波本、汪本、全詩、盧校補。那波本此下無注。

奉使途中戲贈張常侍

早風吹土滿長衢，驛騎星軺盡疾驅。共笑籃舁亦稱使，日馳一驛向東都。

【箋】

作於大和元年（八二七），五十六歲，長安至洛陽途中，秘書監。城按：本卷酬皇甫賓客詩云：「閑官兼慢使，著處易停輪。况欲逢新歲，仍初見故人。」華城西北雉堞最高崔相公首創樓臺錢左丞繼種花果合爲勝境題在雅篇歲暮獨遊悵然成詠詩謂「歲暮獨遊」，故奉使必在是年十二月無疑。又此行除正使外，且有兩副使，不知爲何事？然此詩云：「共笑籃輿亦稱使，日馳一驛向東都。」閑散如此，必非急務。此詩汪本編在後集卷八。

〔張常侍〕張正甫。見卷二三病中辱張常侍題集賢院詩因以繼和詩箋。城按：劉禹錫王少尹宅宴張常侍二十六兄見白舍人大監兼呈盧郎中李員外二副使（此據英華卷二一六，各本劉集俱脱「二十六兄」及「大監」六字）詩中之「張常侍二十六兄」亦指張正甫，與大和元年奉使之事亦合。花房英樹謂白詩中之「張常侍」均指張仲方，誤。蓋仲方大和元年八月已出爲福建觀察使，此時不在長安也。並參見卷二九張常侍相訪詩箋。

【校】

〔籃舁〕「舁」，萬首作「輿」。全詩注云：「一作『輿』。」

有小白馬乘馭多時奉使東行至稠桑驛溘然而斃足可驚傷不能忘情題二十韻

能驟復能馳，翩翩白馬兒。毛寒一團雪，鬃薄萬條絲。皂蓋春行日，驪駒曉從時。雙旌前獨步，五馬内偏騎。芳草承蹄葉，垂楊拂頂枝。跨將迎好客，惜不換妖姬。慢鞚遊蕭寺，閑驅醉習池。睡來乘作夢，興發倚成詩。鞭爲馴難下，鞍緣穩不離。北歸還共到，東使亦相隨。赭白何曾變？玄黄豈得知？嘶風覺聲急，蹋雪怪行遲。昨夜猶芻秣，今朝尚縶維。卧槽應不起，顧主遂長辭。塵滅騣騣跡，霜留皎皎姿。度關形未改，過隙影難追。念倍燕求駿，情深項别騅。銀收鈎臆帶，金卸絡頭羈。何處埋奇骨？誰家覓弊帷？稠桑驛門外，吟罷涕雙垂。

【箋】

作於大和元年（八二七），五十六歲，長安至洛陽途中，秘書監。城按：此詩汪本編在後集卷八查慎行白香山詩評：「『芳草承蹄葉』四句輕倩。『度關形未改』二句用事恰合。」

〔稠桑驛〕元和郡縣志卷六：「稠桑澤在（靈寶）縣西四十里，號公敗戎於桑田即是也。」太平寰宇記卷六陝州：「稠桑澤在（靈寶）縣西十八里。」清統志陝州二：「又（靈寶）縣西有稠桑驛，其地有春秋之桑田，今廢。」城按：據白詩，則「稠桑澤」當作「稠桑驛」。白氏有往年稠桑曾喪白馬題詩廳壁今來尚存又復感懷更題絶句（卷三一）詩。

【校】

〔曉從〕「從」，馬本、汪本俱作「促」，據宋本、那波本、英華、全詩、盧校改。全詩注云：「一作『促』。」汪本注云：「一作『從』。」

〔跨將〕「跨」，汪本訛作「誇」。
〔覺聲急〕「覺聲」，宋本、那波本俱倒作「聲覺」。全詩注云：「一作『聲覺』。」
〔燕求駿〕「求」，宋本、那波本俱作「來」。汪本、全詩俱注云：「一作『來』。」
〔項別騅〕「騅」，英華作「駒」，非。

題噴玉泉

泉在壽安山下，高百餘尺，直寫潭中。

泉噴聲如玉，潭澄色似空。練垂青障上，珠寫緑盆中。溜滴三秋雨，寒生六月風。何時此巖下，來作濯纓翁？

【箋】

作於大和元年（八二七），五十六歲，長安至洛陽途中，秘書監。城按：此詩汪本編在後集卷八。

〔噴玉泉〕明統志卷二九河南府：「噴玉泉在宜陽縣東南，宋司馬光有詩。」太平廣記卷三五〇引纂異録云：「會昌元年春，孝廉許生下第東歸，次壽安，將宿於甘泉店，甘泉館西以來，逢白衣叟，……至噴玉泉牌堠之西。……去甘泉一里餘。……此是記諷甘露四相事。」又外集卷上有西還壽安路西歇馬及壽安歇馬重吟詩，可參看。

【校】

〔題〕此下那波本無注。

〔青障〕「障」，馬本、全詩俱作「嶂」，據宋本、那波本、汪本、盧校改。全詩注云：「一作『障』。」「青」，那波本訛作「清」。

酬皇甫賓客

閑官兼慢使，著處易停輪。況欲逢新歲，仍初見故人。冒寒尋到洛，待暖始歸秦。亦擬同攜手，城東略看春。

【箋】

作於大和元年（八二七），五十六歲，洛陽，秘書監。城按：此詩汪本編在後集卷八。

〔皇甫賓客〕皇甫鏞。見卷二一寄皇甫賓客詩箋。並參見贈皇甫賓客（卷二七）、酬皇甫賓客（卷二八）、贈皇甫六張十五李二十三賓客（卷三一）、拜表早出贈皇甫賓客（外集卷上）等詩。

【校】

〔仍初〕「初」，那波本作「將」。

種白蓮

吴中白藕洛中栽，莫戀江南花懶開。萬里攜歸爾知否？紅蕉朱槿不將來。

【箋】

作於大和元年（八二七），五十六歲，洛陽，秘書監。城按：此詩汪本編在後集卷八。

〈吴中白藕洛中栽〉池上篇序（卷六九）云：「罷蘇州刺史時，得太湖石、白蓮、折腰菱、青板舫以歸。」蓮石詩（卷二四）云：「青石一兩片，白蓮三四枝。寄將東洛去，心與物相隨。」

答蘇庶子

偶作關東使，重陪洛下遊。病來從斷酒，老去可禁愁。款曲偏青眼，蹉跎各白頭。蓬山閑氣味，依約似龍樓。

【箋】

作於大和元年（八二七），五十六歲，洛陽，秘書監。城按：此詩汪本編在後集卷八。

〈蘇庶子〉蘇弘。白氏會昌二年春題池西小樓詩（卷三六）原注云：「蘇庶子弘、李中丞道樞及陳、樊二妓，十餘年皆樓中歌酒中伴，或歿或散，獨予在焉。」參見卷二七答蘇庶子月夜聞家僮奏樂見贈、答蘇六等詩。城按：蘇弘，藍田人，蘇端之子，歷官不詳。新書卷一五九盧坦傳：「初劉闢壻蘇彊坐誅，彊兄弘宦晉州，自免去，人莫敢用者。坦奏弘有才行，其弟從闢時，距三千里，宜不通謀，今坐廢，非用人意。因請署判官。帝曰：『使彊不誅，尚録其材，況彼兄耶！』」當即其人。〔龍樓〕龍樓門。漢書成帝紀：「成帝爲太子，初居桂宮，上嘗急召太子，出龍樓門。」注：「張晏曰：『門樓上有銅龍，若白鶴飛廉之爲名也。』」

答尉遲少監水閣重宴

人情依舊歲華新，今日重招往日賓。雞黍重迴千里駕，林園暗换四年春。水軒平寫琉璃鏡，草岸斜鋪翡翠茵。聞道經營費心力，忍教成後屬他人。時主人欲賣林亭。

【箋】

作於大和二年（八二八），五十七歲，洛陽，秘書監。城按：此詩汪本編在後集卷八。

〔尉遲少監〕疑爲尉遲汾。見卷二三城東閑行因題尉遲司業水閣詩箋。並參見答尉遲少尹問所須詩（卷二七）。

【校】

〔他人〕此下那波本無注。

和劉郎中傷鄂姬

不獨君嗟我亦嗟，西風北雪殺南花。不知月夜魂歸處，鸚鵡洲頭第幾家？姬，鄂人也。

【箋】

作於大和二年（八二八），五十七歲，洛陽，秘書監。城按：此詩汪本編在後集卷八。劉集外一有有所嗟二首詩。

〔劉郎中〕劉禹錫。大和元年自和州刺史除主客郎中分司東都。二年春始至長安，以主客郎中充集賢學士。舊書卷一六〇本傳謂大和二年自和州徵還，非是。新書卷一六八本傳所記亦誤。十駕齋養新録卷六云：「劉禹錫傳：由和州刺史入爲主客郎中，復作游玄都觀詩。且言：始謫十年，還京師，道士植桃，其盛如霞。又十四年過之，無復一存，唯兔葵燕麥動摇春風耳。俄分司東都。今以禹錫集考之，再游玄都觀絶句在大和二年三月，是歲歲次戊申。而自和州刺史除主客郎中分司東都，則在大和元年六月，是分司在前，題詩在後也。以郎中分司東都，本是一事，初未到京師也。次年以裴度薦，起元官直集賢院，方得還都。玄都詩正在此時，距元和十年乙未自朗州被召，恰十四年矣。集中又有蒙恩轉儀曹郎依前充集賢學士舉韓湖州自代詩，可見初入集賢，猶是主客郎中，後乃轉禮部也。史云：以薦爲禮部郎中、集賢直學士，猶未甚核。至玄都詩雖含譏刺，亦詞人感慨今昔之常情，何至遂薄其行。史家不考年月，誤仞分司與主客爲兩任，疑由題詩獲咎，遂甚其詞耳。」城按：錢氏所考是也。並參見酬集賢劉郎中對月見寄兼懷元浙東（卷二二）、早春同劉郎中寄宣武令狐相公（本卷）、有雙鶴留在洛中忽見劉郎中依然鳴顧劉因爲鶴歎二篇寄予予以絶句答之（本卷）、代迎春花招劉郎中（本卷）、杏園花下贈劉郎中（本卷）、花前有感兼呈崔相公劉郎中（本卷）、和劉郎中望終南山秋雪（卷二六）、和劉郎中曲江春望見示（卷二六）、和令狐相公寄劉郎中兼見示長句（卷二七）、送劉郎中赴任蘇州（外集卷上）等詩。

〔鄂姬〕白氏此詩原注云：「姬，鄂人也。」城按：劉禹錫有所嗟詩云：「庾令樓中初見時，武昌春柳闘腰肢。相逢相笑盡如夢，爲雨爲雲今不知。」又云：「鄂渚濛濛煙雨微，女郎魂逐暮雲歸。只應長在漢陽渡，化作鴛鴦一隻飛。」則鄂姬蓋禹錫長慶四年自夔州東下過武昌時所納之姬人。又按：有所嗟二首，全詩亦編在元稹卷内，以詩之風格而言，亦未敢遽定，以白氏詩證之，當屬劉作，蓋此時元稹方觀察浙東，未赴鄂渚也。

【校】

〔幾家〕此下那波本無注。

贈東鄰王十三

攜手池邊月，開襟竹下風。驅愁知酒力，破睡見茶功。居處東西接，年顏老少同。能來爲伴否？伊上作漁翁。

【箋】

作於大和二年（八二八），五十七歲，洛陽，秘書監。城按：此詩汪本編在後集卷八。何義門云：「次聯常語也，補之當日論詩偏取此種。」

〔王十三〕名未詳。城按：白氏大和六年所作之聞樂感鄰詩（卷二六）原注云：「東鄰王大理去冬云亡，南鄰崔尚書今秋薨逝。」則知王大理爲白氏之東鄰，死於大和五年冬，即詩中之「王十三」。劉集外一鶴歎詩原注云：「東鄰即王家。」亦指王十三家。

【校】

〔竹下〕「竹」，汪本作「月」，非。

早春同劉郎中寄宣武令狐相公

梁園不到一年强，遥想清吟對緑觴。更有何人能飲酌？新添幾卷好篇章？馬頭拂柳時迴轡，豹尾穿花暫亞槍。誰引相公開口笑？不逢白監與劉郎！

【箋】

作於大和二年（八二八），五十七歲，洛陽，秘書監。城按：此詩汪本編在後集卷八。劉集外一有洛中逢白監同話遊梁之樂因寄宣武令狐相公詩，令狐楚亦有節度宣武酬樂天夢得詩，三首用韻俱同，自是互酬之作。

〔劉郎中〕劉禹錫。見本卷和劉郎中傷鄂姬詩箋。

〔宣武令狐相公〕宣武節度使令狐楚。見卷二四奉和汴州令狐令公二十二韻詩箋。並參見宣武令狐相公以詩寄贈傳播吳中聊用短章用伸酬謝（卷二四）及本卷雪中寄令狐相公兼呈夢得、將發洛中杜令狐相公手札兼辱二篇寵行以長句答之等詩。

〔梁園不到一年强〕居易及禹錫曾於大和元年春路過汴州，應令狐楚之款接，停留小遊，至二年春已將一年。故令狐楚有節度宣武酬樂天夢得詩云：「蓬萊仙監客曹郎（注云：劉爲主客），曾枉高車客大梁。」蓋即指此。

寄太原李相公

聞道北都今一變，政和軍樂萬人安。綺羅二八圍賓榻，組練三千夾將壇。蟬鬢應誇丞相少，貂裘不覺太原寒。世間大有虛榮貴，百歲無君一日歡。

【箋】

作於大和二年（八二八），五十七歲，洛陽，秘書監。城按：此詩汪本編在後集卷八。何義門云：「一裘何足道，白公真寒士也。」

〔太原李相公〕北都留守、河東節度使李程。程長慶四年五月，以吏部侍郎守本官、同中書門下平章事。寶曆二年九月，出爲北都留守、河東節度使。大和四年三月檢校尚書左僕射、同平章事、河中尹、河中晉絳節度使。見舊書卷十七上敬宗紀、舊書卷一六七李程傳。並參見本卷出使在途所騎馬死改乘肩輿將歸長安偶詠旅懷寄太原李相公詩。

雪中寄令狐相公兼呈夢得

兔園春雪梁王會，想對金罍詠玉塵。今日相如身在此，不知客右坐何人？

【箋】

作於大和二年（八二八），五十七歲，洛陽，秘書監。城按：此詩汪本編在後集卷八。

〔令狐相公〕令狐楚。見本卷早春同劉郎中寄宣武令狐相公詩箋。

〔夢得〕劉禹錫。見卷二一除日答夢得同發楚州詩箋。

〔梁王〕此借漢之梁孝王以喻汴帥。蓋以孝王好賓客，鄒陽、枚乘、司馬相如皆以文士在其左右，與令狐楚情事粗合。

【校】

〔客右〕「右」，馬本作「又」，據宋本、那波本、汪本、全詩、盧校改。城按：「又」爲「右」之古字，見説文又部段注。

出使在途所騎馬死改乘肩輿將歸長安偶詠旅懷寄太原李相公

驛路崎嶇泥雪寒，欲登籃輿一長歎。風光不見桃花騎，塵土空留杏葉鞍。喪乘獨歸殊不易，脱驂相贈豈爲難？并州好馬應無數，不怕旌旄試覓看。

【箋】

作於大和二年（八二八），五十七歲，洛陽，秘書監。城按：此詩汪本編在後集卷八。

〔太原李相公〕太原留守李程。見本卷寄太原李相公詩箋。

【校】

〔泥雪〕「泥」，馬本作「況」，據宋本、那波本、汪本、全詩改。全詩注云：「一作『況』。」

有雙鶴留在洛中忽見劉郎中依然鳴顧劉因爲鶴歎二篇寄予予以二絶句答之

辭鄉遠隔華亭水，逐我來棲緱嶺雲。慚愧稻粱長不飽，未曾迴眼向雞羣。

荒草院中池水畔，銜恩不去又經春。見君驚喜雙迴顧，應爲吟聲似主人。

【箋】

作於大和二年（八二八），五十七歲，洛陽，秘書監。城按：此詩汪本編在後集卷八。劉集外一有鶴歎詩二首，其一云：「寂寞一雙鶴，主人在西京。故巢吴苑樹，深院洛陽城。徐引竹間步，遠含雲外情。誰憐好風月？鄰舍夜吹笙。（自注：東鄰即王家。）」其二云：「丹頂宜承日，霜翎不染泥。愛池能久立，看月未成棲。一院春草長，三山歸路迷。主人朝謁早，貪養汝南雞。」詩前劉有序云：「友人白樂天，去年罷吴郡，挈雙鶴雛以歸，予相遇於揚子津，閑翫終日，翔舞調態，一符相書，信華亭之尤物也。今年春，樂天爲秘書監，不以鶴隨，置之洛陽第。……」「去年」謂寶曆二年，「今年」謂大和元年，紀年明確，故知禹錫大和元年作詩時方爲主客郎中分司東都，居易則爲秘書監在長安。居易作此詩答劉時，當爲大和二年已奉使至洛陽。查慎行白香山詩評：「『慚愧稻粱長不飽』二句，當家身分。」

【校】

〔劉郎中〕劉禹錫。見本卷和劉郎中傷鄂姬詩箋。

〔題〕萬首作「和劉郎中鶴歎二首」。

宿竇使君莊水亭

使君何在在江東，池柳初黄杏欲紅。有興即來閑便宿，不知誰是主人翁？

【箋】

作於大和二年（八二八），五十七歲，洛陽，秘書監。城按：此詩汪本編在後集卷八。

〔竇使君〕婺州刺史竇庠。全唐文卷七六一褚藏言竇庠傳：「昌黎公留守東都，又奏公爲汝州防禦判官，改檢校户部員外郎、兼侍御史。後遷信州刺史。三載轉婺州。亦既二載，遘疾告終於東陽之官舍。享年六十有三。」城按：竇庠，字胄卿，乃竇鞏之兄，與居易亦有交誼。舊書卷一五五、新書卷一七五附竇羣傳。昌黎公即韓皐。考韓皐卒於長慶四年正月，見舊書敬宗紀。其刺信州必在韓皐卒後，下數五載，即遷婺之次年，當爲大和二年，與白氏此詩時間正合。

龍門下作

龍門澗下濯塵纓，擬作閑人過此生。筋力不將諸處用，登山臨水詠詩行。

【箋】

作於大和二年（八二八），五十七歲，洛陽，秘書監。城按：此詩汪本編在後集卷八。〔龍門〕龍門山。讀史方輿紀要卷四八河南府云：「闕塞山在府西南三十里，亦曰龍門山。亦曰伊闕山。一名闕口山。一名鍾山。又爲龍門龕。志云：山之東曰香山，西曰龍門。大禹疏以通水，兩山對峙，石壁峭立，望之若闕，伊水歷其門。」參見白氏同王十七庶子李六員外鄭二侍御同年四人遊龍門有感而作（卷二八）、秋日與張賓客舒著作同遊龍門醉中狂歌凡百三十八字（卷二九）、侍中晉公欲到東洛先蒙書問期宿龍門思往感今輒獻長句（卷三一）、龍門送別皇甫澤州赴任韋山人南遊（卷三一）、同崔十八宿龍門兼寄令狐尚書馮常侍（外集卷上）等詩。〔龍門澗〕在伊闕旁。見乾隆河南府志卷七。

姚侍御見過戲贈

晚起春寒慵裹頭，客來池上偶同遊。東臺御史多提舉，莫按金章繫布裘。

【箋】作於大和二年（八二八），五十七歲，洛陽，秘書監。城按：此詩汪本編在後集卷八。

〔姚侍御〕姚合。新書卷一二四姚崇傳：「合，元和中進士及第，調武功尉。善詩，世號姚武功者。遷監察御史，累轉給事中。」舊書卷九六姚崇傳：「玄孫合，登進士第。授武功尉，遷監察御史。」城按：據岑仲勉唐集質疑考證，合爲崇之曾姪孫。舊傳謂係崇之曾孫，新傳謂係崇之玄孫，均誤。又舊、新傳均不載合官監察之時間。考晁公武郡齋讀書志卷一八云：「右唐姚合也。崇曾孫，以詩聞。元和十一年李逢吉知舉進士。歷武功主簿，富平、萬年尉。寶應中監察、殿中御史，户部員外郎。出金、杭二州刺史。爲刑、户二部郎中，諫議大夫，給事中，陝虢觀察使。開成末終秘書監，世號姚武功云。」證之白氏此詩則合大和二年仍官御史，與晁氏所記時間相合。唐才子傳卷六云：「寶應中除監察御史，遷户部員外郎，出爲金、杭二州刺史。」「寶應」蓋爲「寶曆」之訛文。白氏又有送姚杭州赴任因思舊遊二首詩（卷三二）作於大和八年，亦係酬合之作。

【校】

〔晚起〕「晚」，萬首作「曉」。

履道春居

微雨灑園林，新晴好一尋。低風洗池面，斜日坼花心。暝助嵐陰重，春添水色深。不如陶省事，猶抱有絃琴。

【箋】作於大和二年(八二八)，五十七歲，洛陽，秘書監。城按：此詩汪本編在後集卷八。查慎行白香山詩評云：「『暝助嵐陰重』二句煉。」

〔履道〕白居易履道坊宅。見卷二三履道新居二十韻詩箋。并參見白氏歸履道宅(卷二七)、答王尚書問履道池舊橋(卷二七)、履道池上作(卷二八)、履道居(卷二八)、履道西門(卷三六)等詩。

題洛中第宅

水木誰家宅？門高占地寬。懸魚掛青甃，行馬護朱欄。春榭籠烟煖，秋庭鎖月寒。松膠黏琥珀，筠粉撲琅玕。試問池臺主，多爲將相官。終身不曾到，唯展宅圖看。

【箋】作於大和二年(八二八)，五十七歲，洛陽，秘書監。城按：此詩汪本編在後集卷八。何義門云：「懸魚六句透出終身不曾到。七八句寫無人遊覽更蘊藉。」

【校】

〔題〕那波本作「題洛中宅」。

寄殷協律 多叙江南舊遊。

五歲優遊同過日，一朝消散似浮雲。琴詩酒伴皆抛我，雪月花時最憶君。幾度聽雞歌白日？予在杭州日有歌云：「聽唱黄雞與白日。」又有詩云：「著紅騎馬是何人。」亦曾騎馬詠紅裙。吴娘暮雨蕭蕭曲，自别江南更不聞。江南吴二娘曲詞云：「暮雨蕭蕭郎不歸。」

【箋】

作於大和二年（八二八），五十七歲，洛陽，秘書監。城按：此詩汪本編在後集卷八。唐宋詩醇卷二五：「無限感慨，結語更淒涼。」

〔殷協律〕殷堯藩。見卷九别楊潁士盧克柔殷堯藩詩箋。并參見醉後狂言酬贈蕭殷二協律（卷十二）、和殷協律琴思（卷十九）、醉中酬殷協律（卷二〇）、齊雲樓晚望偶題十韻兼呈馮侍御周殷二協律（卷二四）、寄殷協律（本卷）等詩。

〔幾度聽雞歌白日〕白氏醉歌詩（卷十二）云：「誰道使君不辭歌，聽唱黄雞與白日。」

〔亦曾騎馬詠紅裙〕白氏代賣薪女贈諸妓詩（卷二〇）云：「亂蓬爲鬢布爲巾，曉踏寒山自負薪。一種錢塘江畔女，著紅騎馬是何人？」

〔吴娘暮雨蕭蕭曲〕升庵詩話卷四：「吴二娘，杭州名妓也。有長相思一詞云：『深花枝，淺花枝，深淺花枝相間時。花枝難似伊。巫山高，巫山低，暮雨瀟瀟郎不歸。空房獨守時。』……絶妙詞選以此爲白樂天詞，誤矣。」楊氏説是。全詩卷八九〇亦誤爲居易作，惟前半闋作「深畫眉，淺畫眉，蟬鬢鬅鬙雲滿衣。陽臺行雨回」。又白氏聽彈湘妃怨詩（卷十九）「似道蕭蕭郎不歸」句自注：「江南新詞有云：『暮雨蕭蕭郎不歸。』」

【校】

〔紅裙〕此下那波本無注。

〔吴娘〕「娘」，馬本訛作「姫」，據宋本、那波本、汪本、全詩、盧校改正。

〔不聞〕此下那波本無注。

洛下諸客就宅相送偶題西亭

几榻臨池坐，軒車冒雪過。交親致盃酒，僮僕解笙歌。流歲行將晚，浮榮得幾多？林泉應問我，不住意如何？

【箋】作於大和二年（八二八），五十七歲，洛陽，秘書監。城按：此詩汪本編在後集卷八。

答林泉

好住舊林泉，迴頭一悵然。漸知吾潦倒，深愧爾留連。欲作棲雲計，須營種黍錢。更容求一郡，不得亦歸田。

【箋】作於大和二年（八二八），五十七歲，洛陽，秘書監。城按：此詩汪本編在後集卷八。

將發洛中枉令狐相公手札兼辱二篇寵行以長句答之

尺素忽驚來梓澤，雙金不惜送蓬山。八行落泊飛雲雨，五字鎗鏦動珮環。玉韻乍聽堪醒酒，銀鈎細讀當披顏。收藏便作終身寶，何啻三年懷袖間。

【箋】作於大和二年（八二八），五十七歲，洛陽，秘書監。城按：此詩汪本編在後集卷八。〔令狐相公〕宣武節度使令狐楚。見本卷早春同劉郎中寄宣武令狐相公詩箋。

【校】〔鎗鏦〕宋本作「鎗摐」。

臨都驛答夢得六言二首

楊子津頭月下，臨都驛裏燈前。昨日老於前日，去年春似今年。

謝守歸爲秘監，馮公老作郎官。前事不須問著，新詩且更吟看。

【箋】作於大和二年（八二八），五十七歲，洛陽，秘書監。城按：此詩汪本編在後集卷八。劉集外一有答樂天臨都驛見贈及再贈樂天二詩，當是居易爲秘書監奉使東都，大和二年春回長安，禹錫送至臨都驛作。何義門云：「六言大抵須平整，不可添減。」唐宋詩醇卷二五：「節短音長。」〔臨都驛〕洛陽近郊第一驛。白氏臨都驛送崔十八詩（卷二七）云：「勿言臨都五六里，扶送出城相送來。」

〔楊子津〕亦作揚子津。清統志揚州府二：「揚子橋在江都縣南十五里，即揚子津，自古爲江濱津要。」

〔謝守〕居易自謂。

〔馮公〕以馮唐喻禹錫之屈爲主客郎中分司也。

【校】

〔題〕萬首作「答劉夢得二首」。

〔馮公〕「公」，萬首作「唐」。

喜錢左丞再除華州以詩伸賀

左轄輟中臺，門東委上才。彤襜經宿到，絳帳及春開。民望懇難奪，天心慈易迴。那知不隔歲，重借寇恂來。

【箋】

作於大和二年（八二八），五十七歲，長安，刑部侍郎。城按：此詩汪本編在後集卷八。

〔錢左丞〕錢徽。見本卷華城西北雉堞最高崔相公首創樓臺錢左丞繼種花果合爲勝境題在雅篇歲暮獨遊悵然成詠詩箋。

【校】

〔門東〕何校：「黄校云：『門東應倒』。」

和錢華州題少華清光絶句

高情雅韻三峯守，主領清光管白雲。自笑亦曾爲刺史，蘇州肥膩不如君。

【箋】

作於大和二年（八二八），五十七歲，長安，刑部侍郎。城按：此詩汪本編在後集卷八。何義門云：「蘇州肥膩華州清。」查慎行白香山詩評云：「『蘇州肥膩不如君』，吴兒未必心服。」

〔錢華州〕錢徽。大和元年十二月再授華州刺史。見本卷華城西北雉堞最高崔相公首創樓臺錢左丞繼種花果合爲勝境題在雅篇歲暮獨遊悵然成詠及喜錢左丞再除華州以詩伸賀詩箋。

〔少華〕少華山。元和郡縣志卷二：「少華山在（鄭）縣東南十里。」初學記卷五：「張衡西京賦云：『綴以二華』，謂太華、少華也。少華在華山西。」

〔三峯〕太華山之三峯：芙蓉、明星、玉女也。見清統志同州府一。

【校】

〔題〕萬首作「和錢華州題少華。」

送陝府王大夫

金馬門前迴劍珮，鐵牛城下擁旌旗。他時萬一爲交代，留取甘棠三兩枝。

【箋】

作於大和二年（八二八），五十七歲，長安，刑部侍郎。城按：此詩汪本編在後集卷八。

〔陝府王大夫〕陝虢觀察使王起。舊書卷一六四本傳：「大和二年，出爲陝虢觀察使兼御史大夫。四年，入拜尚書左丞。」舊書卷十七上文宗紀：「（大和二年）二月丁亥朔，以兵部侍郎王起爲陝虢觀察使代韋弘景，以弘景爲尚書左丞。」參見陝府王大夫相迎偶贈詩（卷二七）。陝府，見卷五一華州及陝府將士吉少華二千三百三十五人各賜勳五轉制箋。

〔鐵牛城〕指陝州。清統志陝州一：「鐵牛在城北黄河中。頭跨南，尾在河北，世傳禹以鎮河患。唐賈至嘗作鐵牛頌。」

代迎春花招劉郎中

幸與松筠相近栽，不隨桃李一時開。杏園豈敢妨君去，未有花時且看來。

【箋】作於大和二年（八二八），五十七歲，長安，刑部侍郎。城按：此詩汪本編在後集卷八。何義門云：「後二句可作故事用。」

〔劉郎中〕劉禹錫。見本卷和劉郎中傷鄂姬詩箋。

〔杏園〕見卷一杏園中棗樹詩箋。

玩迎春花贈楊郎中

金英翠萼帶春寒，黄色花中有幾般？憑君與向遊人道，莫作蔓菁花眼看。

【箋】作於大和二年（八二八），五十七歲，長安，刑部侍郎。城按：此詩汪本編在後集卷八。

〔楊郎中〕楊汝士。見本卷和楊郎中賀楊僕射致仕後楊侍郎門生合宴席上作詩箋。

【校】

〔與向〕「與」，全詩注云：「一作『語』。」

閑出

身外無羈束，心中少是非。被花留便住，逢酒醉方歸。人事行時少，官曹入日稀。春寒遊正好，穩馬薄綿衣。

【箋】作於大和二年（八二八），五十七歲，長安，刑部侍郎。城按：此詩汪本編在後集卷八。

座上贈盧判官

把酒承花花落頻，花香酒味相和春。莫言不是江南會，虚白亭中舊主人。

【箋】作於大和二年（八二八），五十七歲，長安，刑部侍郎。城按：此詩汪本編在後集卷八。

〔盧判官〕盧賈。居易爲杭州刺史時之舊判官。白氏有予以長慶二年冬十月到杭州明年秋九月始與范陽盧賈汝南周元範蘭陵蕭悦清河崔求東萊劉方輿同遊恩德寺之泉洞竹石籍甚久矣及兹目擊果愜心期因自嗟云到郡周歲方來入寺半日復去俯視朱綬仰睇白雲有愧於心遂留絶句詩（卷二〇）。

【校】

〔題〕「座上」，馬本作「座中」，據宋本、那波本、汪本、全詩、萬首、盧校改。

〔不是〕何校：「『是』疑作『似』。」

曲江有感

曲江西岸又春風，萬樹花前一老翁。遇酒逢花還且醉，若論惆悵事何窮？

【箋】

作於大和二年（八二八），五十七歲，長安，刑部侍郎。城按：此詩汪本編在後集卷八。查慎行白香山詩評：「結句不測，妙有餘味。」

〔曲江〕見卷一杏園中棗樹詩箋。

【校】

〔若論〕「若」，萬首作「莫」。汪本、全詩俱注云：「一作『莫』。」

杏園花下贈劉郎中

怪君把酒偏惆悵，曾是貞元花下人。自別花來多少事？東風二十四迴春。

【箋】作於大和二年（八二八），五十七歲，長安，刑部侍郎。城按：此詩汪本編在後集卷八。劉集外一有杏園花下酬樂天見贈詩。張籍有同白侍郎杏園贈劉郎中詩。何義門云：「後二句蹉跎淪落，言外自見。」查慎行白香山詩評：「『東風二十四回春』，澹而旨。」

〔杏園〕見卷一杏園中棗樹詩箋。

〔劉郎中〕劉禹錫。見本卷和劉郎中傷鄂姬詩箋。

〔東風二十四回春〕永貞元年至大和二年適爲二十四年。

花前有感兼呈崔相公劉郎中

落花如雪鬢如霜，醉把花看益自傷。少日爲名多檢束，長年無興可顛狂。四時輪轉春常少，百刻支分夜苦長。何事同生壬子歲？老於崔相及劉郎？余與崔、劉年同，獨早衰白。

【箋】作於大和二年（八二八），五十七歲，長安，刑部侍郎。見汪譜。城按：此詩汪本編在後集卷八。

〔崔相公〕崔羣。見卷二三題新居寄宣州崔相公詩箋。並參見華城西北雉堞最高崔相公首創樓臺錢左丞繼種花果合爲勝境題在雅篇歲暮獨遊悵然成詠詩（本卷）及祭崔相公文（卷七〇）城按：崔羣大和元年正月，自宣歙觀察使入爲兵部尚書。大和三年二月，又自兵部尚書出爲荆南節度使。見舊書卷十七上文宗紀。則白氏作此詩時，崔羣仍官兵部尚書在長安也。

〔劉郎中〕劉禹錫。見本卷和劉郎中傷鄂姬詩箋。

〔何事同生壬子歲二句〕白居易、崔羣、劉禹錫三人均生於代宗大曆七年壬子。

【校】

〔醉把〕「把」，英華作「拾」。汪本、全詩俱注云：「一作『拾』。」

〔爲名〕「名」，英華作「文」。汪本、全詩俱注云：「一作『文』。」

〔同生〕英華作「共同」。全詩注云：「一作『共同』。」

〔劉郎〕此下那波本無注。注中「年同」英華作「同年」。

微之就拜尚書居易續除刑部因書賀意兼詠離懷

我爲憲部入南宫，君作尚書鎮浙東。老去一時成白首，别來七度换春風。簪纓假合虚名在，筋力銷磨實事空。遠地官高親故少，些些談笑與誰同？

【箋】

作於大和二年（八二八），五十七歲，長安，刑部侍郎。見汪譜。城按：此詩汪本編在後集卷八。舊書卷十七上文宗紀：「（大和元年九月）丁丑，浙西觀察使李德裕、浙東觀察使元稹就加檢校禮部尚書。」又云：「（大和二年二月）乙巳，以刑部侍郎盧元輔爲兵部侍郎，秘書監白居易爲刑部侍郎。」白氏大和二年十二月作祭弟文（卷六九）云：「今年春除刑部侍郎。」與舊紀所記時間相合。陳譜大和二年戊申云：「正月除刑部侍郎。」非是。又按：元稹與裴度不睦，構於于方一獄，致長慶二年六月俱罷相位。至大和三年，稹入爲尚書左丞，正度在中書秉政時，殆由於度與稹始隙而終睦，非度慚悟於二李（李逢吉、李宗閔）所愚，即出於劉禹錫、白居易二人爲之居間解釋所致也。並參見卷二三元微之除浙東觀察使喜得杭越鄰州先贈長句詩箋。

【校】

〔題〕此詩後何校從黄校補録和裴相公傍水閑行絶句一首。城按：此詩見那波本卷五五。

喜與韋左丞同入南省因叙舊以贈之

早年同遇陶鈞主，利鈍精粗共在鎔。憲宗朝與韋同入翰林。金劍淬來長透匣，鉛刀磨盡不成鋒。差肩北省慚非據，接武南宫幸再容。跛鼈雖遲騏驥疾，何妨中路亦相逢。

【箋】作於大和二年（八二八），五十七歲，長安，刑部侍郎。城按：韋弘景，大和二年二月自陝虢觀察使入爲尚書左丞，汪譜繫此詩於大和元年，非是，詳見後箋。汪本此詩編在後集卷八。

〔韋左丞〕韋弘景。舊書卷一五七、新書卷一一六有傳。舊書卷十七文宗紀：「（大和二年）二月丁亥朔，以兵部侍郎王起爲陝虢觀察使代韋弘景，以弘景爲尚書左丞。」城按：白氏此詩自注云：「憲宗朝與韋同入翰林。」丁居晦重修承旨學士壁記：「韋弘景，元和四年七月一日，自左拾遺、集賢院直學士充。」故是時與居易同在翰林。

【校】

〔共在鎔〕此下那波本無注。

伊州

老去將何散老愁？新教小玉唱伊州。亦應不得多年聽，未教成時已白頭。

【箋】作於大和二年（八二八），五十七歲，長安，刑部侍郎。城按：此詩汪本編在後集卷八。

〔伊州〕碧雞漫志卷三：「涼州曲，唐史及傳載：天寶樂曲皆以邊地爲名，若涼州、伊州、甘州之類。」又云：「伊州見於世者凡七：商曲大石調、高大石調、雙調、小石調、歇指調、林鍾商、越調，第不知天寶所製七商中何調耳。王建宮詞云：『側商調裏唱伊州。』林鍾商今夷則商也，管色譜以凡字殺，若側商即借尺字殺。」

早朝

鼓動出新昌，雞鳴赴建章。翩翩穩鞍馬，楚楚健衣裳。宮漏傳殘夜，城陰送早涼。月堤槐露氣，風燭樺烟香。雙闕龍相對，千官雁一行。漢庭方尚少，慚歎鬢如霜。

【箋】作於大和二年（八二八），五十七歲，長安，刑部侍郎。城按：此詩汪本編在後集卷八。何義門云：「『城陰』句最佳，餘乃常語也。第三暗藏老態在內，昔年於此茫如也。」

答裴相公乞鶴

警露聲音好，沖天相貌殊。終宜向遼廓，不稱在泥塗。白首勞爲伴，朱門幸見呼。不知疏野性，解愛鳳池無？

【箋】作於大和二年（八二八），五十七歲，長安，刑部侍郎。城按：此詩汪本編在後集卷八。劉集外一有和裴相公寄白侍郎求雙鶴詩。裴度原詩題爲白二十二侍郎有雙鶴留在洛下予西園多野水長松可以棲息遂以詩請之，詩云：「聞君有雙鶴，羈旅洛城東。未放歸仙去，何如乞老翁！且將臨野水，莫閉在樊籠。好似長鳴處，西園白露中。」西園蓋即裴度長安之興化池亭也。

〔裴相公〕裴度。見本卷酬裴相公題興化小池見招長句詩箋。

〔鳳池〕魏、晉以來，皆以中書省爲鳳池也。晉書荀勗傳：「自中書監除尚書令，人賀之。勗曰：奪我鳳凰池，何賀耶？」

【校】〔題〕英華作「酬裴相公乞予雙鶴」。汪本、全詩注同英華。

晚從省歸

朝迴北闕值清晨，晚出南宮送暮春。入去丞郎非散秩，歸來詩酒是閑人。猶思泉石多成夢，尚歎簪裾未離身。終是不如山下去，心頭眼底兩無塵。

【箋】 作於大和二年（八二八），五十七歲，長安，刑部侍郎。城按：此詩汪本編在後集卷八。

北窗閑坐

虚窗兩叢竹，静室一爐香。門外紅塵合，城中白日忙。無煩尋道士，不要學仙方。自有延年術，心閑歲月長。

【箋】 作於大和二年（八二八），五十七歲，長安，刑部侍郎。城按：此詩汪本編在後集卷八。

酬嚴給事 聞玉蕊花下有遊仙絶句。

瀛女偷乘鳳去時，洞中潛歇弄瓊枝。不緣啼鳥春饒舌，青瑣仙郎可得知？

【箋】 作於大和二年（八二八），五十七歲，長安，刑部侍郎。城按：此詩汪本編在後集卷八。劇談録卷下：「上都安業坊唐昌觀舊有玉蕊花，其花每發，若瑶林瓊樹。元和中，春物方盛，車馬尋玩者相繼。忽一日，有女子年可十七八，衣緑繡衣乘馬，峨髻雙鬟，無簪珥之飾，容色婉約，迥出於衆。從以二女冠、三小僕，僕者皆丱頭黄衫，端麗無比。既下馬，以白角扇障面，直造花所，異香芬馥，聞於數十步之外，觀者以爲出自宫掖，莫敢逼而視之。佇立良久，令小僕取花數枝而出。將乘馬回，謂黄冠者曰：『曩者玉峯之約，自此可以行矣』。時觀者如堵，咸覺煙霏鶴唳，景物煇煥，舉轡百餘步，有輕風擁塵，隨之而去。須臾塵滅，望之已在半空，方悟神仙之遊，餘香不散者經月餘日，時嚴給事休復、元相國、劉賓客、白醉吟俱有聞玉蕊院真人降詩。嚴給事詩曰：『味道齋心禱玉宸，魂消眼冷未逢真。不知滿樹瓊瑶蕊，笑對藏花洞裏人。』又云：『羽車潛下玉龜山，塵界無由覿舜顔。唯有無情枝上雪，好風吹綴緑雲鬟。』元相國詩云：『弄玉潛過玉樹時，不教青鳥出花枝。的應未有諸人覺，只是嚴郎卜得知。』劉賓客詩云：『玉女來看玉樹花，異香先引七香車。攀枝弄雪時回首，驚怪人間日易斜。』又云：『雪蕊瓊絲滿院春，衣輕步步不生塵。君平簾下徒相問，長伴吹簫別有人。』白醉吟詩云：『瀛女偷乘鳳去時，洞中潛歇弄瓊枝。不緣啼鳥春饒舌，青瑣仙郎可得知？』」蓋「仙」字唐代多用於妖豔婦人或風流放誕女道士及娼妓之代稱，則嚴、劉、元、白此詩，非寓豔情即屬關係政治之作。劇談録所云「元和中」乃「大和中」之誤。參見後箋。

〔嚴給事〕嚴休復。舊書卷一七六楊虞卿傳：「大和二年，南曹令史李賨等六人僞出告身簽符賣鑿空僞官，……乃詔給事中嚴休復、中書舍人高鉞、左丞韋景休充三司推案。」新傳所記略同。則知休復大和二年爲給事中，證之白氏此詩，時間相符。城按：舊書、新書楊虞卿傳所載之「韋景休」當係「韋弘景」之誤。舊書卷一五七韋弘景傳：「掌選二歲，改陝虢觀察使。歲滿徵拜尚書左丞，駮吏部授官不當者六十人。弘景素以鯁亮稱，及居綱轄之地，郎吏望風修整，會吏部員外郎楊虞卿以公事爲下吏所訕，獄未能辨，詔下弘景與憲司就尚書省詳讞。」則當以作「韋弘景」爲正。又白氏馮閣老處見與嚴郎中酬和詩因戲贈絶句（卷十九）、聞歌妓唱嚴郎中詩因以絶句寄之（卷二三）等詩中之「嚴郎中」，劉集外六酬嚴給事賀給五品兼簡同制水部李郎中詩中之「嚴給事」，均指休復。

【校】

〔題〕萬首作「酬嚴給事玉蕊花」。題下那波本無注。

〔青瑣〕「瑣」，宋本誤作「鏁」。城按：「鏁」乃「鎖」之俗字。

京　路

西來爲看秦山雪，東去緣尋洛苑春。來去騰騰兩京路，閑行除我更無人。

【箋】

作於大和三年（八二九），五十八歲，長安至洛陽途中，太子賓客分司。城按：此詩汪本編在後集卷八。

華州西

每逢人静慵多歇，不計程行困即眠。上得籃輿未能去，春風敷水店門前。

【箋】

作於大和三年（八二九），五十八歲，長安至洛陽途中，太子賓客分司。城按：此詩汪本編在後集卷八。帶經堂詩話卷十四：「敷水出羅敷谷，谷受秦嶺以北諸水，樂天詩：『上得籃輿未能去，春風敷水店門前。』（秦蜀驛程後記）」

〔敷水〕見本卷過敷水詩箋。

從陝至東京

從陝至東京，山低路漸平。風光四百里，車馬十三程。花共垂鞭看，杯多並轡傾。笙歌與談笑，隨分自將行。

【箋】

作於大和三年（八二九），五十八歲，長安至洛陽途中，太子賓客分司。城按：此詩汪本編在後集卷八。

〔陜〕陜州。唐屬河南道。

〔從陜至東京四句〕陜州東至東都三百五十里。見元和郡縣志卷六。「四百里」蓋言其大數也。日知録卷十：「續漢輿服志曰：驛馬三十里一置。史記：田横乘傳詣雒陽，未至三十里，至尸鄉厩置。是也。唐制亦然（原注：唐書百官志：凡三十里有驛。）白居易詩『從陜至東京（原注：今陜州至河南府），山低路漸平。風光四百里，車馬十三程』是也。」又白氏洛下送牛相公出鎮淮南詩（卷三一）云：「北闕至東京，風光十六程。」

送春

銀花鑿落從君勸，金屑琵琶爲我彈。不獨送春兼送老，更嘗一酌更聽看。

【箋】

作於大和三年（八二九），五十八歲，長安至洛陽途中，太子賓客分司。城按：此詩汪本編在後集卷八。

〔銀花鑿落從君勸〕吴旦生歷代詩話卷五〇：「韓退之詩：『酡顔傾鑿落。』按海録碎事云：蒼梧令金佐堯從賊，被黥面，嘗自稱『金鑿落』。湘、楚人以盞斝中鐫鏤金渡者爲金鑿落。又樂天送春詞：『銀不洛，從君勸。』不洛，酒器也。意落、絡、洛古字通用。」白氏酬周協律詩（卷二二三）云：「鑿落愁須飲，琵琶悶遣彈。」

宿杜曲花下

覓得花千樹，攜來酒一壺。懶歸兼擬宿，未醉豈勞扶？但惜春將晚，寧愁日漸晡。籃輿爲卧舍，漆盝是行廚。班竹盛茶櫃，紅泥罨飯爐。眼前無所闕，身外更何須？小面琵琶婢，蒼頭觱篥奴。從君飽富貴，曾作此遊無？

【箋】

作於大和三年（八二九），五十八歲，長安至洛陽途中。太子賓客分司。城按：此詩汪本編在後集卷八。

〔杜曲〕程大昌雍録卷七：「杜曲在啓夏門外，向西即少陵原也。杜甫詩曰：『杜曲花光濃似酒。』」

【校】

〔漆盝〕「盝」，馬本注云：「盧谷切。」

逢舊

久別偶相逢，俱疑是夢中。即今歡樂事，放盞又成空。

【箋】

作於大和三年（八二九）至大和五年（八三一），洛陽。城按：此詩汪本編在後集卷八。

【校】

〔是夢中〕「是」，馬本作「似」，非。據宋本、那波本、汪本、全詩、英華、盧校改正。全詩注云：「作『似』。」亦非。

繡婦歎

連枝花樣繡羅襦，本擬新年餉小姑。自覺逢春饒悵望，誰能每日趁功夫？針頭不解愁眉結，線縷難穿淚臉珠。雖憑繡牀都不繡，同牀繡伴得知無？

【箋】

作於大和三年（八二九），長安。城按：此詩汪本編在後集卷八。

春　詞

低花樹映小粧樓，春入眉心兩點愁。斜倚欄干臂鸚鵡，思量何事不迴頭？

【箋】作於大和三年（八二九），長安。此詩汪本編在後集卷八。劉集外一有和樂天春詞詩。唐宋詩醇卷二五：「豔體妙於蘊藉。」城按：劉、白兩詩均爲有所刺而作。蓋韋處厚暴卒於大和二年十二月，李宗閔將入相，二人失所憑依。又大和三年正月，王涯自山南西道節度使入爲太常卿，爲大用張本，居易江州之謫涯有力焉。居易因不能與之同立於朝，故三年春辭刑部侍郎歸洛陽。題爲春詞者，記三者春初之事也。此詩之前一首繡婦歎及後一首恨詞均可參看。禹錫和詩「蜻蜓飛上玉搔頭」句刺新貴尤爲明顯。

【校】〔臂鸚鵡〕「臂」，汪本、全詩俱作「背」，俱注云：「一作『臂』。」

恨　詞

翠黛眉低斂，紅珠淚暗銷。曾來恨人意，不省似今朝。

【箋】作於大和三年（八二九），長安。城按：此詩汪本編在後集卷八。

〔不省〕即未曾之意。白氏尋春題諸家園林詩云：「平生身得所，未省似而今。」見敦煌變文字義通釋第六篇釋虚字。

【校】

〔曾來〕「曾」，萬首、汪本、全詩俱作「從」。

山石榴花十二韻

曄曄復煌煌，花中無比方。豔夭宜小院，條短稱低廊。本是山頭物，今爲砌下芳。千叢相向背，萬朵互低昂。照灼連朱檻，玲瓏映粉牆。風來添意態，日出助晶光。漸綻燕脂蕚，猶含琴軫房。離披亂剪綵，斑駮未勻粧。絳焰燈千炷，紅裙妓一行。此時逢國色，何處覓天香？恐合栽金闕，思將獻玉皇。好差青鳥使，封作百花王。

【箋】約作於大和三年（八二九）至大和五年（八三一），洛陽。城按：此詩汪本編在後集卷八。

〔山石榴花〕即杜鵑花。白氏詩中詠山石榴花者至夥，如卷十二山石榴寄元九，卷十六題山石榴花、戲問山石榴，卷二十題孤山寺山石榴花示諸僧衆等，均可參看。

送敏中歸豳寧幕

六十衰翁兒女悲，傍人應笑爾應知。弟兄垂老相逢日，杯酒臨歡欲散時。前路加飡須努力，今宵盡醉莫推辭。司徒知我難爲別，直過秋歸未訝遲。

【箋】

作於大和五年（八三一），六十歲，洛陽，河南尹。見汪譜。城按：此詩汪本編在後集卷八。查慎行白香山詩評：「『弟兄垂老相逢日』二句，只消直叙，自爾情到。」唐宋詩醇卷二五：「情景一湧而出，清空如話，倍覺沉着深摯，惻惻動人，棣華雁影，浮詞不掃自去。」

〔敏中〕白敏中。居易從弟。長慶初登進士第。佐李聽，歷河東、鄭滑、邠寧三府節度掌書記。見舊書卷一六六、新書卷一一九白居易傳。白氏唐故溧水縣令太原白府君墓誌銘（卷七〇）：「後夫人高陽敬氏，父諱某，某官，生一子二女，女皆早夭。子曰敏中，進士出身，前試大理評事，歷河東、鄭滑、邠寧三府掌書記。」又有喜敏中及第偶示所懷（卷十九）、見敏中初到邠寧秋日登城樓詩詩中頗多鄉思因以寄和（卷三五）、和敏中洛下即事（卷三六）、送敏中新授户部員外郎西歸（卷三六）等詩。

〔豳寧幕〕即邠寧節度使幕府。城按：唐邠州在周時爲豳國，武德時爲豳州，後以豳字與幽字相混，詔改邠州。見元和郡縣志卷三。又洪北江曉讀書齋二録卷上云：「唐玄宗以鄭嫌近鄭改爲莫，豳嫌近幽改爲邠。忌諱益多，喪亂轉至，亦何益乎？」

〔司徒知我難爲别二句〕何義門云：「必無此事，姑妄言之，是難别無聊之思也。」城按：司徒即李聽。舊書卷一三三李聽傳：「居無何，復檢校司徒，起爲邠寧節度使。」舊書卷十七上文宗紀：「（大和三年十二月辛未，以太子少師李聽爲邠寧節度使。」又云：「（大和六年三月辛丑），以邠寧節度使李聽爲武寧軍節度、徐泗濠觀察等使。」

【校】

〔豳寧〕「豳」，馬本訛作「幽」，據宋本、那波本、汪本、全詩改正。

〔直過〕何校：「『直』，一作『且』。」

宴散

小宴追涼散，平橋步月迴。笙歌歸院落，燈火下樓臺。殘暑蟬催盡，新秋雁帶來。將何迎睡興？臨卧舉殘盃。

【箋】作於大和五年（八三一），六十歲，洛陽，河南尹。見汪譜。城按：此詩汪本編在後集卷八。何義門云：「腰聯本是繁華散場，晏元獻蓋斷章取之。」

〔笙歌歸院落二句〕後山詩話：「白樂天云：『笙歌歸院落，燈火下樓臺。』又云：『歸來未放笙歌散，畫戟門前蠟燭紅。』非富貴語，看人富貴也。黃魯直謂白樂天『笙歌歸院落，燈火下樓臺』，不如杜子美云『落花游絲白日靜，鳴鳩乳燕青春深』也。」

【校】〔帶來〕「帶」，宋本作「戴」。汪本、全詩俱注云：「一作『戴』。」

人定

人定月朧明，香銷枕簟清。翠屏遮燭影，紅袖下簾聲。坐久吟方罷，眠初夢未成。誰家教鸚鵡，故故語相驚？

【箋】作於大和五年（八三一），六十歲，洛陽，河南尹。城按：此詩汪本編在後集卷八。

池上

嫋嫋涼風動，淒淒寒露零。蘭衰花始白，荷破葉猶青。獨立棲沙鶴，雙飛照水螢。若爲寥落境，仍值酒初醒。

【箋】作於大和五年（八三一），六十歲，洛陽，河南尹。城按：此詩汪本編在後集卷八。

池窗

池晚蓮芳謝，窗秋竹意深。更無人作伴，唯對一張琴。

【箋】作於大和五年（八三一），六十歲，洛陽，河南尹。城按：此詩汪本編在後集卷八。

【校】〔題〕馬本作「池客」，據宋本、那波本、汪本、全詩改。

花酒

香醅淺酌浮如蟻，雲鬢新梳薄似蟬。爲報洛城花酒道，莫辭送老二三年。

【箋】作於大和五年（八三一），六十歲，洛陽，河南尹。城按：此詩汪本編在後集卷八。〔香醅淺酌浮如蟻〕白氏問劉十九詩（卷十七）云：「緑螘新醅酒，紅泥小火爐。」

【校】〔香醅〕「醅」，馬本注云：「鋪杯切。」

題崔常侍濟源莊

谷口誰家住？雲扃鎖竹泉。主人何處去？蘿薜換貂蟬。籍在金閨内，班排玉扆前。誠知憶山水，歸得是何年？

【箋】作於大和五年（八三一），六十歲，濟源，河南尹。城按：此詩汪本編在後集卷八。

〔崔常侍〕崔玄亮。舊書卷一六五本傳：「（大和）四年，拜諫議大夫。中謝日，面賜金紫，朝廷推其名望，遷右散騎常侍。」新書卷一六四本傳：「大和四年，繇太常少卿改諫議大夫，朝廷推爲宿望，拜右散騎常侍。」均稱玄亮拜右散騎常侍。而舊書卷十七下文宗紀：「（大和五年二月）壬寅，左常侍崔玄亮及諫官等十四人伏奏玉階，……」則稱玄亮爲左散騎常侍，與舊傳、新傳所記有異。白氏唐故虢州刺史贈禮部尚書崔公墓誌銘（卷七〇）亦述焉未詳，俟考。參見白氏題崔常侍濟上別墅（卷二七）詩及祭崔常侍文（卷七〇）。城按：白氏作此詩時，崔在長安官散騎常侍，故詩云：「主人何處去？蘿薜換貂蟬。」

〔濟源莊〕白氏唐故虢州刺史贈禮部尚書崔公墓誌銘（卷七〇）云：「公濟源有田，洛下有宅。」

認春戲呈馮少尹李郎中陳主簿

認得春風先到處，西園南面水東頭。柳初變後條猶重，花未開前枝已稠。暗助醉歡尋緑酒，潛添睡興著紅樓。知君未別陽和意，直待春深始擬遊。

【箋】

作於大和五年（八三一），六十歲，洛陽，河南尹。城按：此詩汪本編在後集卷八。

〔馮少尹〕河南少尹馮定。見卷二二六年寒食洛下宴遊贈馮李二少尹詩箋。

【校】

〔開前〕「前」，馬本、全詩俱作「時」，據宋本、那波本、汪本改。

魏堤有懷

魏王堤下水，聲似使君灘。惆悵迴頭聽，踟躕立馬看。蕩風波眼急，翻雪浪心寒。憶得瞿唐事，重吟行路難。

【箋】

作於大和五年（八三一），六十歲，洛陽，河南尹。城按：此詩汪本編在後集卷八。

〔魏堤〕即洛陽魏王堤。元河南志卷四：「（魏王池）與雒水隔堤。初建都，築堤壅水北流，餘水停成此池，與雒水潛通，深處至數頃，水鳥翔泳，荷芰翻覆，爲都城之勝地。貞觀中以賜魏王泰，故號魏王池。」明統志卷二九河南府：「魏王池在洛陽縣，洛水溢而爲池，爲都城之盛。唐貞觀中以賜魏王泰，故名。」清統志卷二〇五河南府：「魏王池在洛陽縣南。」城按：魏王池在東都旌善、尚善兩坊之間，見兩京城坊考卷五。

【校】

〔踟躕〕「踟」，馬本、全詩俱作「躊」，非。據宋本、那波本、汪本、盧校改正。

〔瞿唐〕「唐」，馬本、汪本俱作「塘」，據宋本、那波本、全詩、盧校改。

柘枝詞

柳暗長廊合，花深小院開。蒼頭鋪錦褥，皓腕捧銀盃。繡帽珠稠綴，香衫袖窄裁。將軍拄毬杖，看按柘枝來。

【箋】

作於大和五年（八三一），六十歲，洛陽，河南尹。城按：此詩汪本編在後集卷八。

〔柘枝〕見卷二三柘枝妓詩箋。

代夢得吟

後來變化三分貴，同輩凋零太半無。世上争先從盡上聲汝，人間鬭在不如吾。竿頭已到應難久，局勢雖遲未必輸。不見山苗與林葉，迎春先緑亦先枯。

【箋】

作於大和五年（八三一），六十歲，洛陽，河南尹。城按：此詩汪本編在後集卷八。

【校】

〔盡汝〕「盡」下馬本、那波本俱無注，據宋本、汪本、全詩增。

寄答周協律 來詩多叙蘇州舊遊。

故人叙舊寄新篇，惆悵江南到眼前。暗想樓臺萬餘里，不聞歌吹一周年。橋頭誰更看新月？池畔猶應泊舊船。最憶後亭杯酒散，紅屏風掩緑窗眠。

【箋】

作於大和元年（八二七），五十六歲，長安，秘書監。城按：此詩汪本編在後集卷八。

〔周協律〕周元範。見卷二〇閑夜詠懷因招周協律劉蘇二秀才詩箋。

白居易集箋校卷第二十六

律詩　五言　七言　凡一百首

大和戊申歲大有年詔賜百寮出城觀稼謹書盛事以俟采詩

清晨承詔命，豐歲閱田閭。膏雨抽苗足，涼風吐穗初。早禾黄錯落，晚稻緑扶疏。好入詩家詠，宜令史館書。散爲萬姓食，堆作九年儲。莫道如雲稼，今秋雲不如！

【箋】作於大和二年（八二八），五十七歲，長安，刑部侍郎。城按：此詩汪本編在後集卷九。此卷詩那波本編在卷五六。見陳譜及汪譜。劉集卷三有大和戊申歲大有年詔賜百寮出城觀秋稼謹書盛事以俟採詩者詩。

【校】

〔題〕「大和」，馬本、全詩俱訛作「太和」，據宋本、那波本、汪本改正。

贈悼懷太子挽歌辭二首　奉詔撰進。

竹馬書薨歲，銅龍表葬時。永言窀穸事，全用少陽儀。壽夭由天命，哀榮出聖慈。恭聞褒贈詔，軫念在與夷。

剪葉藩封早，承華册命尊。笙歌辭洛苑，風雪蔽梁園。鹵簿凌霜宿，銘旌向月翻。宫寮不逮事，哭送出都門。

【箋】

作於大和二年（八二八），五十七歲，長安，刑部侍郎。見汪譜。城按：此詩汪本編在後集卷九。何義門云：「第一篇是言其追寵太過。」

〔悼懷太子〕敬宗長子。寶曆元年封晉王。大和二年薨，年五歲，册贈悼懷太子。見舊書卷一七五敬宗五子傳。

【校】

〔題〕此下那波本無注。第二首前宋本有「又」字，那波本有「又一首」三字。

〔與夷〕「與」，那波本作「華」，非。城按：與夷乃春秋宋殤公之名。

雨中招張司業宿

過夏衣香潤，迎秋簟色鮮。斜支花石枕，卧詠蕊珠篇。泥濘非遊日，陰沉好睡天。能來同宿否？聽雨對牀眠。

【箋】

作於大和二年（八二八），五十七歲，長安，刑部侍郎。見汪譜。城按：此詩汪本編在後集卷九。

〔張司業〕張籍。字文昌，和州烏江人。第進士，爲太常寺太祝。韓愈薦爲國子博士，歷水部員外郎，主客郎中。仕終國子司業。見舊書卷一六〇、新書卷一七六本傳。并參見白氏讀張籍古樂府（卷一）、酬張十八訪宿見贈（卷六）、寄張十八（卷六）、酬張太祝晚秋卧病見寄（卷九）、答張籍因以代書（卷十四）、張十八（卷十五）、新昌新居書事四十韻因寄元郎中張博士（卷十九）、酬韓侍御張博士雨後遊曲江見寄（卷十九）、和張十八秘書謝裴相公寄馬（卷十九）、喜張十八博士除水部員外郎（卷十九）、曲江獨行招張十八（卷十九）、逢張十八員外籍（卷二〇）等詩。城按：全唐詩卷三八六張籍贈主客劉郎中詩云：「憶昔君登南省日，老夫猶是褐衣身。誰知二十餘年後，來作客曹相替人。」禹錫爲主客郎中充集賢學士在大和二年春，則知張籍自主客郎中遷國子司業亦必在此時，禹錫蓋籍之後任。卞孝萱劉禹錫年譜第一四一頁謂「張籍接替禹錫爲主客郎中」，失考。

和集賢劉學士早朝作

吟君昨日早朝詩，金御爐前喚仗時。煙吐白龍頭宛轉，扇開青雉尾參差。暫留春殿多稱屈，合入綸闈即可知。從此摩霄去非晚，鬢間未有一莖絲。

【箋】

作於大和二年（八二八），五十七歲，長安，刑部侍郎。城按：此詩汪本編在後集卷九。劉集外一有闕下待傳點呈諸同舍詩云：「禁漏晨鐘聲欲絕，旌旗組綬影相交。殿含佳氣當龍首，閣倚晴天見鳳巢。山色葱蘢丹檻外，霞光泛灩翠松梢。多慚再入金門籍，不敢爲文學解嘲。」疑即此詩所和之篇。觀居易此詩，可見當時物望固以禹錫宜掌綸誥，一二年間即可正拜中書舍人，繼入政地，而以集賢散秩爲可惜也。

〔集賢劉學士〕劉禹錫。見卷二五和劉郎中傷鄂姬詩箋。並參見和劉郎中學士題集賢閣詩

（卷二六）。城按：舊書卷一四八裴垍傳云：「垍奏：集賢御書院請準六典，登朝官五品已上爲學士，六品已下爲直學士，自非登朝官，不問品秩，均爲校理。」據錢大昕説，登朝官即指常參官，謂文官五品以上及兩省供奉官、監察御史、員外郎、太常博士也。

【校】

〔春殿〕「春」，汪本、全詩俱注云：「一作『書』。」

〔鬢間〕「間」，英華、全詩俱作「邊」。汪本注云：「一作『邊』。」全詩注云：「一作『間』。」

送陝州王司馬建赴任 建，善詩者。

陝州司馬去何如？養静資貧兩有餘。公事閑忙同少尹，料錢多少敵尚書。祗攜美酒爲行伴，唯作新詩趁下車。自有鐵牛無詠者，料君投刃必應虚。

【箋】

作於大和二年（八二八），五十七歲，長安，刑部侍郎。城按：此詩汪本編在後集卷九。何義門云：「三句養静，四句資貧，七句從新詩結陝州。」

〔陝州王司馬建〕王建。兩唐書無傳。直齋書録解題卷十九詩集類上：「建長於樂府，與張籍相上下，大曆十年進士也。歷官昭應縣丞。太（大）和中爲陝州司馬。」唐才子傳卷四云：「建字仲初，潁川人。大曆十年丁澤榜第二人及第。（城按：據中華書局本王建詩集考證，疑在貞元中及第。又據王建山中寄及第故人等詩，則建似未中進士第，俟考。）釋褐授渭南尉，調昭應縣丞，諸司歷薦，遷太府寺丞，秘書丞，侍御史。大和中出爲陝州司馬。」據白氏此詩，建授陝州司馬蓋在大和二年。全詩卷三八五有張籍贈別王侍御赴任陝州司馬（原注云：一作「贈王司馬赴陝州」。）詩，岑仲勉唐人行第録王六建條據以謂「建正由侍御史改官陝州司馬者」。城按：劉集卷二八送王司馬之陝州詩云：「暫輟清齋出太常，空攜詩卷赴甘棠。」此詩題下原注云：「自太常寺丞授，工（城按：「工」字據英華、紹興本、董本劉集）爲詩。」又白氏授王建秘書郎制（英華卷四〇〇、全文卷六五七）云：「勅太府丞王建：太府丞與秘書郎，品秩同而禄廩一，……可秘書郎。」此制蓋作於長慶元年，其寄王秘書詩（卷十九）即酬王建之作，亦作於長慶元年。張籍有酬秘書王丞見寄詩（全詩卷三八五）云：「芸閣水曹雖最冷，與君長喜得身閑。」考張籍除水部員外郎在長慶二年春間，見白氏喜張十八博士除水部員外郎詩（卷十九）及張籍可水部員外郎制（卷四九），則建長慶二年春間已自秘書郎遷秘書丞。是年秋間張籍出使在外，白氏有逢張十八員外籍詩（卷二〇），蓋作於赴杭州刺史途中，張籍使回，相遇於道旁也。全詩卷三八四又有張籍使至藍谿驛寄太常王丞詩，亦作於此次出使之時，可證王建此際已自秘書丞遷太常寺丞。又據新書百官志，侍御史爲從六品下，太常寺丞爲從五品下，建自秘書丞改官太常寺丞，其間絶無經侍御史一階之可能，故知王建非自侍御史除陝州司馬，其爲侍御史當在太府寺丞之前，唐才子傳所記蓋誤。又張籍詩稱「王侍御」者，或係歷來傳刻之誤，未足爲據，岑氏亦失考。並參見白氏別陝州王司馬（卷二七）、英華卷二七八賈島送陝府王建司馬等詩。陝州，漢爲弘農郡之陝縣。後魏置陝州。隋義寧元年改置弘農郡。唐武德元年改爲陝州。廣德元年改爲大都督府，隸河南道，并爲陝虢觀察使治所。見元和郡縣志卷六。

〔鐵牛〕見卷二五送陝府王大夫詩箋。

【校】

〔題〕此下那波本無注。英華作「送陝州王司馬赴任」。

〔陝州司馬〕「州」，馬本訛作「西」。據宋本、那波本、汪本、全詩、盧校改正。

〔養静〕「静」，英華作「病」。汪本注云：「一作『癖』。」全詩注云：「一作『病』。」

〔唯作〕「唯」，英華作「獨」。汪本、全詩俱注云：「一作『獨』。」

〔自有〕「有」，英華作「得」。汪本、全詩俱注云：「一作『得』。」

對琴待月

竹院新晴夜，松窗未卧時。共琴爲老伴，與月有秋期。玉軫臨風久，金波出霧遲。幽音待清景，唯是我心知。

【箋】作於大和二年（八二八），五十七歲，長安，刑部侍郎。城按：此詩汪本編在後集卷九。何義門云：「四句『待』字遠一層，六句近一層。」

【校】
〔秋期〕「秋」，英華作「愁」。
〔我心〕「我」，英華作「好」。

楊家南亭

小亭門向月斜開，滿地涼風滿地苔。此院好彈秋思處，終須一夜抱琴來。

【箋】作於大和二年（八二八），五十七歲，長安，刑部侍郎。城按：此詩汪本編在後集卷九。何義門云：「牛羊日曆所謂『行中書』，即此亭也。二子皆居新昌，公所以亟求分司以避之歟！」城按：牛僧孺居新昌坊，楊虞卿則居靖恭坊，何氏失考。

〔楊家南亭〕在長安朱雀門街東第五街靖恭坊楊虞卿宅。續談助卷三引劉軻牛羊日曆：「僧孺新昌里第，與虞卿夾街對門。虞卿別起高榭於僧孺之牆東，謂之南亭。列燭往來，里人謂之半夜客，亦號此亭爲『行中書』。」南部新書己集：「大和中，人指楊虞卿宅南亭爲『行中書』，蓋朋黨聚議於此爾。」兩京城坊考卷三：「（汝士）與其弟虞卿、漢公、魯士同居，號靖恭楊家，爲冠蓋之盛游。」程鴻詔兩京城坊考校補記：「新書楊汝士傳：『所居靖恭里，兄弟並列門戟。』歐陽修楊侃墓誌銘：『大和、開成之間，汝士、虞卿、魯士、漢公居靖恭坊，大以其族著。』」參見宿楊家詩（卷十三）。又白氏閑出詩（卷二五）云：「馬蹄知意緣行熟，不向楊家即庾家。」

【校】

〔門向〕「向」，萬首作「外」。

〔此院〕「此」，萬首作「北」。汪本、全詩俱注云：「一作『北』。」

早寒

黄葉聚牆角，青苔圍柱根。被經霜後薄，鏡遇雨來昏。半卷寒簷幕，斜開煖閣門。迎冬兼送老，只仰酒盈樽。

【箋】

作於大和二年（八二八），五十七歲，長安，刑部侍郎。城按：此詩汪本編在後集卷九。劉集外一有和樂天早寒詩云：「雨引苔侵壁，風驅葉擁階。久留閑客話，宿請老僧齋。酒甕新陳接，書籖次第排。倏然自有處，摇落不傷懷。」蓋大和二年秋末冬初，兩人同在長安，雖皆新被秩命，而語意蕭瑟如此，足見居易刑部侍郎之授仍是散秩，禹錫未知制誥，亦苦閑冷也。查慎行白香山詩評：「『鏡遇雨來昏』，不必黏題，亦成好句。」

齋月静居

病來心静一無思，老去身閑百不爲。忽忽眼塵猶愛睡，些些口業尚誇詩。葷腥每斷齋居月，香火常親宴坐時。萬慮消停百神泰，唯應寂寞殺三尸。

【箋】

作於大和二年（八二八），五十七歲，長安，刑部侍郎。城按：此詩汪本編在後集卷九。

宿裴相公興化池亭　兼蒙借船舫遊汎。

林亭一出宿風塵，忘却平津是要津。松閣晴看山色近，石渠秋放水聲新。孫弘閣鬧無閑客，傅説舟忙不借人。何似掄才濟川外，别開池館待交親。

【箋】作於大和二年（八二八），五十七歲，長安，刑部侍郎。見汪譜。城按：此詩汪本編在後集卷九。

〔裴相公興化池亭〕即裴度興化坊池亭。在長安朱雀門街西第一街興化坊。兩京城坊考卷四：「按獨異志：裴晉公寢疾，暮春三月，忽遇遊南園，令家僮舁至藥欄。蓋即此池亭。自永樂里視之在南，故曰南園。」參見酬裴相公題興化小池見招長句（卷二五）及宴興化池亭送白二十二東歸聯句（外集卷上）等詩。城按：宴興化池亭送白二十二東歸聯句云：「東洛言歸去，西園告別來。」則興化池亭爲西園而非南園。自永樂里視之在西，而非在南，徐氏所考蓋誤。

【校】

〔題〕此下那波本無注。

〔一出宿風塵〕何校：「疑作『一宿出風塵』。」

和劉郎中望終南山秋雪

遍覽古今集，都無秋雪詩。陽春先唱後，陰嶺未消時。草訝霜凝重，松疑鶴散遲。清光莫獨占，亦對白雲司。

【箋】作於大和二年（八二八），五十七歲，長安，刑部侍郎。城按：此詩汪本編在後集卷九。劉集外一有終南積雪詩，爲此詩之原作，亦禹錫永貞事變後第一次入長安逢秋景也。宋長白柳亭詩話：「白樂天望終南秋雪和劉郎中云：『徧覽古今集，都無秋雪詩。』余於丙午七月，過飛狐峪，時大雪繽紛，千山玉立。又於丁卯六月過太白山，其最高處如水精屏。土人僉謂積年之雪，盛夏不消。故知秋雪秦、晉之界時時有之。但求諸吟詠，誠有如香山所云者，要亦景象特殊，難於著筆耳。」何義門云：「第五句的是秋雪。秋雪詩自劉始。」

〔劉郎中〕劉禹錫。見卷二五和劉郎中傷鄂姬詩箋。

〔終南山〕雍録卷二：「終南山横亘關中南面，西起秦、隴，東徹藍田，凡雍、岐、郿、鄠、長安、萬年相去八百里，連亘峙踞其南者，皆此一山。」清統志西安府：「終南山在長安、咸寧、盩厔、鄠四縣之南，孝義、寧陝二廳之北，西自鳳翔府郿縣入境，東抵藍田縣界。」

〔亦對白雲司〕指居易任刑部侍郎也。城按：白雲司爲刑部别稱。海録碎事卷十一刑部門：「黄帝以雲紀事，秋官爲白雲。類要，刑部曰白雲司，職人命是懸。孫逖行裴敦復刑部侍郎制云：俾踐白雲之命。」

【校】

〔題〕英華作「和劉夢得終南秋雪」。

〔亦對〕「亦」，英華作「還」。汪本、全詩俱注云：「一作『還』。」

廣府胡尚書頻寄詩因答絶句

尚書清白臨南海，雖飲貪泉心不回。唯向詩中得珠玉，時時寄到帝鄉來。

【箋】

作於大和二年（八二八），五十七歲，長安，刑部侍郎。城按：此詩汪本編在後集卷九。

〔廣府胡尚書〕嶺南節度使胡證。字啓中，河東人。登進士第。由侍御史歷左司員外郎，長安縣令，户部郎中。寶曆初，拜户部尚書，判度支。二年十一月，檢校兵部尚書、廣州刺史、充嶺南節度使。大和二年，以疾上表求還京師，是歲十月卒於嶺南。見舊書卷一六三、新書卷一六四本傳、舊書卷十七上敬宗紀、郎官考卷十一。韓愈有奉酬振武胡十二丈大夫詩，亦酬胡證之作。廣州爲嶺南五府經略使治所，故又稱廣府。城按：證豪俠多膂力，太平廣記卷一九五引摭言云：「唐尚書胡證質狀魁偉，膂力絶人。與晉公裴度同年，常狎游，爲兩軍力人十許輩凌轢，勢甚危窘。度潛遣一介，求救於證。證衣皂貂金帶，突門而入，諸力士睨之失色。證飲後到酒，一舉三鍾，不啻數升，杯盤無餘瀝。逡巡，主人上燈。證起，取鐵燈臺，摘去枝葉而合其跗，横置膝上，謂衆人曰：『鄙夫請非次改令，凡三鍾引滿，一遍三臺，酒須盡，仍不得有滴瀝，犯令者一鐵躋（原注：自謂燈臺）。』證復一舉三鍾。次及一角觝者，三臺三遍，酒未能盡，淋漓殆至並座。證舉蹟將擊之，衆惡皆起設拜，叩頭乞命，呼爲神人。證曰：『鼠輩敢爾，乞今赦汝破命。』叱之令出。」此事新傳亦載之，當採自摭言。又按：太平廣記引摭言及唐李諒跋胡證詩石刻俱作「胡證」，疑舊傳及新傳作「胡証」，有誤，俟考。并參見本卷重答汝州李六使君見和憶吴中舊遊五首詩箋。〔雖飲貪泉心不回〕何義門云：「左傳：不爲利疚於回。」城按：此見左傳昭公二十年。

【校】

〔題〕萬首無「絶句」二字。

送鶴與裴相臨别贈詩

司空愛爾爾須知，不信聽吟送鶴詩。羽翮勢高寧惜别，稻粱恩厚莫愁飢。夜棲少共雞爭樹，曉浴先饒鳳占池。穩上青雲勿迴顧，的應勝在白家時。

【箋】

作於大和二年（八二八），五十七歲，長安，刑部侍郎。城按：此詩汪本編在後集卷九。劉集外一有和樂天送鶴上裴相公别鶴之作詩。唐宋詩醇卷二五：「腹聯便是一生得力處，豈徒贈鶴，兼可風世，正與送崔考功赴闕意同。」

〔裴相〕裴度。見卷二五答裴相公乞鶴詩箋。

【校】

〔送鶴詩〕「送」，汪本作「乞」。英華、全詩俱注云：「一作『乞』。」

〔恩厚〕「厚」，英華、汪本俱作「重」。汪本注云：「一作『厚』。」全詩注云：「一作『重』。」

〔少共〕「少」，英華作「莫」。汪本、全詩俱注云：「一作『莫』。」

〔雞争樹〕「雞」，英華作「鳥」。

〔曉浴〕英華、全詩俱注云：「一作『日』。」

〔青雲〕「雲」，英華注云：「一作『冥』。」

令狐相公拜尚書後有喜從鎮歸朝之作劉郎中先和因以繼之

車騎從新梁苑迴，履聲珮響入中臺。鳳池望在終重去，龍節功成且納來。金勒最宜乘雪出，玉觴何必待花開？尚書首唱郎中和，不計官資只計才。

【箋】

作於大和二年（八二八），五十七歲，長安，刑部侍郎。城按：此詩汪本編在後集卷九。令狐楚之原詩已佚。劉集外一有和令狐相公初歸京國賦詩言懷詩。何義門云：「落句却可爲故實用。」

〔令狐相公〕令狐楚。舊書卷十七上文宗紀：「(大和二年十月)癸酉，以尚書右僕射、同平章事竇易直檢校左僕射、同平章事、充山南東道節度使，臨漢監牧等使代李逢吉，以逢吉爲宣武軍節度使代令狐楚，以楚爲户部尚書。」并參見宣武令狐相公以詩寄贈傳播吳中聊用短章用伸酬謝(卷二四)、早春同劉郎中寄宣武令狐相公(卷二五)、將發洛中枉令狐相公手札兼辱二篇寵行以長句答之(卷二五)、和令狐相公新於郡内栽竹百竿拆壁開軒旦夕對玩偶題七言五韻(本卷)、送令狐相公赴太原(本卷)、和令狐相公寄劉郎中兼見示長句(卷二七)、早春醉吟寄太原令狐相公蘇州劉郎中(卷三一)、洛下閑居寄山南令狐相公(卷三三)、令狐相公與夢得交情素深……(卷三四)等詩。城按：劉集卷十九唐故相國贈司空令狐公集紀云：「文宗纂服，三年冬，上表以大臣未識天子，願朝正月。制曰：可。操節入覲，遷户部尚書。」與舊紀合。張采田玉谿生年譜會箋卷十六：「舊傳作大和二年九月徵爲户部尚書，小誤。今從紀。」張氏所考是也。

【校】

〔題〕「從」，汪本、全詩俱注云：「一作『罷』。」

〔從新〕全詩作「新從」。

送河南尹馮學士赴任

石渠金谷中間路，軒騎翩翩十日程。清洛飲冰添苦節，碧嵩看雪助高情。謾誇河北操旄鉞，莫羨江西擁旆旌。時新除二鎮節度。何似府寮京令外，别教三十六峯迎。

【箋】

作於大和二年（八二八），五十七歲，長安，刑部侍郎。城按：此詩汪本編在後集卷九。劉集外一同樂天送河南馮尹學士詩云：「可憐玉馬風流地，暫輟金貂侍從才。閣上掩書劉向去，門前修刺孔融來。崤陵路静寒無雨，洛水橋長晝起雷。共羨府中棠棣好，先於城外百花開。」唐詩紀事卷四三：「馮宿尹河南，樂天、夢得以詩送之，宿酬云：『共稱洛邑難其選，何意天書用不才？遥約和風新草木，且令新雪浄塵埃。臨岐有愧傾三省，别酌無辭醉百杯。明歲杏園花下集，須知春色自東來。』（原注：每春常接諸公杏園宴會。）」何義門云：「不及夢得之詩，亦嫌太工。」查慎行白香山詩評：「『别教三十六峯迎』，好想路。」

〔河南尹馮學士〕馮宿。敬宗即位，改左散騎常侍兼集賢殿學士。大和二年十月，拜河南尹。四年十二月，入爲工部侍郎。見舊書卷一六八本傳、卷十七上文宗紀、卷十七下文宗紀。白氏有馮閣老處見與嚴郎中酬和詩因戲贈絶句（卷十九）、送馮舍人閣老往襄陽（卷十九）、同崔十八宿龍門兼寄令狐尚書馮常侍（外集卷中）等詩，均係酬宿之作。又有馮宿除兵部郎中知制誥制（卷四八）。

〔謾誇河北操旄鉞二句〕「河北操旄鉞」指李祐除橫海軍節度使。「江西擁旆旌」指沈傳師除江西觀察使。俱在大和二年十月以後。

【校】

〔江西〕「西」，全詩注云：「一作『南』。」

〔旆旌〕此下那波本無注。

讀鄂公傳

高卧深居不見人，功名斗藪似灰塵。唯留一部清商樂，月下風前伴老身。

【箋】

作於大和二年（八二八），五十七歲，長安，刑部侍郎。城按：此詩汪本編在後集卷九。

〔鄂公〕尉遲敬德。舊書卷六八尉遲敬德傳：「貞觀元年，拜右武候大將軍，賜爵吴國公。……十一年，封建功臣，爲代襲刺史，册拜敬德宣州刺史，改封鄂國公。……敬德末年篤信仙方，飛鍊金石，服食雲母粉，穿築池臺，崇飾羅綺，嘗奏清商樂以自奉養，不與外人交通，凡十六年。顯慶三年，高宗以敬德功，追贈其父爲幽州都督。其年薨，年七十四。」白氏此詩蓋記實之作。

賦得烏夜啼

城上歸時晚，庭前宿處危。月明無葉樹，霜滑有風枝。啼澀飢喉咽，飛低凍翅垂。畫堂鸚鵡鳥，冷暖不相知。

【箋】

作於大和二年（八二八），五十七歲，長安，刑部侍郎。城按：此詩汪本編在後集卷九。唐宋詩醇卷二五：「夜景刻畫極警，一結託興尤深。」

〔烏夜啼〕樂府詩集卷四七：「唐書樂志曰：烏夜啼者，宋臨川王義慶所作也。元嘉十七年，徙彭城王義康於豫章，義慶時爲江州，至鎮相見而哭，文帝聞而怪之，徵還。宅大懼，伎妾夜聞烏夜啼聲，扣齋閣云：明日應有赦書。其年更爲南兗州刺史，因此作歌……古今樂録曰：烏夜啼，舊舞十六人。樂府解題曰：亦有烏棲曲，不知與此同否？」城按：烏夜啼有燕樂雜曲與雅樂琴曲兩種，唐時並行。任半塘教坊記箋訂曲調本事云：「琴曲曰烏夜啼引；而此則曰烏夜啼，乃指雜曲。」白氏池鶴八絶句（卷三六）注云：「琴曲有烏夜啼、别鶴怨。别鶴怨在羽調，烏夜啼在角調。」

【校】

〔題〕汪本、全詩俱作「烏夜啼」。全詩注云：「一有『賦得』字。」

鏡換盃

欲將珠匣青銅鏡，換取金樽白玉巵。鏡裏老來無避處，樽前愁至有消時。茶能散悶爲功淺，萱縱忘憂得力遲。不似杜康神用速，十分一盞便開眉。

【箋】

作於大和二年（八二八），五十七歲，長安，刑部侍郎。城按：此詩汪本編在後集卷九。劉集外一有和樂天以鏡換酒詩云：「把取菱花百鍊鏡，換他竹葉十分杯。嚬眉厭老終難去，蘸甲須歡便到來。妍醜太分迷忌諱，松喬俱傲絕嫌猜。校量功力相千萬，好去從空白玉臺。」與白氏此詩相較，似更多寄托，「妍醜太分」、「松喬俱傲」二語，禹錫生平不得志之感盡之矣。

【校】

〔珠匣〕「珠」，汪本、全詩俱注云：「一作『朱』。」

〔不似〕「似」，馬本訛作「是」，據宋本、那波本、汪本改正。全詩注云：「一作『是』。」亦非。

冬夜聞蟲

蟲聲冬思苦於秋，不解愁人聞亦愁。我是老翁聽不畏，少年莫聽白君頭。

【箋】

作於大和二年（八二八），五十七歲，長安，刑部侍郎。城按：此詩汪本編在後集卷九。

雙鸚鵡

緑衣整頓雙棲起，紅觜分明對語時。始覺琵琶絃莽鹵，方知吉了舌參差。鄭牛識字吾常歎，諺云：鄭玄家牛，觸牆成八字。丁鶴能歌爾亦知。若稱白家鸚鵡鳥，籠中兼合解吟詩。

【箋】

作於大和二年（八二八），五十七歲，長安，刑部侍郎。城按：此詩汪本編在後集卷九。

〔鄭牛識字吾常歎〕通俗篇卷二八：「白居易詩：『鄭牛識字吾常歎』自注：『諺云：鄭玄家牛，觸牆成八字。』按：俗訾不識字人，往往舉此。」

【校】

〔常歎〕此下那波本無注。

贈朱道士

儀容白皙上仙郎，方寸清虚内道場。兩翼化生因服藥，三尸餓死爲休糧。醮壇北向宵占斗，寢室東開早納陽。盡日窗間更無事，唯燒一炷降真香。

【箋】

作於大和二年（八二八），五十七歲，長安，刑部侍郎。城按：此詩汪本編在後集卷九。

【校】

〔餓死〕「餓」，馬本、全詩俱作「卧」，據宋本、那波本、汪本改。全詩注云：「一作『餓』。」

昨以拙詩十首寄西川杜相公相公亦以新作十首惠然報示首數雖等工拙不倫重以一章用伸答謝

詩家律手在成都，權與尋常將相殊。剪截五言兼用鉞，陶鈞六義别開鑪。驚人卷軸須知有，隨事文章不道無。篇數雖同光價異，十魚目换十驪珠。

【箋】

作於大和二年（八二八），五十七歲，長安，刑部侍郎。城按：此詩汪本編在後集卷九。

〔西川杜相公〕劍南西川節度使杜元穎。元穎，貞元十六年，與白居易同登進士第。長慶元年二月十五日，守户部侍郎、同中書門下平章事。三年冬，帶平章事出爲劍南西川節度使。大和三年十二月，貶爲循州司馬。見舊書卷一六三、新書卷九六本傳、舊書卷十七上文宗紀、丁居晦重修承旨學士壁記。白氏東南行一百韻詩（卷十六）中之「杜十四拾遺」亦指元穎。又有李益王起杜元穎等賜勳制（卷五一）、杜元穎等賜勳制（卷五二）兩文。

【校】

〔成都〕「成」，那波本訛作「城」。

和令狐相公新於郡内栽竹百竿拆壁開軒旦夕對玩偶題七言五韻

梁園修竹舊傳名，久廢年深竹不生。千畝荒凉尋未得，百竿青翠種新成。牆開乍見重添興，窗静時聞别有情。煙葉蒙籠侵夜色，風枝蕭颯欲秋聲。更登樓望尤堪重，千萬人家無一莖。汴州人家並無竹。

【箋】

作於大和二年（八二八），五十七歲，長安，刑部侍郎。城按：此詩汪本編在後集卷九。英華卷三二五（全詩卷三三四）有令狐楚郡齋左偏栽竹百餘竿……日夕相對頗有翛然之趣及劉禹錫和宣武令狐相公郡齋對新竹詩。

〔令狐相公〕宣武節度使令狐楚。見卷二四奉和汴州令狐相公二十二韻詩箋。並參見本卷令狐相公拜尚書後有喜從鎮歸朝之作劉郎中先和因以繼之詩箋。

【校】

〔題〕「和」下汪本、全詩俱有「汴州」二字。

〔久廢〕「久」，英華、汪本、全詩俱作「園」。

〔竹不生〕「竹」，英華作「已」。

〔尋未得〕「尋」，英華作「栽」。全詩注云：「一作『栽』。」

〔千萬〕何校：「『千』疑『十』。」

〔一莖〕此下那波本無注。

重答汝州李六使君見和憶吴中舊遊五首

爲憶娃宫與虎丘，玩君新作不能休。蜀牋寫出篇篇好，吴調吟時句句愁。洛下林園終共住，江南風月會重遊。先與李六有此二句之約。由來事過多堪惜，何況蘇州勝汝州！李前刺蘇州，故有是句。

【箋】

作於大和二年（八二八），五十七歲，長安，刑部侍郎。城按：此詩汪本編在後集卷九。

〔汝州李六使君〕汝州刺史李諒。城按：李諒長慶二年爲蘇州刺史，乃居易之前任，見卷二三蘇州李中丞以元日郡齋感懷詩寄微之及予……詩箋。據此詩末句下自注云：「李前刺蘇，故有是句。」蓋寶曆初諒自蘇州移刺汝州。白氏長慶四年作蘇州李中丞以元日郡齋感懷詩寄微之及予輒依來篇七言八韻走筆奉答兼呈微之詩（卷二三）云：「憑鶯傳語報李六。」可知李諒行六。又葉奕苞金石録補卷十九唐李諒跋胡證詩：「右汝州刺史李諒跋胡證少室詩云：『寶曆二年冬，公自户部尚書、判度支，推轂受脤，出鎮交、廣，麾旌過汝，言訪舊題。諒易公所濡翰之板，琢於石而志之。』按證傳：寶曆初以户部尚書判度支，證固辭讓，拜嶺南節度使。觀此跋，自户部尚書判度支則未嘗辭也。史家之言，可盡信乎！」此亦爲諒寶曆初刺汝之證。汝州見卷五五京兆少尹辛秘可汝州刺史制箋。

【校】

〔題〕「五首」，那波本作「五韻」。

〔吟時〕「時」，馬本訛作「詩」，據宋本、那波本、汪本、全詩、盧校改正。

〔重遊〕此下那波本無注，後同。

〔汝州〕此下小注，宋本、全詩俱無「州」字。

見殷堯藩侍御憶江南詩三十首詩中多叙蘇杭勝事余嘗典二郡因繼和之

江南名郡數蘇杭，寫在殷家三十章。君是旅人猶苦憶，我爲刺史更難忘。境牽吟詠真詩國，興入笙歌好醉鄉。爲念舊遊終一去，扁舟直擬到滄浪。

【箋】

作於大和二年（八二八），五十七歲，長安，刑部侍郎。城按：此詩汪本編在後集卷九。

〔殷堯藩侍御〕見卷九別楊穎士盧克柔殷堯藩詩箋。城按：殷堯藩憶江南詩三十首今已佚。

〔境牽吟詠真詩國二句〕何義門云：「白公以蘇、杭爲詩國醉鄉。」

〔扁舟直擬到滄浪〕何義門云：「蘇子美作滄浪亭疑取落句之意。」

【校】

〔寫在〕英華作「題寫」。汪本、全詩俱注云：「一作『題寫』。」

聞新蟬贈劉二十八

蟬發一聲時，槐花帶兩枝。只應催我老，兼遣報君知。白髮生頭速，青雲入手遲。無過一盃酒，相勸數開眉。

【箋】

作於大和二年（八二八），五十七歲，長安，刑部侍郎。城按：此詩汪本編在後集卷九。劉集外一有答白刑部新蟬詩。據舊紀，居易大和二年二月自秘書監遷刑部侍郎，蓋由於裴度、韋處厚兩人之推薦。處厚即以是年之末暴卒於位，度亦行將出鎮，居易所以不得不於三年乞歸也。聞新蟬詩當作於二年之秋，是時禹錫已除主客郎中入京，其和詩亦作於是時。以官職論，居易正在最得意之時，而詩中有「催我老」、「入手遲」之語，疑居易求入相而未遂，致有此感慨耳。

〔劉二十八〕劉禹錫。韋絢劉賓客嘉話録云：「絢少陸機入洛之三歲，多重耳在外之二年，自襄陽負笈至江陵，絜葉舟，升巫峽，抵白帝城，投謁故贈兵部尚書、賓客中山劉公二十八丈，求在左右學問。」參見白氏醉贈劉二十八使君（卷二五）、初見劉二十八郎中有感（外集卷上）、夢劉二十八因詩問之（卷三〇）等詩。

【校】

〔兩枝〕「兩」，何校從黃校作「雨」。

贈王山人

玉芝觀裏王居士，服氣湌霞善養身。夜後不聞龜喘息，秋來唯長鶴精神。容顏盡怪長如故，名姓多疑不是真。貴重榮華輕壽命，知君悶見世間人。

【箋】

作於大和二年（八二八），五十七歲，長安，刑部侍郎。城按：此詩汪本編在後集卷九。劉集外一有同白二十二贈王山人。查慎行白香山詩評：「『秋來唯長鶴精神』，醒豁。」

〔王山人〕疑爲傳授劉禹錫「甘露飲」之王旻山人。李時珍本草綱目卷十一金石之五朴消附方云：「涼膈驅積。王旻山人甘露飲：治熱壅，涼胸膈，驅積滯。……劉禹錫傳信方。」——按：此非卷五贈王山人詩中之王質夫。質夫死於元和十五年。又疑非王起之子王龜。劉集卷十七薦處士王龜狀云：「今見處士王龜，即居守之第三子也。……自到洛都，便居山寺，耽玩墳籍，放情煙霞。」時地俱不合，蓋王起爲東都留守在開成五年，白、劉之兩詩亦均作於長安也。

【校】

〔滄霞〕何校：「『滄』一作『含』。」

和劉郎中學士題集賢閣

朱閣青山高庳齊，與君才子作詩題。傍聞大内笙歌近，下視諸司屋舍低。萬卷圖書天禄上，一條風景月華西。欲知丞相優賢意，百步新廊不蹋泥。

【箋】

作於大和二年（八二八），五十七歲，長安，刑部侍郎。城按：此詩汪本編在後集卷九。劉集外一有題集賢閣詩。

〔劉郎中學士〕劉禹錫。見卷二五和劉郎中傷鄂姬詩箋。並參見本卷和劉郎中望終南山秋雪詩。

〔欲知丞相優賢意〕丞相蓋指裴度，大和初以宰相充集賢殿大學士。禹錫直集賢院係裴度所薦。

觀幻

有起皆因滅，無睽不暫同。從歡終作慼，轉苦又成空。次第花生眼，須臾燭過風。更無尋覓處，鳥跡印空中。

【箋】作於大和二年（八二八），五十七歲，長安，刑部侍郎。城按：此詩汪本編在後集卷九。

【校】〔燭過風〕「燭」，馬本訛作「竹」，據宋本、那波本、汪本、全詩、盧校改正。全詩注云：「一作『竹』。」亦非。

病假中龐少尹攜魚酒相過

宦情牢落年將暮，病假聯緜日漸深。被老相催雖白首，與春無分未甘心。閑停茶椀從容語，醉把花枝取次吟。勞動故人龐閣老，提魚攜酒遠相尋。

【箋】作於大和二年（八二八），五十七歲，長安，刑部侍郎。城按：此詩汪本編在後集卷九。

〔龐少尹〕龐嚴。城按：舊書卷一六六、新書卷一〇四本傳均未載嚴歷少尹一職。考新傳云：「累遷駕部郎中、知制誥，坐累出，復入。稍遷太常少卿。太（大）和五年權京兆尹。」舊傳云：「嚴入爲庫部郎中，太（大）和二年二月上試制舉人，命嚴與左散騎常侍馮宿、太常少卿賈餗爲試官。……嚴再遷太常少卿。五年權知京兆尹。」舊書卷十七上文宗紀則謂嚴充制策考官在大和二年三月辛巳，與舊傳異。則知嚴自庫部郎中遷太常少卿之間，或歷京兆少尹一職。又按：全唐詩卷五七四有賈島賀龐少尹除太常少卿詩，即酬龐嚴之作，可證嚴係自京兆少尹除太常少卿。

【校】

〔題〕「魚」下馬本脱「酒」字，據宋本、那波本、汪本、全詩補。

聽田順兒歌

戛玉敲冰聲未停，嫌雲不遏入青冥。爭得黄金滿衫袖，一時抛與斷年聽？

【箋】

作於大和二年（八二八），五十七歲，長安，刑部侍郎。城按：此詩汪本編在後集卷九。

〔田順兒〕即田順郎。貞元時著名之歌童。樂府雜録：「唐貞元中有田順郎，曾爲宫中御史娘子。」劉集卷二五與歌童田順郎詩：「天下能歌御史娘，花前月底奉君王。九重深處無人見，分付新聲與順郎。」城按：御史娘原係歌者之名，田順郎乃御史娘之弟子。馮翊桂苑叢談云：「國樂有永新婦、御史娘、柳青娘，皆一時之妙。」詩話總龜前集卷四〇誤劉氏「與歌童田順郎」題爲「與御史娘」，時代不合，蓋劉禹錫難與御史娘同時。又胡震亨唐音癸籤卷十三樂通二謂：「御史娘乃貞元時宮中御史娘子田順，皆以善歌聞，詳見樂府雜録。」所考亦誤。宋長白柳亭詩話卷十一云：「劉夢得與歌童田順郎詩：『天下能歌御史娘，……』樂府雜録云：『貞元中有善歌田順，爲宮中御史娘子。』今據此詩，又似御史娘授曲於田順者，呼之曰郎，則非娘子可知。其次章亦云：『惟有順郎全學得，一聲飛出九重深。』」宋氏所考良是，惟於樂府雜録「御史娘子」仍疑莫能解。任半塘教坊記箋訂曲名云：「按：樂府雜録但曰：『貞元中有田順郎，曾爲宮中御史娘子』，下接叙他事。『子』上必脱『弟』字。不然，田既爲郎，何以又爲娘子？於意顯忤。當以劉詩所述爲是。」所考蓋可補宋氏之不足。

【校】

〔斷年聽〕「聽」，萬首作「情」。

聽曹剛琵琶兼示重蓮

撥撥絃絃意不同，胡啼番語兩玲瓏。誰能截得曹剛手，插向重蓮衣袖中？

【箋】作於大和二年（八二八），五十七歲，長安，刑部侍郎。城按：此詩汪本編在後集卷九。

〔曹剛〕即貞元時之琵琶名手曹綱。樂府雜録琵琶條云：「貞元中有王芬、曹保保，其子善才，其孫曹綱，皆襲所藝。次有裴興奴，與綱同時。曹綱善運撥，若風雨，而不事扣絃。興奴長於攏撚，不撥稍軟。時人謂曹綱有右手，興奴有左手。」韻語陽秋卷十五云：「彈絲之法，妙在左手。脱右優而左劣，亦何足論乎！嘗觀琵琶録云：元和中曹保有子善才，善才有子綱，皆能琵琶。又裴興奴長於攏撚，時人謂綱有右手，興奴有左手，蓋攏撚在左手也。綱劣於左手，則琵琶之妙處逝矣。樂天有聽彈琵琶示重蓮詩云：『誰能截得曹綱手，插向重蓮衣袖中？』惜乎樂天未知截興奴手之妙也。」城按：「曹綱」，唐人詩中多作「曹剛」。劉集外八曹剛詩云：「一聽曹剛彈薄媚，人生不合出京城。」全詩卷五四八薛逢聽曹剛彈琵琶詩，均可證。蓋唐人「綱」、「剛」二字多混書也。向達唐代長安與西域文明亦謂白氏詩中之曹剛即樂府雜録中之曹綱，説亦是。

〔胡啼番語兩玲瓏〕向達唐代長安與西域文明（第二〇頁）云：「此所云胡啼番語，當非指琵琶之音調而言，大約以剛爲西域胡人，故如是云云耳。」

酬令狐相公春日尋花見寄六韻

病卧帝王州，花時不得遊。老應隨日至，春肯爲人留？粉壞杏將謝，火繁桃尚稠。白䶮僧院地，紅落酒家樓。空裏雪相似，晚來風不休。吟君悵望句，如到曲江頭。

【箋】作於大和三年（八二九），五十八歲，長安，刑部侍郎。城按：此詩汪本編在後集卷九。令狐原詩已佚。劉集外一有和令狐相公春日尋花有懷白侍郎閣老詩。查慎行白香山詩評：「『晚來風不休』，活句。」

〔令狐相公〕令狐楚。見本卷令狐相公拜尚書後有喜從鎮歸朝之作劉郎中先和因以繼之詩箋。城按：令狐楚，大和二年十月自宣武節度使入爲户部尚書，大和三年三月復出爲東都留守。白氏作此詩時，楚尚在長安，詩云「花時不得遊」者，居易必在病告中也。

【校】〔桃尚稠〕「尚」，馬本訛作「向」，據宋本、那波本、汪本、全詩，盧校改正。

和劉郎中曲江春望見示

芳景多遊客，衰翁獨在家。肺傷妨飲酒，眼痛忌看花。寺路隨江曲，宫牆夾樹斜。羨君猶壯健，不枉度年華。

【箋】

作於大和三年（八二九），五十八歲，長安，刑部侍郎。城按：此詩汪本編在後集卷九。劉集外一有曲江春望詩。

〔劉郎中〕劉禹錫。見卷二五和劉郎中傷鄂姬詩箋。

〔曲江〕見卷一杏園中棗樹詩箋。

【校】

〔宮牆〕「宮」，汪本作「官」。全詩注云：「一作『官』。」

送東都留守令狐尚書赴任

翠華黄屋未東巡，碧洛青嵩付大臣。地稱高情多水竹，山宜閑望少風塵。龍門即擬爲遊客，金谷先憑作主人。歌酒家家花處處，莫空管領上陽春。

【箋】

作於大和三年（八二九），五十八歲，長安，刑部侍郎。城按：此詩汪本編在後集卷九。劉集外一有同樂天送令狐相公赴東都留守詩。令狐楚除東都留守在是年三月，居易與禹錫置酒送之。居易詩云：「龍門即擬爲游客，金谷先憑作主人。」蓋回洛之意已決。查慎行白香山詩評云：「發端突兀，恰與題稱。」

〔東都留守令狐尚書〕令狐楚。舊書卷十七上文宗紀：「（大和三年）三月辛巳朔，以户部尚書令狐楚爲東都留守。」舊書卷一七二本傳同。并參見本卷令狐相公拜尚書後有喜從鎮歸朝之作劉郎中先和因以繼之詩箋。

〔翠華黄屋未東巡〕汪立名云：「寶曆二年，敬宗欲幸東都，諫者皆不聽。已使按修宫闕，賴裴度婉言而罷。明年爲文宗太（大）和元年，令狐楚以三年春留守東都，故公首句及此，蓋文宗方勵精圖治，盡反敬宗弊政，『未東巡』之語有微辭焉。」

〔山宜閑望少風塵〕何義門云：「過淮乃憶此句之佳。」

【校】

〔題〕英華作「送令狐尚書赴東都留守」。

自題新昌居止因招楊郎中小飲

地偏坊遠巷仍斜，最近東頭是白家。宿雨長齊鄰舍柳，晴光照出夾城花。春風小榼三升酒，寒食深爐一椀茶。能到南園同醉否？笙歌隨分有些些。

【箋】 作於大和三年（八二九），五十八歲，長安，刑部侍郎。城按：此詩汪本編在後集卷九。何義門云：「三句以風雨暗藏招字。」

〔新昌居止〕白氏長安新昌坊宅。見卷二和答詩序箋。并參見題新昌所居（卷十九）、新昌新居書事四十韻因寄元郎中張博士（卷十九）、聞崔十八宿予新昌弊宅時予亦宿崔家依仁新亭一宵偶同兩興暗合因而成詠聊以寫懷（卷二二）等詩。

〔楊郎中〕楊汝士。見卷二五和楊郎中賀楊僕射致仕後楊侍郎門生合宴席上作詩箋。并參見同卷新昌閑居招楊郎中兄弟玩迎春花贈楊郎中等詩。

〔最近東頭是白家〕白氏題新昌所居（卷十九）詩云：「街東閑處住。」

【校】

〔題〕何校：「『止』字疑有誤。蘭雪本無，黄校有。」

南園試小樂

小園班駮花初發，新樂錚鏦教欲成。紅蕚紫房皆手植，蒼頭碧玉盡家生。高調管色吹銀字，慢拽歌詞唱渭城。不飲一盃聽一曲，將何安慰老心情？

【箋】作於大和三年(八二九),五十八歲,長安,刑部侍郎。劉集外一有和樂天南園試小樂詩云:「欲抛丹筆三川去,先教清商一部成。」可知居易病欲求分司,此時已見端倪。〔南園〕在新昌坊白居易宅。本卷自題新昌居止因招楊郎中小飲詩云:「能到南園同醉否?笙歌隨分有些些。」非裴度興化坊南園。〔蒼頭碧玉盡家生〕翟灝通俗篇卷四:「漢書陳勝傳:『免驪山徒人、奴産子。』師古曰:『奴産子猶今人云家生奴也。』白居易詩:『蒼頭碧玉盡家生。』」

【校】〔錚鏦〕宋本、那波本、全詩俱作「錚摐」。汪本注云:「一作『摐』。」

和微之春日投簡陽明洞天五十韻

青陽行已半,白日坐將徂。越國强仍大,稽城高且孤。利饒鹽煮海,名勝水澄湖。牛斗天垂象,台明地展圖。天台、四明二山。瓌奇填市井,佳麗溢闉闍。勾踐遺風霸,西施舊俗姝。船頭龍夭矯,橋脚獸睢盱。鄉味珍彭越,時鮮貴鷓鴣。語言諸夏異,衣服一方殊。搗練蛾眉婢,鳴榔蛙角奴。江清敵伊洛,山翠勝荆巫。華表雙棲鶴，聯檣幾點烏。煙波分渡口，雲樹接城隅。澗遠松如畫，洲平水似鋪。緑秧科早稻，紫筍拆新蘆。暖蹋泥中藕，香尋石上蒲。雨來萌盡達，雷後蟄全蘇。柳眼黄絲纇，花房絳蠟珠。林風新竹折，野燒老桑枯。帶彈長枝蕙，錢穿短貫榆。暄和生野菜，卑濕長街蕪。女浣紗相伴，兒烹鯉一呼。山魈啼稚子，林狖挂山都。産業論蠶蟻，孳生計鴨雛。泉巖雪飄灑，苔壁錦漫糊。堰限舟航路，堤通車馬途。耶溪岸迴合，禹廟徑盤紆。洞穴何因鑿？星槎誰與刳？石凹仙藥臼，峯峭佛香爐。去爲投金簡，來因挈玉壺。貴仍招客宿，健未要人扶。問望賢丞相，儀形美丈夫。前驅駐旌旆，偏坐列笙竽。刺史旗翻隼，尚書履曳鳧。學禪超後有，觀妙造虚無。髻裏傳僧寶，環中得道樞。登樓詩八詠，置硯賦三都。捧擁羅將綺，趨蹌紫與朱。廟謀藏稷卨，兵略貯孫吴。令下三軍整，風高四海趨。千家得慈母，六郡事嚴姑。重士過三哺，輕財抵一銖。送觥歌宛轉，嘲妓笑盧胡。佐飲時炮鼈，蠲酲數鱠鱸。醉鄉雖咫尺，樂事亦須臾。若不中賢聖，何由外智愚？伊予一生志，我爾百年軀。江上三千里，城中十二衢。出多無伴侶，歸只對妻孥。白首青山約，抽身去得無？

【箋】

作於大和三年(八二九),五十八歲,長安,刑部侍郎。城按:此詩汪本編在後集卷九。並見會稽掇英總集卷九。全唐詩卷四二三有元稹春分投簡陽明洞天詩。嘉泰會稽志卷十六碑刻:「白居易繼春分投簡陽明洞天詩,王璹分書,大和三年八月十五日。」

〔投簡〕或稱投龍。唐會要卷五〇:「開元二十四年五月十三日勅:每年春季,鎮金龍王殿功德事畢,合獻投山水龍璧,出日宜差散官給驛送,合投州縣,便取當處送出,准式報告。」劉集外三有和令狐相公送趙常盈鍊師與中貴人同拜嶽及天台投龍畢卻赴京師詩。城按:投龍簡傳世者有唐銅簡、吳越玉簡及宋徽宗投龍王簡。投龍王簡出黃河沿,高建初尺一尺五寸八,寬三寸二,刻文七行,爲崇寧四年乙酉六月三日趙佶所投。見東方雜誌美術專號。

〔陽明洞天〕在宛委山,即禹穴。嘉泰會稽志卷十一:「陽明洞天在宛委山龍瑞宫。舊經云:三十六洞天之十一洞也。一名極玄太元之天。唐觀察使元稹以春分日投金簡於此。詩云:『偶因投秘簡,聊得泛平湖。』穴爲探符坼,潭因失箭刳。』白樂天和云:『去爲投金簡,來因絜玉壺。』洞外飛來石下爲禹穴。傳云禹藏書處。一云:禹得玉匱金書於此。史記司馬遷探禹穴注云:禹巡狩至會稽,因葬焉。上有孔穴,民間云禹入此穴。」

〔鄉味珍彭越〕宋長白柳亭詩話:「樂天陽明洞詩:『鄉味珍彭胡,時鮮貴鸕鴣。』彭胡,小蟹也。吴人呼爲沙裹狗。」城按:「彭越」,馬本、汪本、全詩俱作「蟛蚏」,宋氏引作「彭胡」,未知何據？

〔蛙角奴〕胡式鈺語竇：「白樂天詩：『擣練蛾眉婢，鳴榔蛙角奴。』蛙角指童子言，詩齊風所云『總角丱兮』者也。吾鄉唯小娃然，呼若凹閣頭，或作丫角，衞風所云『總角之宴』是也。」

【校】

〔青陽〕「陽」，會稽掇英作「春」。

〔水澄湖〕「水」，會稽掇英作「鏡」。

〔展圖〕此下那波本無注。

〔環奇〕「環」，馬本訛作「環」，據宋本、那波本、汪本、會稽掇英、全詩、盧校改正。

〔闉闍〕「闍」，馬本注云：「當何切。」

〔船頭〕「船」，宋本作「舡」。

〔彭越〕馬本、汪本、全詩俱作「蟛蚏」。據宋本、那波本、會稽掇英、盧校改。全詩注云：「一作『彭越』。」

〔蛙角〕「蛙」，宋本、那波本俱作「娃」。會稽掇英作「丫」。

〔聯檣〕「檣」，馬本作「墻」，宋本、那波本作「牆」，俱誤，據汪本、全詩改正。

〔水似鋪〕「水」，會稽掇英作「葑」。

〔緑秧科〕「秧科」，宋本、馬本、汪本、全詩俱倒作「科秧」，據那波本乙轉。

〔拆新蘆〕「拆」，宋本、馬本、汪本、全詩俱訛作「折」，據那波本、盧校改正。

〔絳蠟〕「絳」，會稽掇英作「紅」。

〔新竹折〕「折」，馬本訛作「拆」，據宋本、那波本、汪本、全詩、會稽掇英改正。

〔野燒〕「燒」，馬本注云：「失照切。」

〔帶嚲〕「嚲」，馬本注云：「丁可切，垂下貌。」

〔長枝〕「枝」，會稽掇英作「條」。

〔山都〕會稽掇英作「都盧」。

〔舟航〕「航」，會稽掇英作「舵」。

〔石凹〕「凹」，馬本注云：「於交切。」

〔問望〕那波本、汪本、全詩俱作「聞望」。

〔美丈夫〕「丈」，宋本作「大」。

〔廟謀〕「謀」，馬本、全詩俱作「謨」，據宋本、那波本、汪本改。

〔輕財〕「財」，宋本、那波本俱作「才」。

〔一銖〕此下會稽掇英注云：「婆娑論云：他化自在天衣重一銖。」

〔對妻孥〕「對」，馬本訛作「是」，據宋本、那波本、汪本、全詩、盧校改正。

酬鄭侍御多雨春空過詩三十韻 次用本韻。

南雨來多滯，東風動即狂。月行離畢急，龍走召雲忙。鬼轉雷車響，蛇騰電策光。侵淫天似漏，沮洳地成瘡。慘澹陰烟白，空濛宿霧黄。闇遮千里目，悶結九迴腸。寂寞羇臣館，深沉思婦房。鏡昏鸞滅影，衣潤麝消香。蘭濕難紉珮，花凋易落粧。沾黄鶯翅重，滋緑草心長。紫陌皆泥濘，黄汚共淼茫。恐霖成怪沴，望霽劇禎祥。楚柳腰肢亸，湘筠涕淚滂。晝昏疑是夜，陰盛勝於陽。居士巾皆墊，行人蓋盡張。跳蛙還屢出，移蟻欲深藏。端坐交遊廢，閑行去步妨。愁生垂白叟，惱殺蹋青娘。變海常須慮，爲魚慎勿忘。此時方共懼，何處可相將。此已下叙浙東政事。已望東溟禱，仍封北户穰。却思逢旱魃，誰喜見商羊？預怕爲蠶病，先憂作麥霜。惠應施浹洽，政豈假揄揚？祀典脩咸秩，農書振滿牀。丹誠期懇苦，白日會昭彰。賑廪赒飢户，苫城備壞牆。且當營歲事，寧暇惜年芳。德勝令災弭，人安在吏良。尚書心若此，不枉繫金章。

【箋】 作於大和三年（八二九），五十八歲，長安，刑部侍郎。城按：此詩汪本編在後集卷九。

〔鄭侍御〕見卷二二和新樓北園偶集從孫公度周巡官韓秀才盧秀才范處士小飲鄭侍御判官周劉二從事皆先歸詩箋。並參見和酬鄭侍御東陽春悶放懷追越遊見寄詩（卷二二）。

【校】

〔題〕此下那波本無注。

〔腰肢彈〕「彈」，馬本訛作「軃」，據宋本、那波本、汪本、全詩、盧校改正。

〔常須慮〕「常」，那波本作「傷」，非。

〔相將〕此下那波本無注。

〔咸秩〕「咸」，馬本作「成」，據宋本、那波本、汪本、全詩改。

和春深二十首

何處春深好？春深富貴家。馬爲中路鳥，妓作後庭花。羅綺驅論隊，金銀用斷車。眼前何所苦？唯苦日西斜。

何處春深好？春深貧賤家。荒涼三逕草，冷落四鄰花。奴困歸傭力，妻愁出賃車。途窮平路險，舉足劇褒斜。

何處春深好？春深執政家。鳳池添硯水，雞樹落衣花。詔借當衢宅，恩容上殿車。延英開對久，門與日西斜。

何處春深好？春深方鎮家。通犀排帶胯，瑞鶻勘袍花。飛絮衝毬馬，垂楊拂妓車。戎裝拜春設，左握寶刀斜。

何處春深好？春深刺史家。陰繁棠布葉，岐秀麥分花。五疋鳴珂馬，雙輪畫軾車。和風引行樂，葉葉隼旟斜。

何處春深好？春深學士家。鳳書裁五色，馬鬣剪三花。蠟炬開明火，銀臺賜物車。相逢不敢揖，彼此帽低斜。

何處春深好？春深女學家。慣看温室樹，飽識浴堂花。御印提隨仗，香牋把下車。宋家宮樣髻，一片緑雲斜。

何處春深好？春深御史家。絮縈驄馬尾，蝶繞繡衣花。破柱行持斧，埋輪立駐車。入班遥認得，魚貫一行斜。

何處春深好？春深遷客家。一杯寒食酒，萬里故園花。炎瘴蒸如火，光陰走似車。爲憂鵩鳥至，只恐日光斜。

何處春深好？春深經業家。唯求太常第，不管曲江花。折桂名慚郄，收螢志慕車。官場泥鋪處，最怕寸陰斜。

何處春深好？春深隱士家。野衣裁薜葉，山飯曬松花。蘭索紉幽珮，蒲輪駐軟車。林間箕踞坐，白眼向人斜。

何處春深好？春深漁父家。松灣隨棹月，桃浦落船花。投餌移輕楫，牽輪轉小車。蕭蕭蘆葉裏，風起釣絲斜。

何處春深好？春深潮户家。濤翻三月雪，浪噴四時花。曳練馳千馬，驚雷走萬車。餘波落何處？江轉富陽斜。

何處春深好？春深痛飲家。十分盃裏物，五色眼前花。鋪歠眠糟甕，流涎見麴車。杜甫詩云：「路見麴車口流涎。」中山一沉醉，千度日西斜。

何處春深好？春深上巳家。蘭亭席上酒，曲洛岸邊花。弄水游童棹，湔裾小婦車。齊橈争渡處，一匹錦標斜。

何處春深好？春深寒食家。玲瓏鏤雞子，宛轉綵毬花。碧草追遊騎，紅塵拜掃車。鞦韆細腰女，摇曳逐風斜。

何處春深好？春深博弈家。一先争破眼，六聚鬬成花。鼓應投棋馬，兵衝象戲車。彈棋局上事，最妙是長斜。

何處春深好？春深嫁女家。紫排襦上雉，黄帖鬢邊花。轉燭初移障，鳴環欲上車。青衣傳去氈褥，錦繡一條斜。

何處春深好？春深娶婦家。兩行籠裏燭，一樹扇間花。賓拜登華席，親迎障幰車。催粧詩未了，星斗漸傾斜。

何處春深好？春深妓女家。眉欺楊柳葉，裙妬石榴花。蘭麝熏行被，金銅釘坐車。杭州蘇小小，人道最夭伊耶反斜。

【箋】

作於大和三年（八二九），五十八歲，長安，刑部侍郎。城按：此詩汪本編在後集卷九。劉集外二有同樂天和微之深春二十首詩。元稹春深詩已佚。白氏和微之詩二十三首序（卷二二）云：「微之又以近作四十三首寄來，命僕繼和，其間瘀絮四百字、車斜二十篇者流，皆韻劇辭殫，瓌奇怪譎。」蓋指此。劉詩原注亦云：「同用家花車斜四韻。」劉、白兩詩中故實，深可考見唐代中葉長安風俗之一斑，凡治唐史者均不可忽視。又卞孝萱劉禹錫年譜據元稹生春二十首題下自注「丁酉歲」繫劉詩於元和十二年丁酉，失考。

〔延英〕見卷一寄隱者詩箋。

〔戎裝拜春設兩句〕任半塘唐戲弄六設備：「設之古誼，本包含宴，曰『宴設』，初無設戲之意。至隋、唐，稱『宴設』之意漸變，有『宴』指飲食，而『設』指伎藝者。隋書十三音樂志，叙三朝設樂，凡四十九節，内單純爲樂者不云『設』，倘是歌舞與戲弄，則皆曰『設』。……普通宴而不設者固多，若設而不宴者，容亦有之。若宴與設兼至者，每有明文可按。如王建宫詞：『春設殿前多隊舞』，白居易詩：『戎裝看春設，左握寶刀斜。』」城按：「看春設」各本白集俱作「拜春設」。

〔五疋鳴珂馬〕王琦李太白文集輯注卷六：「五馬事，古今説者不一。據墨客揮犀云：世謂太守爲五馬，人罕知其故事。或言詩云：孑孑干旟，在浚之都。素絲組之，良馬五之。鄭注謂周禮州長建旟，漢太守比州長法御五馬，故云。後見龐幾先朝奉云：古乘駟馬車，至漢時太守出，則增一馬，事見漢官儀也。演繁露云：太守五馬，莫知的據。古樂府：『五馬立踟蹰。』則其來已久。或言詩有良馬五之，侯國事也。然上言良馬四之，下言良馬六之，則或四或六，原非定制也。漢有駟馬車，正用四馬。而鄭玄注詩曰：周禮州長建旟，漢太守比州長法御五馬。玄以州長比方漢州，大小相絶遠矣。周之州乃反隸於縣，比漢太守品秩殊不侔，不足爲據。然鄭後漢時人，則太守之用五馬，後漢已然矣。至唐白樂天和春深二十首詩曰：『五匹鳴珂馬，雙輪畫戟車。』至其自杭分司有詩曰：『錢塘五馬留三匹，還擬騎游攪擾春。』杜詩亦曰：『使君五馬一馬驄。』則似真有五馬矣。若其制之所始，則未有知者。琦按：今本毛詩鄭注但云周禮州長建旟，謂州長之屬，無漢太守比州長法御五馬之文，是康成未嘗以太守比州長也。師古杜詩注云：「王羲之出守永嘉，庭列五馬，後人遂據爲太守事。今按晉書及古今傳記，羲之並未嘗爲永嘉太守，則其說亦僞也。宋人五色線集：北齊柳元伯五子同時領郡，時五馬參差於庭，故時人呼太守爲五馬。今按羅敷行古詞已有五馬踟躕之句，則非自北齊始矣。潘子真詩話：禮：天子六馬，左右驂。三公九卿駟馬，右驂。漢制九卿則中二千石亦右驂，太守駟馬而已，其有加秩中二千石乃右驂，故以五馬爲太守美稱。遯齋閑覽及學林新編云：漢時朝臣出使以駟馬，太守加一馬，故爲五馬，與龐説相符，然無他證確然可據。惟沈約宋書引逸禮王度記曰：天子駕六，諸侯駕五，卿駕四，大夫三，士二，庶人一。後之太守即古之諸侯，故有五馬之稱，庶幾近之。前之數説，似皆未的。」白氏初到忠州贈李六詩（卷十八）云：「更無平地堪行處，虚受朱輪五馬恩。」

〔馬鬣剪三花〕王琦李太白文集輯注卷三云：「五花馬謂馬之毛色作五花文者。讀杜甫高都護驄馬行云：『五花散作雲滿身』，厥狀可覩矣。杜陽雜編謂代宗御馬九花虬，以身被九花故名，亦是此義。或謂據圖畫見聞志云：唐開元天寶之間，承平日久，世尚輕肥，三花飾馬。舊有家藏韓幹畫一貴戚閲馬圖，中有三花馬。兼曾見蘇大參家有韓幹畫三花御馬，晏元獻家張萱畫虢國出行圖，中有三花馬。三花者，剪鬣爲三瓣。白樂天詩云：『鳳箋裁五色，馬鬣翦三花。』乃知所謂五花者，亦是翦馬鬣爲五瓣耳。其説亦通。」

〔浴堂〕浴室殿。見卷四陵園妾詩箋。

〔宋家宫樣髻二句〕新書卷七七附尚宫宋氏事跡云：「自貞元七年，秘禁圖籍詔若莘總領，穆宗以若昭尤通練，拜尚宫，嗣若莘所職，……寶曆初卒。……若憲代司秘書。文宗尚學，以若憲善屬辭，粹論議，尤禮之。大和中，李訓、鄭注用事，惡宰相李宗閔，潛言因駙馬都尉沈𧦬厚賂若憲求執政，帝怒，幽若憲外第，賜死。家屬徙嶺南。訓、注敗，帝悟其讒，追恨之。」通鑑卷二四五亦載鄭注發李宗閔因沈𧦬結女學士宋若憲得爲相事，此皆歸罪訓、注之詞，然宋學士在大和初之聲勢確係炙手可熱，宜白氏取以爲詩料，可與唐史相印證。

〔彈棋局上事二句〕阮閱詩話總龜卷二八故事門：「彈棋今人罕爲之。有譜一卷，盡唐賢所爲。其局方二尺，中心高如覆盂，其巔爲小壺，四角微起。李商隱詩云：『玉作彈棋局，中心最不平。』謂其中高也。樂天詩云：『彈棋局上事，最妙是長斜。』謂抹角長斜，一發過半局，今譜中具有此法。柳子厚叙用二十四棋者，即此謂也。」吴旦生歷代詩話卷二五釋此與詩話總龜同。杭世駿訂譌類編卷二：「居易録云：彈棋之戲，西京雜記云：成帝好蹴踘，羣臣以爲勞體。帝曰：可擇似而不勞者奏之。家君（歆謂向也）作彈棋以獻。博物志云：文帝喜彈棋，能用手巾角，時有書生又能低頭以所冠著葛巾撇棋。故義山詩：玉作彈棋局，中心自不平。此與弈棋有何涉，而今人率以弈棋爲彈棋，此類甚多。又云：王文恪鏊姑蘇志方技載席謙喜棋下引杜詩云：席謙不見近彈棋。是亦譌彈棋爲弈也。何怪今人沿襲之謬。愚案：彈棋之法不傳，散見于雜著者亦不甚明了，總與弈無涉可知也。義山詩本是莫近彈棋局，王引作『玉作』，局有石有玉也。」

〔青衣傳氈褥〕宋龔頤正芥隱筆記：「令新婦轉席，唐人已爾。樂天『春深娶婦家』詩云：『青衣轉去聲氈褥，錦繡一條斜。』」城按：此詩各本白集均作「傳氈褥」，惟芥隱筆記作「轉氈褥」。清阮葵生茶餘客話云：「淮禮新婦站席，俟賓進數豆，其姑命之坐，始坐。芥隱筆記有轉席之禮。白香山詩云：『何處春來好，春深娶婦家。青衣轉氈褥，錦繡一條斜。』站與轉音相近，殆得其遺意耶？」阮氏之説殊乖白詩原意，蓋白詩言新婦傳席以入，弗令履地，故云『錦繡一條斜』也。清劉伯梁雪夜録云：「傳席，今人家娶婦，輿轎至大門，則轉席以入，弗令履地。然唐人已爾。白樂天『春深娶婦家』詩云：『青衣轉氈褥，錦繡一條斜。』」其説良是，惟引白詩亦與芥隱筆記同誤作「春深娶婦家」。

〔杭州蘇小小〕宋龔頤正芥隱筆記引作「揚州蘇小小」，楊慎升庵詩話卷二則引作「錢唐蘇小小，人道最夭斜」，或疑「揚州」是「杭州」之誤。明周嬰卮林云：「余在晉安，遇陳士傳，將爲西湖之隱，作詩送之，中云：『釃酒頻遊蘇小墓，載書時泛議曹湖。』既去，偶見白公此語，深悵使事之誤。更憶樂府錢塘蘇小小歌：『妾乘油壁車，郎騎青驄馬。何處結同心？西陵松柏下。』解題曰：蘇小小，南齊時錢塘名倡也。才調集温飛卿蘇小小歌云：『家在錢塘小江曲。』香奩豔語：蘇小小墓，或云湖曲，或云江干。今西陵在錢塘江之西，云江干，近是。沈原理蘇小小歌：『西陵墓下錢塘潮，潮來潮去夕復朝。』則予非誤矣。……據此，則蘇小實錢塘人。白樂天楊柳枝詞：『蘇州楊柳任君誇，更有錢塘勝館娃。若解多情尋小小，緑楊深處是蘇家。』則亦以爲武林人，知『揚』字爲『杭』字之誤也。宋陳子兼牕間紀聞：嘉興縣西南六十步，地記云晉歌妓蘇小小墓，今有片石在通判廳，曰蘇小小墓。徐凝寒食詩：『嘉興郭裏逢寒食，落日家家拜掃歸。只有縣前蘇小小，無人送與紙錢灰。』則小小墓又在嘉禾。豈麗媛妖姬兩地争以爲重乎？劉禹錫送裴處士詩云：『憶得當年識君處，嘉禾驛後聯牆住。垂鉤釣得王餘魚，踏芳共登蘇小墓。』夢得詠已及此，紀聞又非誣耳。」清于源燈窗瑣話卷三云：「蘇小小墓在嘉興賢娼巷，南齊人也。小小詩云：『妾乘油壁車，郎騎青驄馬。何處結同心？西陵松柏下。』一云墓在錢塘，蓋據此詩而言。宋時更有一蘇小小，亦錢塘人，事見七修類稿。竹垞先生以錢塘蘇小墓爲妝點。梁應來（紹壬）兩般秋雨盦筆記笑竹垞蹈争墩之習，特拈宋蘇小墓歸嘉興，南齊蘇小墓還杭州，自詡平允，殊不知嘉興蘇小墓，唐人已有題詠，兹録唐徐凝嘉興寒食詩云云。」吴翌鳳遜志堂雜鈔已集亦引徐凝詩，謂蘇小墓在嘉興賢娼巷。孫璧文考古録卷六謂七修類稿誤解趙院判「借問錢塘蘇小小」詩句，出於附會，宋人蘇小小係小娟之誤。歷來聚訟紛紜，考證繁瑣，不一一徵引。竊以爲古女子名不嫌相同，沈濤匏廬詩話卷中云：「徐凝詩：『嘉興郭裏逢寒食，落日家家拜掃回。只有縣前蘇小小，無人爲送紙錢灰。』今縣治前有蘇小墓，後人據徐詩謂蘇小，當在嘉興，不在錢唐，然唐人詩言錢唐蘇小小不一而足。古詩亦言『何處結同心？西陵松柏下』。西陵即今之西興，六朝時爲錢唐地，嘉興蘇小或別是一人耳。白樂天詩：『揚州蘇小小，人道最夭斜。』是揚州有蘇小，古女子名不嫌相同，未可據以爲疑也。」沈氏之説良是。城按：宋本及那波本均作「揚州蘇小小」，馬本及汪本、全唐詩均作「杭州」，野客叢書卷七引白詩作「莫言蘇小小」，則宋本已不同如此。吴旦生歷代詩話謂芥隱筆記引作「揚州」誤，蓋未見宋本。

〔人道最夭斜〕吳旦生歷代詩話卷五〇：「楊升庵曰：唐詩：『錢唐蘇小小，人道最夭邪。』又：『長安女兒雙髻鴉，隨風趁蝶學夭邪（夭音歪）。』田子藝曰：夭作歪，非也。夭，少好貌，即妖也。邪即歪也。……吳旦生曰：『錢唐』二句乃白樂天詩，夭音歪，樂天自注也。升庵詞品引張仲宗詞：『薄劣東風，夭斜柳絮。』又升庵詩：『桃根桃葉最夭斜。』皆據樂天所注以爲言也。」城按：宋本「夭」下注云：「伊耶反。」升庵云音歪，似無據。

【校】

〔題〕第二首以下，每首前宋本俱有「又」字，那波本俱有「又一首」三字。汪本題下注云：「按：此亦和微之作，見劉賓客詩小序。」

〔斷車〕「斷」，馬本作「短」，據宋本、那波本、汪本、全詩、盧校改。全詩注云：「一作『短』。」

〔瑞鶻〕「鶻」，馬本、汪本俱作「鶴」，非。城按：白氏初除官蒙裴常侍贈鶻銜瑞草緋袍魚袋因謝惠貺兼抒離情詩云：「魚綴白金隨步躍，鶻銜紅綬遶身飛。」又唐制：節度使宜以鶻銜綬帶。見唐會要卷三二。當以作「鶻」爲是。據宋本、那波本、全詩改正。汪本注云：「一作『鶻』。」全詩注云：「一作『鶴』。」俱非。

〔春設〕「設」，那波本訛作「殿」。說詳前箋。

〔歧秀〕「歧」，那波本、汪本、全詩俱作「岐」。城按：此處作並出之路解。釋名釋道云：「物兩爲岐。」六朝以來，路多從止，故今本爾雅作「歧」。

〔晝軾〕「軾」，那波本、汪本俱作「戟」。全詩注云：「一作『戟』。」

〔麴車〕此下馬本、那波本、汪本俱無注。據宋本、全詩、盧校增。

〔傳氈褥〕「傳」，馬本、汪本、那波本俱無注，據宋本、全詩增。

〔杭州〕宋本、那波本俱作「楊州」。城按：「楊州」亦作「揚州」，參見前箋。

〔天斜〕「天」下那波本、馬本俱無注，據宋本、汪本、全詩增。

詠家醞十韻

獨醒從古笑靈均，長醉如今斅伯倫。舊法依俙傳自杜，杜康。新方要妙得於陳。陳郎中岵傳受此法。井泉王相資重九，麴糵精靈用上寅。水用九月九日，麴用七月上寅。釀糯豈勞炊范黍，撇篘何假漉陶巾。常嫌竹葉猶凡濁，始覺榴花不正真。甕揭聞時香酷烈，缾封貯後味甘辛。捧疑明水從空化，飲似陽和滿腹春。色洞玉壺無表裏，光搖金盞有精神。能銷忙事成閑事，轉得憂人作樂人。應是世間賢聖物，與君還往擬終身。

【箋】

作於大和三年（八二九），五十八歲，長安，刑部侍郎。城按：此詩汪本編在後集卷九。

〔新方要妙得於陳〕白氏偶吟詩（卷二七）云：「元氏詩三帙，陳家酒一瓶。」池上篇序（卷六九）云：「先是潁川陳孝山與釀酒法，味甚佳。」城按：陳孝山即陳岵，元和元年登達於吏理可使從政科。見登科記考卷十六。又按：陳岵，寶曆二年九月自濠州刺史除太常少卿，後改少府監。見唐會要卷五六。登科記考疑陳岵即貞元九年登第與劉禹錫同年之陳佑，與劉集外八贈同年陳長史員外詩中「推賢有愧韓安國」一語不合，顯非一人。

〔色洞玉壺無表裏〕甌北詩話卷四：「北人用黍作酒，南人用糟蒸酒，皆曰燒酒。此二字亦見香山集中，在忠州，荔枝樓對酒云：『荔枝新熟雞冠色，燒酒初開琥珀香。』又咏家醞云：『色洞玉壺無表裏』，此即今之燒酒也。」

【校】

〔自杜〕此下那波本無注，下同。

〔上寅〕此下注「七月」，宋本誤作「七日」。

〔炊范黍〕「炊」，宋本、那波本俱作「吹」，古字通。

池鶴二首

高竹籠前無伴侶，亂雞羣裏有風標。低頭乍恐丹砂落，曬翅常疑白雪銷。轉覺鸊鵜毛色下，苦嫌鸚鵡語聲嬌。臨風一唳思何事？悵望青田雲水遥。

池中此鶴鶴中稀，恐是遼東老令威？帶雪松枝翹膝脛，放花菱片綴毛衣。低徊且向籠間宿，奮迅終須天外飛。若問故巢知處在，主人相戀未能歸。

【箋】

作於大和三年（八二九），五十八歲，長安，刑部侍郎。城按：此詩汪本編在後集卷九。

【校】

〔風標〕「標」，宋本訛作「摽」。

〔低徊〕「徊」，馬本、汪本、全詩俱訛作「迴」，據宋本、那波本，盧校改正。

〔籠間〕「籠」，馬本、汪本、全詩俱作「林」，非。據宋本、那波本、盧校改正。汪本、全詩俱注云：「一作『籠』。」亦非。

對酒五首

巧拙賢愚相是非，何如一醉盡忘機？君知天地中寬窄，鵰鶚鸞凰各自飛。

蝸牛角上争何事？石火光中寄此身。隨富隨貧且歡樂，不開口笑是癡人。

丹砂見火去無迹，白髮泥人來不休。賴有酒仙相煖熱，松喬醉即到前頭。

百歲無多時壯健，一春能幾日晴明？相逢且莫推辭醉，聽唱陽關第四聲。第四聲：「勸君更盡一盃酒，西出陽關無故人。」

昨日低眉問疾來，今朝收淚弔人迴。眼前流例君看取，且遣琵琶送一杯。

【箋】

作於大和三年（八二九），五十八歲，長安，刑部侍郎。城按：此詩汪本編在後集卷九。

〔聽唱陽關第四聲〕施注蘇詩卷十二：「按：先生詩話：舊傳陽關三疊，然今世歌者每句再疊而已。若通一首言之，又是四疊，皆非是。或每句三唱以應三疊之説，則叢然無復節奏。余在密州，有文勛長官者，以事至密，自云得古本陽關。其聲婉轉淒斷，不類向之所聞。每句皆再唱，而第一句不疊，乃知古本三疊蓋如此。及在黄州，偶讀樂天對酒詩云：『相逢且莫推辭醉，聽唱陽關第四聲。』注云：『第四聲勸君更盡一杯酒。』以此驗之，則第一句不疊，審矣。」城按：東坡此説亦見類説卷九所引仇池筆記及唐音癸籤卷十五、清馬魯希南苑一知集卷二。又清陸鎣問花樓詩話卷一云：「白傅對酒句云：『相逢且莫推辭醉，聽唱陽關三疊聲。』陽關聲者，即右丞送元二使安西詩，詩曰：『渭城朝雨浥輕塵，客舍青青柳色新。勸君更進一杯酒，西出陽關無故人。』余按：唐陽關在遼西，去長安一萬里。庾信詩『萬里陽關路』是也。貞觀十四年平高昌，置安西大都護府。唐時多事西域，送客恒於渭城，右丞詩大意謂遠行可悲，餞酒修辭，而三疊之説，久而未得其解。頃從劉太守假得李伯時陽關圖臨本，其後有三疊譜式略曰：『疊者，重也，明也。三疊者，一歌不足以盡其情，故至再三，猶笛有三弄，瑟有三調，鼓有三撾。舊傳陽關三疊，今世歌者每句再唱，或每句三唱，皆非是。余得古本每句再唱，第一句不疊，乃知古本三疊蓋如此。』圖爲文待詔臨本，題志字畫遒媚，可寶也。因録以貽好事者。」此與東坡之説合。

【校】

〔泥人〕「泥」，馬本、汪本、全詩俱作「泥」，據宋本、盧校改。那波本作「詆」，非。

〔陽關第四聲〕此下那波本無注。又「陽關」，宋本作「楊關」，古字通。

僧院花

欲悟色空爲佛事，故栽芳樹在僧家。細看便是華嚴偈，方便風開智慧花。

【箋】

作於大和三年（八二九），五十八歲，長安，刑部侍郎。城按：此詩汪本編在後集卷九。

【校】

〔題〕英華作「贈僧院花」。

老戒

我有白頭戒，聞於韓侍郎。老多憂活計，病更戀班行。矍鑠誇身健，周遮説話長。不知吾免否？兩鬢已成霜。

【箋】作於大和三年（八二九），五十八歲，長安，刑部侍郎。城按：此詩汪本編在後集卷九。〔韓侍郎〕韓愈。見卷十一同韓侍郎遊鄭家池吟詩小飲詩箋。城按：韓愈卒於長慶四年十二月。白氏作此詩時，愈已卒。

洛橋寒食日作十韻

上苑風烟好，中橋道路平。蹴毬塵不起，潑火雨新晴。宿醉頭仍重，晨遊眼乍明。老慵雖省事，春誘尚多情。遇客踟躕立，尋花取次行。連錢嚼金勒，鑿落寫銀罌。府醖傷教送，官娃喜要迎。舞腰那及柳？歌舌不如鶯。鄉國真堪戀，光陰可合輕？三年遇寒食，盡在洛陽城。

【箋】

作於大和六年（八三二），六十一歲，洛陽，河南尹。城按：此詩汪本編在後集卷十一。何義門云：「結句感傷自見。」

〔洛橋〕即洛中橋，又名中橋。在洛水上。唐會要卷八六橋梁：「上元二年，司農卿韋機始移中橋，自立德坊西南置於安衆坊之左，南當長夏門。」太平寰宇記卷三河南府：「中橋，唐咸通三年造，累石爲脚，如天津之制。」白氏長相思詩（卷十二）云：「妾住洛橋北，君住洛橋南。」又有得洛水暴漲吹破中橋往來不通人訴其弊河南府云雨水猶漲未可修橋縱苟施功水來還破請待水定人又有辭判（卷六七）。

【校】

〔題〕英華作「洛橋寒食」。

〔傷教送〕「傷」下全詩注云：「一作『觴』。」盧校：「『傷』疑誤。」何校：「宋刻『傷』字缺。」那波本作「常」，是。

〔喜要迎〕「喜」，宋本、那波本、汪本、全詩、盧校俱作「豈」。英華作「氣」，注云：「集作『起』。」全詩注云：「一作『喜』，一作『氣』。」

〔遇寒食〕「遇」，馬本、汪本俱作「過」，據宋本、那波本、全詩改。此三字英華作「寒食節」，注云：「集作『遇寒食』。」全詩注云：「一作『寒食節』。」

快活

可惜鶯啼花落處，一壺濁酒送殘春。可憐月好風涼夜，一部清商伴老身。飽食安眠消日月，閑談冷笑接交親。誰知將相王侯外，別有優游快活人？

【箋】

作於大和六年（八三二），六十一歲，洛陽，河南尹。城按：此詩汪本編在後集卷十一。

送令狐相公赴太原

六纛雙旌萬鐵衣，并汾舊路滿光輝。青衫書記何年去？紅旆將軍昨日歸。藩鎮例驅紅旆。詩作馬蹄隨筆走，獵酣鷹翅伴觥飛。北都莫作多時計，再爲蒼生入紫微。

【箋】

作於大和六年（八三二），六十一歲，洛陽，河南尹。城按：此詩汪本編在後集卷十一。劉集外二有和白侍郎令狐相公鎮太原詩。又劉集外三有令狐相公自天平移鎮以詩申賀詩，亦同時所作。是時禹錫甫至蘇州，居易猶任河南尹，楚自鄆州移鎮，無緣相會，知唐人送行之詩，雖遥寄亦謂之送，不可泥也。

〔令狐相公〕令狐楚。舊書卷十七下文宗紀：「（大和六年）二月甲子朔，以前義昌軍節度使殷侑檢校吏部尚書，充天平軍節度、鄆曹濮等州觀察使代令狐楚。以楚檢校右僕射，兼太原尹、北都留守、河東節度使。」舊傳同。並參見本卷令狐相公拜尚書後有喜從鎮歸朝之作劉郎中先和因以繼之詩箋。

〔太原〕見卷十三春送盧秀才下第遊太原謁嚴尚書詩箋。

〔青衫書記何年去〕令狐楚以父掾太原，有庭闈之戀，李説、嚴綬、鄭儋相繼鎮太原，高其行義，皆辟爲從事，自掌書記至節度判官。見舊書卷一七二本傳。故白詩云：「青衫書記何年去」，劉詩云：「從事中郎舊路歸。」舊府僚來爲節帥，是楚生平得意之事，而白詩却云：「北都莫作多時計，再爲蒼生入紫微。」劉詩亦云：「邊庭自此無烽火，擁節還來坐紫微。」則望其勿久於外鎮也。

【校】

〔昨日歸〕此下那波本、馬本俱無注，據宋本、汪本、全詩增。

〔北都〕「北」，全詩作「此」，注云：「一作『北』。」俱非。

不出

簷前新葉覆殘花，席上餘盃對早茶。好是老身銷日處，誰能騎馬傍人家？

【箋】作於大和六年（八三二），六十一歲，洛陽，河南尹。城按：此詩汪本編在後集卷十一。

惜落花

夜來風雨急，無復舊花林。枝上三分落，園中一寸深。日斜啼鳥思，春盡老人心。莫怪添杯飲，情多酒不禁。

【箋】作於大和六年（八三二），六十一歲，洛陽，河南尹。城按：此詩汪本編在後集卷十一。

【校】〔一寸深〕「一」，馬本、全詩俱作「二」，非。據宋本、那波本、汪本、盧校改正。全詩注云：「一作『一』。」亦非。

老病

晝聽笙歌夜醉眠，若非月下即花前。如今老病須知分，不負春來二十年。

【箋】作於大和二年（八二八），六十一歲，洛陽，河南尹。城按：此詩汪本編在後集卷十一。

憶晦叔

遊山弄水攜詩卷，看月尋花把酒盃。六事盡思君作伴，幾時歸到洛陽來？

【箋】作於大和六年（八三二），六十一歲，洛陽，河南尹。城按：此詩汪本編在後集卷十一。

〔晦叔〕崔玄亮。見卷二一答崔賓客晦叔十二月四日見寄詩箋。城按：崔玄亮，大和六年，以太子賓客分司東都。據此，詩當爲是年春後所作。

送徐州高僕射赴鎮

大紅旆引碧幢旌，新拜將軍指點行。戰將易求何足貴，書生難得始堪榮。離筵歌舞花叢散，候騎刀槍雪隊迎。應笑蹉跎白頭尹，風塵唯管洛陽城。

【箋】作於大和六年（八三二），六十一歲，洛陽，河南尹。城按：此詩汪本編在後集卷十一。〔徐州高僕射〕武寧軍節度使高瑀。舊書卷十七下文宗紀：「（大和六年三月）辛酉，以前忠武軍節度使高瑀檢校右僕射、充武寧軍節度、徐泗濠觀察等使。」又云：「（大和七年六月）甲戌，以刑部尚書高瑀爲太子少保分司。……（八月戊申），以刑部尚書高瑀爲忠武軍節度使。」白氏和高僕射罷節度讓尚書授少保分司喜遂山水之作（卷三一）、送陳許高僕射赴鎮（卷三一）兩詩均係酬瑀之作。

【校】〔大紅〕「大」，汪本注云：「一作『伏』。」

〔碧幢〕「幢」，汪本、全詩俱注云：「一作『油』。」

琴酒

耳根得所琴初暢，心地忘機酒半酣。若使啓期兼解醉，應言四樂不言三。

【箋】作於大和六年（八三二），六十一歲，洛陽，河南尹。城按：此詩汪本編在後集卷十一。

【校】

〔得所〕「所」，馬本、全詩俱作「聽」，據宋本、那波本、汪本改。

聽幽蘭

琴中古曲是幽蘭，爲我慇懃更弄看。欲得身心俱静好，自彈不及聽人彈。

【箋】

作於大和六年（八三二），六十一歲，洛陽，河南尹。城按：此詩汪本編在後集卷十一。

〔幽蘭〕幽蘭操。樂府詩集卷五八琴曲歌辭：「猗蘭操，一曰幽蘭操。古今樂録曰：孔子自衞反魯，見香蘭而作此歌。琴操曰：猗蘭操，孔子所作。孔子歷聘諸侯，諸侯莫能任，自衞反魯，隱谷之中見香蘭獨茂，喟然歎曰：『蘭當爲王者香，今乃獨茂，與衆草爲伍。』乃止車援琴鼓之，自傷不逢時，託辭於香蘭云。琴集曰：幽蘭操，孔子所作也。」

【校】

〔題〕何校據黄校作「幽蘭曲」。

六年秋重題白蓮

素房含露玉冠鮮，紺葉搖風鈿扇圓。本是吴州供進藕，今爲伊水寄生蓮。移根到此三千里，結子經今六七年。不獨池中花故舊，兼乘舊日採花船。

【箋】

作於大和六年（八三二），六十一歲，洛陽，河南尹。見汪譜。城按：此詩汪本編在後集卷十一。

〔伊水〕太平寰宇記卷三河南府：「伊水在河南縣東南十八里。」

【校】

〔題〕唐歌詩作「六年秋重題」。

元相公挽歌詞三首

銘旌官重威儀盛，騎吹聲繁鹵簿長。後魏帝孫唐宰相，六年七月葬咸陽。

墓門已閉笳簫去，唯有夫人哭不休。蒼蒼露草咸陽壠，此是千秋第一秋。

送葬萬人皆慘澹，反虞駟馬亦悲鳴。琴書劍珮誰收拾？三歲遺孤新學行。

【箋】

作於大和六年（八三二），六十一歲，洛陽，河南尹。見汪譜。城按：此詩汪本編在後集卷十一。查慎行白香山詩評：「『後魏帝孫唐宰相』二句莊重簡净，可悟作誌銘之法。」又按：此詩歷來多有元、白隙末之説，如吴喬圍爐詩話卷二云：「樂天挽微之詩云：『銘旌官重威儀盛，鼓吹聲繁鹵簿長。後魏帝孫唐宰相，六年七月葬咸陽。』極其鋪張而無哀惜之意。白傅自作墓誌，但言與劉夢得爲詩友，不及于元，則二人之隙末，故詩如是也。」考居易晚年所作如感舊（卷三六）、哭劉尚書夢得二首（卷三六）等詩，均念及微之，情感彌篤，吴氏隙末之説殊不可信。

〔元相公〕元稹。長慶二年二月拜同中書門下平章事。見舊書卷一六六、新書卷一七四本傳。城按：稹大和五年七月卒於武昌節度使任上。其以大和三年自浙東入爲尚書左丞，是再起秉鈞之機，而四年公鎮武昌則再失意也。故稹贈妻裴柔之詩云：「窮冬到鄉國，正歲别京華。自恨風塵眼，常看遠地花。」其悵恨之情，可以想見。

〔後魏帝孫唐宰相〕白氏元稹墓誌銘（卷七〇）云：「公即僕射府君第四子，後魏昭成皇帝十五代孫也。」

〔六年七月葬咸陽〕白氏元稹墓誌銘（卷七〇）云：「以大和六年七月十二日祔葬於咸陽縣奉賢鄉洪瀆原，從先宅兆也。」

〔三歲遺孤新學行〕白氏元稹墓誌銘（卷七〇）云：「一子曰道護，三歲。」城按：道護即白氏和微之道保生三日詩（卷二八）中之道保。

【校】

〔題〕馬本「挽」下脱「歌」字，據宋本、那波本、汪本、英華、全詩、盧校補。

〔笳簫去〕「去」，英華作「遠」。全詩注云：「一作『遠』。」「簫」，宋本訛作「蕭」。

〔不休〕「不」，英華作「未」。

卧聽法曲霓裳

金磬玉笙和已久，牙牀角枕睡常遲。朦朧閑夢初成後，宛轉柔聲入破時。樂可理心應不謬，酒能陶性信無疑。起嘗殘酌聽餘曲，斜背銀釭半下帷。

【箋】

作於大和六年（八三二），六十一歲，洛陽，河南尹。城按：此詩汪本編在後集卷十一。

〔法曲霓裳〕見卷十二長恨歌詩箋。

【校】

〔題〕英華作「臨卧聽法曲霓裳。」

〔和已久〕「和」，英華、全詩俱作「調」。汪本注云：「一作『調』。」全詩注云：「一作『和』。」

〔信無疑〕「信」，全詩注云：「一作『定』。」

結之

歡愛今何在？悲啼亦是空。同爲一夜夢，共過十年中。

【箋】作於大和六年（八三二），六十一歲，洛陽，河南尹。城按：此詩汪本編在後集卷十一。

〔結之〕陳結之。居易之姬人。其對酒有懷寄李十九郎中詩（卷三五）：「往年江外抛桃葉」句原注云：「結之也。」感舊石上字詩（卷三五）云：「太湖石上鐫三字，十五年前陳結之。」浩然齋雅談卷下云：「樂天有感石上舊字詩云：『太湖石上鐫三字，十五年前陳結之。』蓋其妾桃葉也。自昔未有以家妓字鐫石者。」

【校】〔題〕萬首作「贈結之」。

五鳳樓晚望 六年八月十日作。

晴陽晚照濕煙銷，五鳳樓高天泬寥。野緑全經朝雨洗，林紅半被暮雲燒。龍門翠黛眉相對，伊水黄金線一條。自入秋來風景好，就中最好是今朝。

【箋】作於大和六年（八三二），六十一歲，洛陽，河南尹。見汪譜。城按：此詩汪本編在後集卷十一。

〔五鳳樓〕在洛陽。通鑑卷二一四開元二十三年春正月：「上御五鳳樓酺宴，觀者諠隘，樂不得奏，金吾白梃如雨，不能遏，上患之。」所指即東都之五鳳樓。

寄劉蘇州

去年八月哭微之，今年八月哭敦詩。何堪老淚交流日，多是秋風摇落時。泣罷幾迴深自念？情來一倍苦相思。同年同病同心事，除却蘇州更是誰？

【箋】作於大和六年（八三二），六十一歲，洛陽，河南尹。見汪譜。城按：此詩汪本編在後集卷十一。劉集外二有酬樂天見寄詩。

〔劉蘇州〕蘇州刺史劉禹錫。大和五年十月自禮部郎中、集賢學士除蘇州刺史。白氏與劉蘇州書（卷六八）云：「去年冬，夢得由禮部郎中、集賢學士遷蘇州刺史。……自大和六年冬送夢得之任之作始。」城按：文中「六年」蓋係「五年」之誤，白香山詩後集卷十一寄劉蘇州詩汪立名校語云：「姑蘇志，禹錫以大和五年冬除蘇州刺史，六年二月至任。此云六年，蓋傳寫之誤。」汪氏之説良是。考劉禹錫蘇州刺史謝上表云：「臣即以今月六日到任上訖，……大和六年二月六日。」又蘇州舉韋中丞自代狀云：「伏奉去年十月十二日敕，授使持節蘇州諸軍事、守蘇州刺史。」可知劉除蘇州在大和五年十月。陳譜大和六年壬子：「冬，劉禹錫除蘇州過洛，留十五日，朝觴夕詠，頗極平生之歡。」蓋係承襲白集傳刻之誤。並參見白氏福先寺雪中餞劉蘇州（外集卷上）、喜劉蘇州恩賜金紫遥想賀宴以詩慶之（卷三一）、劉蘇州以華亭一鶴遠寄以詩謝之（卷三一）、劉蘇州寄釀酒糯米李浙東寄楊柳枝舞衫偶因嘗酒試衫輒成長句寄謝之（卷三一）等詩。

〔去年八月哭微之〕白氏元稹墓誌銘（卷七〇）云：「大和五年七月二十二日遇暴疾，一日薨於位，春秋五十三。」

〔今年八月哭敦詩〕舊書卷十七下文宗紀：「（大和六年）八月辛酉朔，吏部尚書崔羣卒。」

【校】

〔是誰〕「是」，英華作「有」。全詩注云：「一作『有』。」

送　客

病上籃輿相送來，衰容秋思兩悠哉。涼風嫋嫋吹槐子，却請行人勸一盃。

【箋】作於大和六年（八三二），六十一歲，洛陽，河南尹。城按：此詩汪本編在後集卷十一。

秋思

夕照紅於燒，晴空碧勝藍。獸形雲不一，弓勢月初三。雁思來天北，砧愁滿水南。蕭條秋氣味，未老已深諳。

【箋】作於大和六年（八三二），六十一歲，洛陽，河南尹。城按：此詩汪本編在後集卷十一。何義門云：「結句言何況今日，妙在縮轉説思字，乃有餘味。」

酬夢得秋夕不寐見寄

碧簟絳紗帳，夜涼風景清。病聞和藥氣，渴聽碾茶聲。露竹偷燈影，煙松護月明。何言千里隔，秋思一時生。

【箋】作於大和六年（八三二），六十一歲，洛陽，河南尹。城按：此詩汪本編在後集卷十一。劉集外二有秋夕不寐寄樂天詩。

〔夢得〕劉禹錫。見卷二一除日答夢得同發楚州詩箋。

【校】〔題〕英華作「酬夢得秋夕不寐見寄四韻」，注云：「次用本韻。」

〔千里〕「千」，馬本訛作「十」，據宋本、那波本、汪本、全詩改正。

題周家歌者

清緊如敲玉，深圓似轉簧。一聲腸一斷，能有幾多腸？

【箋】作於大和六年（八三二），六十一歲，洛陽，河南尹。城按：此詩汪本編在後集卷十一。

憶夢得　夢得能唱竹枝，聽者愁絶。

齒髮各蹉跎，疏慵與病和。愛花心在否？見酒興如何？年長風情少，官高俗慮多。幾時紅燭下，聞唱竹枝歌？

【箋】

作於大和六年（八三二），六十一歲，洛陽，河南尹。城按：此詩汪本編在後集卷十一。劉集外二有答樂天見憶詩。何義門云：「五六可悲可嘆。」

〔幾時紅燭下二句〕劉集卷二七竹枝詞序云：「四方之歌，異音而同樂。歲正月，余來建平，里中兒聯歌竹枝，吹短笛，擊鼓以赴節，歌者揚袂睢舞，以曲多爲賢。聆其音，中黄鐘之羽，卒章激訐如吴聲，雖傖儜不可分，而含思婉轉，有淇奥之豔。昔屈原居沅、湘間，其民迎神，詞多鄙陋，乃爲作九歌，到如今荆楚鼓舞之。故余亦作竹枝詞九篇，俾善歌者颺之，附於末，後之聆巴歈，知變風之自焉。」城按：新書劉禹錫傳謂竹枝詞作於爲朗州司馬時。唐山南東道朗州武陵郡，漢爲武陵郡，王莽時改建平，即劉序所指。韻語陽秋卷十五謂竹枝詞乃爲夔州刺史時所作，大誤。費燕峯稚論卷十云：「竹枝入絶句自劉始，而竹枝歌聲劉集未載也。花間集有孫光憲、樽前集有皇甫松各數首，皆上四字一斷爲『竹枝』，下三字爲『女兒』，『竹枝』、『女兒』皆歌聲中咽斷之聲也，但其音節不傳矣。」據白氏此詩原注，則禹錫亦善歌竹枝者。邵氏聞見後録卷十九云：「夔州營妓爲喻迪孺扣銅盤，歌劉尚書竹枝詞九解，尚有當時含思宛轉之豔，他妓者皆不能也。……妓家夔州，其先必事劉尚書者。」

【校】〔題〕此下馬本、那波本俱無注。據宋本、汪本、全詩、盧校增。

贈同座

春黛雙蛾嫩，秋蓬兩鬢侵。謀歡身太晚，恨老意彌深。薄解燈前舞，尤能酒後吟。花叢便不入，猶自未甘心。

【校】〔蛾嫩〕「嫩」，汪本作「斂」，注云：「一作『嫩』。」全詩注云：「一作『斂』。」
〔謀歡〕何校：「『謀』，蘭雪作『護』。」

失婢

宅院小牆庳，坊門帖牓遲。舊恩慚自薄，前事悔難追。籠鳥無常主，風花不戀枝。今宵在何處？唯有月明知。

【箋】作於大和六年（八三二），六十一歲，洛陽，河南尹。城按：馬本無此詩，宋本卷二六、那波本卷五六、汪本補遺卷上、唐詩紀事均載之，據增。劉集外二有和樂天誚失婢牓者詩。此詩云：「舊恩慚自薄，前事悔難追。」與劉詩俱爲逃婢而作，含有爲無告女子鳴不平之意，不可以遊戲筆墨視之。又劉集卷二十一有調瑟詞，係爲逃奴而作，當時奴婢主之酷虐可以想見。

【校】〔題〕何校：「蘭雪本闕，黃校有。」全詩注云：「今集本脱此首。」見前箋。

夜招晦叔

庭草留霜池結冰，黃昏鐘絶凍雲凝。碧氈帳上正飄雪，紅火爐前初炷燈。高調秦筝一兩弄，小花蠻榼二三升。爲君更奏湘神曲，夜就儂來能不能？

【箋】作於大和六年（八三二），六十一歲，洛陽，河南尹。城按：此詩汪本編在後集卷十一。何義門云：「不及夢得。」

〔晦叔〕崔玄亮。見本卷憶晦叔詩箋。

【校】

〔儂來〕「來」，汪本作「家」。全詩注云：「一作『家』。」

戲答皇甫監　時皇甫監初喪偶。

寒宵勸酒君須飲，君是孤眠七十身。莫道非人身不煖，十分一盞煖於人。

【箋】

作於大和六年（八三二），六十一歲，洛陽，河南尹。城按：此詩汪本編在後集卷十一。

〔皇甫監〕皇甫鏞。白氏皇甫鏞墓誌銘（卷七〇）云：「改太子賓客，轉秘書監分司，又就拜檢校左散騎常侍、兼太子賓客，轉秘書監分司。」舊書卷一三五本傳云：「改太子賓客，秘書監。開成初除太子少保分司，卒年四十九。」據此詩則知鏞大和六年時已再爲秘書監分司。城按：據白氏墓誌，皇甫鏞卒於開成元年七月，享年七十七，舊傳所記誤。墓誌云：「公先娶博陵崔氏，後娶范陽盧氏，二夫人皆有淑德，先公而殁。」白氏此詩原注云：「時皇甫監初喪偶。」所指必係盧氏之喪。並參見卷八林下閑步寄皇甫庶子詩箋。

【校】

〔題〕此下那波本無注。

和楊師皐傷小姬英英

自從嬌騃一相依，共見楊花七度飛。玳瑁牀空收枕席，琵琶絃斷倚屏幃。人間有夢何曾入？泉下無家豈是歸？墳上少啼留取淚，明年寒食更沾衣。

【箋】

作於大和六年（八三二），六十一歲，洛陽，河南尹。城按：此詩汪本編在後集卷十一。全詩卷四八四有楊虞卿過小妓英英墓詩云：「蕭晨騎馬出皇都，聞説埋冤在路隅。别我已爲泉下土，思君猶似掌中珠。四絃品柱聲初絶，三尺孤墳草已枯。蘭質蕙心何所在，焉知過者是狂夫。」劉集外二有和楊師皐傷小姬英英詩。唐詩紀事卷四六云：「樂天、夢得皆有和章，樂天云：『人間有夢何曾入，泉下無家豈是歸。墳上少啼留取淚，明年寒食更霑衣。』虞卿醉後善歌掃市詞，又有小妓攻琵琶，虞卿死，遂辭去。」

〔楊師皐〕楊虞卿。舊書卷一七六本傳：「（大和）五年六月，拜諫議大夫、充弘文館學士、判院事。六年，轉給事中。七年，宗閔罷相，李德裕知政事，出爲常州刺史。」白氏作此詩時，楊方官給事中也。白氏又有送楊八給事赴常州詩（卷三一），亦係酬虞卿之作。

【校】

〔嬌騃〕「騃」，馬本注云：「魚駭切。」

池邊即事

氈帳胡琴出塞曲，蘭塘越棹弄潮聲。何言此處同風月，薊北江南萬里情。

【箋】

作於大和六年（八三二），六十一歲，洛陽，河南尹。城按：此詩汪本編在後集卷十一。

聞樂感鄰

老去親朋零落盡，秋來絃管感傷多。尚書宅畔悲鄰笛，廷尉門前歎雀羅。東鄰王大理去冬云亡，南鄰崔尚書今秋薨逝。綠綺窗空分妓女，絳紗帳掩罷笙歌。歡娛未足身先去，爭奈書生薄命何？

【箋】

作於大和六年（八三二），六十一歲，洛陽，河南尹。城按：此詩汪本編在後集卷十一。

〔東鄰王大理去冬云亡注〕王大理，名未詳，當即白氏贈東鄰王十三詩（卷二五）中之「王十三」，其人卒於大和五年冬。劉集外一鶴歎二首「鄰舍夜吹笙」句下注云：「東鄰即王家。」亦指此人。

〔南鄰崔尚書今秋薨逝注〕崔尚書即崔羣。舊書卷十七下文宗紀：「（大和六年）八月辛酉朔，吏部尚書崔羣卒。」崔爲居易履道宅之南鄰。

【校】

〔廷尉〕宋本誤作「庭尉」。城按：廷尉指大理卿。

〔雀羅〕此下馬本、那波本俱無注。據宋本、汪本、全詩增。

白居易集箋校卷第二十七

律詩　五言　七言　凡九十首

戊申歲暮詠懷三首

窮冬月末兩三日，半百年過六七時。龍尾趁朝無氣力，牛頭參道有心期。榮華外物終須悟，老病傍人豈得知？猶被妻兒教漸退，莫求致仕且分司。

唯生一女才十二，秖欠三年未六旬。婚嫁累輕何怕老？飢寒心慣不憂貧。紫泥丹筆皆經手，赤紱金章盡到身。更擬踟躕覓何事，不歸嵩洛作閑人？

七年囚閉作籠禽，但願開籠便入林。幸得展張今日翅，不能辜負昔時心。人間禍福愚難料，世上風波老不禁。萬一差池似前事，又應追悔不抽簪。

【箋】

作於大和二年（八二八），五十七歲，長安，刑部侍郎。見汪譜。城按：此詩汪本編在後集卷九。係居易請長告後所作。其大和二年除夜所作之祭弟文（卷六九）云：「今年春，除刑部侍郎，孤苦零丁，又加衰疾，殆無生意，豈有宦情？所以僶俛至今，待終龜兒服制，今已請長告，或求分司，即擬移家。」則請長告必在是年十二月。又那波本此卷詩編在卷五七。

〔龍尾〕龍尾道。在長安大明宫含元殿前。兩京城坊考卷一：「龍尾道自平地七轉，上至朝堂，分爲三層。上層高二丈，中下層各高五尺，邊有青石扶欄。上層之欄柱頭刻螭文，謂之螭頭，左右二史所立也。諫議大夫立於此，則謂之諫議坡。兩省供奉官立於此，亦謂之蛾眉班。其中下二層石欄，刻蓮花頂。」

〔牛頭〕佛教禪宗之牛頭宗。達磨禪法教理（楞伽），惠可、道育以後漸流天下。傳至道信，其徒法融居牛頭山，開牛頭宗。見湯用彤隋唐佛教史稿第四章隋唐之宗派。城按：居易乃如滿弟子，爲禪宗南嶽下第三世法嗣。見五燈會元卷三。白氏此詩云：「龍尾趁朝無氣力，牛頭參道有心期。」更爲有力之旁證。

〔赤紱金章盡到身〕韻語陽秋卷五：「樂天以長慶二年自中書舍人爲杭州刺史，冬十月至治時，仍服緋。故遊恩德寺詩序云：『俯視朱紱，仰睇白雲，有愧於心。』及觀自歎詩云：『實事漸銷虚事在，銀魚金帶繞腰光。』戊申詠懷云：『紫泥丹筆皆經手，赤紱金章盡到身。』以今觀之，金帶不應用銀魚，而金章不應用赤紱，人皆以爲疑，而不知唐制與今不同也。按唐制：紫爲三品之服，緋爲四品之服，淺緋爲五品之服，各服金帶。又制：衣紫者魚袋以金飾，衣緋者魚袋以銀飾。樂天時爲五品，淺緋金帶，佩銀魚，宜矣。劉長卿有袁郎中喜章服詩云：『手詔來筵上，腰金向粉闈。勳名傳舊閣，舞蹈著新衣。』郎中亦是五品，故其身章與樂天同。」城按：葛氏所考仍有未諦，唐制服色不視職事官，而視階官（即散官）之品。居易大和元年（丁未）徵爲秘書監時，職事爲從三品，而散階爲中大夫，乃從四品下，不得服紫，但得以賜金紫，故其初授秘監并賜金紫閑吟小酌偶寫所懷詩（卷二五）云：「紫袍新秘監，白首舊書生。」至次年遷刑部侍郎，散階未變，賜服金紫如舊，戊申歲暮詠懷三首詩中所云「赤紱金章盡到身」乃泛指過去之事，不可以謂居易官刑部時仍服緋也。

贈夢得

心中萬事不思量，坐倚屏風卧向陽。漸覺詠詩猶老醜，豈宜憑酒更粗狂？頭垂白髮我思退，脚蹋青雲君欲忙。只有今春相伴在，花前賸醉兩三場。

【箋】作於大和三年（八二九），五十八歲，長安，刑部侍郎。城按：此詩汪本編在後集卷九。劉集外一有答樂天戲贈詩。又白氏此詩作於長告病假中。又白氏大和三年所作劉白唱和集解云：

「彭城劉夢得，詩豪者也。其鋒森然，少敢當者。予不量力，往往犯之。夫合應者聲同，交争者力敵，一往一復，欲罷不能。由是每製一篇，先相視草，視竟則興作，興作則文成。一二年來，日尋筆硯，同和贈答，不覺滋多。至大和三年春已前，紙墨所存者，凡一百三十八首。其餘乘興扶醉，率然口號者，不在此數。因命小姪龜兒編録，勒成兩卷，仍寫兩本：一付龜兒，一授夢得小兒崙郎，各令收藏，附兩家集。予頃以元微之唱和頗多，或在人口。常戲微之云：僕與足下，二十年來，爲文友詩敵，幸也，亦不幸也。吟詠情性，播揚名聲，其適遺形，其樂忘老，幸也。然江南士女，語才子者，多云『元白』。以子之故，使僕不得獨步於吴越間，亦不幸也。今垂老，復遇夢得，得非重不幸耶！……」與此詩可互相參證。

想東遊五十韻 并序

大和三年春，予病免官後，憶遊浙右數郡，兼思到越一訪微之。故兩浙之間，一物已上，想皆在目，吟且成篇，不能自休，盈五百字，亦猶孫興公想天台山而賦之也。

海内時無事，江南歲有秋。生民皆樂業，地主盡賢侯。郊静銷戎馬，城高逼斗牛。平河七百里，沃壤二三州。自常及杭，凡三百里。坐有湖山趣，行無風浪憂。食寧妨解纜，寢不廢乘流。泉石諳天竺，煙霞識虎丘。天竺、虎丘寺，皆領郡時舊遊最熟處。餘芳認蘭澤，遺詠思蘋洲。古詩云：「蘭澤多芳草。」又柳惲詩云：「汀洲採白蘋。」菡萏紅塗粉，菰蒲綠潑油。鱗差漁户舍，綺錯稻田溝。紫洞藏仙窟，玄泉貯怪湫。精神昂老鶴，姿彩媚潛虬。大謝詩云：「潛虬媚幽姿。」静閲天工妙，閑窺物狀幽。投竿出比目，擲果下獼猴。味苦蓮心小，漿甜蔗節稠。橘苞從自結，藕孔是誰鏤？逐日移潮信，隨風變棹謳。遞夫交烈火，候吏次鳴騶。梵塔形疑踊，重玄閣。閶門勢欲浮。吴閶門。客迎攜酒榼，僧待置茶甌。小宴閑談笑，初筵雅獻酬。稍催朱蠟炬，徐動碧牙籌。圓盞飛蓮子，長裾曳石榴。柘枝隨畫鼓，調笑從香毬。幕颭雲飄檻，簾褰月露鈎。舞繁紅袖凝去，歌切翠眉愁。絃管寧容歇，盃盤未許收。良辰宜酩酊，卒歲好優遊。鱠縷鮮仍細，蓴絲滑且柔。飽飡爲日計，穩睡是身謀。名愧空虚得，官知止足休。自嫌猶屑屑，衆笑大悠悠。物表疏形役，人寰足悔尤。蛾須遠燈燭，兔勿近罝罘。幻世春來夢，浮生水上漚。百憂中莫入，一醉外何求？未死癡王湛，無兒老鄧攸。蜀琴安膝上，周易在牀頭。去去無程客，行行不繫舟。勞君頻問訊，勸我少淹留。自此後並屬微之。雲雨多分散，關山苦阻修。一吟江月别，七見日星周。昔在杭州别微之，微之留詩云：「明朝又向江頭别，月落潮平是去時。」珠玉傳新什，鵷鸞念故儔。懸旌心宛轉，束楚意綢繆。驛舫粧青雀，官槽秣紫騮。鏡湖期遠汎，禹穴約冥搜。預掃題詩壁，先開望海樓。飲思親履舄，宿憶並衾裯。志氣吾衰也，風情子在不？應須相見後，別作一家遊。吾衰、子在，並出家語。

【箋】

作於大和三年（八二九），五十八歲，長安，刑部侍郎。見汪譜。城按：汪本編在後集卷九。此詩作於是年三月間，時居易長告假滿免官。唐宋詩醇卷二五：「洋洋灑灑，一氣轉旋。細意熨貼，層次井然。起伏照應，極變化斷續之妙。」

〔大和〕排印本全詩作「太和」，誤。盧文弨鍾山札記卷三：「以太和紀年者，東晉帝奕，後魏孝文及趙石勒皆同，唯唐文宗則年號是大和，而非太和。元時所刻新唐書尚不誤，今各書中多誤作『太和』，可取證者，莫如當時之碑版，然下一截人手所易到者，亦往往爲人戲鑿一點，究其痕迹宛然，一覽易辨，而年號之在高處者，則明明是『大和』，即今各書中亦間有不誤者，而閱者輒輕舉筆加一點於中間，久久遂無有能別白者矣。」

〔浙右〕指浙江以東所轄地區。

〔兩浙〕浙東及浙西。

〔天竺〕天竺寺。見卷十二畫竹歌詩箋。

〔虎丘〕虎丘寺。見卷二四題東武丘寺六韻詩箋。

〔蘋洲〕白蘋洲。白氏白蘋洲五亭記（卷七一）云：「湖州城東南二百步，抵霅溪，連汀洲，洲一名白蘋，吴興守柳惲於此賦詩云：『汀洲採白蘋。』因以爲名也。」

〔梵塔形疑踊〕白氏自注云：「重玄閣。」城按：重玄閣即蘇州重玄寺閣。見白氏蘇州重玄寺法華院石壁經碑文（卷六九）箋。

〔鏡湖〕見卷二三酬微之誇鏡湖詩箋。

〔禹穴〕見卷二六和微之春日投簡陽明洞天五十韻詩箋。

〔望海樓〕見卷二〇杭州春望詩箋。

【校】

〔二三州〕此下那波本無注。後同。

〔虎丘〕此下小注馬本脱「皆」字，據宋本、汪本、全詩、盧校補。

〔鱗差〕「差」，汪本注云：「一作『鮮』。」

〔誰鏤〕此下馬本注云：「先侯切。」

〔欲浮〕此下小注汪本脱「門」字。

〔紅袖凝〕「凝」，馬本訛作「去」，據宋本、汪本、全詩改正。又「凝」下馬本脱「去」字小注，據宋本、汪本增。全詩注云：「去聲。」

〔鱠縷〕「鱠」，馬本作「鱖」，非。據宋本、那波本、汪本、全詩、盧校改正。

〔大悠悠〕「大」，汪本作「太」。

病免後喜除賓客

卧在漳濱滿十旬，起爲商皓伴三人。從今且莫嫌身病，不病何由索得身？

【箋】作於大和三年（八二九），五十八歲，長安，太子賓客分司。見汪譜。城按：此詩汪本編在後集卷九。是年三月間居易長告假滿免官，詔授太子賓客分司東都。

【校】〔商皓〕「皓」，萬首作「客」，非。

長樂亭留别

灞滻風烟函谷路，曾經幾度别長安？昔時蹙促爲遷客，今日從容自去官。優詔幸分四皓秩，祖筵慚繼二疏歡。塵纓世網重重縛，迴顧方知出得難。

【箋】

作於大和三年（八二九），五十八歲，長安至洛陽途中，太子賓客分司。城按：此詩汪本編在後集卷九。

〔長樂亭〕當在長安城東長樂坡附近。

【校】

〔蹙促〕盧校：「『蹙』當作『戚』。」

陝府王大夫相迎偶贈

紫微閣老自多情，白首園公豈要迎？伴我緑槐陰下歇，向君紅旆影前行。綸巾髮少渾欹仄，籃輿肩齊甚穩平。但問主人留幾日？分司賓客去無程。

【箋】

作於大和三年（八二九），五十八歲，長安至洛陽途中，太子賓客分司。城按：此詩汪本編在後集卷九。

〔陝府王大夫〕陝虢觀察使王起。見卷二五送陝府王大夫詩（卷二五）箋。

〔紫微閣老自多情〕紫微閣老指王起。城按：起除中書舍人在元和十五年，見舊書卷十六穆宗紀。

〔籃輿肩齊甚穩平〕籃輿即肩輿，亦稱竹輿、筍輿、篼輿等。徐珂可言卷十一云：「肩輿，竹輿（見唐書裴玢傳）也，筍輿（見范成大詩）也，篼輿（見史記張耳傳）也，籃輿（見晉書陶潛傳）也。人舁之，承以肩，故曰肩輿。晉書：謝萬嘗衣白綸巾，乘平肩輿。又：王獻之嘗經顧辟疆園，先不相識，乘平肩輿徑入。唐杜甫詩集：蘇大侍御渙，靜者也，肩輿江浦，忽訪老夫。李紳詩：『自緣多病喜肩輿』，白居易來歸詩：『翩翩平肩輿，中有醉老夫。』途中作詩：『早起上肩舁，一杯平旦醉。晚憩下肩舁，一覺殘春睡。』早夏游平原迴詩：『肩輿頗平穩，澗路甚清涼。』陝府王大夫相迎偶贈詩：『籃輿肩齊甚穩平。』獨遊玉泉寺詩：『雲樹玉泉寺，肩舁半日程。』……」

別陝州王司馬

笙歌惆悵欲爲別，風景闌珊初過春。争得遣君詩不苦？黄河岸上白頭人。

【箋】

作於大和三年（八二九），五十八歲，長安至洛陽途中，太子賓客分司。城按：此詩汪本編在後集卷九。詩云：「風景闌珊初過春。」則居易路過陝州必在是年三月末、四月初。

〔陝州王司馬〕陝州司馬王建。見卷二六送陝州王司馬建赴任詩箋。城按：居易長假告滿，免刑部侍郎官，詔授太子賓客分司東都。自長安返洛陽，路過陝州，陝虢觀察使王起及陝州司馬王建相迎宴叙，可知建大和三年仍在陝州司馬任。

將至東都先寄令狐留守

黄鳥無聲葉滿枝，閑吟想到洛城時。惜逢金谷三春盡，恨拜銅樓一月遲。詩境忽來還自得，醉鄉潛去與誰期？東都添箇狂賓客，先報壺觴風月知。

【箋】作於大和三年（八二九），五十八歲，長安至洛陽途中，太子賓客分司。見陳譜及汪譜。陳譜大和三年己酉：「將至東都，有寄令狐留守詩云：『惜逢金谷三春盡。』蓋以春暮至洛也。」按：此詩汪本編在後集卷九。劉集外二有和留守令狐相公答白賓客詩。此詩云：「惜逢金谷三春盡，恨拜銅樓一月遲。」本卷別陝州王司馬詩云：「風景闌珊初過春。」居易過陝州時已「初過春」，以行程推算，至洛陽當在四月下旬。陳直齋謂「春暮至洛」，蓋誤。唐宋詩醇卷二五云：「『詩境忽來還自得』，蕭子顯所謂『須其自來，不以力構』也。杜甫『詩成覺有神』亦是此意。」

〔令狐留守〕東都留守令狐楚。舊書卷十七上文宗紀：「（大和三年）三月辛巳朔，以户部尚書令狐楚爲東都留守。」舊書卷一七二本傳同。參見白氏送東都留守令狐尚書赴任詩（卷二六）。

城按：楚三月間抵洛，居易則在四月，故此詩有「恨拜銅樓一月遲」之句。

答崔十八見寄

明朝欲見琴樽伴，洗拭金盃拂玉徽。君乞曹州刺史替，我抛刑部侍郎歸。倚瘡老馬收蹄立，避箭高鴻盡翅飛。豈料洛陽風月夜，故人垂老得相依。

【箋】

作於大和三年（八二九），五十八歲，洛陽，太子賓客分司。城按：此詩汪本編在後集卷九。〔崔十八〕崔玄亮。白氏唐故虢州刺史贈禮部尚書崔公墓誌銘（卷七〇）云：「入爲秘書少監，改曹州刺史、兼御史中丞，謝病不就，拜太常少卿，遷諫議大夫。」新書卷一六四本傳：「歷湖、曹二州，辭曹不拜。大和四年，由太常少卿改諫議大夫。」與墓誌同。舊書卷一六五本傳僅言「出爲密、湖、曹三州刺史」，未載辭曹事。據此詩則玄亮辭曹歸東都在居易歸洛之後。並參見聞崔十八宿予新昌弊宅時予亦宿崔家依仁新亭一宵偶同兩興暗合因而成詠聊以寫懷（卷二二）、崔十八新池（卷二二）、同崔十八寄元浙東王陝州（本卷）、答崔十八（本卷）、臨都驛送崔十八（本卷）、雨中訪崔十八（外集卷上）、同崔十八宿龍門兼寄令狐尚書馮常侍（外集卷中）等詩。

【校】

〔倚瘡〕「瘡」，那波本作「槽」。

贈皇甫賓客

輕衣穩馬槐陰路，漸近東來漸少塵。耳鬧久憎聞俗事，眼明初喜見閑人。昔曾對作承華相，今復連爲博望賓。始信淡交宜久遠，與君轉老轉相親。

【箋】

作於大和三年（八二九），五十八歲，洛陽，太子賓客分司。城按：此詩汪本編在後集卷九。

〔皇甫賓客〕皇甫鏞。見卷二一寄皇甫賓客詩箋。並參見酬皇甫賓客（卷二五）、酬皇甫賓客（卷二八）、拜表早出贈皇甫賓客（外集卷上）等詩。

歸履道宅

驛吏引藤輿，家僮開竹扉。往時多暫住，今日是長歸。眼下有衣食，耳邊無是非。不論貧與富，飲水亦應肥。

【箋】作於大和三年（八二九），五十八歲，洛陽，太子賓客分司。見陳譜及汪譜。城按：此詩汪本編在後集卷九。陳譜大和三年己酉：「歸履道宅詩云：『今日是長歸。』自是迄公薨，凡十八年在洛，終不渝長歸之語。」

〔履道宅〕見卷二三履道新居二十韻詩箋。

問江南物

歸來未及問生涯，先問江南物在耶？引手摩挲青石笋，迴頭點檢白蓮花。蘇州舫故龍頭暗，王尹橋傾雁齒斜。別有夜深惆悵事，月明雙鶴在裴家。

【箋】作於大和三年（八二九），五十八歲，洛陽，太子賓客分司。城按：此詩汪本編在後集卷九。

〔引手摩挲青石笋三句〕白氏池上篇序（卷六九）：「樂天罷杭州刺史時，得天竺石一、華亭鶴二以歸，始作西平橋，開環池路。罷蘇州刺史時，得太湖石、白蓮、折腰菱、青板舫以歸，又作中高橋通三島逕。」

〔王尹橋傾雁齒斜〕此指王起所造之橋。白氏題新居呈王尹兼簡府中三掾（卷二三）云：「橋憑川守造，樹倩府寮栽。」又本卷答王尚書問履道池舊橋云：「虹梁雁齒隨年换，素板朱欄逐日修。」

〔月明雙鶴在裴家〕居易將雙鶴贈與裴度，故有答裴相公乞鶴（卷二五）、送鶴與裴相臨别贈詩（卷二六）等詩。劉集外一有和裴相公寄白侍郎求雙鶴詩。

蕭庶子相過

半日停車馬，何人在白家？慇懃蕭庶子，愛酒不嫌茶。

【箋】

作於大和三年（八二九），五十八歲，洛陽，太子賓客分司。城按：此詩汪本編在後集卷九。

〔蕭庶子〕蕭籍。白氏三月三日祓禊洛濱詩序（卷三三）中有「太子賓客蕭籍」，當即其人。

答尉遲少尹問所須

乍到頻勞問所須，所須非玉亦非珠。愛君水閣宜閑詠，每有詩成許去無？

【箋】作於大和三年(八二九),五十八歲,洛陽,太子賓客分司。城按:此詩汪本編在後集卷九。〔尉遲少尹〕尉遲汾。見卷二三城東閑行因題尉遲司業水閣詩箋。並參見答尉遲少監水閣重宴詩(卷二五)。城按:尉遲少尹、尉遲司業、尉遲少監同爲一人。

詠閑

但有閑銷日,都無事繫懷。朝眠因客起,午飯伴僧齋。樹合陰交户,池分水夾階。就中今夜好,風月似江淮。

【箋】作於大和三年(八二九),五十八歲,洛陽,太子賓客分司。城按:此詩汪本編在後集卷九。

同崔十八寄元浙東王陜州

未能同隱雲林下,且復相招禄仕間。隨月有錢勝賣藥,終年無事抵歸山。鏡湖水遠何由汎?棠樹枝高不易攀。惆悵八科殘四在,兩人榮鬧兩人閑。

【箋】作於大和三年（八二九），五十八歲，洛陽，太子賓客分司。城按：此詩汪本編在後集卷九。

〔崔十八〕崔玄亮。見本卷答崔十八見寄詩箋。

〔元浙東〕元稹。見卷二二酬集賢劉郎中對月見寄兼懷元浙東詩箋。

〔王陝州〕王起。見卷二五送陝府王大夫詩箋。

〔惆悵八科殘四在二句〕貞元十九年，白居易、元稹、李復禮、吕穎、哥舒恒、崔玄亮同以書判拔萃科登第；王起、吕炅同以博學宏辭科登第。八人中惟存白、元、崔、王四人，而居易、玄亮則退居東都散秩也。

【校】〔由汎〕「汎」，汪本作「泛」，字通。

答蘇庶子月夜聞家僮奏樂見贈

牆西明月水東亭，一曲霓裳按小伶。不敢邀君無別意，絃生管澀未堪聽。

【箋】作於大和三年（八二九），五十八歲，洛陽，太子賓客分司。城按：此詩汪本編在後集卷九。

〔蘇庶子〕蘇弘。見卷二五答蘇庶子詩箋。白氏贈蘇少府詩（卷八）中之「蘇少府」，本卷答蘇六詩中之「蘇六」，同爲一人。

〔按小伶〕命小伶演奏歌曲。文選宋玉招魂：「陳鐘按鼓，造新歌些。」六臣注：「逸曰：按，徐也。言乃奏樂作音，而撞鐘徐鼓，造爲新曲之歌，與衆絶異。良曰：按猶擊也。」白氏後宮詞（卷十八）：「夜深前殿按歌聲。」

【校】

〔別意〕「意」，宋本、那波本俱作「境」，非。

偶吟

里巷多通水，林園盡不扃。松身爲外户，池面是中庭。元氏詩三帙，陳家酒一瓶。醉來狂發詠，鄰女映籬聽。

【箋】

作於大和三年（八二九），五十八歲，洛陽，太子賓客分司。城按：此詩汪本編在後集卷九。

〔陳家酒一瓶〕指陳孝山岵所釀之酒。白氏詠家醖十韻（卷二六）云：「舊法依稀傳自杜，新方要妙得於陳。」池上篇序（卷六九）云：「先是潁川陳孝山與釀酒法，味甚佳。」

白蓮池汎舟

白藕新花照水開，紅窗小舫信風迴。誰教一片江南興，逐我慇懃萬里來？

【箋】作於大和三年（八二九），五十八歲，洛陽，太子賓客分司。城按：此詩汪本編在後集卷九。〈白蓮〉程大昌演繁露卷九：「洛陽無白蓮花，白樂天自吴中帶種歸，乃始有之。集五有白蓮汎舟詩曰：『白藕新花照水開，紅窗小舫信風迴。誰教一片江南興，逐我殷勤萬里來？』又種白蓮詩曰：『吴中白藕洛中栽，莫戀江南花懶開。萬里攜歸爾知否？紅蕉朱槿不將來。』」城按：宋長白柳亭詩話、馬位秋窗隨筆所引此則與演繁露同。

池上即事

行尋甃石引新泉，坐看修橋補釣船。綠竹挂衣涼處歇，清風展簟困時眠。身閑當貴真天爵，官散無憂即地仙。林下水邊無厭日，便堪終老豈論年！

【箋】作於大和三年（八二九），五十八歲，洛陽，太子賓客分司。見汪譜。城按：此詩汪本編在後集卷九。

〔身閑當貴真天爵二句〕碧溪詩話卷九：「白樂天云：『身閑當貴真天爵，官散無憂即地仙。』蓋用顏蠋『晚食當肉，早眠當富，無事當貴』也。」

酬裴相公見寄二絶

習靜心方泰，勞生事漸稀。可憐安穩地，捨此欲何歸？

一雙垂翅鶴，數首解嘲文。總是迂閑物，爭堪伴相君？

【箋】作於大和三年（八二九），五十八歲，洛陽，太子賓客分司。城按：此詩汪本編在後集卷九。

〔裴相公〕裴度。見卷十九和張十八秘書謝裴相公寄馬詩箋。

【校】〔題〕第二首前宋本有「又」字，那波本有「又一首」三字。

答夢得聞蟬見寄

開緘思浩然，獨詠晚風前。人貌非前日，蟬聲似去年。槐花新雨後，柳影欲秋天。聽罷無他計，相思又一篇。

【箋】作於大和三年（八二九），五十八歲，洛陽，太子賓客分司。城按：此詩汪本編在後集卷九。劉集外二有始聞蟬有懷白賓客去歲白有聞蟬見寄詩云祇應催我老兼遺報君知之句詩。

【校】

〔題〕英華作「新蟬酬劉夢得見寄」。全詩注同英華。

〔獨詠〕「獨」，英華作「閑」。

〔前日〕「前」，英華作「昨」。

〔雨後〕「後」，英華作「地」。

令狐尚書許過弊居先贈長句

不矜軒冕愛林泉，許到池頭一醉眠。已遣平治行藥逕，兼教掃拂釣魚船。應將筆硯隨詩主，定有笙歌伴酒仙。祇候高情無別物，蒼苔石笋白花蓮。

【箋】作於大和三年（八二九），五十八歲，洛陽，太子賓客分司。城按：此詩汪本編在後集卷九。

〔令狐尚書〕令狐楚。見卷二六送東都留守令狐尚書赴任詩箋。并参見外集卷中同崔十八宿龍門兼寄令狐尚書馮常侍詩。

自題

老宜官冷静，貧頼俸優饒。熱月無堆案，寒天不趁朝。傍看應寂寞，自覺甚逍遥。徒對盈樽酒，兼無愁可銷。

【箋】

作於大和三年（八二九），五十八歲，洛陽，太子賓客分司。城按：此詩汪本編在後集卷九。

答崔十八

勞將白叟比黄公，今古由來事不同。我有商山君未見，清泉白石在胸中。

【箋】

作於大和三年（八二九），五十八歲，洛陽，太子賓客分司。城按：此詩汪本編在後集卷九。

〔崔十八〕崔玄亮。見本卷答崔十八見寄詩箋。

偶詠

禦熱蕉衣健，扶羸竹杖輕。誦經憑檻立，散藥遶廊行。暝槿無風落，秋蟲欲雨鳴。身閑當將息，病亦有心情。

【箋】

作於大和三年（八二九），五十八歲，洛陽，太子賓客分司。城按：此詩汪本編在後集卷九。

答蘇六

但喜暑隨三伏去，不知秋送二毛來。更無別計相寬慰，故遣陽關勸一盃。

【箋】

作於大和三年（八二九），五十八歲，洛陽，太子賓客分司。城按：此詩汪本編在後集卷九。

〔蘇六〕蘇弘。見卷二五答蘇庶子詩箋。並參見答蘇庶子月夜聞家僮奏樂見贈（本卷）、會昌二年春題池西小樓（卷三六）等詩。

【校】

〔陽關〕「陽」，宋本、那波本俱作「楊」。城按：「陽」、「楊」古字通。

秋遊

下馬閑行伊水頭，涼風清景勝春遊。何事古今詩句裏，不多説著洛陽秋？

【箋】

作於大和三年（八二九），五十八歲，洛陽，太子賓客分司。城按：此詩汪本編在後集卷九。

偶作

張翰一盃酒，榮期三樂歌。聰明傷混沌，煩惱污頭陀。簟冷秋生早，堦閑日上多。近來門更静，無雀可張羅。

【箋】

作於大和三年（八二九），五十八歲，洛陽，太子賓客分司。城按：此詩汪本編在後集卷九。

〔三樂〕曲調名。白氏好聽琴詩（卷二三）云：「尤宜聽三樂，安慰白頭翁。」郡中夜聽李山人彈三樂詩（卷二四）云：「榮啓先生樂，姑蘇太守賢。」城按：榮啓期爲春秋時隱士，嘗行於郕之野，鼓琴而歌，語孔子，以得爲人、又爲男子、又行年九十，爲三樂。見列子天瑞。

遊平泉贈晦叔

照水容雖老，登山力未衰。欲眠先命酒，暫歇亦吟詩。且喜身無縛，終慚鬢有絲。迴頭語閑伴，閑校十年遲。

【箋】

作於大和三年（八二九），五十八歲，洛陽，太子賓客分司。城按：此詩汪本編在後集卷九。〔晦叔〕崔玄亮。見卷二一答崔賓客晦叔十二月四日見寄詩箋。城按：崔玄亮大和三年以秘書少監改曹州刺史，辭病不就，歸洛陽。則與居易同遊平泉當在是年秋。

不出門

不出門來又數旬，將何銷日與誰親？鶴籠開處見君子，書卷展時逢古人。自靜其心延壽命，無求於物長精神。能行便是真修道，何必降魔調伏身？

【箋】作於大和三年（八二九），五十八歲，洛陽，太子賓客分司。城按：此詩汪本編在後集卷九。

歎病鶴

右翅低垂左脛傷，可憐風貌甚昂藏。亦知白日青天好，未要高飛且養瘡。

【箋】作於大和三年（八二九），五十八歲，洛陽，太子賓客分司。城按：此詩汪本編在後集卷九。

【校】〔題〕宋本、那波本、萬首俱作「歎病鶴」。汪本、全詩俱作「歎鶴病」。全詩「歎」下注云：「一作『勸』。」

臨都驛送崔十八

勿言臨都五六里，扶病出城相送來。莫道長安一步地，馬頭西去幾時迴？與君後會知何處？爲我今朝盡一盃。

【箋】作於大和三年（八二九），五十八歲，洛陽，太子賓客分司。城按：此詩汪本編在後集卷九。〔臨都驛〕在洛陽近郊，當是洛陽近城第一驛。白氏有臨都驛答夢得六言二首詩（卷二五）。劉集外一有答樂天臨都驛見贈及再贈樂天兩詩。〔崔十八〕崔玄亮。見本卷答崔十八見寄詩箋。按：新書卷一六四本傳云：「歷湖、曹二州，辭曹不拜。大和四年，由太常少卿改諫議大夫。」據白氏同崔十八寄元浙東王陝州、同崔十八宿龍門兼寄令狐尚書馮常侍、遊平泉贈晦叔諸詩。知玄亮大和三年春後辭曹不拜歸洛，而年終復赴長安爲太常少卿也。

對鏡

三分鬢髮二分絲，曉鏡秋容相對時。去作忙官應太老，退爲閑叟未全遲。靜中得味何須道？穩處安身更莫疑。若使至今黄綺在，聞吾此語亦分司。

【箋】作於大和三年（八二九），五十八歲，洛陽，太子賓客分司。城按：此詩汪本編在後集卷九。

勸酒十四首 并序

予分秩東都，居多暇日。閑來輒飲，醉後輒吟，若無詞章，不成謡詠。每發一意，則成一篇，凡十四篇，皆主於酒，聊以自勸，故以何處難忘酒、不如來飲酒命篇。

【箋】作於大和四年（八三〇），五十九歲，洛陽，太子賓客分司。見汪譜。城按：此詩汪本編在後集卷十。

【校】〔若無〕「若」，馬本、汪本俱誤作「苦」，據宋本、那波本、全詩改正。全詩注云：「一作『苦』。」亦非。

何處難忘酒七首

何處難忘酒？長安喜氣新。初登高第後，乍作好官人。省壁明張牓，朝衣穩稱身。此時無一盞，争奈帝城春！

何處難忘酒？天涯話舊情。青雲俱不達，白髮遞相驚。二十年前別，三千里外行。此時無一盞，何以叙平生？

何處難忘酒？朱門羨少年。春分花發後，寒食月明前。小院迴羅綺，深房理管絃。此時無一盞，争過豔陽天？

何處難忘酒？霜庭老病翁。暗聲啼蟋蟀，乾葉落梧桐。鬢爲愁先白，顏因醉暫紅。此時無一盞，何計奈秋風？

何處難忘酒？軍功第一高。還鄉隨露布，半路授旌旄。玉柱剥葱手，金章爛椹袍。此時無一盞，何以騁雄豪？

何處難忘酒？青門送别多。斂襟收涕淚，簇馬聽笙歌。煙樹灞陵岸，風塵長樂坡。此時無一盞，争奈去留何？

何處難忘酒？逐臣歸故園。赦書逢驛騎，賀客出都門。半面瘴煙色，滿衫鄉淚痕。此時無一盞，何物可招魂？

【箋】

〔長樂坡〕見卷十八長樂坡詩箋。

【校】

〔題〕第二首以下，每首詩前宋本有「又」字。

〔高第後〕「後」，那波本作「客」，汪本作「日」。

〔不達〕「不」，那波本作「未」。

〔羨少年〕「羨」，宋本、那波本俱作「美」。

不如來飲酒七首

莫隱深山去，君應到自嫌。齒傷朝水冷，貌苦夜霜嚴。漁去風生浦，樵歸雪滿巖。不如來飲酒，相對醉厭厭！

莫作農夫去，君應見自愁。迎春犂瘦地，趁晚餧羸牛。數被官加税，稀逢歲有秋。不如來飲酒，相伴醉悠悠！

莫作商人去，恓惶君未諳。雪霜行塞北，風水宿江南。藏鏹百千萬，沉舟十二三。不如來飲酒，仰面醉酣酣！

莫事長征去，辛勤難具論。何曾畫麟閣，祇是老轅門。蟣虱衣中物，刀槍面上痕。不如來飲酒，合眼醉昏昏！

莫學長生去，仙方誤殺君。那將薤上露，擬待鶴邊雲。矻矻皆燒藥，纍纍盡作壙。不如來飲酒，閑坐醉醺醺！

莫上青雲去，青雲足愛憎。自賢誇智慧，相糾鬭功能。魚爛緣吞餌，蛾燋爲撲燈。不如來飲酒，任性醉騰騰！

莫入紅塵去，令人心力勞。相爭兩蝸角，所得一牛毛。且滅嗔中火，休磨笑裏刀。不如來飲酒，穩卧醉陶陶！

【校】

〔題〕第二首以下，每首前宋本有「又」字。

〔相伴〕「伴」，那波本作「對」。

〔智慧〕「慧」，馬本訛作「彗」，據宋本、那波本、汪本、全詩、盧校改正。

〔相糾〕「糾」，那波本、汪本俱作「軋」。

和令狐相公寄劉郎中兼見示長句

日月天衢仰面看，尚淹池鳳滯臺鸞。碧幢千里空移鎮，赤筆三年未轉官。別後縱吟終少興，病來雖飲不多歡。酒軍詩敵如相遇，臨老猶能一據鞍。

【箋】

作於大和五年（八三一）六十歲，洛陽，河南尹。城按：此詩汪本編在後集卷十一。令狐楚寄禮部劉郎中詩云：「一別三年在上京，仙垣終日選羣英。除書每下皆先看，唯有劉郎無姓名。」劉集外三酬令狐相公見寄云：「羣玉山頭住四年，每聞笙鶴看諸仙。何時得把浮丘袂？白日將昇第九天。」即酬寄禮部劉郎中一詩所作。時楚在天平節度使任上，禹錫則爲禮部郎中、集賢學士，視詩意，楚以不能提挈禹錫踐歷樞要爲恨，禹錫仍以其再入秉政相期。白氏此詩所和，蓋即令狐楚寄禹錫之詩。唐宋詩醇云：「豪極，香山變調。」

〔令狐相公〕令狐楚。舊書卷一七二本傳：「（大和三年）十一月，進位檢校右僕射、鄆州刺史、天平軍節度、鄆曹濮觀察等使。……（大和）六年二月，改太原尹、北都留守。」並參見卷二四奉和汴州令狐令公二十二韻詩箋。

〔劉郎中〕劉禹錫。見卷二二酬集賢劉郎中對月見寄兼懷元浙東詩箋。

〔碧幢千里空移鎮〕指令狐楚自東都留守改天平軍節度使。

〔赤筆三年未轉官〕指禹錫久爲郎官。

即　事

見月連宵坐，聞風盡日眠。室香羅藥氣，籠煖焙茶烟。鶴啄新晴地，鷄棲薄暮天。自看淘酒米，倚杖小池前。

【箋】作於大和四年（八三〇），五十九歲，洛陽，太子賓客分司。城按：此詩汪本編在後集卷十一。

期宿客不至

風飄雨灑簾帷故，竹映松遮燈火深。宿客不來嫌冷落，一樽酒對一張琴。

【箋】作於大和四年（八三〇），五十九歲，洛陽，太子賓客分司。城按：此詩汪本編在後集卷十一。唐宋詩醇卷二六：「唐人七絶每著意前半，此詩上二句字字用意，已寫透冷落光景，下二句一拍即合。」

〔宿客〕指徐凝。徐凝有和侍郎邀宿不至、和夜題玉泉寺、和秋遊洛陽、侍郎宅泛池、自鄂渚至河南將歸江外留辭侍郎等詩，見全詩卷四七四。俱爲大和間徐凝至洛陽與居易交遊之證。并參見卷三四憑李睦州訪徐凝山人詩箋。

問移竹

問君移竹意如何？慎勿排行但間窠。多種少栽皆有意，大都少校不如多。

【箋】作於大和四年（八三〇），五十九歲，洛陽，太子賓客分司。城按：此詩汪本編在後集卷十一。

【校】〔間窠〕「間」，全詩注云：「一作『見』。」

重陽席上賦白菊

滿園花菊鬱金黄，中有孤叢色似霜。還似今朝歌酒席，白頭翁入少年場。

【箋】作於大和四年（八三〇），五十九歲，洛陽，太子賓客分司。城按：此詩汪本編在後集卷十一。

偶吟二首

眼下有衣兼有食，心中無喜亦無憂。正如身後有何事？應向人間無所求。静念道經深閉目，閑迎禪客小低頭。猶殘少許雲泉興，一歲龍門數度遊。

晴教曬藥泥茶竈，閑看科松洗竹林。活計縱貧長净潔，池亭雖小頗幽深。廚香炊黍調和酒，窗暖安絃拂拭琴。老去生涯祇如此，更無餘事可勞心。

【箋】作於大和四年（八三〇），五十九歲，洛陽，太子賓客分司。城按：此詩汪本編在後集卷十一。

【校】〔正如〕「正」，宋本、那波本、盧校俱作「匹」。

〔曬藥〕「曬」，宋本、馬本作「晹」，俱非。據汪本、全詩改正。城按：晹，明也。如作「晹」則詩意不可解，那波則誤作「曒」。

何處春先到

何處春先到？橋東水北亭。凍花開未得，冷酒著難醒。就日移輕榻，遮風展小屏。不勞人勸醉，鶯語漸丁寧。

【箋】

作於大和四年（八三〇），五十九歲，洛陽，太子賓客分司。城按：此詩汪本編在後集卷十一。全詩卷四六五楊衡春日偶題與此詩重複。

〔不勞人勸醉二句〕何義門云：「是先到。」

【校】

〔題〕英華作「春日偶題」。

〔北亭〕「亭」，馬本訛作「頭」，據宋本、那波本、汪本、英華、全詩改正。

〔著難醒〕「著」，英華、全詩、汪本俱作「酌」。汪本、全詩俱注云：「一作『著』。」

〔不勞人勸醉〕英華作「更無人勸飲」。

勉閑遊

天時人事常多故，一歲春能幾處遊？不是塵埃便風雨，若非疾病即悲憂。貧窮心苦多無興，富貴身忙不自由。唯有分司官恰好，閑遊雖老未能休。

【箋】

作於大和四年（八三〇），五十九歲，洛陽，太子賓客分司。城按：此詩汪本編在後集卷十一。

【校】

〔幾處〕「處」，那波本作「度」。何校從黄校作「度」。

〔悲憂〕「憂」，馬本作「愁」，據宋本、那波本，汪本、全詩、盧校改。全詩注云：「一作『愁』。」何校：「『憂』，蘭雪作『愁』。」

寄兩銀榼與裴侍郎因題兩絶

貧無好物堪爲信，雙榼雖輕意不輕。願奉謝公池上酌，丹心緑酒一時傾。

慣和麴蘗堪盛否？重用鹽梅試洗看。小器不知容幾許？襄陽米賤酒升寛。銀匠洗銀，多以鹽花梅漿也。

【箋】

作於大和五年（八三一），六十歲，洛陽，河南尹。城按：此詩汪本編在後集卷十一。

〔裴侍郎〕裴度。舊書文宗紀：「（大和四年九月壬午），以守司徒、平章軍國重事、晉國公裴度守司徒、兼侍中、充山南東道節度使。」至大和八年三月，裴度始自山南東道節度使除東都留守。

白氏大和五年作此詩時，度仍在襄州任，故此詩云：「小器不知容幾許。襄陽米賤酒升寬。」則此「裴侍郎」必爲「裴侍中」之訛文。各本俱誤。

【校】

〔題〕「兩絶」下汪本、全詩、盧校俱有「句」字。萬首題無「因題」二字。「裴侍郎」當爲「裴侍中」之訛文，宋本、那波本、馬本、汪本、全詩俱誤。

〔酒升寬〕此下那波本無注。

小橋柳

細水涓涓似淚流，日西惆悵小橋頭。衰楊葉盡空枝在，猶被霜風吹不休。

【箋】

作於大和五年（八三一），六十歲，洛陽，河南尹。城按：此詩汪本編在後集卷十一。

哭微之二首

八月涼風吹白幕，寢門廊下哭微之。妻孥朋友來相弔，唯道皇天無所知。

文章卓犖生無敵，風骨英靈殁有神。哭送咸陽北原上，可能隨例作灰塵？

【箋】作於大和五年（八三一），六十歲，洛陽，河南尹。城按：此詩汪本編在後集卷十一。白氏元稹墓誌銘（卷七〇）云：「大和五年七月二十二日遇暴疾，一日薨於位，春秋五十三。……以六年七月十二日祔葬於咸陽縣奉賢鄉洪瀆原，從先宅兆也。」考白氏祭微之文（卷六九）作於大和五年十月，其中已録此詩，則必作於五年八月，元稹遺櫬已抵洛，猶未下葬。詩云：「哭送咸陽北原上」，蓋先言將祔葬於祖塋也。又白氏元相公挽歌詞三首詩（卷二六）云：「六年七月葬咸陽」，可以參證。又哭微之詩（别集卷中）云：「從此三篇收淚後，終身無復更吟詩。」蓋合此哭微之二首爲三篇也。

馬上晚吟

人少街荒已寂寥，風多塵起重蕭條。上陽落葉飄宫樹，中渡流澌擁渭橋。出早冒寒衣校薄，歸遲侵黑酒全消。如今不是閑行日，日短天陰坊曲遥。

【箋】作於大和五年（八三一），六十歲，洛陽，河南尹。城按：汪本無此詩。

〔上陽〕上陽宫。見卷三上陽白髮人詩箋。

醉中重留夢得

劉郎劉郎莫先起，蘇臺蘇臺隔雲水。酒盞來從一百分，馬頭去便三千里。

【箋】

作於大和五年（八三一），六十歲，洛陽，河南尹。城按：此詩汪本編在後集卷二。劉集外二有醉答樂天詩。劉禹錫，大和五年十月自禮部郎中、集賢學士除蘇州刺史，見卷二六寄劉蘇州詩箋。白氏又有送劉郎中赴任蘇州（外集卷上）、福先寺雪中餞劉蘇州（外集卷上）兩詩，均爲是時贈別之作。又按：劉禹錫醉答樂天云：「洛城洛城何日歸？故人故人今轉稀。莫嗟雪裏暫時別，終擬雲間相逐飛。」即用白氏此詩之體，此唐人法也。

雪夜喜李郎中見訪兼酬所贈

可憐今夜鵝毛雪，引得高情鶴氅人。紅蠟燭前明似畫，青氊帳裏暖如春。十分滿盞黄金液，一尺中庭白玉塵。對此欲留君便宿，詩情酒分合相親。

【箋】作於大和五年(八三一),六十歲,洛陽,河南尹。城按:此詩汪本編在後集卷十一。

任老

不愁陌上春光盡,亦任庭前日影斜。面黑眼昏頭雪白,老應無可更增加。

【箋】作於大和六年(八三二),六十一歲,洛陽,河南尹。城按:此詩汪本編在後集卷十一。

勸歡

火急歡娛慎勿遲,眼看老病悔難追。樽前花下歌筵裏,會有求來不得時。

【箋】作於大和六年(八三二),六十一歲,洛陽,河南尹。城按:此詩汪本編在後集卷十一。

【校】〔慎勿遲〕「慎」,全詩注云:「一作『切』。」

答王尚書問履道池舊橋

虹梁雁齒隨年换，素板朱欄逐日修。但恨尚書能久别，莫愁川守不頻遊。重移舊柱開中眼，亂種新花擁兩頭。李郭小船何足問？待君乘過濟川舟。

【箋】

作於大和六年（八三二），六十一歲，洛陽，河南尹。城按：此詩汪本編在後集卷十一。

〔王尚書〕王起。舊書卷十七下文宗紀：「（大和四年四月）庚申，以尚書左丞王起爲户部尚書、判度支代崔元略。」又：「（大和六年七月己未），以户部尚書、判度支王起檢校吏部尚書、充河中晉慈隰節度使。」舊書卷一六四本傳同。參見雪暮偶與夢得同致仕裴賓客王尚書飲詩（卷三五）。

〔履道池舊橋〕居易履道坊宅池中之橋，築成曾得王起之助力。其題新居呈王尹兼簡府中三掾詩（卷二三）云：「橋憑川守造，樹倩府寮栽。」問江南物詩（本卷）云：「蘇州舫故龍頭暗，王尹橋傾雁齒斜。」

〔雁齒〕白氏六帖事類集卷第三橋第十一：「橋有雁齒。」

【校】

〔川守〕「川」，馬本、汪本、全詩俱訛作「州」。據宋本、那波本改正。城按：河南尹，古之三川守也。全詩注云：「一作『川』。」亦非。

晚歸府

晚從履道來歸府，街路雖長尹不嫌。馬上涼於牀上坐，緑槐風透紫蕉衫。

【箋】

作於大和六年（八三二），六十一歲，洛陽，河南尹。城按：此詩汪本編在後集卷十一。

〔府〕河南府廨。在洛陽定鼎門街東第三街宣範坊。見兩京城坊考卷五。

〔晚從履道來歸府二句〕履道坊至宣範坊，中隔五街，故曰「街路長」也。

從龍潭寺至少林寺題贈同遊者

山屐田衣六七賢，搴芳蹋翠弄潺湲。九龍潭月落杯酒，三品松風飄管絃。强健且宜遊勝地，清涼不覺過炎天。始知駕鶴乘雲外，别有逍遥地上仙。

【箋】

作於大和六年（八三二），六十一歲，嵩山，河南尹。城按：此詩汪本編在後集卷十一。是年秋七月，居易遊嵩山，此詩及後夜從法王寺下歸嶽寺、宿龍潭寺、嵩陽觀夜奏霓裳三詩均作於是時。

〔龍潭寺〕在登封縣東北，唐時建。見乾隆河南府志卷七六引李通志。并參見本卷宿龍潭寺詩。

〔少林寺〕在少室山北麓，後魏孝文帝所建。見乾隆河南府志卷七六引唐崔璀寺碑及名勝志。

〔九龍潭月落杯酒〕九龍潭在登封縣太室東巖之半，古名龍淵水，山巔諸水咸會於此，蓋一大峽也。見清統志河南府一。又全唐詩卷八八七尉遲汾府尹王侍郎准制拜嶽因狀嵩高靈勝寄呈三十韻詩注：「又有九龍潭在寺側，崇崖對聳，壁立千仞。九曲分蓄，黝黑不測。」李太白文集卷十六送王屋山人魏萬還王屋詩王琦注引登封縣志云：「九龍潭在太室東巖，山顛有水流下，激衝成潭，盈坎而出，復作一潭，共有九潭，遞相灌輸，水色洞黑，其深無際，崖崿險峻，波濤怒激，登臨者至此輒凜然生畏焉。」白氏又有與諸道者同遊二室至九龍潭作詩（卷二八）。

【校】

〔駕鶴〕何校：「蘭雪作『鶴駕』。」

夜從法王寺下歸嶽寺

雙刹夾虛空，緣雲一徑通。似從忉利下，如過劍門中。燈火光初合，笙歌曲未終。可憐師子座，舁出净名翁。

【箋】

作於大和六年（八三二），六十一歲，嵩山，河南尹。城按：此詩汪本編在後集卷十一。

〔法王寺〕在嵩山南麓。漢明帝永平十四年建。見乾隆河南府志卷七六引嵩書。

〔嶽寺〕即嵩嶽寺。又名閑居寺。在法王寺西里許，在今太室南麓北。見乾隆河南府志卷七六。

【校】

〔舁出〕「舁」，汪本作「昇」。何校：「蘭雪亦作『昇』。」

宿龍潭寺

夜上九潭誰是伴？雲隨飛蓋月隨盃。明年尚作三川守，此地兼將歌舞來。

【箋】

作於大和六年（八三二），六十一歲，嵩山，河南尹。城按：此詩汪本編在後集卷十一。

〔龍潭寺〕見本卷從龍潭寺至少林寺題贈同遊者詩箋。

【校】

〔題〕汪本作「宿龍潭月」。

嵩陽觀夜奏霓裳

開元遺曲自淒涼，況近秋天調是商。愛者誰人唯白尹，奏時何處在嵩陽。迴臨山月聲彌怨，散入松風韻更長。子晉少姨聞定怪，人間亦便有霓裳。

【箋】

作於大和六年（八三二），六十一歲，嵩山，河南尹。城按：此詩汪本編在後集卷十一。

〔嵩陽觀〕即奉天宮。在登封縣北太室前。唐會要卷三〇：「永淳元年，造奉天宮於嵩山之南，仍置嵩陽縣。……弘道元年十二月，遺詔廢之。文明元年二月，改嵩陽觀。」通鑑卷二〇三高宗永淳元年：「秋七月，作奉天宮於嵩山南，監察御史裏行李善感諫曰：……上雖不納，亦優容之。」

〔霓裳〕見卷十二長恨歌詩箋。

【校】

〔迴臨〕「迴」，全詩作「迴」，非。

過元家履信宅

雞犬喪家分散後，林園失主寂寥時。落花不語空辭樹，流水無情自入池。風蕩醼船初破漏，雨淋歌閣欲傾欹。前庭後院傷心事，唯是春風秋月知。

【箋】

作於大和六年（八三二），六十一歲，洛陽，河南尹。城按：此詩汪本編在後集卷十一。何義門云：「微之居履信。」

〔元家履信宅〕元稹履信坊宅，在洛陽長夏門之東第四街。見兩京城坊考卷五。

【校】

〔醼船〕「醼」，馬本注云：「伊甸切。」

和杜録事題紅葉

寒山十月旦，霜葉一時新。似燒非因火，如花不待春。連行排絳帳，亂落剪紅巾。解駐籃輿看，風前唯兩人。

【箋】作於大和六年（八三二），六十一歲，洛陽，河南尹。城按：此詩汪本編在後集卷十一。居易往濟源，遊王屋山，約在是年十月間。

〔杜録事〕名未詳。時方修道於王屋山天壇峯。本卷天壇峯下贈杜録事詩自注云：「時杜方鍊伏火砂次。」城按：劉集卷二八有洛中春來送杜録事赴蘄州詩云：「尊前花下長相見，明日忽爲千里人。君過午橋回首望，洛城猶自有殘春。」當即此人。據詩則杜必赴蘄州李播幕者。考李播赴蘄州任在開成三年春，見白氏送蘄春李十九使君赴郡詩（卷三四），則劉詩必係是年在東都作。

【校】

〔絳帳〕汪本作「絳葉」，非。

〔籃輿〕「輿」，英華作「舁」。

題崔常侍濟上別墅　時常侍以長告罷歸，今故先報泉石。

求榮争寵任紛紛，脱棄金貂祇有君。散員疏去未爲貴，小邑陶休何足云。山色好當晴後見，泉聲宜向醉中聞。主人憶爾爾知否？抛却青雲歸白雲。

【箋】

作於大和六年（八三二），六十一歲，濟源，河南尹。城按：此詩汪本編在後集卷十一。

〔崔常侍〕崔玄亮。見卷二五題崔常侍濟源莊詩箋。城按：白氏崔玄亮墓誌銘（卷七〇）云：「公以爲名不可多取，退不必待年，决就長告，徑遵歸路。朝廷不得已，在途拜太子賓客分司東都。公濟源有田，洛下有宅，……無何，又除虢州刺史。」新書卷一六四本傳云：「頃之移疾歸東都，召爲虢州刺史，卒。」舊書卷一六五本傳未載拜太子賓客分司東都事。據白氏此詩自注云：「時常侍以長告罷歸，今故先報泉石。」則玄亮分司在大和六年，與墓誌及新傳語正合。

〔濟上別墅〕見卷二五題崔常侍濟源莊詩箋。

【校】

〔題〕此下那波本無注。

過温尚書舊莊

白石清泉抛濟口，碧幢紅旆照河陽。村人都不知時事，猶自呼爲處士莊。

【箋】

作於大和六年（八三二），六十一歲，濟源，河南尹。城按：此詩汪本編在後集卷十一。

〔温尚書〕温造。字簡輿，河内人。幼嗜學，不喜試吏，隱居王屋，以漁釣逍遥爲事。德宗愛其才，召至京師。大和五年七月，檢校户部尚書、東都留守。九月，改授河陽懷節度觀察等使。七年十一月，入爲御史大夫。見舊書卷一六五、新書卷九一本傳。城按：白氏作此詩時，造方節度河陽，故詩云：「碧幢紅旆照河陽。」白氏又有温造可起居舍人充鎮州四面宣慰使制（卷四九）、李肇可中散大夫郢州刺史王鎰朗州刺史温造可朝散大夫三人同制（卷五〇），可以參證。劉集卷二四有美温尚書鎮定興元以詩寄賀詩。

〔處士莊〕在濟源縣王屋山附近。新書卷九一温造傳：「造字簡輿，不喜爲吏，隱王屋山，人號其處曰處士墅。」城按：清統志河南府謂温造處士莊在孟津縣舊河清縣，非是。

天壇峯下贈杜録事

年顔氣力漸衰殘，王屋中峯欲上難。頂上將探小有洞，小有洞在天壇頂上。喉中須嚥大還丹。時杜方鍊伏火砂次。河車九轉宜精鍊，火候三年在好看。他日藥成分一粒，與君先去掃天壇。

【箋】

作於大和六年（八三二），六十一歲，王屋山，河南尹。城按：此詩汪本編在後集卷十一。

〔天壇峯〕清統志懷慶府：「天壇峯即王屋山絶頂，軒轅祈天之所，故名。東曰日精峯，西曰月華峯。」

〔杜録事〕見本卷和杜録事題紅葉詩箋。

〔小有洞〕古今圖書集成山川典王屋山部：「按懷慶府志山川：王屋山在濟源縣西百里，禹貢王屋即此。其絶頂曰天壇，東爲日精峯，西爲月華峯，壇北曰小有洞，爲天下洞天第一。」

【校】

〔小有洞〕此下那波本無注。後同。

贈僧五首

鉢塔院如大師

師年八十三，登壇秉律凡六十年，每歲於師處授八關戒者九度。

百千萬劫菩提種，八十三年功德林。若不秉持僧行苦，將何報答佛恩深？慈悲不瞬諸天眼，清净無塵幾地心。每歲八關蒙九授，慇懃一戒重千金。

【箋】

作於大和五年（八三一），六十歲，洛陽，河南尹。城按：此五首詩汪本編在後集卷十一。

〔如大師〕東都聖善寺鉢塔院主智如。白氏東都十律大德長聖善寺鉢塔院主智如和尚茶毗幢記（卷六九）：「大師姓吉，號智如，絳郡正平人。……大和八年十二月二十三日終於本院，報年八十六，僧夏六十五。……今院主上首弟子振公洎傳法受遺侍者弟子某等若干人，合力建幢，以畢師志。振輩以居易辱爲是院門徒者有年矣，又十年以還，蒙師授八關齋戒見託爲記，附于真言。」城按：智如卒於大和八年，年八十六，此詩自注云：「師年八十三。」則必作於大和五年無疑。又其人非如信大師功德幢記（卷六八）中之「如信」，可以斷言，蓋如信卒於長慶四年。

【校】

〔題〕此下那波本無注。

神照上人 照以説壇爲佛事。

心如定水隨形應，口似懸河逐病治。曾向衆中先禮拜，西方去日莫相遺。

【箋】

〔神照上人〕東都奉國寺僧。白氏唐東都奉國寺禪德大師照公塔銘并序（卷七一）云：「大師號神照，姓張氏，蜀州青城人也。……粵以開成三年冬十二月示滅於奉國寺禪院。以是年遷葬於龍門山，報年六十三，僧夏四十四。」參見神照禪師同宿（卷二九）、喜照密閑實四上人見過（卷三一）等詩。又白氏遊大林寺序中亦載僧神照，疑即此人。城按：神照師南印，南印乃禪宗六祖慧能之法曾孫，故神照爲禪宗荷澤宗神會之嫡系，亦見白氏唐東都奉國寺禪德大師照公塔銘。

【校】

〔題〕此下那波本無注。

自遠禪師 遠以無事爲佛事。

自出家來長自在，緣身一衲一繩牀。令人見即思無事，每一相逢是道場。

【校】

〔題〕此下那波本無注。

〔思無事〕「思」，宋本、馬本、那波本、全詩俱作「心」，據汪本、盧校改。

宗實上人 實即樊司空之子，捨官位妻子出家。

榮華恩愛棄成唾，戒定真如和作香。今古雖殊同一法，瞿曇抛却轉輪王。

【箋】

〔宗實上人〕神照弟子。白氏唐東都奉國寺禪德大師照公塔銘并序（卷七一）云：「其諸升堂入室得心要口訣者，有宗實在褢。」城按：此詩自注云：「實即樊司空之子」，樊司空即樊澤。舊書卷一二二樊澤傳未載其子之名，新書卷一五九樊澤傳僅附宗師傳，韓愈樊紹述墓誌銘亦未及其兄弟之名。據白氏此詩，知宗實必紹述之昆仲行。參見白氏喜照密閑實四上人見過（卷三一）、送宗實上人遊江南（卷三二）等詩。又按：白氏唐東都奉國寺禪德大師照公塔銘云：「其諸升堂入室、得心要口訣者，有宗實在裏。」故知宗實師神照，亦爲禪宗荷澤宗之弟子。

【校】

〔題〕萬首作「宗上人」。那波本無注。

清閑上人 自蜀入洛，於長壽寺説法度人。

梓潼眷屬何年別？長壽壇場近日開。應是蜀人皆度了，法輪移向洛中來。

【箋】

〔清閑上人〕禪宗荷澤宗神照弟子。白氏唐東都奉國寺禪德大師照公塔銘并序（卷七一）：「明年，傳教主院上首弟子沙門清閑，糺門徒，合財施，與服勤弟子志行等營度襄事，……」修香山寺記（卷六八）：「因請悲智僧清閑主張之。」並參見題天竺南院贈閑元旻清四上人（卷三〇）、喜照密閑實四上人見過（卷三一）、答閑上人來問因何風疾（卷三五）等詩。

〔長壽寺〕在洛陽長夏門之東第四街履道坊，與居易宅相近。見兩京城坊考卷五。

【校】

〔題〕此下那波本無注。

彈秋思

信意閑彈秋思時，調清聲直韻疏遲。近來漸喜無人聽，琴格高低心自知。

【箋】作於大和六年（八三二），六十一歲，洛陽，河南尹。城按：此詩汪本編在後集卷十一。〔秋思〕白氏池上篇序（卷六九）：「蜀客姜發授秋思，聲甚淡。」

自詠

隨宜飲食聊充腹，取次衣裘亦煖身。未必得年非瘦薄，無妨長福是單貧。老龜豈羨犧牲飽，蟠木寧争桃李春？隨分自安心自斷，是非何用問閑人。

【箋】作於大和六年（八三二），六十一歲，洛陽，河南尹。按：此詩汪本編在後集卷十一。

分司初到洛中偶題六韻兼戲呈馮尹

相府念多病，春宫容不才。官銜依口得，俸禄逐身來。白首林園在，紅塵車馬迴。招呼新客旅，掃掠舊池臺。小舫宜攜樂，新荷好蓋盃。不知金谷主，早晚賀筵開。

【箋】

作於大和三年（八二九），五十八歲，洛陽，太子賓客分司。城按：此詩汪本編在後集卷十一。劉集外二有遥和白賓客分司初到洛中戲呈馮尹詩。

〔馮尹〕河南尹馮宿。大和二年十月，自左散騎常侍拜河南尹。大和四年入爲工部侍郎。見舊書卷一六八、新書卷一七七本傳、舊書卷十七上文宗紀。參見白氏同崔十八宿龍門兼寄令狐尚書馮常侍詩（外集卷中）城按：宿在裴度淮西幕中與李宗閔同僚，其爲牛李黨與否不可知，然觀其遷官在大和四年後，顯出於牛僧孺、李宗閔之援。

【校】

〔依口〕「依」，英華作「隨」，注云：「集作『依』。」汪本、全詩俱注云：「一作『隨』。」

〔俸禄〕「禄」，英華、汪本、全詩俱作「料」。英華注云：「集作『禄』。」全詩注云：「一作『禄』。」

〔客旅〕「旅」，英華、全詩俱作「侶」。汪本注云：「一作『侶』。」全詩注云：「一作『旅』。」

春風

春風先發苑中梅，櫻杏桃梨次第開。薺花榆莢深村裏，亦道春風爲我來。

【箋】作於大和五年（八三一），六十歲，河南尹。城按：此詩那波本編在卷五十五，在魏堤有懷詩之前，其編次當繫於大和五年。汪本編在後集卷十一。

〔亦道春風爲我來〕何義門云：「不須愁歎乃爾。」

白居易集箋校卷第二十八

律詩　五言　七言　凡一百首

洛陽春

洛陽陌上春長在，昔別今來二十年。唯覓少年心不得，其餘萬事盡依然。

【箋】

作於大和四年（八三〇），五十九歲，洛陽，太子賓客分司。城按：此詩汪本編在後集卷十。此卷詩那波本編在卷五八。

【校】

〔昔別〕「昔」，全詩作「惜」，注云：「一作『昔』。」非。

恨去年

老去猶躭酒，春來不著家。去年來校晚，不見洛陽花！

【箋】

作於大和四年（八三〇），五十九歲，洛陽，太子賓客分司。城按：此詩汪本編在後集卷十。

〔去年來校晚二句〕居易大和三年四月至洛陽時已過暮春，其別陝府王司馬詩（卷二七）云：「笙歌惆悵欲爲別，風景闌珊初過春。」將至東都先寄令狐留守詩（卷二七）云：「惜逢金谷三春盡」，可證。

【校】

〔猶躭酒〕「猶」，全詩作「唯」，注云：「一作『猶』。」

早出晚歸

早起或因攜酒出，晚歸多是看花迴。若拋風景長閑坐，自問東京作底來？

【箋】

作於大和四年（八三〇），五十九歲，洛陽，太子賓客分司。城按：此詩汪本編在後集卷十。

魏王堤

花寒懶發鳥慵啼，信馬閑行到日西。何處未春先有思，柳條無力魏王堤。

【箋】作於大和四年（八三〇），五十九歲，洛陽，太子賓客分司。城按：此詩汪本編在後集卷十。〔魏王堤〕見卷二五魏堤有懷詩箋。

嘗黄醅新酎憶微之

世間好物黄醅酒，天下閑人白侍郎。愛向卯時謀洽樂，亦曾酉日放粗狂。醉來枕麴貧如富，詩云：「一醉曰富。」身後堆金有若亡。元九計程殊未到，甕頭一盞共誰嘗？

【箋】作於大和三年（八二九），五十八歲，洛陽，太子賓客分司。城按：此詩汪本編在後集卷十。劉集外二有樂天寄洛下新詩兼喜微之欲到因以抒懷也詩，亦係同時所作。

〔愛向卯時謀洽樂〕卯時飲酒也。本卷白氏橋亭卯飲詩云：「卯時偶飲齋時卧。」

〔元九計程殊未到〕城按：舊書文宗紀，大和三年九月戊戌，以元稹爲尚書左丞。此是除官月日，比稹從浙東到京，已在歲杪，次年正月乙丑又出爲武昌軍節度使矣。故稹贈其妻柔之詩云：「窮冬到鄉國，正歲别京華。自恨風塵眼，常看遠地花。」居易時在洛陽，爲稹入京必經之路，則白詩必係三年冬所作。

【校】

〔貧如富〕此下那波本無注。又注中「曰」字各本俱誤作「日」，今改正。

勸行樂

少年信美何曾久，春日雖遲不再中。歡笑勝愁歌勝哭，請君莫道等頭空。

【箋】

約作於大和三年（八二九）至大和四年（八三〇），洛陽，太子賓客分司。城按：此詩汪本編在後集卷十。

【校】

〔春日〕「日」，馬本作「到」，據宋本、那波本、汪本、全詩、盧校改。全詩注云：「一作『到』。」

〔不再中〕「中」，馬本作「逢」，據宋本、那波本、汪本、全詩改。全詩注云：「一作『逢』。」

老慵

豈是交親向我疏，老慵自愛閉門居。近來漸喜知聞斷，免惱嵇康索報書。

【箋】約作於大和三年（八二九）至大和四年（八三〇），洛陽，太子賓客分司。城按：此詩汪本編在後集卷十。容齋五筆卷九：「士大夫得交朋書問，有懶傲不肯即答者。記白樂天老慵一絶句曰：『豈是交親向我疏，……免惱嵇康索報書。』按嵇康與山濤絶交書云：『素不便書，又不喜作書。而人間多事，堆案盈几。不相酬答，則犯教傷義。欲自勉强，則不能久。』樂天所云正此也。乃知畏於答書，其來久矣。」

酬別微之 臨都驛醉後作。

澧頭峽口錢唐岸，三別都經二十年。且喜筋骸俱健在，勿嫌鬚鬢各皤然。君歸北闕朝天帝，我住東京作地仙。博望自來非棄置，承明重入莫拘牽。醉收盃杓停燈語，寒展衾裯對枕眠。猶被分司官繫絆，送君不得過甘泉。

【箋】

作於大和三年（八二九），五十八歲，洛陽，太子賓客分司。見汪譜。城按：此詩汪本編在後集卷十。舊書卷十七上文宗紀：「（大和三年九月）戊戌，以前睦州刺史陸亘爲越州刺史、浙東觀察使代元稹，以稹爲尚書左丞代韋弘景。」則元稹自越州入京，路過洛陽小住，約在是年歲杪。〔臨都驛〕在洛陽近郊。參見白氏臨都驛答夢得六言二首（卷二五）及臨都驛送崔十八（卷二七）兩詩。

【校】

〔澧頭〕「澧」，那波本、汪本、全詩俱訛作「灃」。

予與微之老而無子發於言歎著在詩篇今年冬各有一子戲作二什一以相賀一以自嘲

常憂到老都無子，何況新生又是兒。陰德自然宜有慶，于公陰德，其後蕃昌。皇天可得道無知。皇天無知，伯道無兒。一園水竹今爲主，微之履信新居多水竹也。百卷文章更付誰？微之文集凡一百卷。莫慮鵷鶵無浴處，即應重入鳳凰池。

五十八翁方有後，靜思堪喜亦堪嗟。一珠甚小還慚蚌，八子雖多不羨鴉。秋月晚生丹桂實，春風新長紫蘭芽。持盃祝願無他語，慎勿頑愚似汝爺。

【箋】

作於大和三年（八二九），五十八歲，洛陽，太子賓客分司。見陳譜及汪譜。城按：此詩汪本編在後集卷十。元稹之子道保，居易之子阿崔，均生於是年冬。本卷和微之道保生三日詩云：「嘉名稱道保，乞姓號崔兒。」

〔五十八翁方有後〕查慎行白香山詩評云：「微之是年纔五十一，少樂天七歲。」

【校】

〔題〕「於言」二字，宋本壞。又「今年」下馬本脱「冬」字，據宋本、那波本、汪本、全詩補。又第二首宋本、那波本俱別標題「自嘲」。

〔有慶〕此下那波本無注。後同。宋本小注「蕃」下脱「昌」字。

〔甚小〕「小」，馬本作「少」，據宋本、那波本、汪本、全詩改。全詩注云：「一作『少』。」

〔八子〕「八」，汪本作「九」。全詩注云：「一作『九』。」

〔汝爺〕「爺」，宋本作「耶」，字通。

自問

年來私自問，何故不歸京？佩玉腰無力，看花眼不明。老慵難發遣，春病易滋生。賴有彈琴女，時時聽一聲。

【箋】作於大和三年（八二九），五十八歲，長安，刑部侍郎。城按：此詩汪本編在後集卷十。

晚桃花

一樹紅桃亞拂池，竹遮松蔭晚開時。非因斜日無由見，不是閑人豈得知？寒地生材遺校易，貧家養女嫁常遲。春深欲落誰憐惜？白侍郎來折一枝。

【箋】作於大和三年（八二九），五十八歲，長安，刑部侍郎。城按：此詩汪本編在後集卷十。查慎行白香山詩評：「『寒地生材遺較易』二句爲晚字生波，寄慨絶遠。」唐宋詩醇卷二五：「比意深婉，總從一晚字生情。『寒地生材』句自是主意，以『貧家養女』句更切桃花，故仍以上句作陪，律法極細。」黃培芳香石詩話卷一：「白太傅晚桃花云『一樹紅桃亞拂池』，手腕柔和，極層折吞吐之妙，與王右丞酌酒與裴迪，皆七律中進一格者。」

〔亞拂池〕見卷十四亞枝花詩箋。

【校】

〔亞拂池〕「亞」下馬本注云：「低也。」

〔春深〕「深」，全詩注云：「一作『風』。」

〔侍郎〕「侍」，英華訛作「待」。

夜調琴憶崔少卿

今夜調琴忽有情，欲彈惆悵憶崔卿。何人解愛中徽上？秋思頭邊八九聲。

【箋】

作於大和三年（八二九），五十八歲，洛陽，太子賓客分司。城按：此詩汪本編在後集卷十。

〔崔少卿〕崔玄亮。新書卷一六四本傳：「大和四年，由太常少卿改諫議大夫。」據白氏是年在洛陽與玄亮酬答諸詩，知玄亮授太常少卿赴長安在大和三年秋冬之際。城按：崔玄亮擅琴，嘗贈琴於居易，白氏池上篇序（卷六九）云：「博陵崔晦叔與琴，韻甚清。蜀客姜發授秋思，聲甚淡。」又有崔湖州贈紅石琴薦煥如錦文無以答之以詩酬謝詩（卷二一）。後玄亮歿於大和七年，卒前，以玉磬琴留别居易，請爲墓誌。見白氏崔玄亮墓誌銘（卷七〇）。

阿　崔

謝病卧東都，羸然一老夫。孤單同伯道，遲暮過商瞿。豈料鬢成雪，方看掌弄珠。已衰寧望有，雖晚亦勝無。蘭入前春夢，桑懸昨日弧。里閭多慶賀，親戚共歡娛。膩剃新胎髮，香綳小繡襦。玉芽開手爪，酥顆點肌膚。弓冶將傳汝，琴書勿墜吾。未能知壽天，何暇慮賢愚。乳氣初離㲉，啼聲漸變雛。何時能反哺，供養白頭烏？

【箋】

作於大和三年（八二九），五十八歲，洛陽，太子賓客分司。見陳譜及汪譜。城按：此詩汪本編在後集卷十。查慎行白香山詩評：「『豈料鬢成雪』四句，暮年舉子，委婉入情。『膩剃新胎髮』六句，好描寫，結還起意。」唐宋詩醇卷二五：「寫小兒初生，端詳入細。一結喜極，不覺慮其將來，軟語心酸，逼真老人情景。此種自讓香山獨步。」

〈阿崔〉居易五十八歲所生之子，三歲而夭。參見本卷予與微之老而無子發於言歎著在詩篇今年冬各有一子戲作二什一以相賀一以自嘲、哭崔兒、初喪崔兒報微之晦叔等詩。

【校】

〔酥顆〕「酥」，宋本、那波本俱作「蘇」。

贈鄰里往還

問予何故獨安然？免被飢寒婚嫁牽。骨肉都盧無十口，糧儲依約有三年。但能斗藪人間事，便是逍遥地上仙。唯恐往還相厭賤，南家飲酒北家眠。

【箋】

作於大和三年（八二九），五十八歲，洛陽，太子賓客分司。城按：此詩汪本編在後集卷十。

【校】

〔都盧〕那波本作「都來」，非。

王子晉廟

子晉廟前山月明，人聞往往夜吹笙。鸞吟鳳唱聽無拍，多似霓裳散序聲。

【箋】作於大和三年（八二九），五十八歲，洛陽，太子賓客分司。城按：此詩汪本編在後集卷十。

〔王子晉廟〕清統志河南府：「王子晉祠在偃師縣南。水經注：撫父堆上有子晉祠，世有簫管之聲焉。舊志：昇仙太子廟在縣南緱氏山。有碑，唐武后撰并書。」城按：唐武后改子晉祠爲昇仙太子廟，自製碑文在山上。見乾隆河南府志卷七一。

【校】

〔人聞〕「聞」，汪本作「間」。全詩「聞」下注云：「一作『間』。」

晚起

起晚憐春暖，歸遲愛月明。放慵長飽睡，聞健且閑行。北闕停朝簿，四方入社名。唯吟一句偈，無念是無生。

【箋】作於大和四年（八三〇），五十九歲，洛陽，太子賓客分司。城按：此詩汪本編在後集卷十。

酬皇甫賓客

玄晏家風黄綺身，深居高卧養精神。性慵無病常稱病，心足雖貧不道貧。竹院君閑銷永日，花亭我醉送殘春。自嫌詩酒猶多興，若比先生是俗人。

【箋】作於大和四年（八三〇），五十九歲，洛陽，太子賓客分司。城按：此詩汪本編在後集卷十。〔皇甫賓客〕皇甫鏞。見卷二一寄皇甫賓客詩箋。並參見酬皇甫賓客（卷二五）、贈皇甫賓客（卷二七）、拜表早出贈皇甫賓客（外集卷上）等詩。

池上贈韋山人

新竹夾平流，新荷拂小舟。衆皆嫌好拙，誰肯伴閑遊？客爲忙多去，僧因飯暫留。獨憐韋處士，盡日共悠悠！

【箋】作於大和四年（八三〇），五十九歲，洛陽，太子賓客分司。城按：此詩汪本編在後集卷十。

何義門云：「起十字讀者心骨爲清，第六激起獨字猶有力。」

〔韋山人〕韋楚。隱居洛陽伊闕山平泉。見白氏薦李晏韋楚狀（卷六八）。並參見龍門送别皇甫澤州赴任韋山人南遊（卷三二）、贈張處士韋山人（那波本卷六七）等詩。

【校】

〔題〕英華作「池上贈山人韋君」。

〔好拙〕英華作「拙好」。

〔獨憐〕「獨」，英華作「猶」。

無夢

老眼花前暗，春衣雨後寒。舊詩多忘却，新酒且嘗看。拙定於身穩，慵應趁伴難。漸銷名利想，無夢到長安。

【箋】

作於大和四年（八三〇），五十九歲，洛陽，太子賓客分司。城按：此詩汪本編在後集卷十。

對小潭寄遠上人

小潭澄見底，閑客坐開襟。借問不流水，何如無念心？彼惟清且淺，此乃寂而深。是義誰能答？明朝問道林。

【箋】

作於大和四年（八三〇），五十九歲，洛陽，太子賓客分司。城按：此詩汪本編在後集卷十。

〔遠上人〕東林寺僧。見白氏遠師（卷二三）、問遠師（卷二三）等詩。

【校】

〔彼惟〕英華作「惟彼」。

〔誰能答〕「答」，宋本作「書」。

〔問道林〕「問」，英華作「向」。

閑吟二首

留司老賓客，春盡興如何？官寺行香少，僧房寄宿多。閑傾一盞酒，醉聽兩聲歌。憶得陶潛語，羲皇無以過。閑遊來早晚，已得一周年。嵩洛供雲水，朝庭乞去俸錢。長歌時獨酌，飽食後安眠。聞道山榴發，明朝向玉泉。

【箋】作於大和四年（八三〇），五十九歲，洛陽，太子賓客分司。城按：此詩汪本編在後集卷十。

【校】〔題〕第二首前，宋本有「又」字，那波本有「又一首」三字。

〔乞俸錢〕「乞」下「去」字注，各本俱無，據宋本增。

獨遊玉泉寺　三月三十日。

雲樹玉泉寺，肩舁半日程。更無人作伴，秖共酒同行。新葉千萬影，殘鶯三兩聲。閑遊竟未足，春盡有餘情。

【箋】作於大和四年（八三〇），五十九歲，洛陽，太子賓客分司。城按：此詩汪本編在後集卷十。

〔玉泉寺〕在洛陽東南玉泉山。唐郭子儀奉勅造。玉泉山上有泉水如碧玉色，泉上有白龍祠。見乾隆河南府志卷十一引名勝志。又太平寰宇記卷三河南府：「玉泉山在（河南）縣東南四十里，山內有玉泉寺。」參見白氏玉泉寺南三里澗下多深紅躑躅繁豔殊常感惜題詩以示遊者（卷三一）詩。

【校】

〔肩舁〕「舁」，馬本注云：「雲俱切。」

晚出尋人不遇

籃輿不乘乘晚涼，相尋不遇亦無妨。輕衣穩馬槐陰下，自要閑行一兩坊。

【箋】

作於大和四年（八三〇），五十九歲，洛陽，太子賓客分司。城按：此詩汪本編在後集卷十。

【校】

〔題〕「遇」，馬本作「見」，非。據宋本、那波本、汪本、全詩改正。

苦熱

頭痛汗盈巾，連宵復達晨。不堪逢苦熱，猶賴是閑人。朝客應煩倦，農夫更苦辛。始慚當此日，得作自由身。

【箋】作於大和四年（八三〇），五十九歲，洛陽，太子賓客分司。城按：此詩汪本編在後集卷十。

銷暑

何以銷煩暑？端居一院中。眼前無長去物，窗下有清風。熱散由心靜，涼生爲室空。此時身自得，難更與人同。

【箋】作於大和四年（八三〇），五十九歲，洛陽，太子賓客分司。城按：此詩汪本編在後集卷十。

【校】〔長物〕「長」下「去」字注，各本俱無，據宋本增。

行香歸

出作行香客，歸如坐夏僧。牀前雙草屨，簷下一紗燈。珮委腰無力，冠欹髮不勝。鸞臺龍尾道，合盡上少年登。

【箋】

作於大和四年（八三〇），五十九歲，洛湯，太子賓客分司。城按：此詩汪本編在後集卷十。

〔龍尾道〕見卷十九登龍尾道望憶廬山舊隱詩箋。

【校】

〔合盡〕「盡」下「上」字注，馬本、那波本、汪本俱無，據宋本增。全詩注云：「上聲。」

同王十七庶子李六員外鄭二侍御同年四人遊龍門有感而作

一曲悲歌酒一樽，同年零落幾人存？世如閱水應堪嘆，名似浮雲豈足論。各從禄仕休明代，共感平生知己恩。今日與君重上處，龍門不是舊龍門。

【箋】

作於大和四年（八三〇），五十九歲，洛陽，太子賓客分司。城按：此詩汪本編在後集卷十。

〔王十七庶子〕王鑑。全唐詩卷四六四有王鑑賦得玉水記方流詩一首。城按：王鑑與居易同在貞元十六年陳權榜下進士及第。見登科記考卷十二。

〔李六員外〕名未詳。疑即早春雪後贈洛陽李長官長水鄭明府二同年詩（卷二八）中之「李長官」及酬鄭二司録與李六郎中寒食相遇同宴見贈詩（卷三三）中之「李郎中」。

〔鄭二侍御〕鄭俞。白氏吟四雖詩（卷二九）「命雖薄猶勝於鄭長水」句自注云：「同年鄭俞始受長水縣令。」即早春雪後贈洛陽李長官長水鄭明府二同年詩（本卷）中之「鄭明府」及酬鄭二司録與李六郎中寒食相遇同宴見贈詩（卷三三）中之「鄭二司録」。

〔龍門〕龍門山。見卷二五龍門下作詩箋。

【校】

〔題〕「李六員外」，何校：「『李』，蘭雪作『季』。」非。

池上小宴問程秀才

洛下林園好自知，江南境物暗相隨。浄淘紅粒罯香飯，薄切紫鱗烹水葵。雨滴篷聲青雀舫，浪摇花影白蓮池。停盃一問蘇州客，何似吴松江上時？

【箋】

作於大和四年（八三〇），五十九歲，洛陽，太子賓客分司。城按：此詩汪本編在後集卷十。

【校】

〔境物〕「境」，馬本、汪本、全詩俱作「景」，據宋本、那波本改。全詩注云：「一作『境』。」

〔罯香飯〕「罯」，那波本作「炊」。城按：罯，覆也。似以作「炊」爲長。

〔篷聲〕「篷」，宋本、那波本、馬本、汪本俱訛作「蓬」，據全詩、盧校改正。

橋亭卯飲

卯時偶飲齋時卧，林下高橋橋上亭。松影過窗眠始覺，竹風吹面醉初醒。就荷葉上苞魚鮓，當石渠中浸酒缾。生計悠悠身兀兀，甘從妻喚作劉伶。

【箋】

作於大和四年（八三〇），五十九歲，洛陽，太子賓客分司。城按：此詩汪本編在後集卷十。

〔卯飲〕本卷嘗黄醅新酎憶微之詩云：「愛向卯時謀洽樂。」

〔松影過窗眠始覺〕何義門云：「佳句。」

〔就荷葉上苞魚鮓〕苕溪漁隱叢話後集卷十三引蔡寬夫詩話：「吴中作鮓，多用龍溪池中蓮葉包爲之，數日取食，比瓶中氣味特妙。觀樂天詩，蓋昔人已有此法也。」

〔當石渠中浸酒缾〕雲仙雜記卷七：「白氏履道里宅有池，水可泛舟。樂天每命賓客，繞舡以百十油囊懸酒炙，沉水中，隨船而行。一物盡，則左右又進之。藏盤筵於水底也。（原注云：窮幽記。）」

【校】

〔齋時〕「齋」，那波本訛作「齊」。

〔劉伶〕「伶」，宋本、何校俱作「靈」。全詩注云：「一作『靈』。」盧校：「案：伶本亦名靈。」

舟中夜坐

潭邊霽後多清景，橋下涼來足好風。秋鶴一雙船一隻，夜深相伴月明中。

【箋】

作於大和四年（八三〇），五十九歲，洛陽，太子賓客分司。城按：此詩汪本編在後集卷十。

戲和微之答竇七行軍之作 依本韻。

旌鉞從櫜鞬，賓僚禮數全。夔龍來要地，鵷鷺下遼天。赭汗騎驕馬，青蛾舞醉仙。合成江上作，散到洛中傳。陋巷能無酒？貧池亦有船，春裝秋未寄，謾道有閑錢。

【箋】作於大和四年(八三〇),五十九歲,洛陽,太子賓客分司。城按:此詩汪本編在後集卷十。全詩卷四二三有元稹戲酬副使中丞見示四韻詩。〔竇七行軍〕竇鞏。元稹觀察浙東,奏爲副使、檢校秘書少監、兼御史中丞。稹移武昌在大和四年正月,此詩當爲是年所作,鞏或爲副使兼行軍司馬也。參見白氏東南行一百韻寄……竇七校書詩(卷十六)。又令狐楚有和寄竇七中丞詩,裴度有竇七中丞見示初至夏口獻元戎詩輒戲和之詩,皆係酬鞏之作。又竇氏聯珠集亦附元稹戲酬副使中丞見示四韻詩,並注明爲稹節度武昌時所作。城按:唐文粹卷八〇有吴武陵上韓舍人行軍書,時韓愈爲裴度之行軍司馬也。

閑忙

奔走朝行内,棲遲林墅間。多因病後退,少及健時還。班白霜侵鬢,蒼黄日下山。閑忙俱過日,忙校不如閑。

【箋】作於大和四年(八三〇),五十九歲,洛陽,太子賓客分司。城按:此詩汪本編在後集卷十。

西風

西風來幾日？一葉已先飛。新霽乘輕屐，初涼換熟衣。淺渠銷慢水，疏竹漏斜暉。薄暮青苔巷，家僮引鶴歸。

【箋】

作於大和四年（八三〇），五十九歲，洛陽，太子賓客分司。城按：此詩汪本編在後集卷十。唐宋詩醇卷二一：「蕭疏淡遠。」

〔熟衣〕暖衣也。見卷二三小院酒醒詩箋。

【校】

〔銷慢水〕「銷」，英華作「鋪」。全詩注云：「一作『鋪』。」

題西亭

多見朱門富貴人，林園未畢即無身。我今幸作西亭主，已見池塘五度春。

【箋】

作於大和五年（八三一），六十歲，洛陽，河南尹。城按：此詩汪本編在後集卷十。

觀游魚

遶池閑步看魚游，正值兒童弄釣舟。一種愛魚心各異，我來施食爾垂鈎。

【箋】

作於大和四年（八三〇），五十九歲，洛陽，太子賓客分司。城按：此詩汪本編在後集卷十。

看採蓮

小桃閑上小蓮船，半採紅蓮半白蓮。不似江南惡風浪，芙蓉池在卧牀前。

【箋】

作於大和四年（八三〇），五十九歲，洛陽，太子賓客分司。城按：此詩汪本編在後集卷十。

看採菱

菱池如鏡浄無波，白點花稀青角多。時唱一聲新水調，謾人道是採菱歌。

【箋】作於大和四年（八三〇），五十九歲，洛陽，太子賓客分司。城按：此詩汪本編在後集卷十。

夭老

早世身如風裏燭，暮年髮似鏡中絲。誰人斷得人間事？少夭堪傷老又悲。

【箋】作於大和四年（八三〇），五十九歲，洛陽，太子賓客分司。城按：此詩汪本編在後集卷十。

秋池

洗浪清風透水霜，水邊閑坐一繩牀。眼塵心垢見皆盡，不是秋池是道場。

【箋】作於大和四年（八三〇），五十九歲，洛陽，太子賓客分司。城按：此詩汪本編在後集卷十。

登天宮閣

午時乘輿出，薄暮未能還。高上烟中閣，平看雪後山。委形羣動裏，任性一生間。洛下多閑客，其中我最閑。

【箋】

作於大和四年（八三〇），五十九歲，洛陽，太子賓客分司。城按：此詩汪本編在後集卷十。

〔天宮閣〕洛陽天宮寺閣。圖畫見聞誌（卷五）：「開元中，將軍裴旻居喪，詣吴道子，請于東都天宮寺畫神鬼數壁，以資冥助。道子答曰：『吾畫筆久廢，若將軍有意爲吾纏結舞劍一曲，庶因猛勵，以通幽冥。』旻於是脱去縗服，若常時裝束，走馬如飛，左旋右轉，揮劍入雲，高數十丈，若電光下射，引手執鞘承之，劍透室而入。觀者數千人無不驚慄。道子于是援毫圖壁，颯然風起，爲天下之壯觀。道子平生繪事得意無出於此。」參見早秋登天宮寺閣贈諸客詩（卷三二）。

新雪二首 寄楊舍人。

不思北省煙霄地，不憶南宮風月天。唯憶静恭楊閣老，小園新雪煖爐前。

不思朱雀街東鼓，不憶青龍寺後鐘。唯憶夜深新雪後，新昌臺上七株松。

【箋】

作於大和四年（八三〇），五十九歲，洛陽，太子賓客分司。城按：此詩汪本編在後集卷十。

〔静恭楊閣老〕楊汝士。此詩自注云：「寄楊舍人。」城按：汝士大和三年七月，以職方郎中知制誥，故得稱爲舍人。汝士宅在長安朱雀門街東第五街靖恭坊。參見白氏楊家南亭詩（卷二六）箋。「靖恭」亦作「静恭」。

〔朱雀街〕朱雀門街。長安志卷七：「當皇城南門朱雀門有南北大街曰朱雀門街。東西廣百步，萬年、長安二縣以此街爲界。」

〔青龍寺〕見卷九青龍寺早夏詩箋。

〔新昌〕居易新昌里宅。見卷二和答詩序箋。

【校】

〔題〕此下那波本無注。宋本、何校注俱在第一首詩後。

日高卧

怕寒放懶日高卧，臨老誰言牽率身？夾幕繞房深似洞，重裀襯枕暖於春。小青水動桃根起，嫩緑醅浮竹葉新。未裹頭前傾一盞，何如衝雪趁朝人？

【箋】

作於大和四年（八三〇），五十九歲，洛陽，太子賓客分司。城按：此詩汪本編在後集卷十。

【校】

〔緑醅〕「醅」，馬本注云：「鋪杯切。」

〔裹頭〕何校：「『裹』，蘭雪作『理』。」

和微之任校書郎日過三鄉

三鄉過日君年幾？今日君年五十餘。不獨年催身亦變，校書郎變作尚書。

【箋】

作於大和四年（八三〇），五十九歲，洛陽，太子賓客分司。城按：此詩汪本編在後集卷十。元詩今已佚。

〔三鄉〕三鄉驛。劉集卷二四有三鄉驛樓伏覩玄宗望女几山詩小臣斐然有感詩。城按：元和郡縣志卷五：「女几山在（河南府福昌縣）西南三十四里。」據此，則三鄉驛當在洛陽附近。

【校】

〔不獨年催身亦變〕查校：「『身』字當作『官』字。」

和微之十七與君別及朧月花枝之詠

別時十七今頭白，惱亂君心三十年。垂老休吟花月句，恐君更結後身緣。

【箋】

作於大和四年（八三〇），五十九歲，洛陽，太子賓客分司。城按：此詩汪本編在後集卷十。

〔垂老休吟花月句二句〕能改齋漫録卷十一：「白樂天有答元微之詩云：『垂老休吟花月句，恐君更結身後緣。』初未悟其説。元微之集李著作園醉後寄李十云：『朦朧春月照花枝，花下音聲是管兒。却笑西京李員外，五更騎馬趁朝時。』」

和微之歎槿花

朝榮殊可惜，暮落實堪嗟。若向花中比，猶應勝眼花。

【箋】作於大和四年（八三〇），五十九歲，洛陽，太子賓客分司。城按：此詩汪本編在後集卷十。元詩今已佚。

【校】〔題〕萬首作「歎槿花」。

思往喜今

憶除司馬向江州，及此凡經十五秋。雖在簪裾從俗累？半尋山水是閑遊。謫居終帶鄉關思，領郡猶分邦國憂。爭似如今作賓客，都無一念到心頭！

【箋】作於大和四年（八三〇），五十九歲，洛陽，太子賓客分司。城按：此詩汪本編在後集卷十。

【校】〔是閑遊〕何校：「『是』疑作『足』。」

題平泉薛家雪堆莊

怪石千年應自結，靈泉一帶是誰開？蹙爲宛轉青蛇項，噴作玲瓏白雪堆。赤日旱天長看雨，玄陰臘月亦聞雷。所嗟地去都門遠，不得肩舁每日來。

【箋】

作於大和四年（八三〇），五十九歲，洛陽，太子賓客分司。城按：此詩汪本編在後集卷十。

〔平泉〕見卷二二秋遊平泉贈韋處士閑禪師詩箋。並參見遊平泉贈晦叔（卷二七）、醉遊平泉（卷三二）、題贈平泉韋徵君拾遺（卷三二）、遊平泉宴浥澗宿香山石樓贈座客（卷三六）等詩。

〔薛家雪堆莊〕本卷齋居詩：「明年官滿後，擬買雪堆莊。」

【校】

〔肩舁〕「舁」，馬本注云：「雲俱切。」

和微之道保生三日

相看鬢似絲，始作弄璋詩。且有承家望，誰論得力時？莫興三日嘆，猶勝七年遲。予老微之七歲。我未能忘喜，君應不合悲。嘉名稱道保，乞姓號崔兒。但恐持相並，蒹葭瓊樹枝。

【箋】

作於大和四年（八三〇），五十九歲，洛陽，太子賓客分司。城按：此詩汪本編在後集卷十。元詩今已佚。

〔道保〕即道護。元稹繼娶裴柔之所生。白氏大和六年所作元稹墓誌銘（卷七〇）云：「今夫人河東裴氏，……生三女，……一子曰道護，三歲。」故知道保生於大和三年。葛立方韻語陽秋卷十：「白樂天、元微之皆老而無子，屢見於詩章。樂天五十八歲始得阿崔，微之五十一歲始得道保。同時得嗣，相與酬唱喜甚。樂天詩云：『膩剃新胎髮，香綳小繡襦。玉牙開手爪，蘇顆點肌膚。』微之云：『且有承家望，誰論得力時。』又云：『嘉名稱道保，乞姓號崔兒。』後崔兒三歲而亡。白賦詩云：『懷抱又空天默默，依前仍作鄧攸身。』傷哉！微之五十三而亡。按墓誌，有子道護，年三歲而卒，以歲月考之，即道保也。」城按：白氏墓誌並未言道護三歲而卒，葛氏失考。

【校】

〔七年遲〕此下那波本無注。

哭皇甫七郎中 湜。

志業過玄晏，詞華似禰衡。多才非福祿，薄命是聰明。不得人間壽，還留身後名。涉江文一首，便可敵公卿。持正奇文甚多，涉江一章尤出。

【箋】作於大和四年（八三〇），五十九歲，洛陽，太子賓客分司。城按：此詩汪本編在後集卷十。

〔皇甫七郎中〕皇甫湜。見卷二四寄皇甫七詩箋。並參見白氏訪皇甫七詩（卷二四）。按：新書卷一七六本傳未載湜生卒年，據此詩當卒於大和四年。

【校】

〔公卿〕此下那波本無注。注中「涉江」，馬本訛作「涉異」，據宋本、汪本、全詩改正。城按：湜涉江文今已佚。

晚起

爛熳朝眠後，頻伸晚起時。煖爐生火早，寒鏡裹頭遲。融雪煎香茗，調酥煮乳糜。慵饞還自哂，快活亦誰知？酒性温無毒，琴聲淡不悲。榮公三樂外，仍弄小男兒。

【箋】

作於大和四年（八三〇），五十九歲，洛陽，太子賓客分司。城按：此詩汪本編在後集卷十。

〔榮公〕榮啓期。見卷二七偶作詩箋。

疑夢二首

莫驚寵辱虚憂喜，莫計恩讎浪苦辛。黄帝孔丘無處問，安知不是夢中身？

鹿疑鄭相終難辨，蝶化莊生詎可知？假使如今不是夢，能長於夢幾多時？

【箋】

作於大和四年（八三〇），五十九歲，洛陽，太子賓客分司。城按：此詩汪本編在後集卷十。

全詩卷一二八據事文類聚録王維疑夢一首，與白氏此詩第一首雷同，疑係自白詩羼入者。

夜宴惜别

笙歌旖旎曲終頭，轉作離聲滿坐愁。箏怨朱絃從此斷，燭啼紅淚爲誰流？夜長似歲歡宜盡，醉未如泥飲莫休。何況雞鳴即須别，門前風雨冷修修。

【箋】作於大和四年（八三〇），五十九歲，洛陽，太子賓客分司。城按：此詩汪本編在後集卷十。

歸來二周歲

歸來二周歲，二歲似須臾。池藕重生葉，林鴉再引雛。時豐實倉廩，春暖葺庖廚。更作三年計，三年身健無？

【箋】作於大和五年（八三一），六十歲，洛陽，河南尹。城按：此詩汪本編在後集卷十。

〔歸來二周歲〕居易大和三年四月自長安歸洛陽，至五年春適滿三年。

吾土

身心安處爲吾土，豈限長安與洛陽！水竹花前謀活計，琴詩酒裏到家鄉。榮先生老何妨樂，楚接輿歌未必狂。不用將金買莊宅，城東無主是春光。

【箋】

作於大和五年（八三一），六十歲，洛陽、河南尹。城按：此詩汪本編在後集卷十。

題岐王舊山池石壁

樹深藤老竹迴環，石壁重重錦翠斑。俗客看來猶解愛，忙人到此亦須閑。況當霽景涼風後，如在千巖萬壑間。黄綺更歸何處去？洛陽城内有商山。

【箋】

作於大和五年（八三一），六十歲，洛陽，河南尹。城按：此詩汪本編在後集卷十。查慎行白香山詩評：「往往於後半首自作轉折，章法獨創。」唐宋詩醇卷二六：「一氣相生，珠圓玉潤，此七律正宗也。『況當』一聯開宋調而氣味自厚。」

〔岐王舊山池〕岐王山亭院在洛陽定鼎門街東惠訓坊。見兩京城坊考卷五。又元河南志卷一：「惠訓坊，北至洛水，隋有繙經館，唐有長寧公主宅、岐王山亭院。」

病眼花

頭風目眩乘衰老，祇有增加豈有瘳？傳云：「有加而無瘳。」花發眼中猶足怪，柳生肘上亦須休。大窠羅綺看纔辨，小字文書見便愁。必若不能分黑白，却應無悔復無尤。

【箋】

作於大和五年（八三一），六十歲，洛陽，河南尹。城按：此詩汪本編在後集卷十。

〔柳生肘上亦須休〕清杭世駿訂譌類編卷二：「説詩晬語云：莊子：柳生左肘。柳，瘍類也。王右丞老將行云：『今日垂楊生左肘。』是以瘍爲樹矣。愚按：東坡詩：『柏生左肘烏巢肩』，施注引傳鐙録野鵲巢於佛頂事，而柏生左肘獨無所引，意亦用莊子語。但不知右丞何以誤爲垂楊，東坡何以復誤爲柏也？」

【校】

〔豈有瘳〕此下那波本無注。

早飲醉中除河南尹敕到

雪擁衡門水滿池，温爐卯後煖寒時。緑醅新酎嘗初醉，黄紙除書到不知。厚俸自來誠添濫，老身欲起尚遲疑。應須了却丘中計，女嫁男婚三逕資。

【箋】

作於大和四年（八三〇），五十九歲，洛陽，河南尹。城按：此詩汪本編在後集卷十。舊書卷十七下文宗紀：「（大和四年十二月）戊辰（二十八日），以太子賓客分司白居易爲河南尹以代韋弘景。」陳譜大和四年庚戌：「十二月除河南尹，有醉中除尹勅到詩。」汪譜繫此詩於大和五年，蓋誤。白氏洛中春遊呈諸親友詩（卷三一）云：「府中三遇臘，洛下五逢春。」考居易於大和七年三月罷任，亦可證入府時在四年臘月。

【校】

〔題〕「河南尹」，宋本誤作「河南君」。汪本「早飲」誤作「早秋」。

〔温爐〕「爐」，宋本訛作「罏」。

〔三逕〕「逕」，汪本作「徑」。城按：徑亦作逕。

除夜

病眼少眠非守歲，老心多感又臨春。火銷燈盡天明後，便是平頭六十人。

【箋】

作於大和四年（八三〇），五十九歲，洛陽，河南尹。見陳譜。城按：此詩汪本編在後集卷十。

查慎行白香山詩評：「東坡常州除夕詩直用起一句。」

〔平頭〕翟灝通俗篇卷三三：「白居易：『青山舉眼三千里，白髮平頭五十人。』又：『火銷燈盡天明後，便是平頭六十人。』按：計數逢十，今俗謂之齊頭數，平與齊同。」

府西池

柳無氣力枝先動，池有波紋冰盡開。今日不知誰計會？春風春水一時來。

【箋】

作於大和五年（八三一），六十歲，洛陽，河南尹。見汪譜。城按：此詩汪本編在後集卷十。

【校】

〔波紋〕何校：「『文』，蘭雪作『生』，但不可對上『氣力』。」

天津橋

津橋東北斗亭西，到此令人詩思迷。眉月晚生神女浦，臉波春傍窈娘堤。柳絲嫋嫋風繰出，草縷茸茸雨剪齊。報道前驅少呼喝，恐驚黄鳥不成啼。

【箋】

作於大和五年（八三一），六十歲，洛陽，河南尹。城按：此詩汪本編在後集卷十。

〔天津橋〕見卷十三和友人洛中春感詩箋。並參見雪後早過天津橋偶呈諸客（本卷），曉上天津橋閑望偶逢盧郎中張員外攜酒同傾（卷三二）、春盡日天津橋醉吟偶呈李尹侍郎（卷三三）等詩。

〔斗亭〕在天津橋之東。城按：洛水流經洛陽惠訓坊之西，分爲漕渠。在分流處置斗門，上有橋，橋上有屋，水勢峻急，激湍百餘步。穆員有新修漕亭石斗門及新修漕河石斗門亭兩記。見兩京城坊考卷五。

【校】

〔臉波〕「臉」，那波本訛作「瞼」。

不准擬二首

籃輿騰騰一老夫，褐裘烏帽白髭鬚。早衰饒病多蔬食，筋力消磨合有無？不准擬身年六十，上山仍未要人扶。

憶昔謫居炎瘴地，巴猿引哭虎隨行。多於賈誼長沙苦，予自左遷江峽，凡經七年。小校潘安白髮生。不准擬身年六十，遊春猶自有心情。

【箋】

作於大和五年（八三一），六十歲，洛陽，河南尹。城按：此詩汪本編在後集卷十。〔不准擬〕「不准擬」即「不料想」之意。見敦煌變文字義通釋第四篇釋事爲。

【校】

〔題〕第二首馬本作又一首。據各本改。

〔長沙苦〕此下那波本無注。

府中夜賞

櫻桃廳院春偏好，石井欄堂夜更幽。白粉牆頭花半出，緋紗燭下水平流。閑留賓客嘗新酒，醉領笙歌上小舟。舞袖飄颻棹容與，忽疑身是夢中遊。

【箋】

作於大和五年（八三一），六十歲，洛陽，河南尹。城按：此詩汪本編在後集卷十。

府西池北新葺水齋即事招賓偶題十六韻

繚繞府西面，潺湲池北頭。鑿開明月峽，決破白蘋洲。清淺漪瀾急，夤緣浦嶼幽。直衝行徑斷，平入卧齋流。石疊青稜玉，波翻白片鷗。噴時千點雨，澄處一泓油。絶境應難別悲列反，同心豈易求？少逢人愛玩，多是我淹留。夾岸鋪長簟，當軒泊小舟。枕前看鶴浴，床下見魚游。洞户斜開扇，疏簾半上鉤。紫浮萍泛泛，碧亞竹修修。讀罷書仍展，棋終局未收。午茶能散睡，卯酒善銷愁。簷雨晚初霽，窗風涼欲休。誰能伴老尹，時復一閑遊？

【箋】

作於大和五年（八三一），六十歲，洛陽，河南尹。城按：此詩汪本編在後集卷十。劉集外二有白侍郎大尹自河南寄示池北新葺水齋即事招賓十四韻兼命同作詩。考劉詩爲十四韻，較原作少兩韻，或係寄詩時所删。

〔明月峽〕見卷十八酬嚴中丞晚眺黔江見寄詩箋。

〔白蘋洲〕白氏白蘋洲五亭記（卷七一）：「湖州城東南二百步，抵霅溪，連汀洲。洲一名白蘋，吴興守柳惲於此賦詩云：『汀洲採白蘋』，因以爲名也。」

【校】

〔夤緣〕「夤」，宋本、那波本、馬本、汪本俱作「寅」。據全詩、何校改。城按：「夤」、「寅」字通。

〔千點雨〕「雨」，宋本訛作「兩」。

〔澄處〕「澄」，宋本訛作「燈」。

〔難别〕此下馬本、那波本無注。據宋本、汪本、全詩、盧校增。

〔淹留〕「留」，宋本訛作「流」。

〔長簟〕「簟」，宋本訛作「覽」。

〔讀罷〕「罷」，宋本訛作「羅」。

〔棋終局未收〕宋本訛作「募終局求收」。

哭崔兒

掌珠一顆兒三歲，鬢雪千莖父六旬。豈料汝先爲異物，常憂吾不見成人。悲腸自斷非因劍，啼眼加昏不是塵。懷抱又空天默默，依前重作鄧攸身。

【箋】

作於大和五年（八三一），六十歲，洛陽，河南尹。城按：此詩汪本編在後集卷十。陳譜大和五年辛亥：「阿崔年三歲死，有哭崔兒詩、報微之晦叔及酬夢得詩。」查慎行白香山詩評：「『掌珠一顆兒三歲』四句，字字沉痛。」詩評後附載華附識云：「申鳧盟先生評老杜奉濟驛送嚴公詩三四一聯，最得詩中三昧……香山此詩三四兩句，亦是倒裝文法。其意甚平，而語則甚痛，便覺含味無窮。學者於此細參，即眼前語意，可免庸俗之病。」俞樾湖樓筆談卷六：「墨客揮犀云：『樂天每作詩，令一老嫗解之，嫗曰解，則録之，不解則不復録。』康熙間歙人汪立名刻香山詩集深以此語爲不然云：『試舉公晚年長律，其根底之博，立格鍊句之妙，果百老嫗所能解否？』余謂汪説是矣。然老嫗解詩正不是爲白公病，蓋詩人用意之妙在乎深入而顯出。入之不深則有淺易之病，出之不顯則有艱澀之患，公力矯此弊，故他人所百思不到者，無不脱口而出。如偶吟云：『老自退閑非世棄，貧豪强健是天憐。』高曠極矣。哭崔兒云：『誰料汝先爲異物，常憂吾不見成人。』沉痛極矣。然此等句老嫗安必不能解乎！公當吟髭拈斷之時，偶就老嫗一決，或亦事所嘗有，若其不解，必深入而猶未顯出，宜更改定，此正可見其千辟萬灌之功，伐毛洗髓之力，非率爾作也。」

〔崔兒〕即阿崔。見本卷阿崔詩箋。

〔鬢雪千莖父六旬〕王鳴盛蛾術編卷七六：「白樂天詩：『掌珠一顆兒三歲，鬢雪千莖父六旬。』說文勹部：『十日爲旬。』此以十年爲旬，沿俗誤也。明初徐尊生懷歸集生日有感云：『客中生日近七夕，老子行年當五旬。』亦同。」同書鶴壽按：「以旬爲年，蓋始以唐代，漢、魏、六朝無之也。樂天又有偶吟自慰兼呈夢得詩云：『且喜同年滿七旬。』自注云：『予與夢得甲子同辰，俱得七十。』」

【校】

〔題〕英華誤作「哭雀兒」。

〔鬢雪〕「鬢」，宋本作「髮」，全詩注云：「一作『髮』。」

〔常憂〕英華注云：「集作『早知』。」

〔啼眼〕「啼」，宋本作「喧」。

初喪崔兒報微之晦叔

書報微之晦叔知，欲題崔字淚先垂。世間此恨偏敦我，敦音堆，見詩注。天下何人不哭兒？蟬老悲鳴抛蜕後，龍眠驚覺失珠時。文章十帙官三品，身後傳誰庇廕誰！

【箋】

作於大和五年（八三一），六十歲，洛陽，河南尹。城按：此詩汪本編在後集卷十。劉集外二有吟白君哭崔兒二篇愴然寄贈詩。查慎行白香山詩評：「『蟬老悲鳴拋蜕後』二句每從比擬擅長。」

〔崔兒〕見本卷阿崔詩箋。

〔晦叔〕崔玄亮。見卷二一答崔賓客晦叔十二月四日見寄詩箋。

【校】

〔敦我〕此下那波本無注。

〔十帙〕「十」，馬本、汪本俱訛作「千」，據宋本、那波本、何校改正。全詩注云：「一作『千』。」亦非。

〔庇廕誰〕何校：「『庇』，南豐集中引作『與』。」

府齋感懷酬夢得　時初喪崔兒，夢得以詩相安云：「從此期君比瓊樹，一枝吹折一枝生。」故有此落句以報之。

府伶呼喚争先到，家醖提攜動輒隨。合是人生開眼日，自當年老斂眉時。丹砂錬作三銖土，玄髮看成一把絲。勞寄新詩遠安慰，不聞枯樹更生枝。

【箋】

作於大和五年（八三一），六十歲，洛陽，河南尹。城按：此詩汪本編在後集卷十。劉集外二有答樂天所寄詠懷且釋其枯樹之歎詩。查慎行白香山詩評：「『合是人生開眼日』二句曲折如意。」

【校】〔題〕此下那波本無注。

齋居

香火多相對，葷腥久不嘗。黄耆數匙粥，赤箭一甌湯。厚俸將何用？閑居不可忘。明年官滿後，擬買雪堆莊。

【箋】作於大和五年（八三一），六十歲，洛陽，河南尹。城按：此詩汪本編在後集卷十。

〔雪堆莊〕見本卷題平泉薛家雪堆莊詩。

【校】〔黄耆〕「耆」，馬本、汪本俱訛作「蓍」，據宋本、那波本、全詩、盧校改。

與諸道者同遊二室至九龍潭作

喜逢二室遊仙子，厭作三川守土臣。舉手摩挲潭上石，開襟抖擻府中塵。他日終爲獨往客，今朝未是自由身。若言尹是嵩山主，三十六峯應笑人。

【箋】

作於大和五年（八三一），六十歲，洛陽，河南尹。城按：此詩汪本編在後集卷十。

〔二室〕少室山與太室山。初學記卷五引戴延之西征記云：「（嵩）山東謂太室，西謂少室，相去十七里，嵩其總名也。謂之室者，以其下各有石室焉。」

〔九龍潭〕見卷二七從龍潭寺至少林寺題贈同遊者詩箋。

【校】

〔抖擻〕「擻」，宋本誤作「摟」。

履道池上作

家池動作經旬別，松竹禽魚好在無？樹暗小巢藏巧婦，渠荒新葉長慈姑。不因車馬時時到，豈覺林園日日蕪。猶喜春深公事少，每來花下得踟躕。

【箋】

作於大和五年（八三一），六十歲，洛陽，河南尹。城按：此詩汪本編在後集卷十。查慎行白香山詩評：「『樹暗小巢藏巧婦』二句，纖新如松陵集中語。」

〔履道〕履道坊。見卷二三履道新居二十韻詩箋。

六十拜河南尹

六十河南尹，前途足可知。老應無處避，病不與人期。幸遇芳菲日，猶當强健時。萬金何假藉？一盞莫推辭。流水光陰急，浮雲富貴遲。人間若無酒，盡合鬢成絲。

【箋】

作於大和五年（八三一），六十歲，洛陽，河南尹。城按：此詩汪本編在後集卷十。見陳譜及汪譜。

重修府西水亭院

因下疏爲沼，隨高築作臺。龍門分水入，金谷取花栽。遶岸行初匝，憑軒立未迴。園西有池位，留與後人開。

【箋】

作於大和五年（八三一），六十歲，洛陽，河南尹。此詩汪本編在後集卷十。何義門云：「七句

『池位』未詳。」城按：即開池之地位也。查慎行白香山詩評：「『園西有池位』二句，老杜風格。」

與諸公同出城觀稼

老尹醉醺醺，來隨年少羣。不憂頭似雪，但喜稼如雲。歲望千箱積，秋憐五穀分。何人知帝力？堯舜正爲君。

【箋】

作於大和五年（八三一），六十歲，洛陽，河南尹。城按：此詩汪本編在後集卷十。

水堂醉卧問杜三十一

聞君洛下住多年，何處春流最可憐？爲問魏王堤岸下，何如同德寺門前？無妨水色堪閑玩，不得泉聲伴醉眠。那似此堂簾幕底，連明連夜碧潺湲。

【箋】

作於大和五年（八三一），六十歲，洛陽，河南尹。城按：此詩汪本編在後集卷十。

〔水堂〕在洛陽河南尹治所内。白氏有宴後題府中水堂贈盧尹中丞詩（卷三六）。

〔杜三十一〕疑即白氏和杜録事題紅葉（卷二七）、天壇峯下贈杜録事（卷二七）詩中之「杜録事」。

〔同德寺〕在洛陽城東。韋應物同德精舍養疾寄河南兵曹東廳掾詩云：「逍遥東城隅，雙樹寒葱蒨。」又有同德寺雨後寄元侍御李博士、同德閣期元侍御李博士不至各投贈二首、同德精舍舊居傷懷、同德寺閣集眺等詩。

歲暮言懷

職與才相背，心將口自言。磨鉛教切玉，驅鶴遣乘軒。只合居巖窟，何因入府門？年終若無替，轉恐負君恩。

【箋】

作於大和五年（八三一），六十歲，洛陽，河南尹。城按：此詩汪本編在後集卷十。

【校】

〔驅鶴〕「鶴」，宋本、馬本俱作「雁」，據那波本、汪本、盧校改正。全詩注云：「一作『雁』。」何校：「『鶴』，蘭雪作『雁』。似『雁』爲是。」俱非。

座中戲呈諸少年

衰容禁得無多酒，秋鬢新添幾許霜？縱有風情應淡薄，假如老健莫誇張。興來吟詠從成癖，飲後酣歌少放狂。不爲倚官兼挾勢，因何入得少年場？

【箋】

作於大和五年（八三一），六十歲，洛陽，河南尹。城按：此詩汪本編在後集卷十。

雪後早過天津橋偶呈諸客

官橋晴雪曉峩峩，老尹行吟獨一過。紫綬相輝應不惡，白鬚同色復如何？悠揚短景凋年急，牢落衰情感事多。猶賴洛中饒醉客，時時詎我唤笙歌。

【箋】

作於大和五年（八三一），六十歲，洛陽，河南尹。城按：此詩汪本編在後集卷十。

〔天津橋〕見卷十三和友人洛中春感詩箋。並參見本卷天津橋詩箋。

新製綾襖成感而有詠

水波文襖造新成，綾軟緜勻溫復輕。晨興好擁向陽坐，晚出宜披蹋雪行。鶴氅毳疏無實事，木綿花冷得虛名。宴安往往歡侵夜，卧穩昏昏睡到明。百姓多寒無可救，一身獨煖亦何情？心中爲念農桑苦，耳裏如聞飢凍聲。争得大裘長萬丈，與君都蓋洛陽城？

【箋】

作於大和五年（八三一），六十歲，洛陽，河南尹。城按：此詩汪本編在後集卷十。龔頤正芥隱筆記：「樂天與子美詩一意。老杜：『安得廣廈千萬間，大庇天下寒士俱歡顔。嗚呼眼前何時突兀見此屋，吾廬獨破受凍死亦足。』」

早春雪後贈洛陽李長官長水鄭明府二同年

獻歲晴和風景新，銅駝街郭暖無塵。府庭共賀三川雪，縣道分行百里春。朱紱洛陽官位屈，青袍長水俸錢貧。有何功德紆金紫？若比同年是幸人。

【箋】

作於大和六年（八三二），六十一歲，洛陽，河南尹。城按：此詩汪本編在後集卷十。

〔洛陽李長官〕居易之同年洛陽令李□。即同王十七庶子李六員外鄭二侍御同年四人遊龍門有感而作詩（本卷）中之「李六員外」及酬鄭二司録與李六郎中寒食相遇同宴見贈詩（卷三三）中之「李六郎中」。

〔長水鄭明府〕居易之同年長水令鄭俞。即同王十七庶子李六員外鄭二侍御同年四人遊龍門有感而作詩（本卷）中之「鄭二侍御」及酬鄭二司録與李六郎中寒食相遇同宴見贈詩（卷三三）中之「鄭二司録」。白氏吟四雖詩（卷二九）「命雖薄，猶勝於鄭長水」句自注云：「同年鄭俞始受長水縣令。」唐詩紀事卷四五：「俞登貞元十六年進士第，杜元穎、吴丹、白樂天皆同年登科。樂天爲河南尹，俞始授長水縣令。樂天四雖吟云：『命雖薄，猶勝於鄭長水。』」城按：「四雖吟」集作「吟四雖」。又見登科記考卷十四。

【校】

〔題〕「鄭明府」上馬本脱「長水」二字，據宋本、那波本、汪本、全詩補。

〔府庭〕「庭」，馬本作「亭」，據宋本、那波本、汪本、全詩、盧校改。全詩注云：「一作『亭』。」

醉吟

醉來忘渴復忘飢，冠帶形骸杳若遺。耳底齋鍾初過後，心頭卯酒未消時。臨風朗詠從人聽，看雪閑行任馬遲。應被衆疑公事慢，承前府尹不吟詩。

【箋】作於大和六年（八三二），六十一歲，洛陽，河南尹。城按：此詩汪本編在後集卷十。

府酒五絶

變法

自慚到府來周歲，惠愛威稜一事無。唯是改張官酒法，漸從濁水作醍醐。

【箋】作於大和六年（八三二），六十一歲，洛陽，河南尹。見陳譜。城按：此五絶汪本編在後集卷十。

招客

日午微風且暮寒，春風冷峭雪乾殘。碧氈帳下紅爐畔，試爲來嘗一盞看。

辨味

甘露太甜非正味，醴泉雖潔不芳馨。盃中此物何人別？柔旨之中有典刑。

【箋】

何義門云：「甘露、醴泉應是當時酒名。」

自勸

憶昔羈貧應舉年，脱衣典酒曲江邊。十千一斗猶賒飲，何況官供不著錢。

【箋】

〔十千一斗猶賒飲二句〕二老堂詩話：「昔人應急，謂唐之酒價，每斗三百，引杜詩『速宜相就飲一斗，恰有三百青銅錢』爲證。然樂天爲河南尹，自勸絶句云：『憶昔羈貧應舉年，脱衣典酒曲江邊。十千一斗猶賒飲，何況官供不著錢。』又古詩亦有『金尊美酒斗十千』。大抵詩人一時用事，未必實價也。」城按：據白氏此詩可知唐制府尹由官家供酒。

【校】

〔曲江〕「曲」下全詩注云：「一作『出』。」非。

諭妓

燭淚夜黏桃葉袖，酒痕春污石榴裙。莫辭辛苦供歡宴，老後思量悔煞君。

【箋】

〔桃葉〕疑爲另一府妓，非居易之姬人陳結之。城按：白氏開成四年作感石上字詩（卷三五）云：「閑撥船行尋舊池，幽情往事復誰知？太湖石上鐫三字，十五年前陳結之。」大和六年作結之詩（卷二六）云：「歡愛今何在？悲啼亦是空。同爲一夜夢，共過十年中。」開成五年作對酒有懷寄李十九郎中詩（卷三五）「往年江外拋桃葉」句原注：「結之也。」可知開成四年結之已離去十五年，則大和六年作諭妓詩中之「桃葉」決非結之也。

晚歸早出

筋力年年減，風光日日新。退衙歸逼夜，拜表出侵晨。何處臺無月？誰家池不春？莫言無勝地，自是少閑人。坐厭推囚案，行嫌引馬塵。幾時辭府印，却作自由身？

【箋】

作於大和六年（八三二），六十一歲，洛陽，河南尹。城按：此詩汪本編在後集卷十。

南龍興寺殘雪

南龍興寺春晴後，緩步徐吟遶四廊。老趁風花應不稱，閑尋松雪正相當。吏人引從多乘輿，賓客逢迎少下堂。不擬人間更求事，些些疏懶亦何妨。

【箋】

作於大和六年（八三二），六十一歲，洛陽，河南尹。城按：此詩汪本編在後集卷十。

〔南龍興寺〕即龍興寺，在洛陽定鼎門街西第一街寧仁坊。寺有展子虔畫八國三分舍利。穆員有東都龍興寺均上人功德記。見兩京城坊考卷五。

【校】

〔遶四廊〕「遶」，全詩注云：「一作『到』。」

天宫閣早春

天宫高閣上何頻？每上令人耳目新。前日晚登緣看雪，今朝晴望爲迎春。林鶯何處吟箏柱？牆柳誰家曬麴塵？可惜三川虚作主，風光不屬白頭人。

【箋】

作於大和六年（八三二），六十一歲，洛陽，河南尹。城按：此詩汪本編在後集卷十。

〔天宫閣〕見本卷登天宫閣詩箋。

履道居三首

莫嫌地窄林亭小，莫厭貧家活計微。大有高門鎖寬宅，主人到老不曾歸。

東里素帷猶未徹，南鄰丹旐又新懸。衡門蝸舍自慚愧，收得身來已五年。

世事平分衆所知，何嘗苦樂不相隨。唯餘耽酒狂歌客，只有樂時無苦時。

【箋】

作於大和六年（八三二），六十一歲，洛陽，河南尹。城按：此詩汪本編在後集卷十。

〔履道〕居易履道坊宅。見卷二三履道新居二十韻詩箋。

〔東里素帷猶未徹二句〕白氏聞樂感鄰詩（卷二六）原注云：「東鄰王大理去冬云亡，南鄰崔尚書今秋薨逝。」城按：王大理即白氏贈東鄰王十三詩中之「王十三」，死於大和五年冬。崔尚書即崔羣，死於大和六年八月。見舊書卷一五九本傳。

和夢得冬日晨興

漏傳初五點，雞報第三聲。帳下從容起，窗間曨晻明。照書燈未滅，煖酒火重生。理曲絃歌動，先聞唱渭城。

【箋】作於大和六年（八三二），六十一歲，洛陽，河南尹。城按：此詩汪本編在後集卷十。劉集外二有冬日晨興寄樂天詩。

【校】〔曨晻〕「晻」，宋本、全詩作「曨」，那波本作「聰」，汪本作「曨」，俱非。馬本注云：「呼骨切。」城按：曨，尚冥也。乃曶之或字。盧校：「汪作『曨』，字書無。案廣韻：曈曨，欲曙。他孔、力董二切。當作此二字。」

雪夜對酒招客

帳小青氈暖，盃香緑蟻新。醉憐今夜月，歡憶去年人。暗落燈花燼，閑生草座塵。慇懃報絃管，明日有嘉賓。

【箋】

作於大和六年（八三二），六十一歲，洛陽，河南尹。城按：此詩汪本編在後集卷十。

【校】

〔緑蟻〕宋本作「醁艤」。「緑」，全詩作「醁」。

〔今夜月〕「月」，英華作「雪」。

〔嘉賓〕「嘉」，英華作「佳」。

贈晦叔憶夢得

自別崔公四五秋，因何臨老轉風流？歸來不説秦中事，歇定唯謀洛下遊。酒面浮花應是喜，歌眉斂黛不關愁。得君更有無厭意，猶恨樽前欠老劉。

【箋】

作於大和六年（八三二），六十一歲，洛陽，河南尹。城按：此詩汪本編在後集卷十。劉集外二有河南白尹有喜崔賓客歸洛兼見懷長句因而繼和詩。

〔晦叔〕崔玄亮。見卷二一答崔賓客晦叔十二月四日見寄詩箋。城按：玄亮，大和六年拜太子賓客分司東都。七年，授虢州刺史，是時在洛陽。

〔歸來不説秦中事二句〕何義門云：「不説者，不堪説也。然則捨及時行樂復何事哉！」

醉後重贈晦叔

老伴知君少，歡情向我偏。無論疏與數，相見輒欣然。各以詩成癖，俱因酒得仙。笑迴青眼語，醉並白頭眠。豈是今投分，多疑宿結緣。人間更何事？攜手送衰年。

【箋】

作於大和六年（八三二），六十一歲，洛陽，河南尹。城按：此詩汪本編在後集卷十。

〔晦叔〕崔玄亮。見前一首贈晦叔憶夢得詩箋。

睡覺

星河耿耿漏緜緜，月暗燈微欲曙天。轉枕頻伸書帳下，披裘箕踞火爐前。老眠早覺常殘夜，病力先衰不待年。五欲已銷諸念息，世間無境可勾牽。

【箋】

作於大和六年（八三二），六十一歲，洛陽，河南尹。城按：此詩汪本編在後集卷十。

〔老眠早覺常殘夜〕何義門云：「警句。」

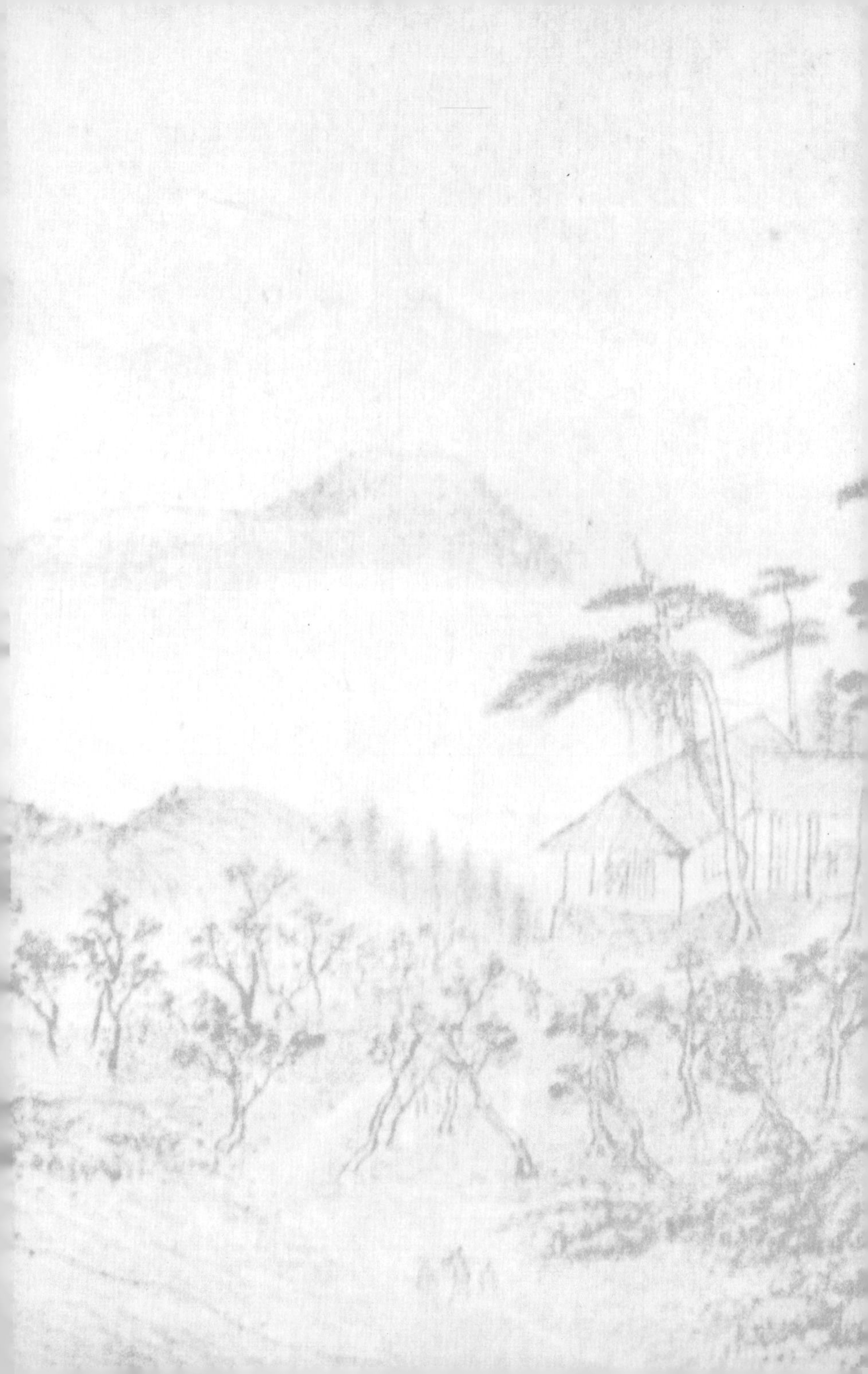